THÉODOMIR GESLAIN

La Littérature contemporaine en Province

PORTRAITS

BIOGRAPHIQUES ET LITTÉRAIRES

A. DE SIGOYER.	ROBINOT-BERTRAND.	J. SOULARY.
H. VIOLEAU.	ACH. MILLIEN.	E. BAZIN.
A. PABAN.	ALP. BEAUDOUIN.	J. PRIOR.
Mme PENQUER.	L. DE VEYRIÈRES.	BORDES.
MAGU.	J. REBOUL.	GIRON.

MOUVEMENT LITTÉRAIRE

J. DE GERÈS, H. MINIER, H. BELLOT, F. PIN, L. DE BERLUC, Mme MENESSIER-NODIER, Mmes MARIA GAY, BONROTTE, BLANCHET, BIGOT, LESTOURGIE, G. GARNIER, FLEURY, J. PAIN, TOUROUDE, DE LAINCEL, L. BOUILHET, E. CARRANCE, THÉVENOT, SYLVE DE SAINT-HENRY, etc., etc.

PARIS

CHARLES DOUNIOL ET Cie, LIBRAIRES-ÉDITEURS

Rue de Tournon, 29.

1873

DU MÊME AUTEUR :

LES CHANTS DU SOIR

Poésies et Poèmes

POUR PARAITRE.

Domfront. — Imp. de F. Renault,

PRÉFACE

———≈———

Paris est, comme on le sait, le foyer où brillent tant de génies, et les amis des Belles-Lettres se sont pris d'un tel engouement pour tout ce qui sort de la capitale, que les lecteurs les plus sérieux se sont peu à peu persuadés que, hors de là, il ne doit exister aucun écrivain méritant le plus petit sacrifice. Il y a là toute une erreur gratuite, sinon plus ! La France — Paris excepté, bien entendu ! — n'est pas encore tellement dépourvue d'hommes de talents que l'on ne puisse tourner vers elle un regard de bienveillance. Le nombre des poètes est, il est vrai, bien supérieur au nombre des prosateurs, et comme dans notre siècle on ne lit plus guère de vers, on trouve l'explication de l'indifférence dont nous parlons. Pour vaincre cette indifférence, la province n'a jamais répondu que par ses publications — souvent trop nombreuses — tendant à la décentralisation purement littéraire. Dans le même but, un provincial aussi, l'auteur du livre qu'on lira plus loin, a cru devoir faire une étude approfondie et spéciale des provinciaux, et c'est le résultat de cette étude qu'il présente aujourd'hui. Le choix, des plus scrupuleux, a été fait de manière à ce que l'on ne puisse que gagner à la lecture de cet ouvrage. A côté de noms aimés on trouvera des noms plus obscurs, mais non moins dignes d'éloges ; et ce mélange s'est trouvé fait naturellement par l'auteur, qui ne s'est astreint à aucune règle : il a, suivant son caprice ou sa fantaisie, pris les livres comme ils sont tombés sous sa main, sans assigner de place distincte à chacun de ses sujets. Les *Portraits* sont donc une série d'études particulières qui ne demandent aucun classement. Ces *Portraits* sont suivis d'un *Mouvement littéraire* qui les complète et en fait une histoire contemporaine qui manquait ; de cette sorte, on aura entre les mains un résumé complet des principaux écrivains provinciaux. Heureux se trouvera l'auteur s'il voit un jour tomber l'indifférence du public devant les productions de ses collègues, au moins pourra-t-il dire avec orgueil : « Je leur ai servi ! » et ce sera là le seul triomphe auquel il aspire!

La Littérature contemporaine en Province

PORTRAITS

BIOGRAPHIQUES ET LITTÉRAIRES

I

A. De Sigoyer.

Il y a des hommes tellement insouciants d'eux-mêmes que la mort les saisit avant que leur nom ait franchi le cercle de l'amitié. Tel fut, par exemple, Maurice de Guérin, écrivain plein de talent, ressuscité dans ses travaux par Mᵐᵉ Georges Sand et M. Trébutien ; tel fut aussi M. de Sigoyer. En disant « insouciants, » ce n'est qu'au point de vue littéraire qu'il faut appliquer l'épithète, car de ce que ces hommes ne pensent pas à eux, il en ressort quelquefois un grand avantage pour les autres, au bonheur desquels ces insouciants aiment à se livrer. Ainsi s'est passée la vie du poète dont nous allons retracer le caractère et les travaux.

Marie-Antonin de Bernardy, marquis de Sigoyer, décédé à Valence, au mois de décembre 1860, est né à Apt, le 15 juin 1789, juste à cette époque où notre grande révolution allait donner des libertés à la France, en l'ensanglantant de toutes parts. L'Europe émue regardait d'un œil curieux les phases diverses de notre bouleversement général, pendant que le jeune marquis de Sigoyer, le sourire sur les lèvres, ne contemplait que le sein de sa nourrice.

En grandissant, peu soucieux de nos divisions intestines et de nos luttes politiques, l'étude, tantôt sur les bancs de l'école, tantôt sous les frais ombrages du midi, et les distractions du premier âge formaient toute son occupation. Il se souciait peu si, noble, sa famille serait proscrite; à la vérité, rien ne nous dit aujourd'hui qu'elle le fût, mais d'un autre côté, les idées de l'enfance ne visent pas si haut, alors qu'elle se sent heureuse d'un chiffon. Jusqu'à vingt ans, M. de Sigoyer a vécu comme tout le monde, avec lui-même et rien de plus. A cet âge, il suivit un de ses parents qui se rendait à Rome, comme attaché à l'administration française. « Ce fut là, dit Victor Colomb, son « biographe, sous un soleil généreux qu'il sentit naître la « poésie dans son âme. Il demanda ses premières inspira- « tions à l'Anio, au tombeau de Virgile et aux frais om- « brages de Tibur. »

Cet instinct poétique se développa rapidement chez le jeune auteur, en face d'un passé conservé par des ruines; et, fatigué en peu de temps d'un séjour à l'étranger, il tourna, le cœur gros de soupirs, son regard vers la France, vers cette Provence si pleine de poésie, où il avait coulé les plus heureux jours qui soient donnés à l'homme, les jours de l'enfance. Alors, plein de ces paroles de Thévenet : « Arles ! ma vieille Arles que j'aime ! » tant de souvenirs se conservèrent vivants jusqu'au jour où, après trois ans d'absence, M. de Sigoyer, revenu dans sa patrie, put s'écrier en parlant de la Provence, et d'Arles en particulier :

Sous le ciel enivrant de la molle Italie,
De votre souvenir mon âme était remplie ;
Je répandais des pleurs,
Et je disais aux flots, aux vents, aux hirondelles :
« De mes amis absents, donnez-moi des nouvelles,
« Rapides voyageurs ! »

Me voici tout à vous, ô mère vénérée !
Ma barque désormais ne sera plus livrée
Aux tempêtes du ciel.
De courses, de travaux, je ne suis plus avide ;
Je ne veux qu'un peu d'ombre, et dans ma coupe vide
Quelques gouttes de miel.

Il n'aspirait qu'à l'ombre et n'était plus avide de travaux, dit-il. De l'ombre, il a réussi à s'en conserver pour toute sa vie, pas beaucoup, mais un peu, moins peut-être qu'il ne le souhaitait ; quant au travail, il y était destiné et il fallait bien en passer par là ! En rentrant en France, il fut attaché au préfet de la Gironde, et plus tard au préfet du Rhône. Nommé lui-même secrétaire-général de la préfecture de la Drôme, en 1822, il devint successivement et resta pendant plus de vingt ans, sous-préfet à la Tour-du-Pin, à Nogent-sur-Seine, à Meaux et à Arles, et malgré tous les travaux que lui suscitèrent ses emplois, la poésie n'y perdit rien. Il écrivit bien un grand nombre de vers, mais d'une modestie à toute épreuve, il choisissait de préférence, pour publier ses travaux, les journaux les plus ignorés. Il lui suffisait, pour être satisfait, de voir son idée fixée. On eût dit que pour lui la gloire n'était qu'un fardeau, et que son front de poète n'était point fait pour en supporter un. M. de Sigoyer aimait mieux se sacrifier a ses semblables, ce qui lui procurait du moins la satisfaction du devoir accompli ; et c'est ainsi que, ne consultant que son courage, il mit plusieurs fois sa vie en danger pendant les inondations du Rhône, à Arles, en 1840, ce qui lui valut la croix d'officier de la Légion d'honneur.

Veut-on connaître à fond M. de Sigoyer ? Qu'on se figure un homme doux, affable avec tout le monde, toujours prêt a verser dans la main qu'on lui tend ; un homme mettant tout son bonheur à secourir ses semblables, à se sacrifier pour eux au besoin, non par bravade ou par simple devoir, mais par bonté. Poète par instants, homme d'étude et de travail, toujours. Sympathique et savant, chose que l'on ne voit pas toujours, Sigoyer s'occupait volontiers des plus petits auteurs, si inconnus qu'ils fussent. Assis entre ses nombreux amis rangés autour d'une table, dans son salon, il commentait, le soir, jusqu'aux poètes les plus infimes. Tous lui étaient connus ; il montrait leur caractère, leurs défauts à côté d'un futur talent qui s'annonçait déjà par de belles et hardies expressions, ou par une profondeur digne d'une personne plus âgée. Chacun discutait bien, donnait son avis, émettait ses opinions, mais dès que Sigoyer s'était nettement prononcé, tout le monde s'inclinait en un signe approbatif : « Le maître avait parlé ! »

Que de charme dans ces soirées littéraires et intimes ! Que de douces heures passées pleines de pieuses émotions, d'agréables divertissements du corps et de l'esprit, où les tribulations mondaines n'avaient point de prise ! Ce fut au sein de ces innocents et instructifs passe-temps que le poète écoula sa vie noblement remplie, et lorsque plus tard, il fut mis à la retraite, la meilleure société, la fine fleur des personnes de goût de Valence, ville où il se retira, ne manqua que rarement de se réunir chez lui ! On préférait aux soirées d'apparat ces simples réunions où le spirituel et savant causeur se dévoilait tout entier, sans orgueil, à ses admirateurs. On se tournait vers lui comme certaines fleurs se tournent vers le soleil ; on était convaincu de ses opinions comme on l'est d'une vérité incontestable ; elles n'étaient point discutées, elles étaient soutenues.

Toutes ces impressions, tous ces souvenirs ne pouvaient s'effacer du cœur de M. de Sigoyer, sans y laisser au moins une trace de leur passage ; on ne jette point par la fenêtre un bouquet de roses, sans qu'il laisse un peu de son parfum dans la chambre où il a séjourné ! Et c'est à ces impressions qui aidèrent au développement du talent de M. de Sigoyer, que nous devons tant de belles compositions.

Comme nous l'avons dit, le poète parlait bien des autres auteurs en homme expérimenté, mais dès qu'il s'agissait de lui, il tremblait en pensant qu'il devait signer ses propres œuvres. C'est ainsi que, sous cette impression, il publia, en 1845, sous le voile de l'anonyme, une petite brochure contenant deux poèmes : L'*Hermite des Catacombes* et l'*Ange Gardien,* remarquablement beaux, et par la poésie suave et harmonieuse et par l'élévation de la pensée.

Enhardi peut-être par les encouragements dont cette brochure fut l'objet, Sigoyer, de cette époque à 1856, continua plus que jamais à écrire dans les feuilles les plus diverses. Il n'y avait guère, au midi comme au nord, de feuilles ou revues un tant soit peu littéraires, qui ne s'enrichissent de ses œuvres si souvent reproduites par un grand nombre de journaux. Aussi modeste qu'il est pos-

sible de se le figurer, cela lui suffisait : il n'aspirait pas à
monter plus haut : son ambition était bornée, et, pour tout
au monde on ne l'eût décidé à rien réunir en volume.
Cependant, en 1860, cédant aux sollicitations trop pressantes de ses amis, il se résigna à publier quelques-unes
de ses compositions qu'il groupa sous le titre modeste de
Consolations poétiques. Il était temps qu'il s'y prît, car
quelques mois après, la même année, la maladie qui le
minait l'emporta. On se souvient qu'alors une grande
partie de la population valentinoise le suivit à sa dernière
demeure, versant sur sa tombe des pleurs d'amers regrets,
des pleurs comme on en verse toujours sur les restes sacrés
d'une personne aimée.

Chose étonnante ! M. de Sigoyer, que l'on savait dépourvu
de toute ambition, n'oublia point de mettre sur son recueil :
« *Membre de l'Académie des Arcades de Rome, de l'Athénée de
Vaucluse, de l'Institut historique, des Académies de Bordeaux,
de Meaux, etc...* » Mais peut-on sciemment lui faire un reproche de cela ? Non ; on ne rougit pas de titres noblement
gagnés par le travail et dûs à un talent d'un mérite incontestable. — Les *Consolations poétiques,* qui portent cette
devise bretonne : « *Potiùs mori quàm fœdari,* » sont dédiées
au chantre immortel de l'*Ange et l'Enfant,* à cet homme que
Sigoyer appelait l'*Ange de la lyre,* et auquel il écrivait :
« Ami, placer cet humble recueil sous l'égide de votre nom
respecté, c'est le sauver de l'oubli. »

Il n'était nullement besoin de cette dédicace pour le
sauver : les quelques belles pièces qu'il renferme suffisent.
Cependant nous sommes heureux de pouvoir donner ici la
lettre que Reboul lui écrivit alors, et qui nous a été conservée par l'*Ami des familles.*

Nîmes, ce 13 octobre 1860.

« Monsieur,

» Je vous remercie mille fois de l'insigne honneur que vous me faites de la dédicace de votre livre. Parmi les bonnes fortunes de la muse, celle-là m'est une des plus chères et des plus flatteuses.

» Votre talent et votre caractère y mettent un prix que l'humble poète Nîmois a su apprécier. J'ai retrouvé dans votre œuvre cette pureté et cette harmonie si heureusement inaugurées dans notre jeunesse par des maîtres qui étaient aussi nos amis.

» Je ne dis rien de l'épithète que vous voulez bien me donner ; — (l'Ange de la lyre) — Dieu seul connaît les siens. Priez-le qu'il me fasse la grâce de ne pas trop démentir une qualification que je regarde comme un encouragement.

» J'ai l'honneur, etc.

» J. REBOUL. »

Lettre bien consolante qui arrivait juste à point pour distraire le poète malade qui succombait deux mois et demi après. — Mais pourquoi à ce mot : « Ami, » qui prouve qu'ils se connaissaient déjà, Reboul répond-il par : « Monsieur ? » M. de Sigoyer aurait-il traité Reboul trop librement ? Non, la réponse de celui-ci prouve le contraire ; alors, ou ce dernier regardait l'auteur des Consolations poétiques comme son inférieur, ou bien c'était par humilité ; n'importe, passons.

Maintenant que nous connaissons l'homme qui fut également l'ami de Lamartine et de Roumanille, l'harmonieux auteur des *Oubreto, de li Capelan,* voyons ce qu'est sa poésie, et si véritablement elle est digne de l'homme qui l'a écrite.

Les *Consolations poétiques* sont d'un poète qui, quoique plus âgé qu'eux, appartient tout entier à l'école des Reboul et des Violeau. Il les devança peut-être comme date, mais comme écrivain, tous ont suivi la même trace. Point de ce froid réalisme où les auteurs n'ont que la matière pour idole, chose qui d'ailleurs se rencontre rarement en province, mais toujours une véritable poésie idéaliste où le chrétien marche le front levé sans aucun souci des sarcasmes d'autrui. M. de Sigoyer a suivi cette voie et par conviction et par nature ; car, comme on l'a vu, les trois ans qu'il a passés en Italie lui ont souvent rappelé des souvenirs du pays natal, souvenirs d'ailleurs qui contribuèrent à le former. Il nous semble le voir d'ici, vigoureux et pensif jeune homme, se promener le soir sous le plus beau ciel de l'Europe, du monde peut-être, contempler le colisée, le forum, et tous ces arcs en ruines où tant de passions se sont étalées, où tant de beaux talents se sont éteints sous le poids de l'esclavage. Nous nous le figurons errant le matin au lever du soleil, sur les bords embaumés de l'Anio, demandant à la Divinité la force pour vivre dans la foi ; à la muse, la douceur de Virgile et la résignation du Tasse, ou bien aux échos de Tibur, un peu de l'harmonie particulière à l'amant de Lydie. M. de Sigoyer fut exaucé, mais non pas sans souffrances morales et physiques, souffrances qui, le 3 août 1860 (le poète était mourant), lui dictèrent ces beaux vers qu'il nomma : *Le Génie consolé par la Religion,* et où il disait :

O mon âme ! il est temps, brise tes lourdes chaînes,
Et rejetant le poids des souffrances humaines,

Dis adieu sans regrets au séjour des vivants.
Sous la perversité, quand la vertu succombe,
Quand les plus saintes lois sont le jouet des vents,
Il n'est pour le malheur qu'un refuge : La tombe !

Déjà il avait, deux ans auparavant, dit en contemplant tout ce qui sans souci s'agite autour de l'homme :

Sur un lit de torture,
Triste, buvant mes pleurs,
J'accepte sans murmure
Mes cruelles douleurs,
Quand tout ce qui respire
Revoit, contemple, admire.
Du ciel l'azur profond,
Les bois, l'eau fugitive....
Pour toute perspective,
Je n'ai que mon plafond.

Puis, laissant tomber de sa paupière une larme brûlante, il s'écriait :

Hélas ! moi je me traîne
Dans l'espace qui mène
Du lit à mon fauteuil.

Sont-ce des circonstances analogues, brisé par de suprêmes efforts, ou bien sont-ce des chagrins particuliers qui, ne lui laissant goûter aucun repos paisible, le forcèrent à adresser une *Supplique au sommeil?* Pièce charmante, où le poète paraît las des luttes terrestres qu'il a dû soutenir, et où l'on voit tomber de sa bouche, une à une, comme des perles de rosée aux premiers rayons du soleil, ces paroles entrecoupées de sanglots : « Sommeil, pourquoi » me fuir? puisque mes désirs sont modestes et ma vie sans » remords ?... »

J'aime les bois, les fleurs, le vallon solitaire,
Où la muse me suit,
Il me faut le silence, il me faut le mystère ;
Mon âme a peur du bruit.

J'aime au déclin du jour, lorsque de leur parure
Se dépouillent les bois,
A demander aux bords du ruisseau qui murmure,
Mes rêves d'autrefois.
. . . .

Avec des goûts si purs, sommeil, je devais croire
A ta fidélité,
Moi qui ne voudrais pas renoncer, pour la gloire,
A mon obscurité.

Viens donc! et sur ce front où des peines mortelles
Ont imprimé leur pli,
Verse, avec la fraîcheur qui tombe de tes ailes,
Le baume de l'oubli!

On a souvent répété qu'il n'est point nécessaire d'écrire beaucoup pour se faire une réputation méritée, et qu'un auteur qui a souvent publié, doit encore s'estimer heureux, lorsqu'un opuscule, si petit qu'il soit, suffit pour lui donner un droit à la postérité. Ces lignes peuvent s'appliquer toutes entières à M. de Sigoyer. Quoique la moitié au moins des pièces qui composent son volume soient remplies de grâce et d'harmonie, nous ne croyons pas qu'il soit possible de faire voir rien de plus gracieux que la composition suivante, *Rome,* dédiée à un vieil ami d'Italie, à un compagnon joyeux de l'enfance et poète aussi, à Emile di Piètro. Cette poésie ressemble à une des dernières méditations de Lamartine, où sont toutes les joies d'autrefois, tous les souvenirs d'un passé qu'on ne peut oublier, tous les chagrins d'aujourd'hui entremêlés çà et là d'un rayon d'espérance ou de bonheur domestique. En un mot, c'est le cœur tout entier, l'image naturellement vraie, la vie du poète.

Un verger que protége une haie odorante,
Des fleurs, quelques pommiers,
Une claire fontaine à l'onde murmurante
Où boivent les ramiers.

Un ciel doux, un air pur, le souffle de la brise
    Caressant mes cheveux,
Une blanche maison sur la colline assise,
    Suffiraient à mes vœux.

Je ne moissonne point au champ de la fortune ;
    Jamais sa gerbe d'or,
Qui s'éparpille au pied de l'avide tribune,
    N'a grossi mon trésor.

Laissant gronder au loin l'orage politique,
    Sans trop m'en effrayer,
Mon trésor, c'est la paix, le repos domestique,
    Les plaisirs du foyer.

Il est encor pourtant un délice suprême,
    Doux rayon qui m'a lui :
C'est le bonheur de vivre en l'ami qui nous aime,
    De se fondre dans lui.

Je n'ai dû qu'à vous seul, ô poète ! à nul autre,
    Cet immense bonheur ;
Vos jours étaient mes jours, ma joie était la vôtre,
    . Et mon cœur, votre cœur.

Pour que ce sentiment soit toujours votre idole,
    Frère, souvenez-vous,
Souvenez-vous de Rome et de son Capitole
    Que l'on monte à genoux.

Rappelez-vous aussi la chaumière d'Evandre,
    La louve aux flancs d'airain,
Le vieux forum, ces tours d'où semble encor descendre
    L'aigle au vol souverain.

Rappelez-vous ces murs, ces temples, ces théâtres,
    Sous le chardon rampants,
Et ce cirque géant dont les arceaux verdâtres
    Sont des nids de serpents.

Que de fois, quand l'aurore aux teintes irisées
    Souriait dans les cieux,
Nos fronts se sont penchés sur des urnes brisées,
    Sur des autels sans dieux !

Que de fois, quand la lune attachait aux collines
    Ses réseaux éclatants,
Avez-vous entendu dans l'herbe des ruines
    Sourdre le flot du temps !

Ces vastes panthéons, ces dômes, ces portiques,
  Démolis à moitié,
Ont vu naître et grandir sur leurs débris antiques
  Notre jeune amitié.

Qu'ils soient toujours sacrés, qu'ils soient chargés d'hommages!
  Qu'on pleure à leur aspect!
Et que les habitants des monts les plus sauvages
  Y portent leur respect !

Emile, nous aussi nous devons chérir Rome,
  Nous devons la bénir,
Et garder dans nos cœurs, tel qu'un céleste arôme,
  Son pieux souvenir.

N'est-ce pas dans ces murs de tristesse éternelle,
  Dans ce tombeau des rois,
Que mes mains ont pressé votre main fraternelle
  Pour la première fois !

Allons revoir ces bords où l'opprobre et la gloire
  Ont régné tour à tour,
Où la défaite, après dix siècles de victoire,
  Voulut avoir son jour.

Allons redemander les souvenirs d'Horace
  A son Tibur en deuil,
Et visiter encore l'oranger qui du Tasse
  Ombrage le cercueil.

Préparez-vous ; partons ! et quand le crépuscule
  Ramènera le soir,
Comme autrefois, Emile, au pied du Janicule
  Nous irons nous asseoir.

Cette pièce suffirait seule pour sauver de l'oubli le nom
de M. de Sigoyer, et cela pour deux raisons. Point de ce
froid réalisme dont nous avons déjà parlé, mais rien non
plus de cette molle poésie qui n'offre aucun intérêt dans
son fond, aucune variété d'expression et qui nage sans
cesse dans un océan de vapeurs.

Malgré les nombreux écrits dont M. de Sigoyer se plut à
enrichir beaucoup de journaux et revues dans les dernières

années de sa vie, son nom fut presque oublié partout où l'homme avait grandi, dès que ses restes mortels furent cachés sous le grès de la tombe, excepté toutefois dans les cercles nombreux du midi, où il dépensa son génie mêlé à tant d'esprit. Hélas ! on oublie si vite les autres ici-bas, harcelé que l'on est sans cesse par l'ambition de vouloir faire dominer l'égoïste *moi !*...

Pauvre M. de Sigoyer ! Combien Dieu en l'appelant à lui ne lui a-t-il pas épargné de larmes, de ces larmes comme les pères seuls en ont pour leurs enfants ! Ah ! s'il eût vécu jusqu'aujourd'hui, s'il eût vu son fils, le brave commandant de Sigoyer, tomber mortellement frappé en 1871, alors que du Louvre qu'il avait contribué à sauver, il allait défendre la Bastille ! Quel cri déchirant la douleur n'aurait-elle pas arraché au père affligé, au poète si sensible et si doux !

Chose extraordinaire ! le passé redevient quelquefois de l'actualité ; on fixe souvent sur le papier une inspiration d'un moment sans y attacher d'importance, sans penser qu'un jour peut-être cette idée deviendra la fidèle peinture d'un trait d'histoire. Nous en avons une preuve dans le recueil d'Antonin de Sigoyer, alors qu'après une longue maladie il écrivait :

> J'avais des enfants dont l'épée,
> Dans le sang ennemi trempée
> Aurait illustré mon blason.
> Des enfants dont le fier courage
> Aurait joint une belle page
> Aux archives de ma maison.

Qu'il repose désormais en paix sous son marbre, le poète dont je viens de rappeler le caractère et le talent, cette belle page tant désirée est pour toujours scellée à l'honneur

d'un nom aimé, scellée avec du sang généreusement répandu pour la cause de la civilisation. C'est un souvenir
d'hier que nous avons voulu rattacher à un autre souvenir
— celui du poète, — pour en former un tout durable que
nul dans l'avenir ne pourra séparer du nom de Sigoyer, de
peur de commettre un sacrilége.

II

Hippolyte Violeau.

En prononçant ce nom, nous nommons un des plus beaux génies qui tiennent, insouciants de leur gloire, à rester cachés modestement au fond de leur province. Mais avant d'aborder le poète, parlons d'abord de l'homme, car on apprécie bien mieux son talent une fois cette connaissance faite. D'ailleurs quelques lignes suffiront.

Né d'un maître voilier de Brest, n'ayant d'autre fortune que son travail, Hippolyte Violeau perdit son père fort jeune. Il lui restait sa mère et ses deux sœurs, affectueux et faible soutien. Comment faire pour élever le dernier de ces trois enfants et lui donner les premières notions élémentaires de l'instruction? La mère d'Hippolyte comptait bien un peu sur l'héritage d'une vieille tante et la protection d'un oncle, mais au bout de quelque temps la tante mourait en léguant sa fortune à un parent éloigné et l'oncle rendait le dernier soupir. Adieu les beaux rêves et les illusions! il fallait, bien à contre-cœur, sans doute, laisser de côté le collége de Nantes, où le maître voilier avait toujours manifesté l'intention qu'on envoyât son fils. Il restait bien encore l'école des frères de la Doctrine Chrétienne, mais Hippolyte était si faible, si chétif et si timide, qu'infailliblement il souffrirait parmi tant d'enfants. Force fut donc encore de renoncer à ce projet.

Déjà Hippolyte commençait à lire ; sa sœur aînée s'était fait un devoir de lui apprendre ce qu'elle savait, et le jeune enfant dévorait des yeux tous les livres qui lui tombaient sous la main. C'était tout ce que sa sœur pouvait faire. Enfin l'on prenait patience et l'on était content, car un commis de marine s'était chargé d'enseigner l'écriture à Hippolyte ; mais il était écrit que ce bonheur serait de courte durée : le commis fut obligé de partir alors que l'élève commençait à peine à former de grosses lettres.

Déception sur déception, rien n'abattait le courage du frêle jeune homme, qui travaillait seul pour se former autant que possible. Un sourire de sa mère, une caresse de ses sœurs suffisaient pour lui donner un peu de gaîté et pour l'aider à supporter les premières épreuves pourtant si terribles de la vie.

Hippolyte allait avoir douze ans. On songea à lui faire apprendre un métier, et, à cet effet, on le plaça dans un atelier. Que de larmes répandues pour se séparer de cet enfant chéri qui, cependant, devait rentrer tous les soirs à la maison ! Hippolyte ne put rester dans l'atelier ; les ouvriers ne le maltraitaient pas, mais les blasphèmes, les paroles grossières qu'ils prononçaient brisaient l'âme si pieuse de leur jeune compagnon. Il pleurait souvent et en rentrant le soir, ce n'était qu'avec un air gai ! Mais ses yeux souvent rougis par les pleurs dévoilaient à la clairvoyance de sa mère l'état affecté de son cœur ; alors il fallait bien tout avouer et on le retira.

Comme fils d'un employé du gouvernement, il avait droit à quelque place ; on frappa à la porte d'un bureau, mais la marine n'avait rien à donner. Nouvelle et cruelle déception qui coûta bien des larmes encore. Quelques jours après, à force de recherches, une lueur d'espérance entra dans le cœur de la famille comme un beau rayon du soleil d'été : Hippolyte venait de trouver une modeste place de 400 francs aux hypothèques !... Ce n'était ni la fortune, ni l'aisance, mais c'était du pain.

Hippolyte avait jusqu'alors bien souffert ; que d'angoisses lui avaient serré le cœur de leurs terribles étreintes, mais tout cela disparut du jour où le jeune homme vit qu'il tenait en main une planche de salut. Il s'y cramponna de toute la force de son âme et lutta. — Maintenant, comment la poésie lui vint-elle, assis qu'il était sans cesse devant d'énormes piles de papiers ? Est-ce dans le sein de l'amitié qu'il la puisa ? car Hippolyte avait près de lui un sincère ami qui mourut plus tard sur la terre étrangère, léguant cent francs qu'il possédait au jeune poète, pour l'aider à publier un livre ! Enfin cet instinct poétique, ce génie qui console de bien des peines, de bien des chagrins, grandit, se développa à tel point, qu'Hippolyte envoya secrètement une pièce de vers à un journal de Brest. Le directeur le fit venir et lui fit diverses recommandations sur des choses auxquelles le jeune homme n'avait point pensé. On venait de lui dire qu'il aurait du talent et il pleura. Il voyait tout ce qu'il avait souffert, sa position moins que médiocre, tant de portes déjà fermées à ses sollicitations, et il pensait aux maux qu'il endurerait si, véritable poète, il se voyait forcé de garder ses vers pour lui.

Quand il rentra à la maison, le visage pâle et défait, il fallut bien encore répondre aux sollicitations pressantes de ses sœurs, et appuyé sur le sein de sa mère, il avoua tout. Alors, on lui remit l'argent épargné à grandes peines à la maison, et cet argent, — une modique somme de vingt francs ! — paya trois mois de leçons; Hippolyte en profita, et, dit Louis Veuillot, « ce qu'il sait il le doit à ses sœurs, ce qu'il est il ne le doit qu'à Dieu. »

En 1841, le jeune poète publia ses *Loisirs ;* les vers charmèrent les lecteurs et la première édition fut promptement épuisée. Encouragé par ce succès, il concourut l'année suivante à l'Académie des jeux floraux qui le couronna et l'admit plus tard parmi ses membres. A cette occasion, la ville de Brest lui fit présent d'une boîte renfermant mille francs en or et quelques livres. Et afin de prouver sa reconnaissance à sa ville natale, Hippolyte lui dédia l'année d'après un second recueil de *Loisirs poétiques* qui fut lu avec autant plus d'avidité que l'on connaissait déjà le talent de son auteur.

Maintenant que nous connaissons tous les maux, toutes les privations qui accablèrent Hippolyte Violeau, ouvrons son beau volume et regardons ce que tant de souffrances eurent d'influence et sur son caractère et sur son talent.

Dès les premières pièces du recueil, on rencontre le poète religieux de premier ordre ; l'auteur semble à dessein vouloir se détacher des choses de la terre pour ne considérer que l'abîme de la création, la distance immense qui sépare l'homme de Dieu, et plein du sujet qu'il aborde naturellement, M. Violeau sait, à l'exemple de Bossuet, allier la grandeur poétique à la majesté de Dieu. Partout c'est un élan de la foi la plus profonde, un cri du cœur, un soulagement que le poète demande pour lui seul. Il a voulu chercher, en commençant par la poésie religieuse, la consolation dont il avait besoin pour calmer et oublier les tribulations et les déceptions de sa première jeunesse. Calmer? il y a réussi ; oublier? Hélas ! oublie-t-on jamais ce qu'on a souffert ! D'ailleurs eût-il voulu jeter son passé dans l'oubli le plus profond qu'il ne l'eût point pu. Plus tard, toute sa poésie devait se ressentir de ce passé. — Jamais un rayon de véritable gaîté comme en ont tous les poètes à vingt-cinq ans, ne devait apparaître dans les chants d'Hippolyte Violeau ; un peu d'amertume échappée d'un cœur toujours oppressé, une bonté touchante à peine accompagnée d'un sourire, jamais de rancune ni de fiel, voilà tout. C'est toute sa poésie, c'est tout son caractère.

Nous voyons après M. Violeau scrutant dans les regards de l'homme tout ce que son cœur peut ressentir de joie ou de chagrin, de bonheur ou de désespoir. Il a vu que chacun a ses souffrances particulières ; l'un souffre dans ses affections intimes, l'autre tend humblement une main qu'on repousse. Toutes ces souffrances il les avait éprouvées, lui, le poète ; il savait que longtemps elles s'étaient concentrées dans son cœur, et que chaque fois qu'une main amie était venue presser la sienne, toujours une force surhumaine les avait séparées. Alors il chanta tous ces longs déboires non pour les étaler à nos yeux, mais pour lui-même ; non pour chercher à rehausser son mérite, mais bien afin de nous montrer à souffrir.

Alors que les déceptions torturaient son pauvre cœur, Hippolyte Violeau et son ami Pierre Javouhey, mettaient tout leur bonheur à s'éloigner de la ville pour s'enfoncer dans la campagne, au milieu des solitudes de la Bretagne. Là, leurs cœurs s'épanchaient dans le sein de l'amitié ; on bâtissait pour l'avenir projet sur projet ; un jour viendrait peut-être où le jeune poète pourrait avoir douze cents francs de rente, une maisonnette et un petit jardin dans un vallon, et où il pourrait faire de beaux livres. C'était là un rêve assurément bien modeste, une ambition bien désintéressée et dont M. Violeau ne s'est jamais écarté. Car, lorsque son avenir lui fut assuré par le travail, il n'hésitait pas à dire que la ville était son tombeau et que, comme Ducis, il était né pour les champs. La campagne est si belle pour un rêveur ! La nature s'y montre sans cesse dans un déshabillé complet qui fait souvent rêver entre les parfums du printemps et le bruyant tapage des villes. Si la ville révèle au poète des types où l'on voit toutes les passions et tous les plaisirs s'étaler au grand jour, les champs n'offrent-ils rien à quiconque cherche à sonder le grand œuvre de la création ?

Cependant, on ne saurait trop le répéter, Hippolyte Violeau n'a jamais chanté spécialement la nature comme ces poètes sans poésie pour qui tout est « mol azur, ciel pur, voûte étoilée. » Ces écrivains sont autant de cerveaux creux qui croient avoir trouvé le secret des maîtres en prenant quelques-unes de leurs expressions, quant, au contraire, ils n'ont fait que heurter leur génie. Lui, M. Violeau s'est toujours éloigné de cette platitude, aujourd'hui si commune ; il n'a cherché ses inspirations que dans les replis du cœur, à travers les joies et surtout à travers les souffrances du genre humain. Par exemple, quand il fait dire à l'homme dont les yeux sont pour jamais fermés à la lumière, qui sait sa fille près de lui, mais ne la connaît que par les soins et la parole :

> Quand pour le bal toute parée
> Ma fille vient baiser mon front,
> Mon cœur la suit à la soirée,
> Et je me dis : Ils la verront !
> Si quelqu'un murmure : c'est elle,
> Je tressaille au bruit de ses pas.
> Je sens qu'elle doit être belle !
> Oh ! oui !... mais je ne la vois pas !

. . . .
Quand viendra ma dernière aurore
Je pourrai mourir en ses bras ;
Je pourrai l'embrasser encore :
Oui !... mais je ne la verrai pas !

N'y a-t-il pas là, — dans ces derniers vers surtout, — une finesse, une beauté qui vaut mieux à elle seule que tous les livres « ensoleillés » de ces poètes faciles dont nous parlions tout à l'heure ?

La sincère amitié qui unissait Violeau et Reboul est surtout connue par les beaux vers qu'elle a enfantés. On y voit une communion d'idée de plus en plus marquée, et il y a cette remarque à faire que le poète breton et le poète nîmois ont compris la vie de la même manière, c'est que tous deux l'avaient connue au sein du travail et de la pauvreté, n'ayant que peu de loisirs à donner aux travaux de l'esprit, et point ou presque point d'argent pour les mettre au jour.

Le style élégiaque et fin de Reboul se retrouve en entier dans un petit chef-d'œuvre d'Hippolyte Violeau, intitulé : *Le Berceau et la Tombe.*

Le berceau de l'enfant a le rideau de gaze,
Le doux balancement du genou maternel
Et les songes légers, et la première extase
Qui rayonne aux fronts purs comme un astre éternel.

La tombe a le gazon qui la couvre et la presse,
Elle a le saule vert qui penche ses rameaux,
Elle a le rosier blanc que l'abeille caresse,
Et la prière tendre et le chant des oiseaux.

Tous les deux font rêver même l'indifférence ;
A l'amour du penseur ils ont partout des droits.
Ils sont pleins de sommeil, de paix et d'espérance,
Sur l'un veille une mère et sur l'autre une croix.

Ils parlent tous les deux d'une aurore vermeille,
L'un à l'enfant naissant et l'autre à l'homme mort,
Le berceau donne un monde à l'enfant qui s'éveille.
La tombe donne un ciel au juste qui s'endort.

Il y a dans cette poésie beaucoup de la force de V. Hugo, jointe à la douceur de Lamartine.

Le *Berceau et la Tombe* est certainement une des plus belles créations d'Hippolyte Violeau. Comme Reboul, c'est dans une petite pièce qu'il a montré tout son génie ; l'un a fait le parallèle entre l'enfant et le tombeau, l'autre l'établit entre le ciel et l'enfant : et de la tombe au ciel il n'y a qu'un pas.

A côté de cette charmante poésie, il en est une autre non moins belle à laquelle M. Violeau a donné pour titre : L'*Adieu de la Nourrice*. Composition choisie et coloris charmant, rien n'y manque. C'est tout un drame intime qui n'a qu'un acteur : la nourrice, qu'un spectateur : l'enfant ; l'un sourit et l'autre pleure avec un serrement de cœur qu'une mère sait seule comprendre. Pour décors, deux choses simples : d'un côté une chaumière, près de là l'antique menhir où jadis le sang humain a coulé ; de l'autre côté, un immense horizon où l'œil ne découvre que des champs ; au milieu, la route par où doit s'en aller le cher nourrisson, — dénouement cruel ! — Laissons plutôt parler le poète, c'est-à-dire la nourrice ; les vers sont trop beaux pour que la prose puisse les remplacer même avec le moindre avantage.

> Voici l'heure ! au seuil de ma porte
> S'arrête l'âne du meunier ;
> A ta mère, dans un panier,
> Pauvre ange, il faut qu'on te rapporte,
> Hélas ! tes frères affligés,
> Autour de ton berceau rangés,

Pleurent et ne peuvent comprendre
Pourquoi celle qui m'a donné
Son petit enfant nouveau-né,
Veut aujourd'hui me le reprendre.

Va cependant, va, mon chéri,
Puisque ta mère te réclame,
Va réjouir une autre femme
Dont le sein ne t'a point nourri !

Devant le fagot de bruyère
Où je rechauffais tes pieds nus,
Avec toi je ne viendrai plus
M'asseoir au foyer sur la pierre,
Ta mère prendra soin de toi ;
Mais saura-t-elle comme moi
D'eau bénite asperger tes langes,
Et renouveler chaque soir
Le petit morceau de pain noir
Qui préserve des mauvais anges ?

Tu me regretteras, sans doute,
Et lorsqu'aux champs tu reviendras,
Peut-être tu reconnaîtras
Ma chaumière au bord de la route,
Si tu pouvais te souvenir !...
Tiens, regarde bien le menhir
Et la croix où l'oiseau se pose ;
Vois, mon amour, regarde encore ;
Là des genêts aux grappes d'or,
Ici des champs de trèfle rose.

Mais ta mère craint ma tendresse,
Ah ! tu ne reviendras jamais !
En disant combien je t'aimais,
Elle accuserait sa faiblesse ;
On ne voit point l'oiseau léger
Laisser aux soins d'un étranger
Son nid éclos dans la charmille ;
En vain tout refleurit aux champs,
Parmi les trésors du printemps,
Il ne veut rien que sa famille.

Mes larmes seraient trop amères
Si je n'espérais plus te voir ;
A ta porte j'irai m'asseoir
Un jour avec tes petits frères,
Devant nous tu devras passer
Et tu voudras nous embrasser ;

Retourner avec nous peut-être...
O mon Dieu ! qu'il en soit ainsi !
Oui j'irais bientôt... mais aussi
Si tu n'allais pas nous connaître !

Adieu ! qu'un ange t'accompagne
Et te garde dans le chemin !
Adieu ! tu chercheras demain
Ta pauvre mère de Bretagne,
Pourquoi n'es-tu pas mon enfant ?
Ici le bon Dieu nous défend
D'éloigner les fils qu'il nous donne ;
Pour eux il nous dit de souffrir ;
Aussi nous aimons mieux mourir
Que de les céder à personne.

Va cependant, va, mon chéri,
Puisque ta mère te réclame,
Va réjouir une autre femme
Dont le sein ne t'a point nourri.

Que de grâce et que de charme dans cette pièce ! soit qu'on la prenne dans son ensemble, soit que l'on examine chacun des vers qui la composent. Ne voit-on pas d'ici, avec attendrissement, cette pauvre femme qui a consacré tous ses soins, ses jours et ses nuits pour le petit être qu'une main étrangère lui avait confié ? Et c'est au moment où l'enfant commence à bégayer des mots incohérents et sans suite, c'est à l'heure où le sourire s'épanouit sur ses lèvres, qu'on vient le saisir et l'enlever ? Avec quel amour cette pauvre nourrice dit à son cher nourrisson qu'elle ira le revoir, mais aussi quelle angoisse se traduit par ces mots : « Si tu n'allais pas nous connaître !... » Qui donc des deux femmes a fait preuve de plus de tendresse pour ce petit ange ? Qui donc a le plus souvent approché son sein de ses lèvres enfantines pour lui donner à boire, alors qu'un seul cri disait : J'ai faim ! mais « l'oiseau n'abandonne point ses petits à la charmille qui les a protégés, » et la mère ne peut faire moins pour son oiseau. Ainsi le veut la nature, ainsi va la vie.

On rencontre dans M. Violeau beaucoup de poésies lyriques marquées du sceau de la souffrance morale. Tantôt
c'est l'éloignement d'un ami bien cher qui y donne lieu, ou
bien c'est l'exilé qui, de l'autre côté des mers, essaie, mais
en vain, de découvrir quelques toits du pays natal qu'il ne
doit jamais revoir ; tantôt c'est un aïeul qui vend jusqu'aux
dernières bribes de sa fortune pour avoir le morceau de
pain qui doit sauver la vie au dernier de sa race encore au
berceau ; tel est, par exemple, le *Chien des Ruines,* un
poème dans le genre de Brizeux, avec ses tons variés, ses
notes élevées et harmonieuses. La rime est toujours riche
et la coupe élégante.

Jamais dans Violeau on ne voit le fouet de la satire fus-
tiger telle ou telle personne par pur caprice ou parce
qu'elle ne lui plaît pas. C'est le poète avant tout que l'on
rencontre chez lui, l'observateur discret qui déplorerait
la faiblesse ou les passions plutôt que de les railler. C'est
le cœur sondant le cœur, la main généreuse toujours prête
à soulager quiconque est dans le besoin, non-seulement
par devoir, mais par bonté.

Peu d'écrivains aujourd'hui, poètes ou prosateurs, font
preuve de désintéressement dans leurs écrits ; tous ou
presque tous, à Paris comme en Province, osent trop sacrifier à l'idée romanesque du siècle et cherchent une gloire
quelquefois imméritée dans des publications à outrance.
D'autres, au contraire, ont toujours émis leurs idées nobles
et justes sans prétention, sans protecteurs et quasi dans
l'oubli ; mais un jour est venu où la lumière s'est faite autour d'eux, ils n'en ont alors paru que plus grands, et
M. Hippolyte Violeau a le mérite d'être resté de ceux-là, et
comme poète, et comme prosateur.

Comme prosateur, nous ne pouvons apprécier M. Violeau, n'ayant pu nous procurer tous ses livres au fond de notre province, mais nous nous faisons un devoir de citer ici : *Pèlerinages en Bretagne ;* — *La Maison du Cap ;* — *Amice du Guermeur ;* — *Livre des Mères et de la Jeunesse* (ouvrages couronnés par l'Académie française) ; — et *Livre des Paraboles et Légendes.*

III

Adolphe Paban.

La vieille patrie de Guillaume-le-Conquérant pourra toujours dire avec orgueil que dans des temps déjà loin, elle fut le berceau de Malherbe, de Corneille et de Casimir Delavigne. Si tous ces écrivains, dont les œuvres resteront, pleins d'autres aspirations vers un but plus élevé, n'ont pas su regarder en arrière et saluer le toit paternel, d'autres, plus nouveaux, ont au contraire puisé à pleines mains dans les souvenirs sacrés du pays. On ne peut contester qu'en décrivant ses chères solitudes du Nouveau-Monde, Bernardin de Saint-Pierre ait senti son cœur battre entre les lianes des forêts vierges et le chêne-dieu des Druides.

Les parfums du sol national ont toujours pour l'exilé volontaire ou forcé, un arôme précieux dont il se souvient. C'est peut-être là ce qui, joint aux premières illusions déçues, a révélé le génie à l'auteur de *Paul et Virginie.* C'est aussi là ce qui a fait dire à M. Adolphe Paban : « Je suis poète, tout me le dit dans la nature ; » et comme tout jeune homme qui se sent une étincelle du feu sacré, il a chanté.

D'abord timide, il a écrit ses premiers vers pour lui seul, caché n'importe où, pourvu que nul œil indiscret ne vint le troubler. Puis bientôt, le front rouge et le cœur tremblant, il les a jetés au vent de la publicité. Avec quelle mortelle

angoisse il en attend le résultat ! Que de chagrins, que de
tortures ne devait-il pas endurer intérieurement, ignorant
si on lui tendrait une main amie ou si on le repousserait.
Mais la presse l'accueillit avec un sourire sincère, avec un
de ces sourires non fardés qui sont pour le poète un véritable encouragement. Alors, un hourrah formidable sortit
de sa poitrine oppressée ; il sentit son cœur déborder comme
un torrent rapide et trop plein dans son cours ; il se dit
qu'il pouvait continuer et il continua. Aussitôt à l'œuvre,
il écrivit toutes les inspirations que lui dictait son âge.
Sans souci du lendemain, maintenant qu'il avait confiance
et qu'il était sûr, il entassa feuille sur feuille, écrivit pièce
sur pièce, scrutant tout, examinant tout, et pensant quelquefois en homme mûr, souvent en jeune homme sans ex-
périence de la vie. Tout ce qui lui sembla venir du cœur,
tout ce qu'il vit d'émouvant pour l'âme, rien ne fut épargné.
L'illusion du jeune âge avait beau jeu. La sève de la jeunesse, la pétulence des vingt ans, le poussèrent ainsi pendant six ans au moins, c'est-à-dire jusqu'au jour où, réunissant ses quatre premiers bulletins poétiques, il donna
ses *Tablettes*.

C'était en 1866, l'auteur avait déjà passé par toutes les
vicissitudes de la vie ; il avait chanté, il avait pleuré. La
déception fait souvent suite à l'amour. Gai le soir en s'endormant, on se réveille triste le lendemain ; l'œil brillant
d'un bonheur que l'on croit sans mélange se ternit tout à
coup ; les soupirs nombreux et rapides essaient de sortir
du sein gonflé, et après avoir chanté :

> Dieu ne veut pas qu'une vierge.............
> A dix-huit ans s'enferme, comme une ombre,
> Dans un sépulcre où vient gémir l'amour...

Le poëte déçu jette autour de lui son œil avide. Il regarde le cloître, il contemple le ciel et s'écrie :

> Seigneur, quand donc pourrai-je,
> Sous le linceul de neige,
> Prendre place où l'on dort ?

A un cœur aimant il faut un cœur qui réponde, un amour sérieux et non passager. Car si ce cœur s'abandonne trop vite à l'amour, s'il s'ouvre tout entier et avec confiance, sans sonder l'objet de cet amour jusqu'aux replis les plus intimes de l'âme, ne risque-t-il point de dépenser sa jeunesse pour courir de chimère en chimère sans fixer le bonheur ? Pour un débutant, la poésie est pareille à ce objet chéri ; il faut la sonder et se connaître soi-même avant de se jeter vers elle à bras ouverts. Et pourquoi ? Pour ne pas dire comme M. Paban :

> Hélas ! j'aurais mieux fait d'accompagner la foule
> Qui rit, insoucieuse, en suivant son chemin ;
> De voir passer le temps comme une eau qui s'écoule,
> Sans m'occuper d'hier, sans songer à demain.
>
> . . . .
> J'ai fui l'illusion, sylphide à robe blanche :
> La science, ici-bas, est un arbre enchanté ;
> J'ai fait tomber les fleurs en secouant la branche,
> La branche s'est flétrie et rien ne m'est resté !

Aujourd'hui que le succès a couronné ses œuvres, M. Paban ne chante plus ainsi. Les nombreuses pièces qui forment les trois dernières parties des *Tablettes* sont (à l'exception de sept ou huit seulement) conçues dans un autre ordre. Les différentes phases de la vie y sont mieux peintes. Et, toujours sympathique et gracieux, le poète se montre un amant passionné de la nature ; il aime à s'enivrer à ses parfums purs et suaves tout en admirant ses rayonnantes beautés et ses sites charmants. Le beau idéal

joint aux secrets sentiments du cœur, voilà son drapeau.
M. Paban est, dit un critique, « rêveur, enthousiaste et
tendre, mélancolique à de cours instants ; il a rarement recherché les côtés grandioses, fulgurants, terrifiants même
de cette nature infinie et complexe. »

S'il a chanté les nuits claires ou obscures, les rayons
brûlants d'un soleil d'été qui dessèche les herbes et les
fleurs ; — s'il a baigné son front de poète dans les fraîches
rosées du printemps ; ou bien encore si, foulant aux pieds
les feuilles jaunies dont l'automne jonche les sentiers des
bois, il est allé contempler dans le miroitage des eaux la
belle nature qui se dépare alors, il ne l'a fait qu'en vers
doux, sonores, étincelants comme une pierre fine parmi les
sables du désert. Mais, dans ce cas, une chose que l'on
pourrait lui reprocher, c'est qu'il n'a pas assez cherché
les côtés « grandioses, fulgurants, terrifiants même » de
cette nature qu'il a chantée.

En effet, ne présente-t-elle pas des parties d'un dramatique achevé ? Et quand le poète dit :

Sans en chercher le but, ô nature sublime !
J'absorberai ma vie en ton amour sacré ;
Car l'homme est un vaisseau qui vogue sur l'abîme,
Et n'en connais le fond qu'après avoir sombré.

Il y a là dans les deux derniers vers surtout, une pensée
qui vaut tout un drame. Et ce drame s'est passé dans le
cœur du poète plus d'une fois alors qu'il cherchait dans le
tourbillon des villes l'enivrement des amours et des voluptés. A-t-il abordé le plaisir avec trop de précipitation ?
ou bien, l'impitoyable malheur l'a-t-il, au début de la vie,
accablé comme une âme incapable de jouir ? On serait
tenté de le croire ; car semblable au torrent qui se brise

impétueux sur le roc de son lit, les pleurs ont coulé des yeux du poète au cœur brisé ; il a repoussé loin de lui le monde et son bruit étourdissant : il s'est écrié, voyant qu'il s'était trompé :

> .... Tu te trompais, pauvre poète !
> Les bruits de la ville inquiète
> Ont lassé ton âme en un jour ;
> De nouveau les forêts natales
> Vont égarer dans leurs dédales
> Tes pas et tes rêves d'amour.

Maintenant que le livre des beaux jours est fermé, nous résumons ainsi les premiers essais d'Adolphe Paban. Jusqu'à présent, M. Paban s'est, en général, montré avec toutes les illusions du jeune âge ; c'est-à-dire « avec les vœux ardents d'un cœur embrasé pour les rêves de la vingtième année, » selon l'expression d'un critique. Ce sont des courses folles sous le soleil brûlant de l'été, à travers les champs et les bois, puis un enivrement d'idéalisme et d'amour auxquels viennent parfois se mêler des teintes légères de tristesse et de mélancolie. Je dis : « légères, » car il pleurait le soir et chantait le lendemain, avec l'insouciance du jeune homme qui s'attache à ses rêves chimériques comme à une réalité.

Autrefois encore, M. Paban aimait passionnément cette poésie joyeuse, enflammée, qui repoussait loin d'elle ce que, sur son chemin, elle rencontrait de trop triste. Aujourd'hui, le poète a vieilli, en idée du moins. Ce n'est déjà plus le fougueux jeune homme, mais ce n'est pas encore l'homme mûr. Cependant, il y a de l'un et de l'autre, et peut-être un peu plus de ce dernier, dans le nouveau livre qui s'appelle : *Les Souffles*. Dans cette œuvre, l'auteur a traversé la France et s'est rapproché des bords du Rhin ;

et, laissant de bien loin les brillants mirages que son âme avait cherchés d'abord, M. Paban a regardé ces antiques manoirs assis sur un roc grisâtre dont le fleuve de Becker et de Gœthe baigne le pied. Il a changé un soleil éblouissant pour une atmosphère brumeuse, qui s'élève chaque soir des vieux côteaux et des immenses forêts germaines. D'ailleurs, le poète le dit lui-même dans sa préface : « Ce livre, à part quelques pièces, est tout un élan vers la Germanie, que Schiller, Burger, le grand Gœthe et bien d'autres encore, ont rendue la terre d'adoption du génie. En dehors de toutes les questions de politique et d'amour-propre national, il y a une patrie idéale et commune vers laquelle toutes les aspirations peuvent converger : c'est du côté de cette zône calme que m'ont emporté pendant quelque temps *les Souffles* qui ont formé ce petit volume. »

Sans doute, il y a loin du *Rhin* d'Alfred de Musset, aux poésies rhénanes de M. Paban ; mais le premier avait un duel à soutenir avec le poète allemand, tandis que le dernier ne parle qu'à son cœur. Parfois, il sent bien que tout le feu de la jeunesse va le quitter ; l'amour qui vit

> .... Ce que vivent les roses,
> L'espace d'un matin,....

va bientôt s'éteindre avec les beaux jours. Il veut le retenir, ce feu, au moins quelques instants encore, mais le temps presse :

> Enfant . . . .
> . . . .
> Nous poursuivrons le Rhin de cascade en cascade,
> Et livrant à ses eaux une fleur des chemins,
> Tu lui diras d'aller, où va ton cœur malade,
> Porter un doux salut au pays des Germains.
> . . . .

Hâtons-nous, le temps presse ; qu'un automne encor passe
Sur mon front que l'éclair cessera d'enflammer,
Et, cherchant dans mes yeux l'aurore qui s'effaee,
Des yeux comme les tiens ne pourront plus m'aimer.

Puis quittant aussitôt l'Allemagne pour la Normandie, le poète revient à son pays natal. Il parcourt les plaines et les bois après avoir voulu sonder les profondeurs de l'Océan et deviner les secrets mystérieux qu'il enveloppe. Alors, imitant Ruckert, M. Paban entonne son *Chant du Voyageur,* poésie sonore où la mollesse ne se fait point sentir comme autrefois dans les vers ébauchés sous l'aile de l'illusion.

Au libre voyageur, le ciel, la terre immense,
Les vallons, la montagne où le soleil a lui,
La plaine est pour un autre, un autre l'ensemence,
Mais son regard l'embrasse : il passe, elle est à lui.
. . . .
L'onde approche et berçant le rêve que j'ébauche,
Son courant pur m'apporte un murmure enchanté :
Quand son babil me pèse, un signe ! et vers la gauche
Elle fuit : et mes pas vont d'un autre côté.
. . . .
Ainsi, fuyant demain les aspects de la veille,
Je chemine, joyeux, sur le monde aplani,
Et jamais, emporté de merveille en merveille,
Nul obstacle pour moi n'a fermé l'infini.

Les Souffles — nous l'avons dit — et les *Voix des Grèves* ne roulent pas dans le même cercle que les premières poésies de M. Paban. Il y a moins de mollesse, moins de langueur, et, partant, plus de véritable poésie, plus d'élocution. Sans s'éloigner trop de la nature, le poète ne la chante plus autant sur les mille tons d'autrefois ; il se rapproche davantage du grandiose et du pathétique. Ce n'est pas encore le talent arrivé à sa maturité ; ce n'est pas encore l'homme qui, aux deux tiers de la vie, regarde en arrière tous les chemins par où il a passé, mais c'est un pas de plus sur la route de l'observation. Il ne chante plus

l'amour avec autant de chaleur : son cœur commence a
devenir insensible, et maintenant il s'arrête davantage à ce
qu'il voit en retrempant son cœur aux souvenirs d'un passé
déjà loin.

Ce qui nous a surtout semblé charmant dans les dernières œuvres de M. Paban, ce sont quelques-uns de ses
Sonnets. Les petits tableaux où le pinceau a touché juste
sont d'un effet chatoyant ; les vers sont vivement colorés
et la chute est charmante. Dans plusieurs de ses Sonnets,
on pourrait dire qu'il s'est surpassé, et, comme M. de
Wailly disait de Joséphin Soulary, « qu'il a trouvé sa voie ! »
Nous avons lu parmi ces petits poèmes spéciaux des vers
que des poètes plus connus ne désavoueraient pas.

Nous n'essaierons point pour cela de mettre M. Paban
au niveau de Soulary, mais on peut certainement assurer
qu'il est un sonnettiste de talent quand il s'attache spécialement aux sentiments du cœur.

Voyons plutôt ce sonnet qui s'appelle : *Sous les Cyprès.*

Victimes de la destinée,
Deux épouses du même sang,
Au pied du cyprès jaunissant
Se rencontrent la même année.

L'une d'un vénal hyménée
A fui le chagrin incessant,
L'autre sur un tombeau récent
Change la couronne fanée.

Sous le poids des mêmes pensers,
Aux franges de leurs yeux baissés
A perlé la larme qui tombe.

Pauvres cœurs ! Le sort étouffant
Leur a pris le rêve et l'enfant :
Tous deux pleurent sur une tombe.

Comme peinture et comme idée, nous aimons cette pièce ; mais on y rencontre deux mots qui ont quelque chose de guindé, on sent qu'ils sont mis là pour la rime : Cyprès *jaunissants* alors qu'ils sont toujours verts, et le sort *étouffant...* D'un autre côté, nous ferons remarquer au poète que dans les tercets, il n'aurait point dû introduire de rimes qui se retrouvent quasi dans les quatrains.

Et cet autre sonnet tiré des *Aigues-Marines*, à propos desquelles Adolphe Paban a dit : « C'est comme une série de petits cadres où j'ai essayé d'englober quelques-unes des harmonies de l'Océan. » Ce sonnet porte le titre de *Contraste* ; c'est une pièce charmante où l'auteur, regardant la majesté de la mer, reste immobile, bouche béante et bras tendus, en contemplant les mystères qu'il ne peut définir, les yeux attachés sur une vision idéale qui, de nouveau, fait battre son cœur et bouillonner son sang.

M. Paban a bien écrit aussi quelques articles de critique littéraire ; mais comme ils sont trop peu nombreux, nous nous dispenserons de tout commentaire. Nous lui ferons seulement remarquer que ses phrases sont parfois trop longues, que cela fatigue un peu à la lecture. C'est un léger reproche que nous ne pouvons pas adresser à sa poésie ; et s'il lui prend jamais fantaisie d'écrire en prose, nous lui proposerons — quoique dans un genre tout différent — Bossuet pour modèle. Il verra dans cet auteur comment les phrases se coupent, se cadensent et se soutiennent. Bien entendu nous n'attaquons ici que la forme ; quant au fond, nous ne pouvons que donner des louanges à l'auteur ; mais la forme nette et précise n'est-elle pas un des charmes les plus entraînants pour le lecteur ?

Disons, en terminant, que M. Paban est, selon l'expression

de Thalès-Bernard, son modèle, « un artiste raffiné ; » qu'il est né à Paris, le 18 novembre 1839, et que malgré cela et ses divers séjours en différents endroits, la Normandie peut à plusieurs titres le réclamer comme un de ses enfants remarquablement doués.

IV

Mme Penquer.

Nous avons analysé dans une étude précédente un poète normand, et comme de la Normandie à la Bretagne il n'y a qu'un pas, nous parlerons de Mme Penquer.

Mme Léocadie-Auguste Penquer offre un genre tout différent du genre d'Adolphe Paban. Ce n'est point l'amour chanté sur toutes les gammes possibles, c'est la nature ; mais la nature humaine, vivante ; le cœur tout entier avec ses joies et ses larmes. Point d'illusions ni de folles chansons ; partout un tact parfait de fine observation.

A son talent qui, certes, est un des plus beaux de la province littéraire, Mme Penquer joint la modestie, rare mérite que tous les auteurs n'ont pas. Et croit-on que la modestie et la réserve nuisent au succès ? Non. — La violette humble et timide qui se cache sous l'herbe ne se trouve-t-elle pas tôt ou tard découverte, et alors chacun ne s'empresse-t-il point d'en respirer les suaves parfums ? L'auteur des *Révélations Poétiques* et des *Chants du Foyer,* est en tout point semblable à cette petite fleur. Lorsqu'en 1862, Mme Penquer donna son premier volume, dont le succès a depuis été confirmé par plusieurs éditions, il y avait déjà — nous dit-elle — seize ans que la poésie était l'objet de ses plus chères études. Victor Hugo était son étoile ; elle savourait avec délices les vers immortels auxquels ce dernier doit sa réputation. Victor Hugo est l'aigle au vol hardi et fier, à l'aile puissante, et Mme Penquer n'est que l'humble rossignol qui sautille de branche en branche en faisant entendre un chant harmonieux, pénétrant et varié.

Les *Chants du Foyer* méritent bien ce titre qui leur a été donné. Ce sont autant de petits drames intimes, de poèmes tout à la fois élégants et touchants, dont les passions et les vices sont les acteurs et le cœur le foyer. Ils ont tous été composés par la mère, entre une caresse de l'époux et le naïf sourire de l'enfant, ce qui n'empêchait point que Virgile fût étudié et commenté. Si Victor Hugo fut l'étoile de Mme Penquer, qui peut dire que Virgile ne créa pas son génie? On la rencontre souvent éprise du grand poète latin auquel elle emprunte des peintures très-vives, une douceur de sentiments, une droiture de caractère et une loyauté qui forment les attributs du chantre d'Enée. Après avoir fait dire à ce prince des poètes :

> « Puisque j'ai vu Cassandre, à sa tristesse en proie,
> Prédire aux fiers Troyens les désastres de Troie,
> Anchise fuir dans l'ombre, et Priam succomber ;
> Puisque j'ai vu les dieux conjurer les oracles,
> Que me font Actium et tant de grands spectacles,
> Et Rome et ses splendeurs ? — Rome aussi peut tomber ? »

Mme Penquer a dû se souvenir des ces paroles en écrivant plus tard :

> Le siècle est beau, mon fils, mais il est sans entrailles !

Et Rome aussi, la capitale du monde connu, était sans entrailles, et elle est tombée comme tant d'autres villes, comme Carthage, comme Ninive, sous les coups d'un destin dont nul homme n'est le maître.

Puis quelquefois, jetant un regard en arrière, Mme Penquer laisse Virgile dormir en paix sous ses lauriers, pour aller chercher — j'allais dire voler — une inspiration chez Théocrite. De cette inspiration sort une idylle toute faite. Deux bergers — non de l'Attique, mais bien de l'Armorique — deux bergers (homme et femme bien entendu), s'en vont se tenant par la main, ignorant le passé, insouciant du lendemain, ne pensant qu'au présent. Et à quoi bon penser à autre chose quand on a vingt ans et l'amour? Les déceptions ne viennent-elles pas assez vite effeuiller d'une main homicide les roses cueillies d'hier?

Dans ses *Chants du Foyer* comme dans ses *Révélations Poétiques,* Mme Penquer a chanté de la même manière, sur le même ton et avec un semblable trait d'observation. La nature est dévoilée, avec ses côtés « grandioses et terrifiants ; » notre poète a ramassé ce que M. Paban a dédaigné de cueillir pour ne s'adonner qu'à l'amour. Aussi est-ce au sein de cette nature morne et désolée, de ce temps d'hiver, que nous entendons deux pauvres orphelins accroupis près d'un mur, s'écrier, la voix entrecoupée par des sanglots :

— Oh ! que j'ai froid, mon frère ! — Oh ! ma sœur, que j'ai faim !... Pauvres enfants ! Pourquoi le nid a-t-il ce qui manque au berceau? dit V. Hugo. Qu'ont-ils fait, seigneur, pour que vous les punissiez si cruellement? L'oiseau, petit, a son nid plein de duvet ; plus vieux, il a l'espace : c'est le sort de sa race et il ne peut se plaindre ! voilà pourquoi il chante. Mais l'orphelin aussi est innocent ; sans toit pour l'abriter, sans personne qui lui donne la main, afin de soutenir ses premiers pas dans la vie, il n'a qu'à pleurer. Deux amoureux ont foi dans l'avenir, l'orphelin n'a d'espoir que dans la mort qui doit terminer ses souffrances. C'est navrant, car :

L'enfant, n'est-ce pas un oiseau ?

Mme Penquer excelle surtout dans ces tableaux où le cœur est toujours en scène ; ses vers disent quelque chose. A côté d'un gai quatrain, on trouve dans une scène l'angoisse du dénouement. Cependant, ce n'est pas elle-même qu'elle chante ainsi, on le sent à son souffle, on le voit à sa démarche ; mais ce qu'elle peint, c'est tout — c'est l'homme. L'homme avec ses illusions et ses chagrins, ses joies chimériques et la triste réalité qui nous environne. A côté du riche qui nage dans l'abondance, on voit toujours un Lazare qui demande humblement les miettes de la table ; à côté de celui qui rit, on sent celui qui pleure. Ainsi est la vie ; une perpétuelle épreuve semée d'angoisses, à peine coupée, de loin en loin, par un éclair de bonheur.

En écrivant ses poésies, Mme Penquer n'a chanté que ce qu'elle voyait, que ce qui frappait son âme empreinte d'une douce mélancolie en face des luttes terrestres ; et, comme Lamartine, elle a souvent puisé à ses souvenirs de jeunesse. Ses vers veulent dire : On aime toujours à revoir les lieux où l'on a grandi, où jadis les caresses de l'aïeul se mêlaient aux baisers de la mère, et là où, tous ensemble, on aimait à parcourir les grands bois du parc pour dénicher des nids d'oiseaux. Oh ! qu'ils sont doux ces souvenirs des lieux où pour la première fois on a senti que l'on était aimé :

Quels rêves que ceux-là ! Quels moments, ô Seigneur !
Être jeune, être heureux et croire à son bonheur !
Ne rien savoir du mal, vivre dans l'ignorance,
Et regarder la vie à travers l'espérance !

Tantôt nous voyons le désespoir d'un pauvre père que son amour pour sa fille enlevée a rendu fou ; tantôt c'est une simple fille des champs que le poète nous montre ; mais une charmante enfant, telle qu'en a souvent rêvé Raphaël, et telle qu'il en a représenté dans ses têtes blondes. Figurez-vous cette jeune ingénue qui, ne connaissant encore que le giron maternel, fait admirer des tableaux amoureux où l'on voit des beautés anciennes assises sur le gazon, et un berger sortant d'un buisson voisin pour leur voler un baiser. Ces peintures captivent le cœur de l'enfant, ses yeux en sont fascinés, éblouis, et sa bouche reste entr'ouverte. Mais qu'adviendra-t-il, ô vierge ignorante, si ton cœur est si vite enflammé? Si cette simple toile coloriée fait ainsi bouillonner ton sang?... Tu crois aimer et tu voudrais être aimée, c'est bien ; mais sache au moins que ce mot si charmant : — je t'aime ! — a perdu bien des femmes ! et que d'ailleurs c'est bien un

> Mot du ciel qu'on parjure et profane souvent !
> Mot écrit sur le sable et qu'emporte le vent !

Si les vers de Mme Penquer dénotent plutôt la réserve et la douce sensibilité de la femme que la mâle énergie de l'homme-écrivain, elle a su parfois imprimer une nouvelle vigueur a sa muse ; il y a alors plus de pathétique et le récit devient un vrai drame, qui, enrichi d'entrées et de sorties motivées, produirait un bel effet sur la scène. Telle est la *Vision de Christianborg*, un épisode de l'amour de Mathilde et de Struensée, suivi de l'exécution de ce dernier. La scène se passe en grande partie dans le château de Christianborg, dont quiconque s'approchait, dit Xavier Marmier, dans son histoire de la Scandinavie, « était obligé de se découvrir la tête jusqu'à ce qu'il n'en vît plus les façades. »

Struensée, fils d'un prêtre de Halle, devient médecin et favori du roi de Danemark, Christian VII. Après s'être consacré au jeune prince Frédéric, dans un moment de crise, il intéresse la reine Caroline-Mathilde, qui finit par l'aimer. Devenu premier ministre, Struensée se voit en un instant entouré d'ennemis nombreux et puissants que la jalousie pousse au point de faire signer son arrêt de mort par le roi, bon, mais trop faible. Et cependant, qu'à donc fait le ministre pour être devenu en un clin-d'œil l'objet de tant de haines. A-t-il conspiré ? Non : Il n'a rien fait que de travailler pour le bien de l'État. En le faisant condamner, ses ennemis, pour comble d'iniquité, et jaloux peut-être de ce que la reine ne les regarde pas aussi favorablement qu'elle voit Struensée, ne craignent point d'accuser cette reine d'entretenir des relations coupables avec lui. La pauvre femme voulant sauver un homme qui le méritait si bien, se perd avec lui ; car, jeune, belle, aimée et puissante, son cœur parle trop haut. Est-ce pour cela, qu'un jour elle traça sur une des vitres du château de Frédéricksborg, l'inscription suivante :

O God keep me innocent, and make the others great. Il faut le croire. — Tel est, en quelques mots, le récit que le poète déroule à nos yeux. Entrons donc un peu dans les détails.

Nous avons dit qu'après avoir sauvé le prince Frédéric d'un danger imminent, la reine rend grâce à Struensée de son dévouement ; se sentant déjà entraînée vers lui par un penchant irrésistible, elle lui avoue qu'elle l'aime, et cependant, elle a peur d'offenser Dieu et son époux ; elle a peur d'elle-même, elle a peur de Struensée. Mais, ô tendresse ineffable ! l'amour prend le dessus, et ne pouvant se rendre maîtresse de ses sentiments, elle est forcée de s'écrier avec une fière et digne attitude :

Le cœur qui craint l'amour se livre de lui-même,
Je le sais, mon ami ; je sais que je vous aime,
Et je veux confier mon honneur à vos soins :
Ne m'aimez pas autant, afin que j'aime moins !
Donnez-moi votre main, non pour presser la mienne,
Mais pour que votre bras courageux me soutienne,
Jetez les yeux sur moi, non pas pour m'enivrer,
Mais pour guider mes pas si je dois m'égarer.
— Je suis comme une enfant réveillée et ravie
Qui sort d'un doux sommeil pour rentrer dans la vie,
Et qui veut ressaisir le fil d'un rêve d'or.
Mais le rêve s'enfuit.

Pauvre reine ! comme elle aime et comme elle est aimée, car son amant dit hautement, comme s'il ne parlait qu'à lui-même, avec conviction et foi :

Veut-elle que je meurre à l'instant ? je mourrai !
Que je vive loin d'elle, en proscrit ? je vivrai !

Mais ces doux propos d'amour vont bientôt finir ; une ombre passe sous la croisée, écoute un instant et disparaît. Est-ce le roi averti ? ou bien est-ce un des dénonciateurs jaloux du bonheur de Struensée ? Rien ne le dit. Cependant le bruit a été entendu, l'ombre a été aperçue ; Struensée ouvre la fenêtre, mais il ne voit qu'un beau ciel dans une belle nuit. — Dieu est pour nous, dit-il. Mais Mathilde que l'ombre a inquiétée, veut fuir : elle craint que tout ne soit découvert. — Ah ! je t'aime ! voici minuit ; au revoir, dit-elle. Struensée parlant à son amour n'a pas entendu ces dernières paroles, pourtant si douces pour un amant, et alors qu'il se détourne, il est seul, la reine a fui.

Bientôt la lune s'éteint dans l'aube naissante, c'est le jour. De ses fenêtres, le ministre peut voir un grand nombre de personnes déjà rassemblées sur la place. Et pourquoi tout ce monde ? se dit-il ; est-ce une exécution capitale ? Le peuple la connaîtrait-il avant moi ?... — A l'instant, on le saisit, on l'entraîne. Quelques minutes suffisent pour qu'il soit sur l'échafaud. Impassible, il entend la sentence qui le condamne si précipitamment, sans jugement aucun, et s'adressant à la foule aveugle qui vient d'applaudir : — Ecoute, dit-il, l'œil en feu, mais sans émotion trop visible :

> O peuple aveugle ! ô peuple, écoute-moi :
> La gloire ? j'y songeais !... mais j'y songeais pour toi !
> . . . .
> Fils du peuple, j'aimais le peuple et le servais,
> Je voulais voir grandir ta nation que j'aime ;
> Je voulais te sauver... mais tu te perds toi-même :
> Tu vas souiller ta gloire et ton nom dans mon sang,
> Ingrat ! je te pardonne et je meurs innocent !

Puis un cri de mort retentit soudain dans l'espace ! Struensée ne vit plus !

Il y a là toute l'étoffe d'un beau drame. Pas plus heureux que Ruy-Blas, Struensée a du moins vu son amour partagé, amour pur et sans souillure que la reine voudrait cacher, ce que l'état de son cœur ne lui permet pas de faire. Cette crainte de Dieu, cette peur de son époux et d'elle-même, toute la scène où elle s'avoue, c'est sublime et bien au-dessus du dévouement — sublime aussi — de Struensée et pour la reine et pour le peuple. On ne voit point là d'amour forcé, d'intrigue préparée pour le théâtre ; tout coule de source, c'est le cœur qui parle tout entier, et quand le cœur parle ainsi, l'intérêt, entraînant le spectateur pour le faire admirer, ne se découvre-t-il pas sans qu'on fasse aucun effort pour le trouver ?

Maintenant que nous avons présenté Mᵐᵉ Penquer sous sa forme lyrique et sentimentale, nous voici arrivés à la seconde période de son œuvre. Nous voulons parler de *Velléda,* grand poème en douze chants et qui ne contient pas moins de huit mille vers !

C'est l'épisode des *Martyrs* de Châteaubriand, développé,

accidenté et complétement remanié. L'auteur a choisi *Velléda* comme elle aurait choisi un grand nom dans l'histoire, comme Racine a choisi *Phèdre,* comme Ponsard a choisi *Lucrèce* pour en faire leurs chefs-d'œuvre ; seulement au lieu d'en faire une tragédie, Mme Penquer en a fait une épopée. Au lieu que Voltaire est descendu au-dessous de lui-même avec sa *Henriade,* Mme Penquer s'élève, ou du moins se maintient au niveau de ses autres écrits ; ce que l'auteur a voulu peindre dans son livre, c'est la vérité dans la passion et dans la description, la vérité dans la foi et dans l'histoire. Elle a voulu nous montrer l'ancienne *Gauloise* oubliée, et, au lieu de prendre *Éponine,* elle choisit *Velléda,* comme plus lyrique et plus belle encore. Elle a voulu nous faire assister à la lutte de la religion Celte expirante contre le Christianisme naissant, lutte qui a pour cadre rustique les rochers de la vieille Armorique, et pour principaux acteurs — on peut même dire pour seuls acteurs — la Druidesse et le Chrétien. Et tout cela, Mme Penquer l'a parfaitement compris, elle le dit dans sa préface, elle l'exprime dans ses vers ; on ne pourra donc point lui reprocher d'avoir trouvé un sujet et de l'avoir mis en vers pour le plaisir d'écrire, sans but moral, sans combats étudiés pour captiver le lecteur. C'est une grande tentative qu'aucun auteur, excepté Lamartine, n'a essayée de nos jours, où les longs poèmes sont laissés de côté pour donner le pas à la prose des romans. Avec *Jocelyn* et avec *Velléda,* nous avons deux livres qui nous resteront comme les deux plus vastes épopées du dix-neuvième siècle, chaque auteur, bien entendu, avec son sujet, son genre et sa poésie.

« Cette œuvre tout entière, dit l'auteur, dans **sa** préface de *Velléda,* est le jaillissement d'une émotion, la vibration

3

d'un sentiment, le fruit d'une ivresse. Le nom de *Velléda,*
prématurément prononcé devant la jeune armoricaine, a
semé l'idée dans le sein du poète. J'habitais alors un vieux
château à remparts et à tourelles, situé dans une de ces
solitudes que la religion des Celtes a consacrées. La semence
a germé ; cela a demandé des années. Enfin la semence est
devenue le fruit, et voilà l'épopée. L'illustre auteur des
Martyrs, adorateur fervent de la poésie rhythmée, avait dû
rêver ce poème en vers. Je ne suis ici que son instrument
et son ouvrier, j'ai pris son moule, j'ai fondu le même
métal, seulement j'y ai mêlé un peu d'argile. J'ai voulu
mettre dans la passion l'attendrissement, dans l'amour la
tendresse, dans la sensation la sensibilité, dans l'humanité la faiblesse. Les yeux fixés sur le grand Bey, j'ai invo-
qué l'ombre auguste de la Vestale, je lui ai demandé l'inspiration et j'ai reçu l'inspiration ; je lui ai demandé la lyre
et j'ai reçu la lyre ; je lui ai demandé la voix et j'ai reçu la
voix, j'ai chanté. Mais j'ai gardé ma liberté !... J'ai parcouru
l'Armorique et foulé la terre sacrée des Druides, avec cet
autre *Eudore* que mon rêve de poète a créé, avec cette
autre *Velléda* que mon imagination indépendante a engen-
drée ; Tacite a montré la divinité, Châteaubriand a révélé la
prêtresse ; j'ai mis la femme dans la prêtresse et dans la
divinité. »

Maintenant nous allons passer le plus brièvement possible à l'analyse de ce poème énorme de *Velléda,* analyse
qui nous donnera matière à réflexions.

Au premier chant, qui n'est pour ainsi dire qu'un prologue, l'auteur nous montre la Druidesse en pleines fonctions. Velléda marche vers ses autels ; Eudore, le guerrier
chrétien, est caché pour épier les mouvements de la Ves-

tale, si belle alors que son voile flotte dans l'air, et
qu'elle ignore l'œil qui la contemple ! — Enfin la voilà plus
près d'Eudore, elle passe à deux pas de lui sans l'apercevoir,
mais celui-ci la suit partout, à travers les bruyères, les
fossés, les forêts, partout ! Elle, la vierge gauloise, la prêtresse vénérée ignore qu'elle est suivie, sans cela elle n'eût
pas été si attentive. Une seule pensée l'occupe en ce moment : ses dieux quelque temps délaissés, leurs autels
renversés !... Velléda s'approche de la pierre sacrée, elle se
prosterne et, s'appuyant sur l'antique dolmen, elle frappe
trois fois dans sa main. Aussitôt la forêt se remplit de lumières, les Gaulois apparaissent de tous côtés comme si
chaque chêne eût vomi un homme. Eudore regarde tout
cela d'un œil effaré ; il se mêle au peuple comme on se
mêle à la foule pour approcher d'un objet curieux, ce qui
d'ailleurs lui est aisé puisqu'il porte l'habit gaulois. Avec la
faucille d'or on va cueillir le gui sacré, afin d'offrir un sacrifice à *Teutatès*, le dieu du sang. C'est dans ce sang des
victimes que le destin des Armoricains va être écrit, de ces
hommes qui, seuls jusqu'à présent, ont su résister aux Romains de César. Voilà donc Velléda debout sur l'autel ; elle
regarde d'un œil farouche la foule immobile à ses côtés ;
elle invite les guerriers de la Bretagne antique à se réunir
pour vaincre ou mourir. Il faut que les esclaves marchent
sur Rome, qu'ils se lèvent comme un seul homme et
triomphent. Ainsi, depuis, a parlé Louis XIV après sa défaite : ou je serai vainqueur, ou j'irai, avec mes derniers
sujets, m'ensevelir sous les ruines de la monarchie. Eux,
les Gaulois, c'est leur liberté qu'ils veulent ; ils sont prêts
à tout.

Soudain, les guerriers éclatent en murmures ; ils vont

s'unir aux Francs, mourir ou se venger : ils vont recouvrir leur indépendance si les dieux sont pour eux. A l'instant les rangs sont rompus et la scène est effroyable ; le peuple renverse le bassin où le sang des taureaux bouillonne encore, et chacun cherche à voir les figures que va tracer sur la terre le sang répandu. Mais, ô coutume barbare des temps passés ! le sang n'ayant pas parlé, il en faut d'autre. On consulte Velléda qui choisit la nouvelle victime ; c'est un beau vieillard à barbe blanche, un guerrier rare ! Et à l'heure où Velléda, un poignard à la main, va le saisir pour le sacrifier, l'aurore paraît à travers les chênes et l'exécution est remise au lendemain. — Retournez dans vos demeures, crie la prêtresse ; je vous remets ce vieillard, et, Gaulois, vous m'en répondez sur votre vie.

Les flambeaux sont éteints, la foule se disperse sans bruit dans les bois et l'on entend les bardes attardés qui chantent : « Teutatès a parlé dans le chêne sacré : il veut encore du sang ! » Eudore a tout vu, tout entendu sans dire un mot. Son devoir de soldat-chef l'occupe tout entier, puis, de temps en temps, sa pensée se tourne vers Velléda... Pauvre guerrier chrétien qui se donnera un jour à une druidesse.

Au deuxième chant, Eudore contemple le lever de l'aurore qui, il n'y a qu'un instant, a dérangé l'assemblée des Gaulois ; et après avoir fait une prière, il revient à son château, l'angoisse au cœur. Il lui semble toujours voir le vieillard condamné et Velléda brandissant son poignard. Que va-t-il faire ? Punir la révolte armée et frapper la Vestale pour épargner la victime ? Non... Velléda ! ce nom seul épouvante le consul romain. Vite sa décision est prise, il convoque les principaux de la ligue armoricaine ; tous se rendent à la forteresse romaine qu'Eudore fait cerner à l'instant. Là, le jeune chrétien dit aux Gaulois que la nuit dernière il a surpris leurs actes infâmes, qu'il a vu le fer levé et prêt à frapper la victime innocente. Comme il a des droits souverains que Rome lui a légués, il peut sauver tous les fiers Armoricains, mais à une condition : c'est qu'ils renonceront à leurs vengeances téméraires, à leurs funestes croyances, à leurs folles superstitions, puisque l'holocauste humain est depuis longtemps proscrit. — Je condamne et punis votre révolte, dit-il, et, au nom de Rome, je vous arrête tous !... A ces mots, des cris de désespoir retentissent de tous côtés. Les Gauloises chrétiennes, serrant leur nouveau-né sur leur sein, implorent la clémence du consul pour leurs époux, pour leurs frères et pour leurs pères ; on les arrête sans qu'ils aient peut-être tous mérité une égale rigueur :

> Pour nos fils, ô guerrier, pardonnez à leurs pères !
> Dieu l'ordonne... et vous dis comme moi, je le sens :
> Pardonnez aux pécheurs au nom des innocents !

Mais en pardonnant, n'est-ce point autoriser la révolte ? Les Gaulois seront-ils consciencieux ? Le jeune consul le sait bien, aussi quoique touché de tant de larmes, il prend ses précautions, précautions bien funestes, puisqu'elles doivent un jour lui causer de cruels tourments. Il accorde la liberté à toute la ligue, pourvu que comme otages on lui confie, ce qui a lieu, deux personnes vénérées : Velléda et Ségénax, son père, magistrat des Rhédons. Bientôt ils sont livrés ; Eudore les enferme dans le donjon de son château. Ségénax maudit sa prison et tombe malade ; au contraire, sa fille paraît folle, mais elle est près d'Eudore : peut-être pourra-t-elle le gagner, car à peine l'a-t-elle vu quelques instants qu'elle se sent éprise pour lui d'un amour invincible. Eudore veut sauver ses frères captifs, le cœur du vieillard s'émeut, il se fie au chrétien qui le délivrera, tandis que Velléda, restant captive, a l'espoir de gagner un cœur. Elle va trouver le romain au milieu de la nuit, dans la salle d'armes et lui avoue son amour. Eudore n'ose parler :

S'en va-t-elle, il l'attend ! Revient-elle, il la fuit !

Enfin Velléda avance, elle pend sa lampe à un crampon de fer et se trouve en face de son maître ; puis le fixant d'un regard doux et fier, elle lui répète qu'elle vient pour lui apprendre combien sa voix tendre l'a charmée, combien la prison lui est chère, combien elle l'aime. A ces mots, Eudore est saisi d'épouvante ; chrétien, sa foi chancelle ; homme, ses sens sont enivrés : l'amour l'envahit. Que va-t-il faire ? Faiblir ? Non. Il ne peut que la fuir ou l'aimer, il fuira ; mais Velléda qui l'observe et le devine comme toute femme qui aime, recommence son combat du cœur.

Eudore ne veut pas écouter Velléda, fort bien ; mais pourquoi l'a-t-il poursuivie, alors qu'elle était libre de tout amour ? Il est vrai qu'il ne lui a jamais adressé la parole et que Velléda ne se savait pas suivie. Pourquoi l'a-t-il relevée pour lui ouvrir un abîme ? Pourquoi sa voix est-elle si tendre et son regard si doux ? Pourquoi donc enfin est-il si séduisant s'il ne veut pas aimer et s'il ne veut pas qu'on l'aime ?... Non, il ne peut pas aimer ; cependant Velléda lui est chère, elle est vierge, elle est pure, elle est innocente. Doit-il fuir comme il le voulait d'abord ? Hélas ! il hésite, il frissonne, il va rester. Mais Velléda a fui ? Qu'importe ! il va la suivre. Mais Velléda a regagné sa tour, la porte en est fermée ? Eudore s'arrête et se voit réduit à converser avec ses voix intérieures ; son cœur de chrétien est aux prises avec le cœur d'une druidesse ; il veut vaincre et il est vaincu ; il voudrait être platonique et il aime malgré lui !

Le troisième chant que Mme Penquer intitule : *Passé*, est un vrai retour de roman, un retour en arrière : c'est le passé d'Eudore ; passé d'ailleurs qui nous importe peu, puisqu'il nous entraîne dans des longueurs qui n'ont qu'un but : la généalogie et l'histoire de la jeunesse d'Eudore. Mme Penquer nous montre le fils du grand Philopœmen, le dernier des Grecs, enlevé par la cour de Rome. Seul et sans famille, Eudore erre sans cesse avec ses deux amis, Jérôme et Augustin ; tous trois ont goûté les voluptés de la vie, ils ont aimé et ils en sont las. Croient-ils en Dieu à cette heure où l'ère chrétienne va s'étendre ? Pas encore, mais cela viendra bientôt. Enfin, ils se font chrétiens : Eudore part pour Tibur où il verra Constantin ; Augustin pour Carthage, et Jérôme pour le nord et l'Occident. Puis Galère enlève Eudore, l'envoie à Constance et l'exile de Rome. Constance l'ayant reçu dans son armée, le nomme archer, puis centurion, puis général, et enfin gouverneur de l'Armorique. C'est ainsi qu'Eudore s'est trouvé dans la Gaule, qu'il a connu Velléda et qu'il se voit, s'il ne peut résister, sur le point de renier son Dieu pour aimer Velléda, si, elle aimant, ne veut pas renoncer au gui sacré, à ses trépieds, aux sacrifices humains.

Le quatrième chant nous fait assister à une grande et touchante scène qui se passe à peu de distance de la forteresse romaine, dans un des bois que la prêtresse a nommés : « Chastes. » Un soir, Eudore, triste et silencieux, se rend dans la forêt sacrée à l'heure où un orage s'annonce. On entend çà et là le hurlement des animaux sauvages et le bruit des arbres tordus par les vents. Bientôt l'éclair sillonne la nue, la foudre gronde et l'homme se voit forcé de reconnaître un maître entre tous. L'arbre Irmensul, adoré des Druides, et quelques chênes encore rouges du sang des sacrifices se brisent et rendent plus plaintif le sifflement du vent. Eudore le chrétien, seul au milieu des bois, regarde le ciel et n'y voit plus que Dieu; soudain il frémit... il a peur, lui, le redoutable guerrier; un bruit de pas se fait entendre... une ombre apparaît: c'est Velléda! Velléda qui, sachant Eudore hors du château, est sortie de sa tour pour le chercher, puisque, prisonnière, elle a la liberté d'aller où bon lui semble. Cette fois le proconsul pourra-t-il résister aux charmes de la prophétesse de Séna? Il essaiera encore.

Velléda s'avance à pas lents, ses beaux cheveux blonds dénoués roulent en anneaux d'or sur son sein de neige ; sa couronne de gui est perdue, mais elle agite dans l'air une branche de chêne pour chasser les esprits qui peuplent la forêt. Elle pleure, et, s'approchant d'Eudore, éclate en reproches contre lui et prêche en faveur de l'amour qu'elle réclame. Tout en parlant ainsi, Velléda s'approche plus encore ; elle courbe son beau front devant Eudore consterné. Il chancelle ; et tous deux se trouvent alors en présence près d'Irmensul, le chêne-dieu. Au pied de l'arbre, un tas de pierres forme une cavité jadis habitée par quelque fée de la Gaule celtique. Eudore entre dans la cavité et Velléda l'y suit. Appuyé contre un des parois, le guerrier croit qu'il résistera mieux, alors Velléda posant sa main sur le cœur d'Eudore, attend qu'il parle. Il se décide enfin à lui dire qu'il faudrait qu'elle fût chrétienne, qu'il ne peut l'aimer sans cela, que son Dieu le lui défend, parce que ce

Dieu veut être aimé seul. Ce n'est pas encore un aveu complet qu'Eudore fait, mais c'est une promesse avec une restriction bien faible.

> Quoi ! ton Dieu te défends de m'aimer, de m'entendre,
> Reprit la vierge émue, et tu dis qu'il est tendre ?
> Et tu dis qu'il est bon, qu'il est juste ?... Oh ! tais-toi,
> Je ne veux pas d'un Dieu qui t'éloigne de moi.

Résolue à tout tenter, la prêtresse s'approche encore, le rayon de la lune qui perce à travers l'ouragan comme l'amour au travers du cœur d'Eudore, n'arrive pas jusqu'à elle, son souffle se mêle au souffle du guerrier ému à l'intérieur, impassible au dehors. Velléda lui a parlé de sa puissance ; qu'il consente à l'aimer, elle enlèvera l'empire à Valère, Eudore aura Rome, une couronne, il sera roi, empereur, tout, pourvu qu'il consente à aimer la vierge gauloise. Promesse bien séduisante pour la faiblesse humaine, mais pour le cas où la prêtresse ne pourrait réaliser sa promesse, l'amour ne sera-t-il pas toujours là ?

> Ta lèvre sur ma lèvre et ton cœur sous ma main,
> Nous nous dirions : Qu'importe hier !... Pourquoi demain ?
> L'heure présente est tout, ici-bas, quand on s'aime :
> Hier, c'est le regret ; demain, c'est le problème ;
> Hier n'existe plus, demain n'existe pas.
> L'heure présente est tout quand on s'aime ici-bas.

Eudore voudrait répondre et la parole expire sur ses lèvres ; la grotte est devenue bien sombre, Velléda n'est plus visible, mais sa voix se fait entendre et vibre comme un timbre. — Non, dit-elle, en tombant à genoux, la pauvre Velléda ne sera point aimée ; elle est née sous une mauvaise étoile, elle ne sera jamais l'épouse du héros qu'elle adore. Et bientôt sa voix s'éteint dans les sanglots. Pour résister à cet amour si violent, si persuasif, quand l'homme

est seul la nuit avec une femme au milieu d'une forêt ;
quand le cœur s'est ouvert et que l'homme n'a qu'à dire
oui, ne faut-il pas le courage d'un Grec et la fierté d'un
Romain ? Mais, malgré ce courage et cette fierté, il était
écrit qu'Eudore faiblirait un jour.

« Lorsque Dieu veut nous punir, dit Châteaubriand, il
tourne contre nous notre propre sagesse et ne nous tient
pas compte d'une prudence qui vient trop tard. » En s'inspirant de ces paroles, Mme Penquer a écrit son cinquième
livre qui nous fait assister à une séparation cruelle. C'est
la suite immédiate de la scène que nous venons de décrire.
Velléda a entendu les plaintes sépulcrales d'Irmensul :
Tuetatès la maudit, puisque pour Eudore elle sacrifierait
tout à son amour. Elle a fini de parler et s'est éloignée jusqu'à l'entrée de la grotte où elle pleure. Eudore se sent dé-
sarmé ; il s'avance près de la prêtresse, prêt à l'enlacer, à
la presser sur son sein, prêt à lui dire ce mot qu'elle réclame avidement : je t'aime ! Mais au moment de dire le *oui*
fatal, il s'aperçoit que Velléda l'a quitté à la faveur de
l'ombre épaisse de la nuit. Par quel sentier a-t-elle fui ?
Eudore le sait et n'y pense pas tant son cœur est malade.

Va-t-il, errant dans la forêt, faire un retour sur lui-même,
se rappeler les jours où à Rome, son être a failli, où il a,
voluptueux, effleuré de ses lèvres les genoux des courti-
sanes ? Oui ; il a aimé en Romain ; il sent qu'ayant péché
dans ses amours, aujourd'hui que cet amour lui serait permis, il ne peut ni ne doit plus aimer. C'est un moment bien
cruel, un combat bien terrible où le cœur reprend sans
cesse le dessus.

Aux premières lueurs de la lune qui recommence à briller,
Eudore quitte la forêt, il va s'asseoir sur un pan de roc, seul

au milieu de la grève ; et là il se rappelle ses jours passés près de ses compagnons de débauche, Jérôme et Augustin, comme lui chrétiens plus tard, et vainqueurs alors que lui est obligé de s'avouer vaincu. Puis, apercevant son château dans la brume du matin, et se rappelant que c'est là qu'il reverra la vestale, il s'élance avec la rapidité d'un coursier indompté, arrive, s'arrête et n'ose entrer. Et pendant que Ségénax contemple sa fille dont les yeux sont rougis par les pleurs, Eudore médite le projet de leur rendre la liberté. Pour cela il emploiera le mensonge, il éloignera Velléda pour mieux l'oublier et rester vainqueur. Mais les lettres que le consul dit avoir reçues de Rome, ordonnant la mise en liberté des captifs, ne peuvent convaincre Velléda. Ce n'est qu'un stratagème et la prêtresse voit d'où part le coup : elle veut sauver son amour et cet amour la rend clairvoyante et habile, comme toute femme qui aime, à découvrir ce qui se passe dans le cœur de l'homme aimé. Deux choses suffisent à lui faire voir où Eudore en veut venir ; elle l'a quitté dans la forêt sans avoir obtenu l'aveu de son amour, et maintenant elle est libre, c'est lui qui la chasse. Eudore veut résister une dernière fois en frappant le coup décisif, mais cette prudence vient trop tard. Si réellement il ne voulait pas être vaincu par l'amour, c'était à lui de punir la révolte armée des derniers Gaulois, ou de leur accorder le pardon, mais sans prendre d'otages. C'est là sa première faute et la cause des tourments qu'il endure. On ne doit jamais retenir près de soi l'ennemi que l'on veut combattre, de peur de s'affaiblir devant sa force, ni entretenir par mille moyens divers la passion que l'on veut étouffer. D'ailleurs, si Eudore, nous le répétons, n'eût point voulu partager l'amour de Velléda, l'aurait-il suivie continuellement avant qu'elle lui eût adressé la parole ?

Enfin, puisqu'il le faut, la prêtresse va partir avec son père : honte et malheur à toi, dit-elle à Eudore, puisque je t'aime ! Et ce fut là son dernier cri de révolte, d'orgueil. La Gauloise voluptueuse était vaincue par le chrétien, et dans sa pensée comme dans la pensée d'Eudore, ils ne devaient plus se revoir. Cette idée seule d'être séparés à jamais la rend folle, non pas jusqu'à en perdre positivement la raison, mais assez cependant pour qu'elle ne pense plus ni à son père, ni à relever ses trépieds renversés.

L'*Enfer,* tel est le titre du sixième chant. Mme Penquer aurait pu retrancher ce chapitre sans que son beau poème y eût perdu le moindre intérêt. Pourquoi essayer une description de l'enfer en sept cents vers pour nous montrer toutes les hideuses passions des mortels personnifiées, se concertant avec Lucifer pour arriver à perdre Eudore, à le séduire ? Quand le poète fait venir le démon Astarté près du trône infernal, il nous le dépeint trop longuement avant de le faire parler. La mort, la vengeance, le crime et les sept péchés capitaux défilent à nos yeux, faisant chacun sa profession de foi ; c'est un travail inutile pour arriver à dire que Satan veut vaincre le Christ dans le cœur d'Eudore, et que pour arriver à son but, Astarté va donner de nouveaux charmes à Velléda. L'auteur n'aurait-il pas pu dire en quelques vers, que le consul romain avait jusqu'à présent résisté en réclamant l'appui de son Dieu ? Mais assurément, Mme Penquer aurait dû, sans inconvénient aucun, nous dispenser de sa peinture de l'enfer et de ses ténébreux héros. Cependant, il y a de beaux passages et des vers d'une grande justesse ; par exemple, celui-ci où Astasté dit à Satan de bien s'armer pour remporter la victoire :

Sème partout l'orgueil : l'orgueil germe toujours !

L'*Enfer* de Mme Penquer est bien loin de l'ange déchu
décrit par Milton, et de l'enfer peint par Dante-Alighiéri.
Les trop longues descriptions fatiguent toujours, même
quand elles sont belles ; mais du moment où tout intérêt
particulier disparaît, la lecture est sans attrait et la beauté
s'efface devant l'ennui.

A cette description, on doit préférer le *Chant de l'Exilé*,
qui nous dit au moins quelque chose. C'est le chrétien aux
prises avec lui-même : Velléda occupe toujours la pensée
d'Eudore, et cependant trois mois d'hiver se sont passés
sans qu'il l'ait revue. Peut-être a-t-elle regagné son île de
Séna, où le rôle de la prêtresse a tué le rôle de l'amour, où
la forêt chaste et sacrée n'est plus délaissée. Non ; Velléda,
au paroxisme de sa douleur, est devenue plus folle, pendant
qu'Eudore passe ses journées à la chasse, dans l'espoir que
la fatigue et les marches forcées lui feront tout oublier,
hors ses devoirs. Mais hélas ! quel combat ! Dans sa pensée,
Velléda est toujours devant lui, belle et majestueuse, la
la volupté dans les yeux. Qu'il travaille ou qu'il contemple,
qu'il pleure ou qu'il prie, c'est toujours la même femme
qu'il voit, toujours le même amour qui l'accable.

Jusqu'à présent, Eudore a bien épuisé une partie des
moyens pour vaincre dans ces sortes de combats, même le
plus infaillible : l'éloignement. Mais ne cherchant point en
dehors de la prière et de la chasse d'autres distractions à
son amour, peut-être reviendra-t-il sur lui-même ; car
l'acte de volonté ferme et généreuse qu'il vient d'accomplir
en éloignant Velléda, est trop fort pour sa nature incom-
plexe et aimante, et ce même empressement qu'il a mis
autrefois à rechercher la prêtresse alors libre de toute
passion, ne reviendra-t-il pas un jour se présenter devant

lui comme un fantôme et lui dire : « Tu voulais être aimé, on t'aime : Pourquoi ne veux-tu plus de cet amour ? »

Cependant ils ne doivent plus se revoir, puisque Eudore ne peut donner le nom d'épouse à une gauloise païenne. Mais tous deux pourront-ils puiser une nouvelle force, une résolution inébranlable dans l'invocation des dieux qu'ils adorent, l'un pour vaincre l'amour, l'autre pour se faire aimer ?

Maintenant que nous connaissons les tourments du jeune romain ; après que nous avons vu Velléda épuisée, le cœur meurtri, l'âme brisée ; maintenant qu'Eudore lui a dit d'aller reprendre son voile de vestale et de retourner à ses trépieds, il nous sera facile de passer rapidement jusqu'à la catastrophe finale, ou du moins jusqu'à la veille de cette catastrophe. Il nous suffira de dire que Velléda est toujours dans le même état d'exaltation et son père au désespoir, que le consul, après un combat acharné avec sa conscience, s'est écrié : — Dieu du ciel, j'aime Velléda ; faites que je ne vous voie jamais, j'y consens, pourvu que je la revoie et que je puisse la presser sur mon sein. — Ainsi le blasphème est sorti de la bouche du guerrier comme un cri de mort contre lui : Il avait revu dans le lointain l'ombre de la prêtresse.

Mais huit jours se sont à peine écoulés depuis cette nouvelle vision et déjà Eudore n'y peut plus tenir. Il ira chercher Velléda jusque chez son père s'il le faut, bravant le courroux de Ségénax qui lui criera : — Tu cherches ma fille, homme sans patrie, sans foi ? Sache au moins que proconsul je te hais, que chrétien je te maudis ! — Ségénax savait donc tout ? Oui, et par un effet du hasard. Un ami qui partageait l'exil du vieillard dans les bois, n'avait-il pas, inaperçu, surpris le secret des deux amants, le soir où la grotte de la forêt les avait garantis de l'ouragan, en jetant la tempête au fond de leurs cœurs !

Enfin Satan peut redescendre aux enfers, il a vaincu : Eudore a revu Velléda :

> Son cœur, son sang, sa force et sa vie et son âme
> Ont passé dans ses sens et se changent en flamme ;
> Ses yeux se sont fermés, ses bras se sont ouverts !

Rien pourra-t-il maintenant les séparer après les aveux les plus tendres ? Jouiront-ils du bonheur de l'amour sans réserve ? Non : la suite le justifiera. Velléda a trop aimé d'un amour trop vaste, trop passionné pour pouvoir vivre après tant de chagrins. Quelques beaux jours encore et tout sera fini. La druidesse devenue chrétienne pourra contempler son époux, le serrer contre son cœur, mais elle ne pourra mourir sur son sein.

Le chant onzième est un des plus beaux, des plus touchants et des plus poétiques. Ce ne sont que scènes d'amour naturel et passionné où la fille de Ségénax consent à vivre après avoir voulu mourir. Velléda, comme Eve, a savouré le fruit de la science ; elle a dépouillé son front du bandeau druidique et l'a lancé dans les flots, ainsi que son collier d'églantines qu'elle a d'abord brisé sur son sein. Elle est aimée sans mesure, elle le sait et cela lui suffit. Dans tout le délire de sa fièvre amoureuse elle ne désire qu'une chose : étreindre Eudore sur son sein et lui faire répéter les aveux délirants qu'il a déjà faits. N'est-ce pas là le paroxisme de l'amour, la passion presque dégénérée en fureur ? Alors que les vierges de la Gaule s'enveloppent dans leurs longs voiles et fuient le regard des hommes, puisque Velléda, la plus grande d'entr'elles, a faibli, puisque la prêtresse est devenue l'épouse d'un chrétien !...

Dans cette disposition nouvelle des cœurs, la tempête qui souffle sur les cimes rocheuses du Raz, n'est plus rien pour les amants : tout s'efface devant le bonheur ineffable qu'ils se promettent ; ils vont même jusqu'à oublier leurs devoirs respectifs, et Eudore jusqu'à défier son Dieu ?

> L'éternel est vaincu. . . . .
> Qu'il vienne donc éteindre en moi ce cœur qui t'aime !
> Il peut l'éteindre, en faire un cœur inanimé !
> Il ne peut empêcher ce cœur d'avoir aimé.

Bientôt Eudore va entraîner Velléda au château où rien ne viendra troubler leur tête-à-tête ; là, il saura la protéger contre tout danger et contre tout affront. Mais — ici l'intérêt diminue pour quelques instants — au moment de partir qu'à donc la vierge gauloise ? Qui la fait pleurer ? Est-ce que son âme, encore si exaltée il n'y a qu'une seconde, aurait déjà un commencement de repentir au premier moment même de la possession ? Nous savons bien que les passions de la jeunesse sont souvent comme les orages, un seul souffle les fait disparaître ; nous savons encore que quelques-unes de ces passions s'exhaltent et se calment ensuite sous l'empire d'un regard, d'un baiser, d'un sourire ; mais ce calme qui en résulte ne s'est pas encore produit chez Velléda, sa passion ne peut être ni éteinte ni diminuée, donc ce n'est point un sincère repentir qui la fait pleurer.

Mme Penquer donne pour cause à ces pleurs une légende que chante une femme portant un enfant, et dans laquelle il est dit qu'une vestale, hier si pure, est pécheresse aujourd'hui. C'est donc ce seul mot de la faute présente qui fait pleurer Velléda. Ce sont là des longueurs sans grand attrait qui reviennent quelques fois dans le cours du poème et que l'auteur aurait pu retrancher. Si Mme Penquer voulait, après la faute commise, faire entrer le repentir dans le cœur de Velléda, ne pouvait-elle nous montrer sans légende, sans description, l'état de ce cœur combattant contre lui-même? Il y aurait eu, ce me semble, plus de simplicité, et, partant, plus de beauté! Il ne faut jamais, sur ses pages, marquer l'endroit où l'on veut arriver; il en résulte trop souvent un remplissage fatiguant, malgré les beaux vers dont il peut être parsemé.

Le commencement du onzième chant est plein de beautés, alors pourquoi essayer à la fin d'en diminuer l'intérêt par un nouvel allongement descriptif qui n'a pour but que de faire voir une chose si simple que tout le monde peut se la figurer? Il n'est pas besoin d'une longue tirade pour nous dire qu'Eudore et Velléda, rentrés au château du proconsul, aiment à visiter le donjon où Ségénax et sa fille ont été captifs. Il en est encore moins de besoin quand il s'agit de rappeler que tous les jours ils sortent pour errer dans la campagne et visiter les lieux où leurs cœurs ont longtemps combattu. C'est toujours là, avant le dénouement, les pages dont les romans nous offrent mille exemples, comme si, séparés du livre, celui-ci se trouvait dépouillé de son plus bel ornement.

Enfin nous arrivons au chant douzième, qui est ce que Mme Penquer appelle le *Châtiment*. Cette dernière partie est mieux remplie que le chapitre qui précède ; nous n'avons pas à proprement parler de la poésie qui est toujours en général harmonieuse et naturelle, le fond seul doit, quant à présent, nous intéresser.

Il y a déjà deux jours, deux longs jours que Velléda a

dit à Eudore : — Puisque je suis à toi, je n'ai plus d'autre Dieu que le tien ; je pars et je ramènerai mon père convaincu. — Elle le dit et le fait ; elle part à la recherche de son père, remplie du fol espoir de le retrouver joyeux après les événements passés. Mais le vieux Ségénax sait tout, point n'est besoin de lui rien apprendre , l'ami ne lui a-t-il pas raconté la nouvelle entrevue où le fatal mot : je t'aime ! a été prononcé par Eudore ? A voir cet ami, qui ne serait tenté de le prendre pour le mauvais génie de la prophétesse de Séna, puisqu'il est toujours là, épiant, à l'heure où les aveux n'ont besoin d'être entendus que de deux personnes seules. — Pour lui, Ségénax, la conduite de Velléda est un outrage à la patrie, aux dieux, et il en tirera vengeance. Cette vengeance ne se fait pas attendre, car, à un signal donné, l'Armorique se soulève et vient forcer les légions romaines au combat. Aux cris de guerre succède bientôt le bruit des armes ; le signal est donné et la bataille s'engage avec fureur. Eudore veut à tout prix sauver Ségénax qui combat au premier rang, mais ce dernier a revêtu pour la dernière fois le casque et la cuirasse, un coup mortel lui est porté, et il expire.

A ce moment, le char de Velléda apparaît ; elle marche presque avec la rapidité de la flèche ; n'ayant point trouvé son père, elle a deviné ce qui se passe. Enfin elle arrive au lieu du combat : un cri vengeur part de la foule : c'est Velléda ! et les soldats redoublent d'acharnement. La druidesse est en fièvre, son père est mort et elle en est cause ; son fatal amour l'a perdue, elle doit mourir à son tour. Sa pauvre âme est brisée, et, semblable à la branche trop chargée qui se rompt sous le poids de ses fruits, Velléda, épuisée par trop de tendresse et d'amour longtemps repoussés, doit succomber. Eudore, muet de stupeur, fait cesser le combat. Alors Velléda s'adresse aux Gaulois : — Je suis seule coupable, dit-elle ; Eudore n'est coupable que de m'avoir écoutée : c'est la pitié qui l'a perdu, il n'est que malheureux, car sa honte est publique. Je dois mourir, m'arracher à l'hymen et à mon époux pour vous venger et pour venger mon père, mais en mourant, je vous rends tous les biens, tous les droits que j'ai reçus de vous, et je demande pardon au Dieu d'Eudore, au Dieu des chrétiens. — Puis se tournant vers le jeune romain : — Merci, dit-elle encore, et de sa faucille d'or elle se frappe à la gorge, s'affaisse sur son char et regarde son sang qui rougit son sein et son flanc. Au moment de rendre le dernier soupir, elle a encore la force de sourire à Eudore, pendant que sa blancheur de vierge devient livide sous les étreintes de la mort.

> Telle une moissonneuse, au bout de la journée,
> Repose avec bonheur sur l'herbe moissonnée,
> Et s'endort, le regard tourné vers le soleil,
> Pour voir l'ombre à travers les ombres du sommeil !

Telle est l'œuvre de Mme Penquer, développée et analysée. Nous avons vu qu'elle dit dans sa préface : « J'ai voulu mettre dans la passion l'attendrissement — dans l'amour la tendresse — dans la sensation la sensibilité — dans l'humanité la faiblesse. » — Voyons donc si le but a été atteint.

Prenons d'abord l'attendrissement dans la passion. Velléda, après avoir vu Eudore une seule fois, est saisie d'un irrésistible amour pour lui ; elle n'essaie point de s'éloigner du précipice dans lequel elle tombera plus tard ; au contraire, enthousiaste et remplie d'illusions qui lui donnent l'espoir de se faire aimer, elle laisse d'abord voir l'état de son cœur par ses gestes et ses assiduités à se trouver sans cesse devant Eudore, qui, du reste, cherche toujours l'occasion de la rencontrer. Ensuite, elle s'ouvre tout entière à lui, lui demandant qu'il l'aîme : ce n'est encore là que la passion qui s'annonce, la passion à son premier degré. Cette passion n'est à son comble, elle ne devient violente que, lorsqu'après avoir épuisé toute sa logique pour séduire Eudore, Velléda est prise d'un véritable délire qui tourne presque à la folie. Mais dans ce délire, point de fougue, un attendrissement tellement persuasif, tellement grand, qu'un jour Eudore succombera sous son charme. Jamais la colère ou la haine n'est entrée dans le cœur de la jeune gauloise, parce que, se croyant digne de l'amour d'un consul, elle voit cet amour, non pas dédaigné, mais seulement repoussé par simple devoir religieux et politique. Jamais, dis-je ; donc il y a attendrissement dans la passion et passion dans l'attendrissement, ce qui rend Velléda plus douce et plus intéressante.

De la tendresse dans l'amour? Velléda n'en montre-t-elle pas suffisamment, dès lors que son amour n'est ni brutal, ni sauvage? Où la passion peut-elle renfermer plus d'amour et l'amour plus de tendresse, que dans la résignation que Velléda met à souffrir en silence, afin de ne point perdre aux yeux de tous celui qu'elle aime? Quoique Velléda montre beaucoup de tendresse et de passion comprimée en elle-même, Eudore en éprouve autant qu'elle au fond et avec moins d'apparence, si l'on tient compte de la position dans laquelle se trouve le jeune romain. Quant à son amour, il est peut-être aussi fort que chez Velléda, mais moins passionné ; et c'est toujours à la tendresse dont leur amour est entouré, qu'ils doivent tous deux sa force de plus

en plus croissante, et de cette force vient leur persistance
à le tenir caché.

La sensibilité dans la sensation ne peut faire autrement
que d'exister, du moment qu'il y a tendresse dans l'amour.
La sensibilité vient de la tendresse que l'on éprouve pour
une personne que le cœur affectionne ; c'est un tout inséparable qui, divisé en deux parties, n'existe plus, car si
l'amour est purement une passion sans tendresse, il n'y
aura que sensation et point de sensibilité. Qu'importe l'état
du cœur d'une personne si les sens de l'autre n'en souffrent
pas ? Du moment que le but que cette dernière se propose
est atteint, le reste ne la regarde et ne l'occupe nullement.
Mais comme chez Velléda, la tendresse domine la passion
sensuelle à laquelle elle ne semble point penser, la sensation n'existe que bien peu pour faire place à la sensibilité
qui existe tout entière.

Quant à la faiblesse dans l'humanité, c'est encore à Velléda
qu'en incombe la plus grande part, puisque pour arriver à
être aimée, elle consent à la fin à renoncer à ses dieux et à
sa patrie, tandis que par humanité, elle eût dû tout sacrifier à son pays et à ses devoirs. Elle va même jusqu'à oublier son père au dernier moment, et il n'y a qu'en possédant qu'elle se souvient qu'elle le doit décider. Eudore, au
contraire, cède moins à l'entraînement ; la religion et la foi
jurée à l'empereur le retiennent. Jusqu'à la dernière heure,
il reste esclave de ses devoirs, et lorsqu'il succombe, ce n'est
que par pitié pour la prêtresse malheureuse et vaincue.
D'un autre côté, cette pitié par laquelle il se rend, donne
aussi à Eudore sa part de faiblesse, car, en cédant à la fin,
n'est-ce pas approuver Velléda d'avoir été parjure envers
son pays ? D'ailleurs, nous avons déjà vu qu'Eudore avait

autrefois recherché Velléda en la suivant partout. Mais il y a d'autant moins de faiblesse de la part du proconsul ; suivant Velléda, parce qu'il l'aime, qu'il s'est résigné à se séparer d'elle alors qu'elle était sa captive, et que cette séparation a duré un temps assez long. La faiblesse dans l'humanité était donc inséparable de l'œuvre que nous avons analysée pour tout concilier, puisqu'en ne cédant point aux élans du cœur, le repos de deux personnes est à jamais troublé, et qu'en se rendant, il fallait qu'une d'entre elles au moins sacrifiât tout.

D'un autre côté, Mme Penquer a-t-elle bien fait de prendre Velléda au lieu d'Eponine ? Oui, car Velléda est moins connue, et d'ailleurs, la femme de Sabinus n'est qu'un bel exemple de l'amour conjugal, tandis que la prêtresse est le tableau de l'amour le plus passionné, de l'amour tellement fort qu'il ne lui est pas possible de sacrifier moins que le salut de la patrie, pour une seule caresse du plus puissant des ennemis de celle-ci. Quant à la lutte de la religion Celte contre le Christianisme naissant, à laquelle l'auteur a voulu nous faire assister, le résultat est parfait, puisque Eudore en cédant a gagné une âme. Cependant, pour une pareille lutte, je préfère Atala parcourant les solitudes du Nouveau-Monde avec Chactas, et aimant mieux mourir que de vivre en sacrifiant sa virginité pour laquelle elle avait fait un vœu, quoique le Christianisme n'interdise pas l'amour véritable et sincère.

Avant de terminer, il y a un reproche à faire à Mme Penquer, car il n'est pas permis de dire sciemment des œuvres ni plus ni moins qu'elles ne valent. Dans les premiers et dans le dernier chant de *Velléda,* on voit souvent des vers ainsi faits : « Frappez, fils du glaive ! Frappez, fils du chêne !

Teutatès veut du sang ! » C'est d'un prosaïque trop commun et trop froid. Quelques vers de ce genre dans un poème d'une si grande dimension, c'est peu de chose à la vérité, convenons - en ; mais ils nuisent à la simplicité que Mme Penquer aurait dû, avant tout, chercher à l'exemple de Lamartine, dans son immortel *Jocelyn*.

Dans cet ouvrage, l'auteur des *Méditations* a été à la fois original, doux, mélancolique et profond. Mme Penquer a bien aussi de la douceur et de la profondeur, mais peu de mélancolie, ce qui pourtant sied si bien à l'amour !... Pour ce qui est de l'originalité, y en a-t-il dans *Velléda ?* Oui et non. — Non ; parce que Velléda, prise et choisie parmi les inspirations de Châteaubriand, n'est point la création de Mme Penquer, quant au fond propre du sujet ; oui : quant au développé gradué de l'idée, à la mise en scène, à la lutte sérieuse et difficile de deux personnes dont les mœurs, la religion et les devoirs diffèrent tant l'un de l'autre. Et c'est encore avoir, ce me semble, une belle originalité, que d'avoir su triompher dans de telles conditions.

V

Magu.

Parmi les poètes dont s'honore la province, il en est dont le nom ne devrait jamais périr, bien qu'ils soient nés dans une position obscure et dépourvus, si l'on excepte le travail, de tout ce qui est nécessaire à une existence aisée. Mais il faudrait pour cela qu'il existât en France un peu plus de décentralisation, et que chaque écrivain, né à la ville ou à la campagne, sans aucune distinction de condition, pût recueillir selon son mérite, sa part d'éloges et de succès !... Malheureusement, il n'en est pas ainsi chez nous aujourd'hui, surtout à l'égard des poètes qui sont pour la plupart délaissés, soit parce qu'ils sont trop naïfs et trop simples, soit parce qu'ils ne savent pas se ménager une place dans cette grande corporation qui s'appelle : *La Camaraderie*. Ils vivent seuls avec la nature et le souffle de talent dont ils sont doués, croyant ainsi à un succès certain dans un temps assez rapproché. Combien nous en avons connu, dans nos rapports avec la province, qui, désillusionnés et connaissant la valeur du travail, se sont vus dans la nécessité de n'écrire que pour eux, quoique cependant capables des plus belles choses !...

Ah ! que notre siècle est fade avec toutes ses gloires !... Mais cela se comprend — quoique de nos jours les lettres comptent un certain nombre d'écrivains dont le nom ne s'ou-

blira jamais — des hommes qui eussent pu faire un meilleur
usage de leur plume, se sont amusés à écrire des romans à
coups de poignards, romans qui ont d'abord fait le délice
des basses classes et ont ensuite envahi les sphères de la
haute société, à tel point qu'au mépris de la saine littérature et de la poésie, toute personne a pris plaisir à ces
fades lectures pour mieux se délasser du travail quotidien.
Est-ce que nos pères n'oubliaient pas aussi bien leurs
fatigues avec Molière et Lafontaine, avec Racine et Mme de
Sévigné, que nous avec les feuilletonistes de la *petite presse?*
Allons donc ! D'ailleurs, il vaut mieux relever l'intelligence
des masses plutôt que de l'abaisser. Le bon goût français
serait-il perdu ? Non, et heureusement que dans notre
siècle il n'en a pas toujours été ainsi ; car il fut un temps
— encore peu éloigné — où la poésie populaire avait le
don de charmer les plus beaux esprits. Puis d'autres jours
sont venus ; on a visé trop souvent au produit de l'œuvre et
pas assez à sa valeur. C'est peut-être là ce qui fit dire à un
représentant à la Chambre, en 1866 ou 1867 : « De la gloire,
« Messieurs, de la gloire, il n'y en a plus que chez les
« vieillards ; elle est comme un soleil couchant qui nous
« réchauffe de ses derniers rayons !... » Cela dit, passons,
et revenons à la poésie des champs.

Magu, l'artisan Magu, est un de ces poètes populaires
que l'on ne devrait pas oublier. Ce ne fut pas seulement un
homme de talent, mais un homme de génie à qui la fortune
et l'instruction manquèrent ; car le talent s'acquiert peu
à peu avec la pratique et l'instruction, tandis que le génie
n'est donné que par Dieu. Nous ne partageons donc pas ici
l'idée de Descartes, qui veut que tous les hommes naissent
également doués, et qu'il n'y a qu'à développer ce qui
se trouve en eux.

4

Magu est né à Paris, en 1788, et il n'avait que huit ans quand sa famille quitta la capitale pour aller s'établir à Tancrou, près de Lizy-sur-Oureq. Livré pour ainsi dire dès la plus tendre enfance aux durs travaux des champs, le jeune Magu ne put fréquenter que pendant trois courts hivers l'école de son village, puisqu'à l'été il travaillait à ôter des champs les pierres et les mauvaises herbes. « Si « l'amour et les soins d'une mère, dit un biographe, « avaient suffi pour développer les instincts poétiques du « pauvre écolier, l'enseignement qu'il avait reçu n'était « point de nature à lui permettre d'exprimer ses idées. » Aussi Magu sentit-il le besoin d'acquérir seul l'instruction qui lui faisait défaut. Bientôt, à force d'économies et de privations, étant en apprentissage chez un tisserand, il acheta quelques livres qu'il dévorait dans ses courts loisirs, plutôt qu'il ne les lisait. Les poètes, Lafontaine surtout, avaient sa préférence : Magu lui-même l'a déclaré !

Il ne pensait guère alors qu'un jour à venir on s'arracherait ses vers, car il n'écrivait que pour lui, ne se croyant pas assez de talent pour avoir d'autres succès que le plaisir causé par la satisfaction personnelle, et il avait raison. Car à la poésie populaire qui n'a que le mérite de sa simplicité et le tour naïf de la vieille langue française, on préfère ce qui fascine, ce qui bouleverse ; on ne désire plus l'idéal, on veut du positif : les choses doivent être mises à nu, c'est plus original et le succès est à ce prix. — Cependant, Magu — malgré qu'il ignorât cela — vit enfin ses premières chansons circuler dans les campagnes des environs de Lizy, et il n'en redoubla que plus fort de courage et d'ardeur pour faire marcher de front et ses études et les travaux qui le faisaient vivre. Par ce moyen, il était sûr de ne point manquer, puisque pour tout au monde il n'aurait voulu sacrifier l'utile à l'agréable.

Jamais il ne se départit de ce point que ce n'est qu'à la fin de la journée bien remplie par le travail quotidien, qu'il est permis à l'homme, au poète plus encore, de laisser son âme s'égarer dans les sphères éthérées et dans les dédales de l'imagination. Aussi écrivait-il à Gilland, le poète-ouvrier et son gendre à venir :

> Je te montre en ami la règle qu'il faut suivre
> Sans jamais négliger le travail qui fait vivre
> Et qui nous rend indépendant.
> Le travail est certain, la poésie un rêve,
> L'un pourvoit aux besoins et l'autre nous élève
> Vers Dieu qui nous voit, nous entend.

Ne sent-on pas malgré toute la simplicité qui règne dans ces vers, ne sent-on pas sortir la plus grande, la plus juste de toutes les vérités ? À quelles cruelles déceptions ne s'expose pas le jeune audacieux qui, sans être appuyé, ni même sans être encore bien sûr de lui-même, lâche la proie pour l'ombre, comme le chien de Lafontaine ? Car, écrivait encore Magu à Gilland :

> Il faut de grands efforts pour sortir de la route
> Que suivent nos égaux ; je sais ce qu'il en coûte
> Au pauvre non lettré qui vit en travaillant,
> Avant que d'obtenir un regard bienveillant...

Il devait en effet le savoir, lui qui n'avait jamais connu que la pauvreté !

Magu, tout en ne cessant jamais de mettre sa maxime en pratique, vit bientôt ses premières poésies couronnées de succès, et sa place marquée dans la pléiade des poètes populaires. De tous côtés, des témoignages de sympathie lui arrivaient ; chacun parlait déjà de lui comme on parle

d'un grand génie. Mais de toutes les preuves d'amitié dont
il se vit promptement entouré, la lettre suivante que Béranger lui écrivit de Tours, le 17 novembre 1839, dut le
toucher bien davantage encore. Nous la donnons ici tout
entière pour montrer combien le poète national prisait le
poète artisan.

« Je n'ai reçu qu'il y a peu de jours, mon cher confrère,
« les jolis vers que vous m'avez envoyés le 16 avril, ne
« vous en prenez donc point à moi, si j'ai tant tardé à vous
« en faire mes remercîments. Malgré ce que vous dites
« dans ces couplets, croyez que je suis exact à répondre
« aux gens de cœur qui me donnent des témoignages de
« sympathie. Je saisis donc avec empressement l'occasion
« que vous me procurez, de vous dire tout le plaisir que
« j'ai éprouvé à la lecture de votre volume de poésie. J'ai
« trouvé en vous le poète artisan, tel qu'il me semble devoir
« être : occupé de rendre ses sentiments intimes avec la
« couleur des objets dont il vit entouré ; sans ambition de
« langage et d'idée, ne puisant qu'à sa propre source et
« n'empruntant qu'à son cœur et aux livres des peintures
« pleines d'une sensibilité vraie et d'une philosophie pra-
« tique. D'après cela, vous jugerez combien j'ai dû me
« plaire à la lecture de votre volume. J'y ai rencontré mon
« nom avec celui de M. Benoît. Quel est cet ami qui vous
« a donné mon portrait ? Il a bien fait, s'il vous l'a donné
« comme celui de l'homme qui a célébré les vertus popu-
« laires, sinon avec le plus de talent, du moins avec le
« plus de conviction. Aussi suis-je le premier à applaudir
« au mérite que voient éclore les classes travailleuses dont
« je n'aurais pas dû cesser de faire partie. J'applaudis
« d'autant plus, quand ce mérite est accompagné, comme
« chez vous, de résignation et de modestie. Puisse enfin un

« sort assuré et tranquille être le fruit des doubles tra-
« vaux du pauvre tisserand de Lizy ! En devenant poète, il
« n'a pas dédaigné la navette, et son exemple profitera
« sans doute à beaucoup d'artisans qui, trop souvent,
« abandonnent pour se transformer en littérateurs, les
« travaux plus souvent utiles et aussi honorables, qui
« peuvent assurer leur existence comme citoyen.

« Avec tous mes remerciments et mes éloges bien sin-
« cères, recevez, mon cher confrère, l'assurance de mon
« affectueuse considération. »

A tous ces éloges il convenait d'en ajouter d'autres ; c'est
ce que firent deux hommes qui, plus tard, furent ministres
de l'instruction publique : MM. Villemain et de Salvandy.
Ils sentirent bien que leur encouragement serait d'un grand
avantage, et pour le poète à qui ils donnaient les moyens
de se produire, et pour la littérature qui y gagnerait de
belles pages. De son côté, une femme de bon goût, Mme de
Feray, ne voulut pas rester en arrière ; elle recommanda
chaudement Magu à M. de Salvandy, qui accorda au poète
en tablier une pension de 200 francs, ressource bien pré-
caire à la vérité, mais qui n'en donnait pas moins au
chantre de Lizy les moyens de réaliser plus facilement son
rêve : « Une rente d'un franc par jour ! » M. Villemain, lui,
souscrivit pour cinquante exemplaires du volume que publiait Magu, bonne œuvre à laquelle s'associèrent les noms
les plus influents : Adam Salomon, Des Alleurs, Lemoine,
Aubry, Champion, Sickel, Ménier, Broussais, Boucher,
Carro, Tampucci, Boussard, Noël, et Mmes de Morell, Hallé,
Dufay, d'Eyragues, Panckoucke et de Volney.

C'était donc à sa muse que Magu devait sa renommée, et
pourtant, disait-il :

> Et pourtant qu'ai-je fait ? J'ai chanté mon village,
> Ma navette et surtout mes premières amours ;
> J'ai chanté les plaisirs qu'on éprouve au bel âge ;
> Ils sont bien loin de moi, je m'en souviens toujours.

Magu méritait vraiment tous les honneurs dont il était entouré. C'était un homme plein de franchise, de gaîté, de bonhomie ; son naturel expliquait sa naïveté ; il savait charmer l'homme des champs et il plaisait aux grands personnages par l'entrain toujours spirituel de sa conversation, où, entre deux sourires, on voyait venir un mot quasi-satirique. Mais puisque nous avons parlé de Mᵐᵉ de Feray et de la naïveté du poète, rapportons ici un incident bien connu dans la vie de Magu. Le jour où il se rendit chez Mᵐᵉ de Feray, pour la remercier de sa protection, il s'arrêta tout court et tremblant à la porte du salon, ne sachant s'il devait avancer ou reculer. C'est que le parquet était recouvert d'un fort beau tapis, et, comme le poète ne comprenait pas qu'on pût marcher sur d'aussi belles choses, Mᵐᵉ de Feray dut aller lui présenter la main avec un gracieux sourire. Si véritablement la politesse l'eût permis, Magu eût préféré acquitter ses dettes de cœur par une pièce de vers plutôt que par une visite.

En 1842, Magu, soutenu par d'aussi nombreux suffrages, se décida à livrer au public un second recueil de poésies qui ne fit qu'ajouter à sa réputation. Ce qui prouve, une fois de plus, que cette réputation était bien méritée et que la nature avait rendu Magu vraiment poète, c'est qu'il écrivait dès 1805, en parlant d'un oiseau son prisonnier : (Il avait alors dix-sept ans, et, comme on le sait, pas d'instruction)

> Il est vrai qu'enfermé dans une étroite cage,
> Il ne pourra mêler sa voix à vos concerts,

Ni suspendre son nid sous cet épais feuillage,
Ni mesurer du vol l'immensité des airs.

Et pourtant pour voler, Dieu lui donna des ailes,
Un cœur tout comme à moi pour aimer au printemps,
Des plumes qui déjà me paraissent bien belles.....

Si réellement Magu, par un mouvement d'orgueil, n'a pas antidaté ces vers, pour faire croire que fort jeune il eut du talent, on ne peut nier que plus tard il dut être appelé à un beau succès. Ces mêmes vers n'ont rien en eux d'extraordinaires, mais ils font prévoir un vrai souffle de poésie que tant de poètes n'ont pas. — Mme Georges Sand a dit quelque part, que les vers de Magu sont « si coulants, si bonnement malins, si affectueux et si convaincants, qu'on est forcé de les aimer. » Oui, les vers du poète sont bonnement malins, à tel point que sous la forme naïve on sent quelquefois percer la satire, surtout quand il dit :

> « Hélas ! autres temps, autres mœurs,
> Les fermiers devenus seigneurs
> Prennent des airs de petits-maîtres ;
> Pour eux l'ouvrier est valet ;
> Leurs grands pères allaient en guêtres,
> Ils roulent en cabriolet.

Il existe de ces hommes à qui le malheur donne du talent, ou, du moins, aide à le développer ; lui, Magu, doit peut-être son génie poétique à son bonheur, à l'amour que, fort jeune, il ressentit pour sa cousine, laquelle

> ..... distinguait bien un œillet d'une rose,
> Mais ne démêlait point les vers d'avec la prose.

Plus tard, devenue sa femme et mère de quatorze enfants, elle devint aussi en littérature un fort bon juge que son mari aimait à consulter. Cette digne femme, en s'instruisant peu à peu à la lecture des vers, renouvela ainsi en elle un prodige dû au seul mérite de la poésie. Alors, le poète, tout en travaillant jour et nuit pour élever sa nombreuse famille, se sentait-il joyeux de ce changement en chantant « dans son taudis : »

Un enfant sans manquer m'arrivait tous les ans,
On sait qu'à l'indigent cette aubaine est commune,
Il ne s'en plaint jamais, bien loin c'est sa fortune.

Maintenant, veut-on savoir pourquoi Magu se regardait vivre au sein de la pauvreté avec tant de nonchalance? C'est qu'il avait écrit ces vers proverbiaux :

Il n'est pas toujours bon de voir tout par ses yeux.
. . . .
L'homme heureux est celui qui désire le moins.
. . . .

Mais c'est surtout en épanchant son cœur dans les souvenirs de sa jeunesse, que Magu a trouvé toute sa veine poétique. Il chante alors ce qu'il a goûté, et regardant en arrière, vers ses premières années, il semble donner une larme aux innocents plaisirs d'autrefois ; car, dit-il :

C'est le temps du bonheur que celui de l'enfance,
Une pomme, un baiser, avec le chien bondir,
Tomber vingt fois par jour, mettre une mère en transe,
Rire quand une bosse au front vient s'arrondir ;

Affronter les frimats, toujours les pieds humides,
Dans un fossé fangeux laisser ses deux sabots,
Braver mille dangers, toux et fièvres putrides,
Pour dénicher un nid mettre tout en lambeaux ;

Je ne l'oublierai pas, la chaumière enfumée,
Où pour me reposer je revenais le soir,
Où las, sur les genoux d'une mère alarmée,
Je m'endormais content en lui disant bonsoir.

Mais bien jeune au tombeau ma mère est descendue,
Et son dernier adieu n'ai pu le recevoir !
Il ne me reste rien, ma chaumière est vendue,
Et sur son seuil de bois je n'irai plus m'asseoir.

Quand Magu écrit à un ami les vers suivants, c'est encore le même souvenir du temps passé qui lui donne l'inspiration en lui arrachant des soupirs et des regrets :

> Mon sang plus doucement coulerait dans mes veines
> Si je pouvais m'asseoir sur le banc de gazon,
> Où ma mère autrefois se donnait tant de peines
> A me faire rester, pour me parler raison.
>
> Charmante illusion qui sans doute m'abuse,
> Que pourtant j'aime à croire une réalité !
> Ami, j'ai grand besoin que l'amitié m'excuse,
> Toujours le prisonnier rêve sa liberté.

Jamais Magu n'a perdu l'occasion de rappeler son enfance, c'était pour lui une source continuelle de sujets en même temps qu'une consolation :

> Oh ! non, jamais on n'oublie
> Ces instants, hélas ! trop courts,
> Ces deux phases de la vie,
> Son enfance et ses amours.

Il est à remarquer, en lisant le livre de Magu, que le style est plus poétique dans les stances que dans les autres pièces, où le poète a adopté le genre du conte ou de l'épître libre. A quoi cela tient-il, puisque c'est une chose assez commune chez un grand nombre de poètes lyriques ? — Ce qui a surtout fait la réputation de Magu, ce en quoi il excelle, c'est l'extrême facilité avec laquelle d'un rien il fait un gros sujet. Il ne recherche jamais l'excentricité pour paraître plus instruit ou plus grand écrivain, il ne fait point d'effort d'imagination pour trouver matière à cent vers, la moindre chose, pourvu que ce soit quelque chose, suffit à l'inspiration du modeste tisserand, c'est là un talent, et un grand. En effet, à quoi sert-il de se creuser le cerveau pour trouver une idée, afin d'arriver à ne rien dire ou à n'écrire qu'une suite de mots vides de sens, quand la

nature seule nous offre tant de poèmes et d'élégies qui
n'ont besoin que d'un rayon pour briller du plus vif éclat ?

> Je n'ai pas mis en vers d'étranges rêveries ;
> Faut-il pour divaguer se creuser le cerveau ?
> Simples, comme le sont les fleurs de nos prairies,
> Mes chants, vous le savez, n'offrent rien de nouveau.

Si, Monsieur, vos chants offrent quelque chose : vous y
faites voir où et comment on trouve le bonheur, et vous
donnez l'exemple de la modération en vous montrant sans
ambition.

Quel est le poète qui, de nos jours, s'est amusé à écrire
trois cents vers aussi simples que gracieux sur un sujet
tel que celui-ci : « *Pourquoi je ne suis poète qu'à demi ?* »
Aucun assurément ; mais Magu l'a fait avec autant de talent qu'il en a dépensé pour ses plus belles compositions.
Puis avec quelle simplicité touchante a-t-il écrit des
« Souvenirs » à sa femme ! Ah ! quel charme on éprouve à
la lecture de cette épître à la fois sérieuse et comique, dans
laquelle l'écrivain d'aujourd'hui fait le récit de ses premières
amours ! Voyez Tancrou, voyez ce champ bordé par la
Meuse, ce champ de blé que l'on moissonne ; apercevez-
vous là-bas deux travailleurs, un jeune homme, une jeune
femme, buvant dans la même écuelle « du mauvais lait...
délicieux, » mordant dans le même morceau de pain et de
fromage, et s'essuyant réciproquement la sueur ruisselante
sur leurs fronts ? C'est Magu et sa cousine, alors sa fiancée !..
Mais maintenant qu'il faut faire vivre la famille, le temps
presse, l'heure n'est plus aux premiers passe-temps amoureux, et quoique le cœur du poète ne se dessèche pas, il
faut que le tisserand retourne à sa navette et finisse sa
tâche quotidienne avant que le penseur puisse retourner à
ses goûts et à ses penchants. Il est si dur d'entendre

nombre d'enfants demander du pain, que le poète doit faire place au travailleur, afin que ceux-là ne souffrent pas de ce qui ne manque jamais à l'oiseau.

Puisque nous parlons d'oiseaux, il n'est peut-être pas sans intérêt de rappeler ici que Magu a souvent établi une comparaison entre la gent ailée et lui, chaque fois qu'il a voulu parler de la liberté. Ainsi, un jour qu'une personne influente voulait lui trouver une place, Magu crut devoir refuser, craignant, s'il acceptait, de regretter un jour sa cave et ses petites promenades du soir. Naturellement sa réponse fut en vers ; il y disait, en parlant de l'oiseau mis en cage :

> Que lui manque-t-il donc ? — Hélas ! la liberté,

Puis il ajoutait :

> Ainsi qu'à cet oiseau, la liberté m'est chère ;
> Dieu m'en a fait présent, je ne puis m'en priver ;
> C'est par elle surtout que je tiens à la terre,
> Jusqu'à mon dernier jour je veux la conserver.

Et plus loin, parlant de son rêve d'or qui, assurément l'honorait dans sa pauvreté, il disait encore je veux :

> Pour y finir mes jours, une humble maisonnette,
>   Tout auprès un petit jardin,
> . . . .
> Et pour en écarter à jamais la misère,
>   Une rente d'un franc par jour.

Cette rente, il arriva presque à l'avoir, puisque, comme nous l'avons dit, M. de Salvandy lui accorda une pension de 200 francs ; mais ce qui lui permit surtout de faire lire ses productions, ce qui nous a valu un beau choix des œuvres du poète, c'est le recueil publié d'après les dernières volontés de Chopin. Charles-Auguste Chopin, poète lui-même, enlevé trop tôt aux lettres et à l'amitié, est allé bien des fois chercher le vieux tisserand au fond de sa chaumière ; il lui a donné ses conseils avec une sévère critique que Magu a acceptée. Cela lui a donc permis, dépourvu qu'il était d'instruction, de mettre une dernière main à ses compositions simples et pures et de nous léguer un livre que les amis des lettres ne voudront assurément jamais oublier.

Malgré la critique de Chopin, Magu a quelquefois manqué d'élégance et de correction, mais, dit en parlant de ses vers, Mme Georges Sand, « il y en a de si vraiment adorables qu'on est attendri et qu'on n'a le courage de rien critiquer. »

La plus adorable des poésies de Magu est, ce nous semble, celle qu'il a intitulée : *A ma navette*. Elle est remplie de cette fraîcheur et de ce parfum qui fascinent le lecteur en lui montrant la vie tout entière du poète de Lizy. Lisons plutôt :

Cours devant moi, ma petite navette,
Passe, passe rapidement !
C'est toi qui nourris le poète,
Aussi t'aime-t-il tendrement.

Confiant dans maintes promesses,
Eh quoi ! j'ai pu te négliger...
Va, je te rendrai mes caresses,
Tu ne me verras plus changer.

Il le faut, je suspends ma lire
A la barre de mon métier ;
La raison succède au délire,
Je reviens à toi tout entier.

Quel plaisir l'étude nous donne !
Que ne puis-je suivre mes goûts !
Mes livres, je vous abandonne...
Le temps fuit trop vite avec vous.

Assis sur la tendre verdure,
Quand revient la belle saison,
J'aimerais chanter la nature...
Mais puis-je quitter ma prison ?

La nature... livre sublime !
Le sage y puise le bonheur,
L'âme s'y retrempe et s'anime,
En s'élevant vers son auteur.

A l'astre qui fait tout renaître
Il faut que je renonce encor ;
Jamais à ma triste fenêtre
N'arrivent ses beaux rayons d'or.

Dans ce réduit profond et sombre,
Dans cet humide et froid caveau,
Je me résigne, comme une ombre
Qui ne peut quitter son tombeau.

Qui m'y soutient ? c'est l'espérance,
C'est Dieu, je crois en sa bonté ;
Tout fier de mon indépendance,
J'y retrouve encore la gaîté.

Non, je ne maudis pas la vie,
Il peut venir des temps meilleurs ;
Quelque peu de philosophie
M'en fait supporter les rigueurs.

Tendre amitié qui me console,
Ne viens-tu pas me visiter ?
Ah ! combien j'aime ta parole,
Et qu'il m'est doux de l'écouter !

Je me soumets à mon étoile ;
Après l'orage, le beau temps...
Ces vers, que j'écris sur ma toile,
M'ont délassé quelques instants.

Mais vite reprenons l'ouvrage,
L'heure s'enfuit d'un vol léger ;
Allons, j'ai promis d'être sage,
Aux vers il ne faut plus songer.

Cours devant moi, ma petite navette,
Passe, passe rapidement !
C'est toi qui nourris le poète,
Aussi t'aime-t-il tendrement.

Cette belle poésie a dû, comme Magu le dit, être écrite sur la toile, sur un chiffon de papier que le poète avait probablement toujours dans sa poche, afin que, une inspiration venant, il pût l'écrire où il se trouvait, sans avoir besoin comme tant d'autres, d'un fauteuil et d'un bureau. — Comme on l'a vu, Magu fut une figure à part, un type comme on n'en voit plus, mêlant la naïveté et la sensibilité à tant de poésie, qu'il sut presque s'entourer d'une auréole digne des meilleurs poètes populaires. A l'exemple de Gilbert, qui s'est peint tout entier dans quatre vers impérissables, Magu a résumé toute son existence dans : *A ma navette!* On voit là à l'œuvre le poète et l'ouvrier, la main et l'intelligence travaillent chacun de son côté, et, contraste frappant! malgré qu'on ne puisse bien faire deux choses à la fois, Magu a réussi à glorifier l'une en faisant aimer l'autre. En plus de la pièce que nous venons de citer, il en existe une autre qui s'appelle : *A une abeille,* et qui, par sa grâce exquise, serait digne, croyons-nous, de figurer dans l'anthologie grecque.

C'est surtout après le repas du soir que le poète a coulé les plus douces heures de sa vie ; son devoir était rempli, le pain du lendemain était gagné, et il pouvait, fier de lui-même, laisser errer son imagination à sa fantaisie. Oh ! quelles belles soirées il a alors passées soit seul, à contempler les étoiles, soit en compagnie de Gilland, ouvrier serrurier et poète aussi ; de Gilland qui, à l'exemple de Magu, n'a pas dédaigné le travail pour se consacrer aux lettres, et qui cependant a écrit, entr'autres vers :

> • .... Je dois ma vie aux labeurs de la terre ;
> Ce que tu veux de moi le ciel me le défend ;
> Il faut dans son grenier du feu pour mon vieux père,
> Et chaque jour du pain pour nourrir mon enfant.

« Partout, en chaque lieu, qu'il veille ou qu'il sommeille,
Comme un serpent caché, pour enlacer ses pas,
Auprès du travailleur la nécessité veille,
— Farouche deité qui voit, mais n'entend pas ! »

(La muse et la nécessité.)

Pour compléter l'étude sur Magu, et puisque nous venons
de parler de Gilland, disons que ce dernier épousa, en 1843,
la fille du poète de Lizy, et qu'à cette occasion, Béranger
écrivit au bonhomme une lettre pleine de finesse, dans laquelle il disait entr'autres choses : « Votre fille épouse un
« brave jeune homme : Gilland est un brave ouvrier qui
« joint l'économie à l'amour du travail ; à votre exemple,
« il ne s'est pas laissé entraîner au dédain d'une utile pro-
« fession par les sottes vanités littéraires, cela le rend
« digne de votre alliance. Il pourra chanter la mariée en
« bons vers, et vous lui répondrez sur le même ton ; les
« applaudissements de nos amis, auxquels je regrette de
« ne pouvoir mêler les miens, ne vous rendront pas plus
« fiers, et, la noce finie, vous retournerez tous deux, lui à
« sa lime, et vous à votre navette devenue célèbre, don-
« nant ainsi un utile exemple qui tournera au profit de vos
« enfants nés et à naître. C'est ainsi qu'on mérite et qu'on
« obtient l'estime des honnêtes gens et les bénédictions du
« ciel. Croyez-donc à tous les vœux que je fais pour votre
« bonheur et celui de votre famille. »

Magu — que son gendre, mort à 42 ans, dans la force de
l'âge et du talent, précéda de trois années dans la tombe —
est décédé en 1860, après avoir noblement dépensé sa vie ;
il est mort comme un sage, sans crainte aucune, exempt
qu'il était de tout reproche. Il a peut-être quelquefois
pleuré, mais la haine n'est jamais entrée dans son cœur :
la poésie et un regard de sa femme suffisaient pour le con-

soler. Aussi une femme d'esprit a-t-elle écrit de lui ces
mots qui le peignent tout entier : « Si quelques larmes
sont tombées sur la trame que tu tissais, ô Magu ! Dieu a
envoyé la poésie pour être ton ange gardien, et les essuyer
avec une gerbe de fleurs. » — L'artisan de Tancrou a laissé
un nom qui ne périra point si l'on tient compte surtout des
efforts presque héroïques qu'il lui a fallu faire pour arriver
à posséder le talent qu'on lui connaît ; et c'est ce que
M. David d'Angers a parfaitement compris, lorsqu'en 1842,
il fit exprès le voyage de Lizy, pour dessiner d'après nature
une figure de poète, que depuis le bronze a contribué à
sauver de l'oubli.

VI

C. Robinot-Bertrand.

Nous voici en face d'un poète entièrement provincial, mais qui ne ressemble en rien à ses collègues qui font l'objet de notre livre. M. Charles Robinot — avocat du barreau de Nantes et rédacteur littéraire du *Phare de la Loire* — est un poète de l'école panthéisto-réaliste, qui a des idées infiniment meilleures que ses émules. Nous ne savons si la manière de ces derniers de voir les choses a eu de l'influence sur leur caractère, ou si les pensées qu'ils expriment sont l'expression fidèle de ce caractère ; nous pensons plutôt qu'à l'exemple des Hugo et autres romantiques de 1830, ils ont voulu former une école, non parce que le genre adopté par eux est meilleur, mais parce qu'il est moins sévère, plus libre, et partant, d'avantage dans le goût dominant de la période littéraire actuelle. Quant à M. Robinot-Bertrand, il est un de leurs adeptes plutôt pour la forme que pour l'idée. Comme homme, nous ne pouvons le juger, ne le connaissant pas assez ; mais les quelques heures que nous avons pu passer en tête-à-tête, ont suffi pour que nous nous le figurions aimable, sympathique et de commerce agréable. Comme poète, ses œuvres sont son juge. Il exprime bien aussi — à l'instar des Parnassiens — une idée fixe, réelle, dépourvue d'idéalisme ; il va bien droit au but pour séduire d'avantage en s'atta-

chant de préférence aux choses que tout le monde peut
comprendre, mais ses écrits ne sont pas recouverts d'un
voile tellement épais qu'on ne puisse voir le ciel à travers.
En un mot, ce n'est pas, s'il ne trahit sa pensée, un scep-
tique, quoiqu'il ait dit :

> Qu'un immortel amour nous brûle et nous pénètre,
> Rien n'est que notre amour, le reste paraît être,
> Le reste n'est qu'un mot.

De ces vers on ne doit pas conclure que le poète
doute de tout, ce ne sont là que les paroles d'un jeune
homme éperdument amoureux, et qui, dans l'excès de sa
passion, ne voit rien que ce qui peut l'entretenir. D'ailleurs,
M. Robinot-Bertrand n'a-t-il pas écrit autre part :

> Au bout de vos efforts vous rencontrerez — Dieu !

« Il y a, dit M. de Pontmartin, entre M. Robinot-Bertrand
et Joseph Autran, des affinités qui n'ont rien de commun
avec l'imitation servile ou de simples réminiscences. » En
effet, M. Robinot-Bertrand, comme J. Autran, Brizeux, de
Laprade, et tous ceux qui préfèrent la solitude au tumulte
des villes, a trouvé sa voie, suivi sa vocation, en chantant
les pures harmonies de la campagne, la naïveté et la simplicité de ces bons paysans qui ne cherchent rien au-delà
du bonheur domestique ; car, tirer de la terre ce qui leur
est nécessaire, embrasser leurs enfants et les élever de la
manière qu'ils l'ont eux-mêmes été, c'est tout pour eux. Il
n'a point, comme tant d'autres, cherché un genre jusqu'alors inconnu pour exprimer sa pensée ; il s'est contenté
de ce qui se passait sans cesse sous ses yeux ; il a compris
que la peinture des mœurs rustiques n'était pas sans
charme, qu'elle était surtout naturelle et vraie, et il s'est

dit : Voilà ce qu'il me faut, n'allons pas plus loin. Bien lui
en a pris, car s'il eût voulu s'engager dans une voie qu'il
ne connaissait pas, à l'exemple de ces citadins qui préten-
draient décrire une province qu'ils n'ont jamais visitée,
M. Robinot-Bertrand eut certainement fait fausse route et
dépensé son talent en pure perte. Il a vécu au milieu des
paysans, il a voulu les glorifier comme une race sainte et
utile. D'ailleurs, le meilleur moyen de ne point se tromper
n'est-il pas toujours d'être vrai ? C'est une vérité qui n'a
nullement besoin d'être autrement prouvée.

Ce que nous trouvons surtout d'excellent chez M. Robinot-Bertrand, c'est qu'il n'est jamais ni leste ni immoral ;
il n'écrit point de ces chansons ou odelettes qui s'appellent
« Par dessus les Moulins ; » ses héros ne sont pas plus des
gandins que ses héroïnes ne sont des femmes qui jettent
leur coiffe dans les bras du vent pour danser plus facilement la farandole. Partout, au contraire, on ne voit que
gens honnêtes dont la vie nous est décrite avec toutes ses
joies et toutes ses douleurs. C'est à la fois une suite de tableaux champêtres et une description exacte des choses
qui les composent. Tel est, par exemple, le récit de la
Légende Rustique, œuvre de longue haleine et le début
du poète.

L'idée de ce poème est venue à M. Robinot-Bertrand à
l'issue d'une veillée où des paysans lui avaient raconté une
histoire arrivée dans le pays. Naturellement, ce récit devait
faire impression sur l'imagination ardente du jeune homme
et porter ses fruits. Aussi s'empressa-t-il de le modifier en
changeant le nom et peut-être les lieux, et d'en faire une
légende qui n'a pas, pour cela, entièrement perdu son caractère de simplicité ! Analysons-là plutôt.

Un vieux paysan, honnête et laborieux, est arrivé à force
de privations et d'économies, à amasser six mille livres de
rentes ; avec cela il a deux fils, Gabriel et Pierre. Celui-ci
continuera au pays l'œuvre du père ; celui-là, au contraire,
qui s'annonce par d'heureuses dispositions, ira au collége
et deviendra un jour quelque chose — noble ambition et
légitime orgueil dictés par l'amour paternel ! — Mais voilà
que Gabriel, au collége, fait connaissance d'un ami, Eugène
de Rhéan, qui, par malheur, possède une sœur douce et
belle et qui répond au nom d'Herminie. Un soir, Gabriel la
rencontre par hasard au parloir ; ils se regardent comme
deux personnes qui passent l'une près de l'autre pour la
première fois, et le cœur du jeune homme s'enflamme aussitôt. Il a dix-sept ans et c'est son premier amour ; on
comprendra avec quelle force d'âme il devait aimer, à cet
âge où l'illusion et les rêves d'or séduisent si facilement.
Déjà plus de plaisirs bruyants pour Gabriel, plus de jeux,
toujours seul dans les promenades, se tenant sans cesse
éloigné de ses joyeux camarades, afin de réfléchir plus
longuement et d'écouter ce que lui dit son cœur.

> — Oh ! combien depuis lors de retours en arrière !
> Que de songes, m'ouvrant leur magique carrière,
> M'entraînaient sur ses pas, me rappelaient sa voix,
> Son sourire, ses yeux, son maintien ! Que de fois,
> Penché sur mon travail, je laissai ma pensée,
> Vers d'autres régions librement élancée,
> La chercher, l'entrevoir, frémir à son aspect,
> Lui parler, l'entourer d'amour et de respect !
> Combien de fois aussi je l'aperçus éclore,
> Beau lys étincelant qu'un doux soleil colore,
> Et mirage léger, furtive vision,
> Entre le ciel et moi passer dans un rayon !...

Gabriel a renfermé son amour en soi sans en parler à
personne, mais en sera-t-il toujours ainsi ? Eugène a présenté son ami à sa mère... et à sa sœur qui plonge immé-

diatement son regard sur le jeune visiteur. Gabriel se sent
troublé, il rougit, son cœur est oppressé, il voudrait parler,
mais assurément, plébéïen, il se verra repoussé s'il avoue
sa faiblesse, et alors que lui restera-t-il de son amour
brisé? Le souvenir ; un peu de poudre que laisse aux doigts
le papillon écrasé !

Tel l'insecte brillant qui porte sur ses ailes
Les mille feux du jour en riches étincelles :
Vivante fleur, il vole et luit parmi les fleurs ;
Mais si l'on veut de près observer ses couleurs,
Si la main le saisit d'un mouvement agile,
Et presse entre ses doigts ce corps souple et fragile,
L'insecte prisonnier frissonne vainement,
Se débat, en efforts se consume, et semant
L'or, l'azur et la pourpre, et l'émeraude vive,
Disparaît dans un flot de vapeur fugitive,
Et de tout cet éclat si charmant autrefois,
Il ne reste qu'un peu de poudre terne aux doigts.

Gabriel a résolu d'attendre plus longtemps. Herminie le
devinera peut-être et alors... à la grâce de Dieu !... Il
cherche sans cesse l'occasion de la rencontrer, de la saluer, se croyant compris, et si la jeune fille laisse échapper
une fleur de sa main, vite il la ramasse, la couvre de baisers et se dit : c'était pour moi ! O chaste amour ! Quels
changements bizarres tu fais ! Que de peines, que d'efforts
en pure perte si tu allais être inhumain !... Mais non,
Gabriel est allé seul à Rhéan, il a vu Herminie seule aussi ;
il n'y a plus possibilité de reculer et des conversations
s'engagent sur des choses frivoles : les lèvres seules s'agi-
tent, le cœur parle en lui-même. Gabriel sent son courage
défaillir, il va partir, il travaillera, et peut-être un jour,
pense-t-il intérieurement, il pourra revenir se présenter le
front haut, sans crainte. Mais au moment de sortir, un cri
l'arrête sur le seuil : Herminie a tout compris, elle l'aime
et elle laisse entendre ce mot :

« Mon cœur vous attendra, Gabriel ; espérez ! »

Ce mot magique a relevé le moral du jeune homme ; maintenant qu'il se sent aimé, se fiant sur une promesse, il vole vers Paris plutôt qu'il ne marche ; là, il étudiera et pourra un jour mettre sa science et consacrer sa vie au service de l'humanité tout entière, sans fierté et sans égoïsme. Il travaille nuit et jour, ayant dans son cœur son amour et devant lui le portrait de son père, ce qui le console et le fortifie dans son espoir. Mais voilà qu'un jour il apprend, par hasard, qu'Herminie, parjure, a trahi son serment, qu'elle est entre les bras d'un autre préféré, tandis que lui, Gabriel, voit le prix de ses travaux à jamais perdu. Il sent son cœur vaincu, brisé, anéanti sur le champ, et, pleurant, le front appuyé dans sa main, il reporte ses souvenirs vers son pays natal, où là, du moins, il n'a connu que l'espoir ?

Cher réduit, ô retraite étroite, mais si douce,
Où, semblable à l'oiseau qui s'endort dans la mousse,
Je rêvais, où mes vœux que rien n'avait ternis,
S'abandonnaient au flot des espoirs infinis,
Où, lorsque le printemps se revêtait de grâce,
Il venait jusqu'à moi du grand jardin d'en face,
Voix et parfums bénis et frais murmure ailé,
Réduit, combien de fois depuis lors suis-je allé
Sous ta fenêtre, aux vents joueurs prêter l'oreille,
Et voir si même fête, éclosion pareille
T'embaumaient au printemps, et si, proche de toi,
Je trouverais, hélas ! quelque chose de moi !

Longtemps indécis, Gabriel se demande s'il doit travailler, s'il doit vivre ou s'il doit mourir, lui qui, hier encore, croyait au bonheur. L'inconstance d'Herminie l'absorbe tellement qu'il peut à peine prendre part aux journées de février 1848, car il est aussi démocrate, ce qui ne sert nullement à l'amour. La politique est une chose qui absorbe celui qui s'en occupe ; elle peut tuer l'amour comme elle a tué la littérature. On a toujours dit : ce que Dieu a fait est bien fait ; alors pourquoi joindre ce qu'il n'a pas voulu qui fut uni ? — Enfin, Gabriel revient au village, où il retrouve son frère heureux dans sa simplicité. Pierre ensemence ses champs, en recueille les moissons, certain, en continuant les traditions paternelles, de n'être point déçu. Pierre aime Rose, sa jolie voisine, et cet amour ne sera pas troublé pour cause de fortune ou par la vanité d'un nom. Quant à Gabriel, il passe les nuits à gémir, à écrire ses impressions pénibles, et le jour à parcourir les sentiers qu'il aimait. Il y a là tout un charmant tableau tour à tour animé par les causeries du gai docteur et par l'affabilité du bon curé ; c'est la vie champêtre dans tous ses détails, dans toute sa grâce. Rien n'y manquerait si Gabriel n'avait cette éternelle mélancolie qui le brise chaque jour de plus en plus. Ni l'amitié de son frère, ni les soins de la vieille Madelon, qui les a élevés tous deux, ne peuvent lui rendre la gaîté d'autrefois ; c'est un homme qui a été frappé au cœur et la blessure est mortelle.

Une satisfaction intime est bien encore réservée à ce pauvre cœur brisé, mais la souffrance a été trop forte, le mal fait de tels progrès que cette satisfaction ne servira qu'à précipiter le malade vers le terme fatal. Le mari d'Herminie l'a laissée veuve après quelques années de mariage, et elle est alors revenue au château, libre de son nouvel avenir et fidèle encore à ses premières amours. Gabriel sait tout cela, et souvent le soir, à l'heure où le soleil se couche, il s'échappe et court vers la demeure d'Herminie, essayant de revoir sans être vu la dame de ses pensées dont un pleur sillonne quelquefois le visage, puis il s'échappe un peu consolé, mais le cœur plus malade encore, car sa raison « comme un coursier qu'on ne peut dompter, se cabre et semble fuir, » Herminie aussi veut revoir Gabriel pour soulager son cœur qui est non moins oppressé, et lorsque, pâle, enveloppée de longs vêtements de deuil, elle apparaît au chevet du malade, Gabriel se redresse :

L'amour est plus fort que la mort !

Il croit ne voir devant lui que le spectre d'Herminie qui vient le mouiller de pleurs et l'effleurer d'un baiser, et c'est à peine s'il peut, sous les dernières étreintes de l'agonie, s'écrier avant de retomber immobile : « Je vois ! »

M. Robinot-Bertrand a certes fait preuve d'un remarquable talent dans sa Légende, en la développant pour en faire un poème, travail ordinairement si aride, en rajeunissant quelques vieilleries et en relevant certaines faiblesses par une poésie saine, vigoureuse et riche. Cependant, et nous ne pouvons ni ne devons le dissimuler à son auteur, la *Légende rustique* offre parfois des longueurs qui deviendraient fatigantes si elles n'étaient çà et là semées d'heureuses inspirations, comme par exemple dans le Retour qui sert de prologue, et dans l'épilogue qui n'a que faire d'exister. Le dénouement ne doit jamais être suivi d'une explication quelconque, afin que le lecteur, encore troublé de ce dénouement, n'ait pas sa curiosité satisfaite sur le sort des survivants. On pourrait encore à la rigueur citer deux ou trois mots pris dans un sens opposé à leur sens propre, mais à côté d'une œuvre comme la *Légende rustique,* ce sont des vétilles qu'il est inutile de relever.

C'est en 1867 que M. Robinot-Bertrand nous a donné le poème que nous venons d'esquisser. A trois ans d'intervalle, en 1870, il nous a offert un nouveau livre écrit comme le premier au bord de la Loire. L'auteur le dit dans sa préface : « J'aime les fleuves, je les préfère aux lacs : le lac

« est calme, il est immobile, mais la mort aussi est immo-
« bile et calme ; le fleuve, lui, a le mouvement, l'expan-
« sion, la vie, et, image de notre destinée, loin des sources
« secrètes où il prit naissance, tantôt tranquille et tantôt
« troublé, tour à tour dévastateur et fécond, il va se perdre
« dans la mer immense. » Aussi l'œuvre nouvelle du poète
a-t-elle nom : *Au bord du Fleuve.*

En commettant ce livre, M. Robinot-Bertrand n'a fait ni
un pas de plus ni un pas de moins vers le sommet de l'Hé-
licon, c'est-à-dire qu'il ne s'est point montré dans sa nouvelle production supérieur à la *Légende rustique,* et qu'il
n'est point non plus resté en arrière. Il a donc marché de
même niveau, usant de son style vif et coloré, envisageant
les choses de la même manière en les entourant d'un cadre
gracieux. Mais comme le devoir du critique est avant tout
d'être impartial, nous devons signaler à M. Robinot-Bertrand, qu'avec ses poésies sentimentales, il s'est un peu
plus rapproché de ses émules de l'école panthéisto-réaliste,
sans doute parce que son imagination errant en liberté,
n'était plus astreinte à suivre les règles sévères et la
marche d'un poëme. *Au bord du Fleuve* contient quelques
pièces un peu vides de sens et des vers assez médiocres
(en petite quantité, heureusement), comme par exemple
celui-ci :

Et le raisin juteux au doux parfum subtil...

que nous trouvons de mauvais goût à cause de la che-
ville existant dans le second hémistiche, bien qu'en soi-
même chaque mot soit juste et puisse s'accorder à « raisin. »
Nous relèverons maintenant une réticence qui nous paraît
défectueuse. On est au mois de mai, on danse au son du
violon et du chalumeau sur les bords du fleuve,

5

Et déjà près de l'onde où l'étoile se mire,
Les enfants.... Écoutez leurs frais éclats de rire.

qu'à voulu dire le poète en coupant net sa phrase ? A-t-il
entendu cacher un mot que nous nous abstiendrons aussi
de citer, car ce sont de *grands enfants* qui dansent !...

Mais en dehors de ces fautes, nous trouvons de beaux
vers pleins de sens et de poésie, et, certes, ils sont bien
préférables à d'autres pièces entières. Citons plutôt :

> Veille ou dors, bel enfant : tu grandiras ; la vie
> En ses âpres détours devant toi s'ouvrira ;
> Sur ton sombre chemin se dressera l'envie,
> Et sous des cieux glacés ton soleil pâlira.

> La douleur est la loi de toute créature,
> Les plus grands cœurs toujours sont les plus éprouvés ;
> Mais souris, cher enfant, à l'aimante nature,
> Sans souci des tourments qui te sont réservés.

M. Robinot-Bertrand s'est surtout distingué dans une
suite de petits tableaux champêtres, où le cœur parle toujours avec le cœur. « Vous voulez donc souffrir, pau-
vrette ?... » dit-il à une jeune vierge qui n'a jamais connu
la vie que parsemée de roses, et qui cache vivement dans
son sein une lettre... d'amant ? Il existe surtout dans cette
petite pièce trois vers charmants :

> Oh ! n'est-ce pas, la vie est un bien gai chemin ?
> Et puis si long ! si long qu'on n'en voit pas la fin ?...
> Ah ! vivre est une douce chose !

Et tout à côté nous voyons le poète tourner au drame et
nous montrer l'homme en proie à un violent chagrin. Figurez-vous un petit village dans un fertile vallon ; dans ce
village, une seule auberge entourée d'un riant jardin. C'est
le dimanche ; deux hommes sont assis dans un coin : un

vieillard et un jeune père de famille qui, soucieux et le
front penché dans la main, semble abîmé dans de profondes réflexions ; il est maigre comme ceux que consume
le jeûne, tandis que l'autre, insouciant du lendemain,
s'écrie :

> Bois, le vin calmera la douleur qui te brise.

Mais vainement le jeune père a-t-il soulevé son verre
qu'il le replace sur la table sans l'avoir porté à ses lèvres :
six enfants l'attendent pour manger !... Adieu ! dit-il, et il
se sauve en pleurant. Oh ! la faim !... chose cruelle qui a
causé bien des larmes ! Loi inflexible devant laquelle tout
se courbe : la rébellion n'y peut rien, même à main armée.
La faim ! que de crimes n'a-t-elle pas fait commettre, et
combien encore n'a-t-elle pas perdu d'hommes qui n'auraient pas mieux demandé que de vivre honnêtes !... Et de
jeunes filles qui se sont livrées pour un morceau de
pain !... Dans les *Casseurs de Pierres*, le poète déroule
cette triste histoire à nos yeux avec une vivacité toute particulière qui anime ce poème et en fait ainsi une des plus
belles et des meilleures compositions du volume.

Ch. Dickens a dit : « Qui voudrait si ce repos était celui de
la mort, se réveiller pour endurer encore les peines et les
luttes de la vie, et se retrouver en proie aux soucis du
présent, aux inquiétudes de l'avenir, et surtout aux pé
nibles souvenirs du passé ? » En s'inspirant de ces belles
paroles, M. Robinot-Bertrand a écrit : *Pourquoi veux-tu
que je m'éveille ?* Un charmant dialogue dont les acteurs
sont Jésus et Lazare. En vain, le maître appelle-t-il son
fidèle serviteur, celui-ci répond toujours : puisque rien
n'est changé en ce monde, que l'orgueil et la méchanceté

continuent d'exercer leurs ravages, pourquoi veux-tu que
je m'éveille? — Ami, répond Jésus :

> — Ami, je porterai donc seul
> La croix pesante qui me blesse ?
> Or, Lazare, à ces mots se redresse
> Et sort vivant de son linceul !

Voilà certes une pièce biblique qui ne manque point de
gracieuseté, une pièce comme on n'en trouve pas dans les
nombreux recueils de nos poètes contemporains, qui préfèrent à cela les vers les plus crus, les plus risqués de
Charles Baudelaire. A la sauvage énergie qui distingue les
compositions de ce poète, nous préférons encore écouter
M. Robinot-Bertrand, nous retracer l'histoire d'une jeune
fille sacrifiée par sa mère à un homme riche, en dépit
de toute aversion, sans autre motif que la richesse en
perspective, s'occupant peu, elle, mère, si son enfant sera
heureuse. Pauvre femme ! qui n'ose sourire ni même pleurer, craignant toujours le maître jaloux qui vient !...
Pauvre fleur qui penche avant d'être éclose !

Tout en sacrifiant au poème régulier et à la poésie sentimentale, le poète des bords de la Loire a aussi voulu
payer son tribut au sonnet. Parmi les quelques-uns qu'il a
écrits, il en est un, *la Poupée*, qui ne manque point d'une
certaine valeur. C'est la vie résumée en peu de mots : l'enfance et la gaîté, l'âge viril et les pleurs.

> L'enfant s'ébat joyeuse, en bouquet éphémère
> Unit les fleurs, de tout s'énivre innocemment,
> Et sur son cœur, que trouble une douce chimère,
> Tient la poupée amie et chante en l'endormant.

> Elle sourit ou gronde et croit être sa mère ;
> Elle a de l'avenir comme un pressentiment ;
> L'âme la plus livrée à sa douleur amère,
> Devant ce gai tableau revivrait un moment.

Quel trésor de tendresse en cette enfant! Quel monde !...
Mais soudain, ô surprise ! ô souffrance profonde !
La poupée en débris a roulé sous ses pas !...

Des larmes !... Pleure enfant ! les larmes sont divines !
Peut-être quelque jour, devant d'autres ront pas !
Tes yeux voudront pleurer et ne .... ront pas !

En résumé, M. Robinot-Bertrand est un poète loyal et
franc qui dit toujours ce qu'il pense, sans arrière-pensée,
sans détours, allant droit au but qu'il veut atteindre, à
travers tous les écueils, par dessus tous les obstacles. Il y
a dans sa poésie la peinture fidèle de ce que le poète a vu,
de ce que son cœur a pensé. Doué d'une imagination facile
et précise, il n'a reproduit ses inspirations qu'en vers sonores et brillants, et d'un style généralement très-pur.
C'est un poète qui a sondé son terrain avant de s'y ha-
sarder, afin de ne marcher qu'à coup sûr, et il a bien fait ;
car, après avoir lu les deux volumes que nous venons
d'esquisser, on sent qu'on en a retenu quelque chose de
bon. M. Robinot-Bertrand, s'il continue à suivre la voie
qu'il s'est tracée, restera donc un poète d'un talent remarquable, digne de succès et de plus d'éloges qu'on n'est
ordinairement disposé à en accorder aux auteurs de province, aux poètes surtout qui se sont seuls frayé une route
dans le monde, sans autre appui que leur ferme volonté
d'arriver à bien faire.

Enfin, pour combler toute lacune, disons ici que la
Légende rustique a ouvert bien des portes à M. Robinot-
Bertrand, car la *Revue de Bretagne et Vendée*, la *Revue populaire de Paris*, la *Revue contemporaine* et le *Parnasse
contemporain* ont accueilli de lui, soit quelques nouvelles
en prose, soit des pièces de vers, et qu'il en est résulté
pour ces Revues un avantage réel, celui de s'être attaché
« un poète et un écrivain. »

VII

Achille Millien.

M. Achille Millien est un gracieux poète, né à Beaumont-la-Ferrière (Nièvre), où il réside, le 4 septembre 1838. Bienveillant pour ses collègues, toujours prêt à les aider de ses conseils, il ne laisse rien moins que d'excellents souvenirs à quiconque l'a vu seulement une fois. Quant à nous qui ne le connaissons que par ses écrits et par ses lettres, nous avons toujours eu pour lui de la sympathie, mais de cette sympathie qu'on éprouve ordinairement pour un ami, pour un poète aujourd'hui à peu près unique en son genre. Nous avons déjà dit que l'historien doit avant tout être sincère ; soyons-le donc afin d'être vrai et de servir à la fois les intérêts de l'écrivain qui nous occupe mieux que ne le ferait assurément un pompeux éloge dicté par la camaraderie. Oui, M. Millien est actuellement à peu près unique en son genre, en France du moins, car il a chanté comme personne n'ose le faire, mais comme l'ont fait jadis les bardes Bretons et tous les poètes populaires. Veut-on savoir maintenant comment il est arrivé à cela ?

Supposez que la poésie soit un vaste domaine habité par une muse, femme charmante qui ne donne son sourire et ses caresses qu'à des privilégiés peu nombreux. Ce domaine merveilleux où l'œil rencontre tout ce que l'homme peut se figurer, est situé sur une côte presque inaccessible où

nous voyons des choses qui nous rappellent le passé —
c'est-à-dire l'antiquité — les temps modernes, et nous
montrent le présent. Là-bas, à l'horizon, apercevez-vous
au milieu d'un champ de bataille abandonné, mais encore
rouge du sang des morts, un vieillard immobile assis sur
une pierre? C'est Homère qui compose l'*Illiade*; un peu
plus près, mais toujours dans le lointain, que distinguez-
vous dans une vallée peuplée de bergers et de bergères qui
paissent leurs brebis à l'ombre des chênes et des châtai-
gniers? Un homme qui regarde et écoute : c'est Virgile
écrivant ses *Églogues*. Puis, faisant un pas vers la gauche,
rapprochez vos yeux de l'endroit où vous êtes, vous voyez
Corneille évoquant les mânes des *Horaces* et du *Cid*, afin de
pouvoir nous donner deux tragédies, deux chefs-d'œuvre.
Maintenant, regardez à vos pieds, à vos côtés, cette partie
de la montagne représente le dix-neuvième siècle ; ici un
beau lac qui reflète le ciel pur, et tout près une tombe de
marbre blanc, puis Lamartine à genoux sur le gazon et rêvant à ses *Méditations*. A côté, contraste frappant! vous
remarquez des danses effrénées, des hommes ivres sortant
d'un cabaret borgne, des filles perdues qui font des gestes
au premier venu? Ce sont là les interminables sujets qui
font toute la poésie de la nouvelle école. — Mais pour réjouir vos yeux, il faut vous montrer ce jeune homme, leste
et radieux, qui gravit le sentier tortueux, cueille les fleurs
sur son passage, et, après avoir bu à la source qui jaillit
du rocher, va serrer la main au laboureur et au bouvier
qui rentre ses bœufs, ce qui ne l'empêche nullement de
donner en passant une caresse à la belle moissonneuse qui
relève le grain de ses deux bras brunis par le soleil d'août ;
c'est Achille Millien.

Qu'on nous pardonne un aussi long tableau pour arriver

à nommer M. Millien ; mais il importait de retracer rapidement l'essence de la poésie antique et de la poésie moderne,
pour montrer comment M. Millien a su se composer un
genre particulier. En lisant ses poésies agrestes (dont de
nombreux fragments ont été traduits en plusieurs langues),
on voit qu'il les a écrites avec l'intention louable d'être
compris de tout le monde, et cela parce qu'il n'a parlé que
de ce que l'œil voit indifféremment tous les jours. Achille
Millien a pris pour guide Thalès-Bernard qui, dans son excellente *Histoire de la Poésie,* s'est surtout attaché à démontrer que la rénovation de l'art ne peut avoir lieu qu'en
remontant à la source primitive, à la poésie populaire.
Aussi s'est-il beaucoup étendu sur les beautés de la vie
pastorale, si bien reproduites par le hongrois Petœfi, tué à
vingt-six ans, en combattant les Russes. Nous voyons,
chez ce poète, d'immenses plaines recouvertes de grandes
herbes, parmi lesquelles sont paresseusement couchés des
bœufs d'une grande force ; et il nous fait, devant ce spectacle, assister à des scènes très-instructives en même
temps qu'amusantes et fort belles. Il y a un grand profit
pour le poète à étudier l'œuvre de M. Thalès-Bernard, qui
résume vingt années de recherches. M. Millien a bien compris tout cela, et ce n'est pas à la légère qu'il s'est lancé
dans une voie inconnue hier encore chez nous, avant que
des chercheurs infatigables comme MM. Sébastien Albin,
Marmier, Dozon, de la Villemarqué, Henri Heine et tant
d'autres, ne nous eussent traduits les chants populaires de
l'Allemagne, les chants du Nord, les poésies Serbes, Celtiques, Scandinaves, les poésies des Burns et les Ballades
roumaines ; mais après avoir fait un rapprochement entre
ces chants si aimés de l'étranger et les phases diverses
que la poésie a subies chez nous depuis Malherbe et

Racan, l'humble poète nivernais a dit de la poésie agreste :
Il y a quelque chose là ! — Comme le mot d'André Chénier
sur la charrette révolutionnaire. Quelle suave harmonie,
quels sentiments délicats et mélancoliques les Uhland, les
Kerner et les Petœfi n'ont-ils pas su mêler aux plus naïves
fantaisies ! Et pourquoi après les premières tentatives de
Mme de Staal et les descriptions des mœurs sauvages que
nous a léguées Châteaubriand, un poète français n'essaie-
rait-il pas de ramener la poésie aux mêmes proportions? Si
nous sommes fatigués d'une poésie qui roule toujours dans
le même cercle sans en pouvoir sortir, si nous avons délaissé pour toujours les pastorales de Mme des Houlières, et
les madrigaux parfumés et musqués des Dorat et des Ber-
nis, c'est que nous avons senti les besoins d'une forme
nouvelle qui fût une création en même temps qu'une peinture vraie.

L'œuvre de M. Millien peut se diviser en deux parties
bien distinctes : l'une, agreste, qui célèbre la vie à la campagne, mais la vie véritablement populaire seulement ;
l'autre, légendaire, c'est-à-dire qui, sous forme de légendes,
nous rapproche de plus en plus des Ballades d'outre-Rhin.
On peut aussi noter un certain rapprochement entre les
légendes de M. Millien et les délicates compositions de
Longfellow, dont M. Thalès-Bernard nous a donné quelques traductions, mais avec cette différence toutefois que
le poète américain est plus visionnaire et que le poète français est plus terrestre.

Prenons, par exemple — pour nous faire pardonner l'expression — *Excelsior* chez le poète d'outre-mer :

« Oh ! reste dit la vierge, et pose sur mon sein ton front

« fatigué. Une larme brilla dans son œil bleu, mais il ré-
« pondit encore avec un soupir :

« Excelsior. »

Nous sommes là au milieu des Alpes et la vierge parle
à un jeune touriste qui porte « au milieu des glaces
et des neiges, une bannière avec cette étrange devise :
Excelsior. »

De son côté, M. Millien écrit dans sa *Légende la Charrue,*
en s'adressant à l'ancien laboureur villageois :

Ton père, qui repose au coin du cimetière,
Comme toi maintenant libre enfin du labour,
Touchait, un soir de mars, au seuil de sa chaumière,
Lorsqu'un vagissement salua son retour.

Nouveau-né, tu criais sur le sein de ta mère !
Lui, dans ses larges mains t'enleva triomphant,
Et dès lors il trouva sa tâche moins amère,
En songeant qu'au logis l'attendait son enfant.

Cela devra suffire pour montrer que le plus souvent,
Longfellow, comme les poètes serviens, estoniens, magyars
et scandinaves, ont pris leurs héros parmi leurs dieux,
dans les régions éthérées, tandis, qu'au contraire, M. Millien s'est attaché à les choisir parmi nos paysans contemporains — ce qui ne l'a pas empêché, cependant, d'y
joindre quelquefois un peu de surnaturel. En un mot, il a
choisi un juste milieu dans la légende : ses héros ne marchent point emportés sur des nuages qui viennent sur un
signe de la main, comme dans les poèmes indiens, mais ils
ne se métamorphosent pas non plus, ni ne disparaissent
point comme les prétendus dieux du *Kalewala* Finlandais ;
Millien a su, lui, concilier la légende avec plus de vérité,
ou, du moins, de vraisemblance.

Si, véritablement, il n'y a pas, comme le prétend

M. Thalès-Bernard, *d'originalité* dans la poésie, puisque, d'après lui, « dans la sphère littéraire comme dans la nature, tout n'est qu'échange et dispersion perpétuelle, » (et M. L. de Laincel est de même avis), on ne pourra sciemment accorder à Achille Millien *l'invention :* mais on ne pourra nier qu'il a fait preuve d'un véritable talent de poëte en modifiant l'esprit des anciennes légendes selon le siècle, nos goûts, nos mœurs et nos habitudes.

Les principales publications de Millien sont : *La Moisson* (1860) ; — *Chants agrestes* (1862) ; — *Les Poèmes de la Nuit* (1864) ; — *Musettes et Clairons* (1865) ; — *Légendes d'aujourd'hui* (1870). Examinons maintenant les phases diverses de son œuvre poétique et l'avantage qu'on en peut tirer au profit de la littérature à venir.

Après s'être fait remarquer lors de la publication de ses deux premiers livres, le poëte, encouragé par quelques personnes bienveillantes et véritablement amies de la saine poésie, produisit un nouveau volume bien supérieur aux précédents. Le talent de l'auteur, plus formé, s'y développe aisément et librement, sans effort ; on sent que M. Millien ne fait point fausse route, et que pour lui il n'est point de difficulté qu'il ne puisse vaincre facilement. Ce recueil — *Poèmes de la Nuit* — est lui-même divisé en trois parties distinctes par le genre, mais qui, réunies, donnent une idée complète du talent de leur auteur. D'abord, nous trouvons la poésie de 1830, élevée, savante, mais moins romantique, ou plutôt, moins romanesque, la poésie, comme l'ont heureusement inaugurée Victor Hugo, avec ses *Odes* et *Ballades* et ses *Feuilles d'automne,* et le comte de Vigny, avec ses délicieux et chastes poèmes. Plus loin, sous le titre d'*Humouristiques,* Achille Millien nous enmène gaiement au

fond des bois par des sentiers peu battus, puis à travers
champs, nous faisant assister tantôt aux rudes travaux de
la ferme, et tantôt nous montrant les phases diverses de la
vie domestique, sans rien cacher de ce qui peut faire rire
ou qui peut faire pleurer. Enfin, plus loin encore, dans
Paulo Majora, règne un autre ordre d'idées, un genre plus
élevé, digne d'un patriote et d'un amant de la liberté. En
résumé, nous trouvons donc que, dans un même ouvrage
— fruit d'à peu près deux ans de travail — M. Millien a
traversé trois époques qu'il a séparément étudiées, se montrant ici poète sentimental et chrétien, là peintre agreste, et
immédiatement après, chantre guerrier. S'il n'a pas comme
les Troubadours, Bertrand de Born et Gaucelme Fœdit, et
plus récemment comme Kœrner, traversé les champs de bataille pendant l'action, on ne peut opposer qu'il ait fait
preuve de moins de talent et de moins d'énergie. Quand il
parle de ce soldat-poète que nous venons de nommer : Théodore Kœrner, tué à Leipzig, Achille Millien le peint ainsi :

Ame qu'un vil instinct n'avait jamais flétrie !
Avec ses chasseurs noirs dans l'espace emporté,
Quand il frappait le sol de sa terre chérie,
Son amour était sa patrie,
Et sa muse, la liberté !
. . . .
Vieux chêne de Wobblin, veille bien sur sa tombe ;
Couvre-là comme un dais qui protége un autel !
Toutes les fois qu'ainsi le poète succombe,
C'est dans la lumière qu'il tombe
Pour se relever immortel !

Retournons en arrière et jetons un coup-d'œil sur *le Voyageur,* nouveau juif-errant qui marche sans cesse sans trouver
le repos. Cependant le ruisseau, les bois, les oiseaux, les
fleurs, tout convie ce passant à jouir un peu·des douceurs
de la vie ; mais au « Viens donc ! » des mille voix de la

nature, il répond : « Hélas ! adieu, je pars ; je ne puis m'arrêter. » Puis il fait un pas et tournant tristement la tête, il
continue son chemin, car il faut qu'il obéisse à celui qui dit :
« Va ! » Enfin il succombe à la tentation, il court vers les
voix amies qui l'appellent, quand soudain un cri terrible
retentit : « Arrête ! » c'est la Mort qui parlait.

Il y a un poète qui a dit :

> Du jour que nous naissons, nous marchons à la mort.

M. Millien, dans sa charmante vision : *Les Echelles*, développe cette belle idée sans s'en douter :

> Ah ! la hideuse mort descend quand l'homme monte !
> L'un fait dix pas en haut ; l'autre veille, les compte
> Et fait dix pas en bas !...

Pour montrer comment Achille Millien réussit ses compositions, il faudrait pouvoir citer des pièces entières, et
montrer, à côté du voleur qui ne sait où se cacher poursuivi
qu'il est sans cesse par le remords, l'enfant de sept ans qui
dit à sa mère pleurant sur les restes de l'époux aimé :

> « Console-toi, ma mère,
> « Je reste encore ici pour te gagner du pain ! »

Puis on lira toujours avec plaisir les belles strophes de
Memento, où le poète dit :

> Aime, espère, mais crois que ce monde est fragile !
> Aime, et tu quitteras tous ceux que tu chéris ;
> Espère, et ton espoir s'enfuira plus agile
> Que l'oiseau passager sillonnant le ciel gris,
> Tout rêve à peine éclos déjà touche à son terme ;
> Regarde ce berceau, c'est un cercueil en germe !

Nul assurément ne pourra nier la beauté de ces vers,
mais après avoir parcouru les recueils du poète, quand on

aura lu la *Rentrée des foins,* les *Quinze ans,* et surtout la
Promenade humouristique, on avouera un penseur réfléchi
et un excellent coloriste. Il y a même là, à propos d'orage,
une description qui peut être mise en regard des alexandrins
de Colardeau, sans qu'il y ait trop lieu de crier au scandale.
Dans les *Grotesques,* nous trouvons non-seulement la poésie
des champs, mais plus encore la véritable poésie populaire,
celle qui instruit en amusant, car Georgy, — le héros, —
n'est rien moins que ce que nous sommes convenus d'appeler vulgairement un Roger-Bontemps, ce qui n'empêche
point une morale utile et sans apprêt.

Si nous ne connaissions l'Enfant Prodigue de l'écriture
sainte, le *Départ* nous séduirait bien d'avantage, mais pour
cela M. Millien n'a pas moins fait preuve d'un véritable
talent. Il nous décrit si bien la ferme et la vie qu'on y mène,
l'honnête laboureur et le jeune fou qui s'ennuie au village
et veut venir à la ville ! Là, du moins, il ne fera rien ou presque rien et gagnera beaucoup d'argent; il verra du pays
tout en s'amusant, comme si le bonheur n'était dû qu'à
l'homme inconstant et paresseux. Jacques se figure tout
cela, il ne veut ni des conseils du frère ni des remontrances
et des pleurs de la mère; et, mauvais cœur,

> Sur le point de partir songeait-il passé ?
> Cet enclos où, petit, sa sœur l'avait bercé,
> Ce côteau qu'il gravit souvent dans son enfance
> Quand le chien du berger lui servait de défense;
> L'étang, le vieux clocher, le jardin, la forêt,
> La maison, — il allait tout quitter sans regret...

Heureux encore s'il imite en tout l'Enfant Prodigue dont
l'histoire fait pleurer la bonne fermière qui s'écrie, les mains
jointes : « Ramenez-le, mon Dieu!... »

Dans les *Poèmes de la nuit,* auxquels l'Académie française

a décerné, en 1864, le prix Maillé-Latour-Landry, M. Millien a aussi voulu faire dans des Iambes de la satire à la manière de Barbier, et, pour une première fois, il a assez bien réussi ; il a parlé franchement et touché juste, ce qui plait toujours.

Les *Musettes et Clairons*, dont la publication a suivi les *Poèmes de la nuit* d'assez près, nous relevons une poésie moins vigoureuse, moins nourrie ; nous trouvons bien encore de la vivacité, de l'harmonie et une certaine élégance, mais un peu plus de faiblesse : M. Millien a trop abusé de son extrême facilité. Cependant la *Nouvelle Promenade humouristique*, le *Jour suprême* et le *Lac* peuvent figurer avec avantage dans un choix que l'on ferait des œuvres du poète. Mais on devrait faire ici pour Millien ce qu'on a fait pour Victor Hugo inaugurant un nouveau Théâtre ; on a pardonné à ce dernier des impossibilités et des défaillances, alors pourquoi ne pas tenir compte à l'écrivain provincial de quelques fautes qu'il a commises dans sa rénovation poétique ? — Citons plutôt le *Lac* : il nous semble que cette pièce remarquable pourra faire oublier d'autres sujets moins dignes d'intérêt :

> Son âme est un beau lac : nul souffle délétère
> Effleurant son cristal n'est venu le ternir ;
> Et c'est là, sur ses bords, que les maux de la terre,
> S'ils n'étaient éternels, devraient bientôt finir.
>
> Là, des oiseaux charmants chantent avec mystère
> Dans les parfums subtils, et l'on y voit s'unir,
> Au lys sans tache ami de l'ombre solitaire,
> Le bleu myosotis, la fleur du souvenir.
>
> Asile virginal de joie et de prière !
> Tout s'épure et devient paix, amour et lumière
> A l'entour de ce flot immobile et profond ;
>
> Un rayon de soleil discrètement s'épanche
> Sur la berge embaumée, et si quelqu'un s'y penche,
> Son regard enchanté trouve le ciel au fond.

Jusqu'à présent, nous avons presque toujours vu M. Millien occupé à chanter les lieux où il a été élevé! Il nous a montré la jeune villageoise, chantant à sa fenêtre l'amour ingénu, timide et non passionné, c'est-à-dire que là où peut paraître un désir immodéré la candeur prend le dessus. Puis c'est la vie à la ferme dans tous ses détails, avec ses labeurs et ses joies rustiques. Certes, il y a là une grâce exquise dans cette suite de pastels que fait le poète dans ses promenades solitaires, et si parfois il regarde à ses pieds l'herbe qu'il foule, tantôt il relève fièrement la tête et contemple, le sourire sur les lèvres, l'infiniment petit et l'infiniment grand qui sont, l'un par l'autre, la source de toute science. — Dès son début, M. Millien a fixé son choix, marqué son but et marché droit devant lui comme un pilote qui conduit son navire dans des eaux inconnues, et qui sûr de lui-même ne craint point de sombrer. — Et si ce jeune audacieux se croyant un grand novateur parce que son genre n'était pas commun, se fût avisé de ne mettre en ses vers que des choses insignifiantes, comme au dix-septième siècle en ont tant mis les poètes-courtisans dans leurs madrigaux de poche, il n'eût certes pas été un des héros de nos tournois littéraires et n'eût point rencontré au-delà de nos frontières de traducteurs distingués.

A côté des *Poèmes de la nuit,* il est un livre peut-être encore supérieur dans lequel M. Millien s'est de plus en plus rappoché des anciens poètes populaires étrangers, dont nous avons parlé au commencement de cet article. Son imagination ardente et facile lui a permis de bien beaux développements dans ses *Légendes d'aujourd'hui;* il y a encore bien là quelques négligences et quelques incorrections, mais ce qui aidera à pardonner, c'est l'arrangement gracieux que le poète a montré dans ses poèmes. Nous avons toujours sous la main le poète agreste, le paysagiste charmant, mais à côté nous trouvons une véritable conception virile comme en exige la poésie populaire et surtout la légende.

Prenons séparément quelques-uns des poèmes de M. Millien.

Dans la *Légende de l'air*, le poète nous fait faire avec lui une nouvelle promenade toute remplie d'humour! Nous sommes au beau milieu de la campagne, errant à travers les landes et les genêts en fleurs, riant et regardant çà et là quelques papillons qui voltigent au soleil. Sans doute dans une semblable promenade, le poète voit toujours avec bonheur un ami qui le suit, un ami qui met tout son bonheur à parler de choses insignifiantes; mais pour ne pas être indiscret il doit se retirer afin de ne pas gêner pendant la conversation qui va s'établir entre le poète et la jeune fille qui passe. Il vaut mieux que de loin nous écoutions leur babil.

```
. . . . . . . . . . . . Elle approchait, assise
Sur un âne penchant sa bonne tête grise :
Dix-huit ans, des grands yeux sereins comme l'azur,
Et des cheveux épars, couleur de l'épi mûr,
— Charmante ! Elle me vit, se tut, baissa la tête,
Et d'un geste, pressant l'allure de sa bête,
« Le chemin de Précy, lui dis-je, s'il vous plaît ? »
Tournant vers moi son front aussi blanc que le lait,
Et laissant sur sa lèvre éclore le sourire :
« Suis-je sotte ! Vraiment, je ne saurais vous dire
Le chemin le plus court qui vous mène à Précy !
Mais je rentre au moulin, à deux cents pas d'ici ;
Voulez-vous y venir? C'est tout proche, et sans doute
Ma mère, elle, pourra vous indiquer la route. »
— « Soit ! » lui dis-je. Et tous deux, par le petit sentier
Qui serpentait parmi les touffes d'églantier,
Nous gravissions la côte, et, du sein frais des mousses
Les fleurs semaient dans l'air leurs senteurs les plus douces,
Le soleil se voilait de nuages flottants,
Et cent oiseaux chantaient ce beau soir de printemps.
```

Voilà, ce nous semble, une assez jolie entrée en scène
pour un jeune homme que deux yeux bleus ont le don de
charmer et qui, pour les voir plus longtemps, feint de ne pas
connaître sa route ! Puis ce mot magique de la jeune fille :
« Voulez-vous venir? » est dit avec tant d'ingénuité et tant
de pudeur qu'il faudrait avoir un cœur bien platonique pour
ne pas accepter. — Allons maintenant plus vite et entrons
au moulin. L'orage gronde au loin et couvre déjà la vallée
de brumes épaisses. Bientôt les éléments se déchaînent, la
foudre sillonne l'air et le moulin craque sous le souffle
violent du vent. « Vous ne partirez pas ! » dit encore la
blonde meunière, mais si à l'instant ce mot a plu au pro-
meneur attardé, il se voit aussitôt obligé de dire en voyant
Jean et Jeanne assis et se tenant la main dans un coin de
la salle : « Que m'importe après tout si le tourtereau plaît
à la tourterelle !... » Comme si, dans un beau mouvement
de colère qui n'appartient qu'à un amoureux, un autre que
celui-ci pouvait ainsi parler. — Enfin, à cette historiette
assez piquante dans ses détails, le poète a su mêler l'orage
pour en faire sa *Légende de l'Air ;* mais avant de sortir du
moulin, sentant sans doute sa colère augmenter, il court bien
vite à la fenêtre et nous fait ainsi, sans s'en douter, une
belle peinture de la nuit en peu de mots :

> Je courus à la vitre et j'y collai ma face :
> La lune se levait calme dans le ciel clair ;
> Les nuages semés par groupe dans l'espace,
> Flottaient au vent pareils aux vagues de la mer.

A côté de ce poème, il en est deux autres qui sont les
plus beaux du livre de M. Millien, ce sont les *Légendes du
Hêtre* et *du Frêne.* Dans la première, véritable conte des
bords du Rhin ou de la vallée du Danube, nous sommes en
présence de deux jeunes époux qui s'entretiennent sans

cesse du jour heureux où leur premier enfant naîtra.
L'épouse parle déjà de lui faire un beau lit garni de duvet
et de soie, pendant que lui, le père, avise au moyen de faire
aussi en entier un berceau de sa propre main. Ce moyen
est bien vite trouvé ; n'existe-t-il pas là, dans la haie du
jardin, un hêtre dans les rameaux duquel, depuis deux
siècles, les oiseaux font leurs nids ? Eh bien ! cet arbre
servira ; avec la scie et la hache on taillera un berceau,
massif, informe à la vérité, mais travaillé par la main paternelle. Bientôt le hêtre centenaire est tombé, couvrant le
jardin de ses branches, et écrasant dans sa chute des centaines d'oiseaux qu'à ses pieds l'homme « regardait mourir
d'un œil indifférent. » Enfin, le berceau est prêt, il est
garni, c'est un nid humain auquel il ne manque plus que
l'oiseau ; mais la gent ailée à qui l'homme a ravi les petits,
pousse sans cesse des clameurs, comme pour demander à
Dieu la punition du coupable. Cette punition ne se fait pas
attendre : le jour si désiré arrive et le berceau sert de cercueil au petit être à qui Dieu a déjà refusé la vie. Aussitôt
les clameurs cessèrent dans l'air, comme si les oiseaux
n'eussent pas demandé d'autre expiation.

Hélas ! Pourquoi cet homme qui voyait déjà par lui-
même ce que c'est que l'amour paternel, allait-il impitoyablement détruire tant de nichées ? Est-ce que les oiseaux
n'ont pas aussi un cœur et de l'amour pour leurs petits ?...
Car tous les êtres, depuis l'homme jusqu'à l'insecte, ont
été créés pour éprouver successivement les jouissances et
les peines. N'importe ! le poète nous décrit parfaitement les
désirs impatients des deux jeunes époux et les espérances de
bonheur sur lesquelles ils se reposent ; il y a d'autant plus
de grâce dans ce tableau, qu'il est exempt de tout superflu
et qu'on n'en voit que les couleurs indispensables.

Dans la seconde légende, celle du *Frêne,* l'amour filial ne paraît plus comme tout à l'heure l'amour paternel. Au contraire, Germain est encore un autre enfant prodigue, un égoïste que l'ambition et la paresse ont graduellement perdu. — Voici : Nous voyons une bonne veuve et son fils ; celui-ci a appris à tourner toutes sortes d'ouvrages avec le bois de frêne, et le travail suffisant, le bonheur règne dans la chaumière. Bientôt Germain désire quitter le village, poussé par l'ambition, et ce, par suite d'un conseil qu'on lui a donné — dit-il — pour son bien. La mère ne sachant, mais craignant de savoir ce qui adviendra, le supplie de rester, rien ne peut le décider ; et conduisant sa mère au pied du frêne, il y trace dessus avec sang-froid quelques caractères. « Voyez ! dit-il ; avant que cette marque ait disparu je serai de retour ou alors ne m'attendez plus. »

Le ciel — un ciel d'hiver chargé d'ombre et de neige —
Etait, ce matin-là, sombre comme le soir.
Adieu, disait la veuve, et que Dieu te protége !
Si ton bonheur le veut laisse-moi sans espoir.

C'était là un bien douloureux adieu et même une prière de la part d'une mère, et qui eût dû suffire pour arrêter Germain dans sa détermination. Mais non, il voulait partir et il le fit. Deux semaines se passent, pendant lesquelles la mère Germaine dévore ses pleurs. Lui, son fils, est à la ville, menant joyeuse vie, raillant même un peu le village ; il sera bientôt riche, mais il a besoin de trois ou quatre écus. La Germaine ayant gagné quelques sous les lui envoie : elle espère. Ah ! noble cœur d'une mère, comment peut-on jamais te tenir compte de ta tendresse et des sacrifices que tu t'imposes pour nous, pour nous qui cher-

chons encore mille moyens de t'en imposer davantage !...
Un peu plus tard, elle apprend que son fils est en bonne
voie, mais il a encore besoin de cinq louis ! Pauvre femme !
elle ne voit pas l'abîme que son fils se creuse en l'entraînant, elle, dans sa perte ! N'importe ! elle vendra tout, jusqu'à ses meubles, et pour seule consolation, Germain va
quelques jours après à l'hôpital, demandant encore une
somme assez ronde et parlant de revenir au pays. Ce fut-là
le dernier coup ; toutes les espérances de la veuve étaient
brisées, et bientôt après on dut la conduire au cimetière, où
un repos durable l'attendait. Le jour même, Germain, pâle,
sans habits, sans argent, arrivait au village pour s'accuser
de ses torts et redemander au travail le bonheur d'autrefois, mais il était trop tard : sa mère n'était plus là pour
lui accorder son pardon.

Les autres légendes de M. Millien sont moins importantes
par leurs sujets, mais, comme dans celles-ci, il s'est montré
un chercheur infatigable et un poète de talent. Nous pouvons dire ici de lui, comme nous l'avons fait pour Magu, en
d'autres termes, que d'un mot il a fait sortir une idée, un
sujet, une légende.

Il y a, croyons-nous, un grand avantage pour la poésie
française des temps à venir, à conserver et à perfectionner
le genre qu'Achille Millien essaie de faire revivre ; car la
poésie est comme l'eau d'une rivière, elle est toujours plus
pure en remontant vers la source, parce que là, d'autres
eaux ne s'y sont pas encore mêlées. Pourquoi les chants
populaires étrangers sont-ils généralement plus aimés que
les chants français ? Parce que leurs auteurs ont de tous
temps parlé l'un comme l'autre, sans jamais répéter la

même chose, et qu'ils n'ont point essayé de faire école en dépit du bons sens (1).

Après avoir abordé tous les genres de la poésie agreste et la poésie populaire, M. Achille Millien a voulu aussi nous montrer comment il sait tirer parti de l'idée émise par un autre écrivain. Il a glané quelques fleurs parmi les *Lieds* de Kerner, Uhland, Ruckert, Edouard Mazrike, Lebrecht, Dreves et J. Da Silva Mendes Leal. Ce sont, en effet, de charmantes petites fleurs que l'on aime toujours à respirer, parce qu'elles laissent un parfum d'autant plus suave, que nous avons aujourd'hui peu de poètes étrangers traduits en vers français. Nous donnerons seulement un fragment de l'*Intermezzo*, d'après Henri Heine, un poète apprécié et si souvent cité en France.

Ah ! si les fleurs des prés, si les petites fleurs,
Si les fleurs de taillis connaissaient mes douleurs,
Elles me donneraient des parfums et des pleurs,
        Pour me guérir de ma souffrance !

Si les oiseaux, épars au fond des bois sereins,
Si les petits oiseaux comprenaient mes chagrins,
Ils voudraient me chanter leurs plus tendres refrains
        Pour réveiller mon espérance !

Oh ! si l'étoile d'or qui brille au firmament,
Si l'étoile pouvait deviner mon tourment,
Ses rayons, dans mon sein pénétrant doucement,
        Le calmeraient comme un dictame !

Mais ni l'étoile d'or, ni l'oiseau, ni la fleur,
Ne savent d'où me vient ce mal sombre et vainqueur ;
Toi seule tu le sais, toi qui brisas mon cœur
        Entre tes frêles doigts de femme !

---

(1) En parlant ici des poètes français, nous exceptons, bien entendu, outre les poètes dramatiques les écrivains comme Malherbe, Rousseau, Chénier, Hugo, Lamartine, de Musset, de Vigny, et autres de même valeur bien connus. Nous ne voulons parler que de la nouvelle génération poétique.

Nous pourrions encore citer de ces bluettes gracieuses, comme nos poëtes contemporains nous en offrent trop peu, mais ne vaut-il pas mieux que les amis des lettres ouvrent eux-mêmes les livres de M. Millien, et lui renouvellent des encouragements qui lui sont dûs? Depuis qu'Achille Millien est sur la brèche, il a écrit, beaucoup écrit, et a obtenu un succès légitime ; cependant il y a, çà et là, dans ses compositions, quelquefois un peu trop de laisser - aller, pas toujours assez de force, un peu de négligence, mais sans cesse de la diction et de la poésie. Aussi, en parlant de son œuvre, a-t-il dit avec raison :

...... Si mon œuvre est fragile et grossière,
Si je suis inhabile à pétrir le ciment,
— Sinon granit ou bronze, au moins sable ou poussière, —
J'élèverai mon monument !

Pour notre part, nous croyons sincèrement comme lui : heureux si notre jugement a du bon et que cela puisse lui servir !

VIII

Alphonse Baudouin.

Lamartine a dit :

> Le poète est semblable aux oiseaux de passage,
> Qui ne bâtissent point leurs nids sur le rivage...
> On ne connaît d'eux que la voix !

On entend cette voix qui vient jusqu'à nous, mais on ne sait d'où elle part ; c'est comme une suite d'accents purs et suaves qui s'échappent d'un endroit mystérieux et viennent nouscharmer. La masse générale en fait guère attention à ces oiseaux de passage que pour dire d'eux : Ce sont des cerveaux creux ou des inutiles qui, semblables à la cigale, aiment mieux chanter que travailler. La poésie, au dire de ces gens-là, ne peut pas être un travail, car eux sauraient le faire et ils ne le connaissent point. Un langage à peu près pareil a été tenu autrefois à Alfred de Musset. Un jour qu'en voyage, il avait lié conversation avec un employé de commerce, celui-ci étonné de la mise élégante de son compagnon, se hasarda à lui demander s'il avait un emploi, une profession. — Non, répondit le poète. — Des rentes alors ? — Ma foi ! pas d'avantage. — Rien ?... Pas même une maison, pignon sur rue ?... — Rien ? — Alors comment faites-vous donc ?... — Je fais des vers. — Nous autres commis, reprit l'employé avec orgueil, nous travaillons pour vivre.

Si ce voyageur eut connu M. Baudouin, un homme d'esprit dont nous allons parler, il n'eut certes pas pensé de même, — du moins le croyons-nous, car M. Baudouin travaille pour vivre, et ne fait de la poésie qu'un agréable passe-temps.

Alphonse Baudouin, né à Fontette, département de l'Aube, le 8 octobre 1833, de parents sans fortune, est aujourd'hui simple vérificateur des poids et mesures à Bar-sur-Aube, un métier qui prête fort peu à la poésie. Mais ce qui, en pareil cas, prouve en faveur de l'homme, ce qui le montre tout à la fois intelligent et sérieux, c'est lorsqu'il sait supporter patiemment le labeur quotidien, et ne jamais sacrifier à la littérature fantaisiste qu'après avoir assuré la tranquillité à sa famille. Alors, sûr de lui-même, maintenant qu'il a bâti son nid pour lui et pour les siens, il peut marcher en liberté et donner un libre essor à son imagination. Et c'est là ce qu'a parfaitement compris M. Baudouin, car, employé à 1,800 francs par an, marié et père de famille, qu'eût-il fait si, s'étant bercé de chimères, il eût laissé à ses succès littéraires le soin de lui gagner du pain?... Ah ! c'est là qu'il aurait ressenti tout le poids de sa faute, non-seulement pour lui, mais encore plus pour ses enfants, car ceux-ci sont longtemps incapables de vivre seuls, et tout père qui a un peu de cœur le sait. Mais Alphonse Baudouin n'a jamais été de ceux-là qui, véritables égoïstes, ne pensent que pour eux, et quoique dans un sonnet dédié à Théodore de Banville, il ait dit : « Travail ! moi je te hais ! » Il n'a pas reproduit fidèlement sa pensée, puisqu'il a lui-même prouvé que le travail est le seul moyen d'être indépendant, et, par suite, comme le disait le bon Magu, de laisser le champ libre à la pensée !

Non-seulement Baudouin n'a pas dédaigné le labeur quotidien, mais il n'a même pas voulu laisser à la publicité un livre imparfait. Aussi, après avoir mis en vente, en 1860, un volume de poésies appelées *Jambes et Cœurs,*, sous le pseudonyme d'*Alphonse Balder,* il comprit vite qu'il faisait fausse route, et que les lecteurs sérieux ne seraient point dupes de sa manière de voir les choses et surtout de les raconter. Alors il détruisit ce volume parce qu'il « était immoral, » il nous l'a dit lui-même, et il est content d'avoir agi ainsi. Ce recueil était son début, et c'est sans doute pour suivre l'exemple de la plupart des grands hommes qui détruisent toujours leurs premières œuvres pour qu'on ne connaisse point leur faiblesse, qu'il fit comme eux. Mais au moins Baudouin est-il sincère, puisqu'il s'avoue, tandis que les autres se cachent. Cependant, il nous semble qu'il y aurait un certain mérite pour nos grands écrivains à conserver à la postérité les premières ébauches de leurs œuvres de jeunesse. Sans doute, il y aurait de nombreuses fautes, des expressions vides de sens, mais on verrait avec plaisir quel pas immense ces hommes ont dû faire avant que d'arriver à l'apogée de leur gloire. Prenons, par exemple, et pour n'en citer qu'un, notre poète national, Béranger ; qui ne lirait aujourd'hui avec avidité les premiers refrains qu'il dut bien des fois fredonner à son âge de quinze ou seize ans, alors qu'il n'était que simple ouvrier imprimeur !... Ah ! quelle distance on constaterait entre les couplets oubliés et les immortelles chansons que tout le monde connaît !

Si une pareille destruction est regrettable pour le lecteur, elle est du moins salutaire pour l'auteur qui se fait un renom par un beau livre plutôt que par une mauvaise composition, encore qu'elle fût, çà et là, semée de mots spirituels. Il est donc préférable que tout en conservant les essais du premier âge, on ne donne qu'une œuvre qui promet pour l'avenir. Malheureusement, il n'en sera jamais ainsi, car après avoir détruit les essais, on donne encore un livre imparfait. Et pourquoi ? Parce que beaucoup de jeunes poètes qui, un jour, pourraient peut-être avoir plus que du talent, ne travaillent pas assez leur œuvre, bien que s'apercevant quelquefois de leurs fautes ; mais pour ne pas perdre un beau vers ou tronquer une idée qu'ils caressent, ils aiment mieux jeter leur livre ainsi inachevé au public en comptant sur son indulgence. Hélas ! ils ignorent que le public est un juge sévère qui ne tient compte ni de la fatigue, ni de la difficulté ; il lui faut une œuvre dans toute l'acception du mot, une œuvre qui l'intéresse, sinon tout est perdu, et il se tourne d'un autre côté tout aussi impitoyable qu'auparavant, en cherchant une nouvelle proie à dévorer. C'est que, voyez-vous, on pardonne à l'écrivain une licence ou une négligence, mais jamais une faute. Il faut donc, comme l'a fait M. Baudouin, après avoir détruit son recueil, ne se jeter dans les lettres qu'à coup sûr, lorsque l'on est certain d'être partout bien accueilli, sinon le dégoût s'empare vite du débutant qui devient haineux pour ses contemporains auxquels il attribue un caractère injuste.

Depuis lors, Alphonse Baudouin, lui aussi, a fait un pas dans le domaine de la poésie ; il a compris qu'elle est la mission du poète ici-bas, et que son œuvre ne doit pas être une fleur éphémère. S'est-il inspiré de ces paroles d'Alfred de Vigny : « Ce n'est qu'à la philosophie et à la poésie pure « qu'il appartient d'aller plus loin que le monde, au-delà « des temps, jusqu'à l'éternité ! » Nous ne pourrions l'affirmer ; mais ce qu'il y a de certain, c'est que Baudouin ne veut plus faire de vers sans sujet. Voici d'ailleurs comment

il s'exprime à cette occasion dans une préface très-originale
qui précède ses *Fleurs des Ruines* (1867). — « Je n'ai pas
« rimé pour rimer. J'ai exprimé les sentiments qui tour à
« tour sont passés dans mon âme. Plusieurs strophes
« m'ont été suggérées par certains vices de notre temps,
« certains ridicules que l'on rencontre partout et qui
« gagnent toutes les classes de la société. J'ai évité autant
« qu'il m'a été possible les écueils de la forme, les petites
« pièces purement littéraires... » ... « J'ai le plus souvent
« choisi la strophe de quatre vers, la plus simple et la plus
« facile. A mon avis, il n'y a qu'une manière de se faire
« pardonner la rime, c'est de dire quelque chose en ri-
« mant. Si mon livre n'est pas en harmonie avec ce prin-
« cipe, tant pis pour moi ; c'est par impuissance ! »

De l'impuissance?... Arrêtez-vous, poète, vos vers n'en
laissent guère percer, et l'on doit vous en féliciter. — En
effet, quand Baudouin a voulu, en s'adressant au lion qu'il
contemple captif dans sa cage, nous montrer la différence
du sort que la foule fait au poète et au roi des animaux,
on le retrouve là indiquant l'expression vraie des sentiments
humains, l'empressement que met le monde à prendre
plaisir à tourmenter chaque être de la création dans ses
inclinations naturelles.

> Moi, je cherche la foule et vous la solitude ;
> Toujours contre nos goûts l'homme protestera :
> A l'amant du désert accourt la multitude,
> Et le poète ici trouve le Sahara !

Non, Monsieur Baudouin, tous les poètes « ne trouvent
pas le Sahara, » il en est qui ont des amis inconnus qui
savent applaudir au mérite.

En parcourant les *Fleurs des Ruines,* on rencontre bien

rarement de ces fadaises que certains poètes ont essayé de remettre à neuf, sous prétexte de créer un nouveau genre et de faire école ; au contraire, un rayon de la foi chrétienne perce toujours çà et là, même dans les strophes les plus mondaines. La moindre chose engendre souvent une pensée chez le poète, et vite à l'œuvre, il nous donne une pièce ! Pourquoi, dit Baudouin, en meilleurs termes que nous ne le faisons ici, pourquoi, sous prétexte de progrès, détruire nos vieilles images, nos vieilles statues qui, autrefois faisaient tout le luxe des églises ? Il est vrai que le sculpteur chrétien, bien ignorant de son art, a grossièrement taillé à coups de hache ses images dans un tronc de chêne, mais la foi présidait à son œuvre, et autrefois la pensée avait toujours le pas sur l'action.

Boileau a fait de la satire en riant, et c'est sans doute pour cela qu'elles ont à un si haut degré le don d'amuser en même temps qu'elles instruisent ; mais chez Alphonse Baudouin — ses vers sont en majeure partie satiriques — la satire prend une autre allure ; on ne voit que fort rarement le rire moqueur plisser légèrement au coin la lèvre du poète, tandis que plus souvent on l'aperçoit l'œil sévère et la menace à la bouche. Il est véhément et donne plutôt une leçon de civilité qu'une scène joyeuse. Ce n'est pas chez lui l'originalité dans la création. C'est une manière innée de s'exprimer. Prenons, par exemple, son poème des *Femmes,* c'est une véritable satire qui, à la vérité, n'a rien de commun avec celle de Juvénal sur le même sujet, mais ce n'est pas non plus un simple croquis, et si la peinture n'est pas achevée, nous avons du moins une esquisse à grands traits, nette dans ses contours, précise dans sa forme et dans son exécution.

Maintenant, voyons comment le poète s'exprime quand

il caresse d'un regard sa petite fille et se prend, fort de son amour paternel, à lui montrer la voie qu'elle doit suivre.

> A ton âge chacun peut se choisir sa route ;
> La vie est sans regrets, le cœur est sans repli ;
> . . . .
> Ecoute bien : ton âme est une page blanche
> Sur laquelle tu vas écrire dès demain ;
> Un livre dont nul doigt n'a maculé la tranche,
> Et que Dieu seul encore a tenu dans sa main.
>
> A ton gré maintenant tu peux remplir ce livre,
> De dessins lumineux ou de croquis impurs ;
> Les traits en seront frais comme les fleurs du givre,
> Ou noirs comme on en voit charbonnés sur les murs.
>
> Prends garde, et tu seras ce que tu voudras être.
> . . . .
> Prodigue, ne va pas jeter ton cœur au monde,
> Le répandre partout, comme un vase qui fuit :
> Le monde aime l'agneau jusqu'à ce qu'il le tonde,
> Et l'arbre du chemin tant qu'il donne du fruit.

Puis il ajoute — et c'est le meilleur conseil qu'un père puisse donner : —

> Tu sentirais un vide, un gouffre dans ton âme,
> Un vide sur ta tête, un vide sous tes pas ;
> Tu verrais tout crouler, comme un toit dans la flamme,
> Attendant chaque jour ce qui ne viendrait pas.

Voilà, certes, de sages paroles que l'on ne devrait jamais oublier ; il est si dur plus tard pour un père de se dire, en voyant sa fille se vendre pour un bout de guipure ou pour quelques faux bijoux : « C'est ma faute ! » Et que penserez-vous de vous-même, ô père ! quand vous la verrez cette fille qui aurait fait votre joie dans votre vieillesse, non-seulement se livrer réellement à tout venant sans éprouver d'autre souci que celui de voir tarir trop tôt le plaisir, mais encore commettre des crimes qui regardent la société tout entière. Voyez ! des années se sont écoulées

et maintenant jugez où l'ont conduite votre apathie et votre
aveuglement.

> Elle croyait chaque femme comme elle,
> Prête à se vendre. . . . .
>
> Puis quand, un jour, dans sa petite chambre,
> Elle entendit un nouveau-né vagir,
> Un tremblement la prit dans chaque membre ;
> Et; chose étrange ! elle eut peur de rougir.
>
> Alors, au lieu de bercer dans sa couche
> Et d'endormir le pauvret en chantant,
> Elle appuya sur la mignonne bouche
> Sa pâle main... seulement un instant.
>
> Aux cris succède un lugubre silence.
> Elle se trouble, elle tremble plus fort ;
> Et tout à coup, oubliant sa souffrance,
> Elle se lève et fuit avec le mort.
> . . . .
> Dans un vieux mur sous une large pierre,
> Comme un trésor que dérobe un voleur,
> Elle cacha le cadavre sans bière,
> Et repartit... sans verser un seul pleur !

Horreur ! n'est-ce pas ? car c'est bien le crime le plus
atroce que l'on puisse commettre. Une mère étouffer son
enfant !... Et pourquoi, femme infâme, le mîtes-vous au
monde si vous ne vouliez pas qu'il vécut ? Mais attendez,
le châtiment n'est pas loin, et l'âme de votre fils crie déjà
vengeance :

> C'est juste ! Il faut qu'on venge la morale ;
> Il faut du sang pour effacer du sang !
> Ne fus-tu pas — toi, mère — sourde au râle
> Qui bleuissait ton petit innocent ?

A côté de ce vif et saisissant tableau, que l'auteur rend
plus saisissant encore par la manière d'écrire ses vers, en
voici un autre qui en est le digne pendant, mais seulement
cette fois l'homme seul s'en trouve être le héros ; il étale

non moins bien, peut-être plus publiquement encore, sa passion tout aussi dégradante. Il fait voir ainsi, ce prétendu savant de village, qu'il faut bien se tenir en garde contre les mauvais penchants, si l'on ne veut perdre le respect de soi-même.

Il vit en philosophe, il est fier, il est libre.
Qu'importe à son orgueil si perdant l'équilibre,
Il abaisse parfois son front jusqu'au pavé ?
Rien de plus naturel ; car l'homme est un mélange
De sentiments divers, de passions, de fange ;
Et le front se redresse après qu'il est lavé !

Ainsi qu'on le voit par les vers qui précèdent, la muse de M. Baudouin n'a qu'un but : peindre les vices, les travers de la société. Il nous semble que c'est bien là de la véritable poésie, et, comme nous l'avons déjà dit, passablement satirique. Le poète dit naturellement ce qu'il croit être la vérité, et comme chacun de nous connaît le milieu dans lequel il nous promène, nul assurément ne pourra nier que le poète ait parlé juste.

Laissons cette poésie terrifiante, mais vraie de la vie dans tous les siècles, et voyons comment Baudouin sait devenir sentimental, c'est-à-dire moins mordant, et partant plus gracieux encore :

Jeune homme aux vœux ardents, laisse les fleurs éclore
Doucement sous tes pas, au bord de ton chemin.
Souvent le plein midi ne valut pas l'aurore,
Et l'on regrette hier quand on est à demain !

Tu rêves de bonheur, de femme qu'on adore,
De jours coulés à deux et la main dans la main ;
Tu brûles de verser, ainsi que d'une amphore,
Les flots d'or de ton cœur dans la coupe d'hymen !

Pourquoi hâter ainsi, précipiter la vie ?
Ton front sans pli n'est pas trop haut d'un cheveu noir,
Et ta lèvre joyeuse ignore le rasoir.

D'autour de toi sitôt pourquoi chasser l'envie ?
Enfant, laisse encor dire au vieillard de trente ans :
« Oh ! le jeune étourdi qui rit fort et longtemps ! »

Oui, rions le plus longtemps possible pendant qu'il en
est temps : la jeunesse est de courte durée, sachons en
profiter. Car qui nous dit que demain un changement
n'aura pas opéré chez nous sans que nous l'ayons cherché,
et que, malgré tout ce que nous puissions faire à l'avenir,
le rire ne nous sera pas interdit ?

Après avoir parcouru le livre des *Fleurs des Ruines,* on
reconnaît que M. Baudouin a tenu sa promesse, et que,
comme il le dit dans sa préface, il n'a pas « rimé pour
rimer. » En effet, il aborde toujours avec franchise ses
sujets, il les traite avec hardiesse, et, par suite, on reconnaît chez lui un talent réel, incontestable et incontesté. En
général, sa poésie est pure, élégante même, mais toute dépourvue d'idéalisme — ce qui sied si bien aux vers ! — elle
laisse percer un style un peu froid, et par conséquent, elle
manque quelquefois de cette chaleur qui entraîne. Cependant, dès l'apparition de ce volume, la presse fit bon accueil au nouveau venu ; on sentit qu'il y avait « de
l'étoffe » chez ce poète provincial, et on lui donna les éloges
qu'il méritait et les conseils dont il avait besoin. Depuis ce
temps, qu'a fait Alphonse Baudouin ? Comme par le passé,
il a employé ses moments de loisirs à écrire dans divers
journaux et revues, tantôt des poésies comme son poème
de *Tableaux et Arabesques,* et tantôt des nouvelles comme
Sylvestre Flahot, mais les *Fleurs des Ruines* sont jusqu'à
présent son principal recueil. — Pour le composer, le
poète a cueilli des fleurs par-ci par-là, et après les avoir
choisies, s'être assuré de leur parfum, il en a fait un bouquet qu'il a ensuite lui-même présenté modestement sous

son nom ; il n'a, dit-il, étalé que sa propre marchandise sans l'avoir fardée, car s'il eût agi autrement, n'eût-il point couru le risque de se briser contre un écueil infranchissable ! le dédain ? Mais non, en se présentant tel qu'il devait le faire, en ne disant sincèrement que ses croyances et ses pensées, il était certain d'entendre dire : « Si le livre d'Alphonse Baudouin manque de temps en temps de vigueur, l'auteur n'en a pas moins déployé d'excellentes qualités, il n'est point sorti de la limite du vrai, et il a surtout fait preuve de beaucoup d'esprit. »

IX

Louis de Veyrières.

Jusqu'à présent nos *Portraits* n'ont montré que des poètes lyriques, et ce n'est que très-brièvement que nous avons parlé du *Sonnet*. Cependant, de tous temps depuis sa création qui remonte au commencement du XIIIe siècle, il n'est guère de poètes qui n'en aient fait au moins un, mais beaucoup d'autres en ont écrit des centaines qui, pour la plupart ne valent pas la prose ordinaire. C'est au XVIIe siècle surtout que le sonnet prit en France d'immenses proportions, tous les poètes de l'avenir débutaient alors par un sonnet, et l'on sait combien sont tombés dans l'oubli. Aujourd'hui, c'est-à-dire depuis 1830, le sonnet a reçu une impulsion nouvelle, grâce à quelques écrivains qui n'ont pas craint d'élargir ce lit de Procuste, en faisant entrer dans quatorze vers ce que d'autres ne peuvent faire sans de grands développements. Par ce moyen, ce poème de forme étroite est devenu assez vaste pour que la pensée y trouve un échappement à peu près naturel. Nous disons « à peu près » parce que tout poète qui ne s'est point fait une spécialité du sonnet, a le plus souvent tronqué son idée, inachevé son sujet pour ne pas dépasser la limite Cependant, nous avons quelques auteurs qui, pour ne s'être pas fait une telle spécialité, en ont écrit de remarquablement beaux.

Malgré les règles un peu trop sévères de Boileau, qui se crut le rénovateur du sonnet, comme Molière fut le rénovateur d'un théâtre aujourd'hui perdu, malgré ces règles, disons-nous, que les gens du métier n'enfreignent qu'avec crainte, on peut hardiment être quelquefois moins scrupuleux. Le grand critique français ne veut pas qu'on répète deux fois le même mot si ce mot a quelque importance. Pourquoi? N'avons-nous pas d'excellents sonnets où les répétitions sont assez nombreuses, et sans lesquelles le poème perdrait de sa vigueur et souvent de sa beauté poétique? Il en est du sonnet comme de ce malade que tel médecin préférerait laisser mourir en le soignant selon les règles de l'art, plutôt que de l'administrer selon son tempérament et la nature de la maladie. En ajoutant que le sonnet n'a pas été, en vue de tours de force, jeté comme un défi au visage des poètes, on peut soutenir que les répétitions n'y sont pas plus nuisibles que dans une autre pièce de quatre ou cinq stances. Nous reviendrons à cette simple observation, preuve en main, au chapitre de Soulary. Cependant, le sonnet est une pièce difficile et plus délicate encore à laquelle on ne peut jamais apporter trop de soin; un sonnet imparfait, c'est comme un véritable morceau de sculpture qui n'aurait pas reçu son dernier coup de ciseau, et qui, à une partie parfaitement modelée en opposerait une autre inachevée. — Règle générale, il ne suffit pas pour être sonnettiste d'être un poète de talent; il faut encore être à ce genre ce que Lamartine est à la poésie sentimentale. Ce dernier nom est-il trop grand? Sommes-nous aussi trop sévères? Mettons : Brizeux, et l'on verra, mais en tout cas nous sommes justes.

Depuis qu'il existe, le sonnet a déjà occupé bien des écrivains, non-seulement des poètes, mais encore des critiques, des historiens. On a d'abord cherché son origine et quel fut son créateur, puis on a donné preuve sur preuve, commis erreur sur erreur pour n'arriver qu'à un résultat fictif, c'est-à-dire à peu près nul. Et comme ce genre de composition est de mode, on avait besoin d'un véritable livre sur ce sujet. Peut-être le besoin ne s'en faisait-il pas réellement sentir, mais une légitime curiosité dominait, puis c'était une lacune. Eh bien ! cette lacune est comblée, besoin et curiosité sont maintenant satisfaits : M. de Veyrières a fait ce livre, l'œuvre est achevée, et elle est, disait M. Edouard Fournier, dans la *Patrie* du 11 novembre 1869, « fort curieuse. »

M. Louis de Veyrières, né à Tulle, le 22 octobre 1819, habite Beaulieu, dans le montagneux département de la Corrèze. Homme généralement estimé de ses correspondants, ce qui lui a été d'une grande utilité pour ses recherches, et de plus possédant d'excellentes qualités d'observateur, il ne pouvait espérer moins que de mettre son nom au bas d'une œuvre sérieuse et sans précédent. Dès 1856, M. de Veyrières entra dans la carrière littéraire par une petite brochure de vers qu'il appela : *Chants d'un Serviteur de la Vierge*. Il était alors à peine remis d'une longue et douloureuse maladie, et ses premiers moments de loisirs furent pour glorifier la vierge invoquée tant de fois par lui pendant ses souffrances. Nous sommes loin de contester l'idée de l'auteur dans ce livre, mais ce que nous aurions voulu y voir, c'est un peu moins de monotonie, de cette monotonie qui rend ennuyeuse et fatigante la lecture de vers qui, pris un à un, ne manqueraient parfois point de grâce. Certes, nous n'adorons point la poésie matérialiste, mais nous ne tenons pas non plus à lire trente pièces de suite où le même mot est répété à chaque stance, car il y a loin de là aux répétitions que nous permettons dans le sonnet. Depuis, M. de Veyrières a encore bien écrit dans le *Concours des Muses,* journal en vers dont nous étions un des fondateurs et qui ne dépassa pas 47 numéros, mais ayant vu, pour les prix offerts par cette feuille, le suffrage universel appliqué à la poésie, il se retira et il eut raison : nous avions nous-même prévu le résultat.

Nous verrons dans un instant comment M. de Veyrières s'est montré dans sa nouvelle œuvre poétique. Quant à présent, il convient de s'étendre sur son principal et plus durable ouvrage.

Sous ce titre : *Monographie du Sonnet. — Sonnettistes anciens et modernes,* Louis de Veyrières résume plusieurs années de recherches dans les bibliothèques de Paris et des départements. D'abord, il nous fait l'historique du sonnet ; c'est un travail ardu et consciencieux qui nous prouve mieux qu'on ne l'a fait jusqu'ici, que les Italiens ont la paternité de ce petit poème qui joue un rôle immense dans nos annales littéraires. Cependant, beaucoup d'auteurs ont prétendu que les Troubadours avaient créé le sonnet : Erreur ! nous dit M. de Veyrières, et il nous explique avec Reynouard, que les troubadours comme Raimond de Mirval, Geoffroi Rudel, Bernard de Vantadour, etc., appliquèrent le nom de *Son* ou *Sonnet* à des chansons ou poésies amoureuses et que, en langue romane, ce nom a été généralement donné à toute espèce de chant ; puis que ces pièces n'avaient aucune espèce de rapport, même quant au nombre de vers, avec les poésies que depuis on a appelées *Sonnet.* Dès le commencement du XIIIe siècle, le sonnet était en honneur en Italie, et à peu près régulier. Les historiens assignent même la date de 1220 à un sonnet cé-

lèbre de Pierre des Vignes, sonnet que reproduit M. de
Veyrières, et que nous donnons ici.

> Peroch amore no se po vedere
>   Et no si trata corporalemente
>   Quanti ne son de si fole sapere
>   Che credono che amor sia niente !
> Me poch amore si faze sentere
>   Dentro dal cor signorezar la zente,
>   Molto mazore presio de avere
>   Che sel vedesse vesibilemente :
> Per la vertute de la calamita
>   Como lo ferro atrar non se vede
>   Ma si lo tira signorevolmente.
> E questa cosa a credere me'nvita
>   Che amore sia, e dame grande fede
>   Che tutt or sia creduto fra la zente.

Cette pièce, fort belle surtout dans le second quatrain, a
trait à l'amour, et peut-être à cause de cela a-t-on voulu
en faire a l'auteur une œuvre de jeunesse; car, comment
peut-on donner la date précise d'une pièce non datée par
Pierre des Vignes, quand sur la mort de ce dernier, plusieurs auteurs italiens sont en désaccord, et quand le sonnet,
alors encore au berceau, n'intéressait guère les contemporains? — Quelques écrivains croient que Pontus du Tyard,
seigneur de Bissy et poète français, membre de la Pléïade,
disciple de Ronsard, né à Bissy, en Bourgogne, en 1521, et
mort en 1605, fut *probablement* l'introducteur du sonnet en
France. M. de Veyrières éclaircit ce fait d'une grande importance pour son travail d'une manière à peu près irréfu-
table, en nous disant que dès 1529, Clément Marot écrivit
un sonnet intitulé: *Pour le may planté par les imprimeurs
de Lyon, devant le logis du seigneur Trivulse,* et qu'à cette
époque, du Tyard alors âgé d'environ huit ans, n'avait pu
importer le sonnet en France.

Il y a sans doute là un véritable mérite pour M. de
Veyrières, à restituer à un peuple éminemment littéraire

une création qui lui appartient ; mais en dehors de ce point, son travail sur les sonnettistes français n'en est pas moins une œuvre pour laquelle il a fallu et la patience d'un bénédictin et le bon goût du bibliophile, en même temps que les connaissances de l'érudit. En effet, si l'on considère que dans deux volumes, M. de Veyrières a réuni environ 1,700 sonnettistes anciens, et près de 700 sonnettistes modernes, on verra à quelles minutieuses recherches et à quelles sévères études il a dû se livrer. Il n'a point fait œuvre de camaraderie, car il a émis son appréciation personnelle, et si l'on peut démontrer qu'il s'est écarté de la vérité, on n'en pourra faire un reproche qu'au jugement de l'auteur et non à l'auteur lui-même.

M. de Veyrières s'occupe-t-il d'un écrivain qui, dans son temps, eut un certain retentissement ? Ce n'est pas seulement comme sonnettiste qu'il est nommé, mais encore à cause de ses autres œuvres. Ces écrivains sont jugés comme ils le méritent, sans égard pour un succès de protection, avec une sévérité qui fait honneur au bon goût de Louis de Veyrières. A côté de ses développements passablement nombreux dans une œuvre limitée à l'avance, il est d'autres poètes qui ne sont que cités, mais il en est d'autres encore, inconnus hier ou à peu près, qui doivent à la *Monographie du sonnet* une résurrection complète.

M. de Veyrières a surtout attaché une grande importance aux dates qu'il énonce, parce que ces dates ont souvent influé sur le sujet des pièces. Ainsi, au XVIIe siècle, les « sonnets d'amours » étaient à l'ordre du jour, et il eut été aussi hors de saison qu'on parlât d'autre chose à cette époque, qu'il eut été ridicule qu'un seigneur du temps n'eut pas sa maîtresse. Il n'existait pas un poète, si petit qu'il fut, qui ne publiât des poésies amoureuses. Et quelles amours encore! C'était alors une continuelle reproduction de phrases creuses, mais sonores, dédiées à des noms de divinités tirés de la mythologie. Ce fut certainement là ce qui perdit la poésie si bien inaugurée par Malherbe, et que les poètes du XVIIIe siècle étaient seuls appelés à remettre au jour.

Les sonnettistes modernes, moins nombreux que les anciens, ont aussi demandé de grands développements à M. de Veyrières ; il en a jugé une partie d'une manière bien différente de celle qu'on eût pu attendre, eu égard au goût actuel, mais il a voulu être vrai avant tout. Nous avons souvent remarqué qu'en province, plusieurs écrivains de talent n'ont osé rien mettre au jour, tandis que d'autres, au contraire, aussi faibles qu'il est possible de l'être, se sont jetés à bras ouverts dans le gouffre de la publicité. C'est aux premiers surtout que M. de Veyrières a attaché de l'importance en citant d'eux des vers qui méritent d'être connus. — A côté de ces citations, nous en trouvons d'autres qui sont de véritables trésors bibliographiques. Par exemple, un sonnet à *tranches,* sans signature, daté de 1587, et que M. Prosper Blanchemain a publié dans l'*Ami des Familles.* Chaque tranche forme un sonnet correct, mais d'opinion différente, et en réunissant les deux sonnets, on en a un troisième d'une tierce opinion. Puis viennent un sonnet de M. Paul de Rességuier, en vers d'une syllabe, et un autre non moins beau de M. Georges Garnier, en vers de deux syllabes. Dans ces sonnets, la difficulté n'est pas seulement vaincue, mais le sujet est bien traité et la poésie est bonne.

Le livre de M. de Veyrières sur les sonnettistes sera

toujours une œuvre utile qu'on ne consultera pas sans fruit, et l'on y fera cette remarque que l'auteur, tout en restant spirituel, a su se montrer instruit et jamais ennuyeux. Cependant, un éminent critique a dit à l'auteur : « Le sonnet ne méritait pas autant. » M. de Veyrières a répondu, lui qui tout d'abord n'avait eu que l'intention d'écrire une cinquantaine de pages : « Etions-nous maîtres de limiter le nombre des sonnettistes et de cacher le rôle immense qu'a joué dans notre littérature ce poème de quatorze vers ? » Mais dix ans auraient à peine suffi pour élaborer une œuvre pareille, et nous n'y avons consacré que quatre ans. Cet aveu doit être une excuse.

M. Louis de Veyrières, non content de rester bibliophile et savant, a encore voulu montrer comment on fait un sonnet. C'était juste, et après le livre dont nous venons de parler, il ne pouvait faire moins ; il en a donc mis *quatre-vingts* à la suite de sa *Monographie.* Tout en restant invariablement attaché aux règles qu'il prêche, il n'est pas encore entièrement arrivé au point qu'on pouvait espérer. Il est plus poétique qu'autrefois dans ses *Chants d'un Serviteur de la Vierge,* mais il n'a pas perdu totalement la monotonie qu'on trouve dans ce recueil. C'est toujours le même sujet religieux qui nous apparaît, vêtu tantôt d'une manière et tantôt d'une autre ; il n'y a pas assez de diversité dans la composition, et, malgré le style toujours châtié, on désire parfois plus de poésie.

Les plus beaux sonnets de M. de Veyrières sont incontestablement ceux où il est plus terrestre, sans pour cela perdre rien de sa dévotion sincère et accoutumée. Sa pensée est plus d'un prêtre qui n'écrit qu'à genoux sur les marches de l'autel pour avoir sans cesse devant lui l'objet de son inspiration, qu'elle n'est d'un poète chrétien comme Reboul ou comme Violeau, et qui parcourt avec plaisir la campagne pour admirer la nature et puiser dans elle un sujet méritant. Tout cela n'est qu'une affaire de conviction, et ce n'est purement qu'au point de vue de la valeur littéraire que nous parlons ainsi, car nous partageons trop les intentions de M. de Veyrières pour les mépriser. Mais quoiqu'on en dise, pour nous mortels qui ne pouvons comprendre que ce que nous voyons continuellement devant nos yeux, c'est-à-dire la vie terrestre avec ses joies et ses peines ; pour nous qui, habitués à ces choses, aimons la poésie qui les traite, le ciel n'est pas une source inépuisable de poésie. C'est peut-être parce que notre intelligence bornée ne peut comprendre l'infini, mais cela nous donne raison. — Voyons maintenant comment M. de Veyrières parle dans ses sonnets *terrestres*.

SONNETS JUMEAUX SUR UN VIEUX SUJET.

I

La nature jamais ne charme un cœur cupide,
Elle qui sait si bien endormir nos douleurs ;
Laissons d'autres tableaux à la foule stupide,
Et cherchons la prairie aux riantes couleurs.

Salut, humble ruisseau ! ton onde fuit, limpide,
Sur un tapis de mousse où tes bords sont des fleurs;
Je te préfère au fleuve écumant et rapide
Qui parfois dans son cours fait couler tant de pleurs !

Je me plais loin du monde, au fond de ta Bretagne ;
Il suffit qu'un troupeau, descendant la montagne,
Savoure dans ton lit une fraîche boisson.

Mais j'ai cru parler bas... et mon secret s'envole !
La brise le redit à quelque ami frivole,
Et, moqueur, un oiseau m'écoute en ce buisson !

II

Ah ! qu'importe ! je reste et suis plein d'espérance ;
Je goûte un doux repos ; mon regard est charmé ;
Là, contemplant la terre avec indifférence,
Plus libre, je respire un air si parfumé !

Exilé loin des miens, j'ai connu la souffrance ;
Mon cœur, lassé de tout, soudain s'est ranimé ;
Heureux d'avoir la foi, l'amour et l'espérance,
Je viens vivre et mourir sous mon toit bien-aimé.

J'ai trouvé le bonheur ; je me livre à l'étude,
Et, m'entourant de paix, d'ombre et de solitude,
Je vois germer mon champ ou mûrir ma moisson.

Mais j'élève la voix pour dire ces paroles ;
Que le zéphir les porte à mes amis frivoles,
Et que l'oiseau moqueur les chante en ce buisson.

En lisant ces deux morceaux écrits sans prétention aucune, on voit que M. de Veyrières est un poète qui sait
parler à ses heures et parler bien. Le second sonnet surtout
est vraiment gracieux en ce qu'il fait voir que, sans égard
pour les vanités mondaines, l'homme raisonnable peut
vivre en lui au sein d'une nature riante et aimée. Toutefois,
le onzième vers laisse à désirer : un champ ne germe pas,
mais bien la semence qu'il renferme seulement. — Plus
loin, nous trouvons encore de gracieuses compositions où
la mollesse ne se fait point sentir comme dans d'autres
dont le principal mérite est tant dans la rime que dans
l'agencement des mots. Parmi ces bons sonnets, on peut
citer le *Luth perdu et retrouvé*, deux pièces que plusieurs
écrivains regardent comme les meilleures du livre, et nous
croyons sincèrement qu'en portant ce jugement, ils ne se
sont pas trop éloignés de la vérité. On peut encore mettre
à côté : *Les Arbres verts, le But,* et *un Passant.* — Mais le
sonnet dans lequel M. de Veyrières a mis le plus de sensibilité est celui que nous allons citer. Dans *un Cœur de*

Mère, l'amour maternel est peint sous une couleur si vive qu'elle relève encore la douceur du sujet.

> Ses pleurs coulaient, Seigneur, et je n'ai pu me taire ;
> Ah ! des maux qu'ici-bas une âme doit souffrir,
> Le plus grand est celui de cette femme austère
> Qui vit sa jeune enfant chaque jour se flétrir !
>
> Frêle plante, elle ornait le hameau solitaire ;
> La mort faucha la fleur : la tige peut guérir ;
> Un tendre et frais bouton que nul souffle n'altère,
> Aux rayons du soleil déjà vient de s'ouvrir !
>
> De l'humble femme aux yeux voilés de pleurs sans nombre,
> Malgré ce rejeton, le foyer reste sombre ;
> S'il y prend en entier la place de sa sœur,
>
> Dans le même berceau si je le vois sourire,
> Hélas ! la mère encor se souvient et soupire,
> Car il n'a qu'à moitié la place de son cœur !

Et cet autre, traduit librement de Burger ? N'y retrouve-t-on pas toute la vigueur de l'excellent poète allemand, jointe à cette vérité qu'il ne suffit pas d'être ambitieux pour briller dans le monde au premier rang ?

> Quel dessin as-tu donc, ô jeune homme intrépide ?
> A quoi bon regarder l'astre éclatant des cieux ?
> Arrête ! car la vue est encore limpide,
> Et bientôt un point noir te suivrait en tous lieux !
>
> Ainsi brillait la gloire, alors que, trop cupide,
> Vers elle je portai jadis mes faibles yeux ;
> Je compris qu'une tache en ce moment rapide,
> Se fixait pour toujours dans mon œil soucieux.
>
> Oui, n'importe l'objet qu'ici-bas je contemple,
> Elle est là, devant moi, jusqu'au fond du saint temple,
> Et, sombre oiseau de deuil, plane sur mon sommeil !
>
> Désormais le bonheur n'a plus aucun prestige ;
> Hélas ! entre nous deux sans trève elle voltige :
> A l'aigle seul de voir la gloire et le soleil !

En résumé, que trouvons-nous chez M. Louis de Veyrières ?
De l'instruction, de la finesse et du talent. De l'instruction,
parce que, comme nous l'avons dit, il en a montré dans
son historique du sonnet, en faisant voir que rien ou du
moins presque rien ne pouvait échapper à sa clairvoyance.
De la finesse, attendu qu'en parlant de chaque sonnettiste,
il l'a critiqué ou applaudi le plus souvent avec infiniment
d'esprit — sans toutefois que l'on doive pour cela partager
ses opinions sans aucune réserve. Du talent, parce qu'il en
a mis partout dans ses sonnets, et que, malgré la langueur
de quelques-unes de ses compositions, on voit toujours
percer une vraie connaissance de l'art jointe à un arrangement parfait. M. de Veyrières a pris à la lettre les préceptes
de Despréaux, sur le sonnet, aussi en écrivant les siens,
les a-t-il tous faits dans le même ordre et avec une manière presque entièrement semblable dans l'agencement
des rimes.

La plus belle partie d'un sonnet est toujours dans les
quatrains, parce que la pensée, plus libre, s'étend facilement sans dépasser la limite qui lui est assignée. Dans les
tercets, au contraire, cette même pensée obligée d'être plus
restreinte, se développe ordinairement d'une manière trop
précipitée, et alors toute la beauté n'apparaît que dans la
chute du dernier vers. Eh bien ! M. de Veyrières a été en cela
plus habile ; il n'a point, à l'exemple de tant d'autres, exprimé en deux fois sa pensée dans un sonnet, comme si les
quatrains et les tercets formaient deux pièces différentes
et distinctes l'une de l'autre ; mais à l'exemple de Joséphin
Soulary, il a su trouver assez d'espace pour la déployer
sans difficulté.

M. Paul Lacroix a dit à M. de Veyrières, qu'avec sa *Mo-*

nographie et ses *Sonnets,* il se ferait une réputation méritée
et comme bibliophile et comme poète. Nous ajouterons que
pour la province, M. de Veyrières est un talent utile qu'il
importe aujourd'hui plus que jamais de faire connaître, et
c'est surtout aux noms obscurs mais méritants qu'il convient de le faire ; car l'historien du sonnet, tout en travaillant pour son agrément personnel, a encore fait plus pour
ces inconnus qui, par suite, seront peut-être appelés un
jour à voir le soleil comme l'aigle dont parle Burger, et
qui, sans cela, ne connaîtraient peut-être jamais que la valeur du travail non récompensé. Il faut toujours avoir mémoire d'un bienfait, fût-il même rendu sans intention de la
part du bienfaiteur ; aussi espérons-nous pour M. de Veyrières, au moins un souvenir de reconnaissance de la part
de plusieurs poètes qu'il a complaisamment pris par la
main pour les conduire dans le monde.

X

Jean Reboul.

Parler encore de Reboul, quand tant d'autres critiques
plus autorisés que nous l'ont fait en temps et lieu, peut
paraître téméraire, mais se lasse-t-on jamais de parler
d'une des plus pures figures du siècle ? On a déjà dit bien
des choses sur le poète nîmois, et on n'en dira jamais assez
tant on éprouve toujours du plaisir à sonder l'intérieur
d'un homme aimé. D'ailleurs, puisque nous avons voulu
mettre en relief quelques-uns des principaux poètes de la
province, nous devions au moins un tardif hommage à Reboul ; nous ne pouvions pas plus le laisser de côté que
nous n'avons laissé Violeau et que nous ne laisserons
Soulary. Il existe de ces hommes doués d'un tel génie et
dont le nom est sans cesse présent à la mémoire, qu'on
doit les entourer de l'amour et du respect les plus profonds.
Ce n'est pas seulement une simple étude littéraire que nous
ferons ici, il nous faut encore résumer au moins brièvement les principales phases de la vie du poète.

Né à Nîmes en 1796, Jean Reboul était fils d'un serrurier
qui jouissait d'une modeste aisance. Il reçut bien une éducation passable qui devait faire plus tard le charme de sa
vie, mais il dut néanmoins demander au travail les moyens
de vivre, et il se fit boulanger. Doué par la nature d'un caractère essentiellement rêveur, Reboul paraissait toujours

occupé, aussi doit-il plus à son génie qu'à l'étude. Mais
pour bien se rendre compte de la vie de Reboul, il faut
l'avoir vu chez lui ; il faut l'avoir vu simple ouvrier le
matin — ne dédaignant pas d'enfourner lui-même son pain
— — et le retrouver maître dans l'art le soir ; il faut l'avoir
connu dans son intérieur, dans ses affections intimes et
dans ce saint recueillement qui fait que l'âme se retrempe
aux sources les plus pures. N'allez pas croire maintenant
que pour cela Reboul s'occupant avec sa Bible ou son Corneille en dehors de ses heures de travail, fût assez fier pour
ne point s'occuper des autres ! Ce serait mal le juger, puisque, dès 1820, il faisait partie d'un cercle de *joyeux vivants*.
Là, encore éloigné des déceptions qui devaient plus tard
influer sur son caractère, le talent du poète pouvait se
faire admirer tantôt en gais couplets et tantôt en vers plus
mordants. Il est à regretter qu'il n'y ait plus aujourd'hui de
ces sociétés où l'esprit, la gaîté, les bons mots et les joyeux
rires, faisaient du riche l'égal du pauvre, où les verres
s'entrechoquaient fraternellement ; mais tous ces rires, ces
chansons débitées avec volubilité, ces historiettes racontées avec franchise, cessaient aussitôt que Reboul lisait ses
vers. Chacun les yeux fixés sur le poète, devenait attentif ;
le cœur battait dans la poitrine de ces admirateurs du
beau, comme il bat aux enfants qui, au moment de partir
en fête, se voient sur le point de rester. Au cercle, Reboul
était bien l'homme le plus joyeux et le plus charmant
qu'on pût trouver ; mais voyons-le maintenant s'en retourner chez lui, calme, serein, sans cesse souriant, les
pieds dans la poussière de l'antiquité romaine et le front
dans le ciel ! Ne vous figurez-vous pas d'ici cette tête belle
d'expression et finesse, et cet œil de feu illuminant à la
fois tout ce qui l'entoure ?

7

Reboul aussi fut un poète populaire ; et pourquoi ? Parceʒ'¹
que, comme Victor Hugo, il sut intéresser le cœur desʒol
mères en leur parlant de leurs enfants, et que par desʒol
mots choisis, il leur fit voir ce que chacune d'elle penseraitʋiɛ
en telle ou telle circonstance. Le cœur s'enflamme vite surʋɔ
ce terrain-là et Reboul réussit pleinement. Sans doute, sa ɛɛ
muse populaire est bien loin de celle que l'on voulut accor- -ʋ
der au peuple, et qui consiste souvent dans des racontars ɛ¹
sans fin de petits contes pour rire ou de légendes sans si- -iɛ
gnification ; mais Reboul est resté quand même du peuple ɔl
et avec le peuple. Il a chanté ce que nous affectionnons le ɔl
plus, il a ri, pleuré, souffert avec nous ; il nous a rappelé de ɔl
ces souvenirs qu'il est nécessaire de ne jamais oublier ; ;¹
son cœur a battu comme le nôtre, et comme nous aussi, il li
a prié avec foi sur les marches du même autel.

Jusqu'en 1828, Reboul, alors âgé de trente-deux ans, ɛ
n'avait encore écrit que quelques essais poétiques, sans ɛ
s'être tracé aucune ligne de conduite, ni s'être arrêté à un ɔ
genre. Tout à coup, Dieu lui donna les moyens de changer ¹
totalement, non comme homme, mais comme poète. Par ¹
dessus tout et avant toutes les affections humaines, il ʃ
aimait deux êtres, l'un dans lequel il avait mis toute sa ʃ
confiance, tout son bonheur, toute sa vie ; l'autre, dans lequel il fondait son espoir dans l'avenir ; c'était sa femme et
son enfant encore en bas âge, quand la mort vint les lui
enlever tous les deux. Alors, comprenant mieux que jamais
toute la valeur de l'amour domestique, tout ce que la perte
d'une femme aimée et d'un premier enfant peut jeter
d'amertume dans un cœur ouvert jusqu'ici aux plus pures
jouissances seulement, Reboul pleura. Il s'est trouvé être
un de ces hommes de talent à qui le malheur donne du
génie, et la première expansion de ses doubles chagrins et

de ses pleurs fut l'*Ange* et l'*Enfant*. — La femme personni-
fiée dans l'ange et venant réclamer son premier-né. — Cette
célèbre élégie a depuis fait le tour du monde, et il serait
presque inouï de trouver quelqu'un ayant un tant soi peu
de connaissances littéraires ou quelque goût pour la poésie,
qui avouât ne la connaître de nom.

Dans ce chef-d'œuvre de gracieuse et touchante simplicité, écrit sans aucune recherche, Reboul versa le trop
plein de son cœur de père, mais sans toutefois parler de
lui-même. Il préféra choisir la femme, parce qu'il la crut
destinée par la nature à aimer d'un amour plus fort que le
père, et c'était-là un moyen infaillible de s'attirer toutes les
sympathies. Quoique terminée, Reboul conserva longtemps
sa pièce avant de la livrer au public, craignant sans doute
que quelque souffle impur ne vint souiller cette fleur sans
tache éclose dans un moment de douleur. Ce ne fut donc
réellement que vers 1836 que Reboul fut lancé avec succès
sur la scène littéraire, et l'on sait quel immense chemin
parcoururent l'*Ange* et l'*Enfant*, et quels applaudissements
cette poésie valut à son auteur. D'ailleurs, Reboul n'eût-il
pas eu des lecteurs avides de l'entendre, il eût toujours
chanté, ne fût-ce que pour lui-même :

« Le rossignol caché dans la feuillée épaisse
S'inquiète-t-il s'il est dans le lointain des bois
Quelque oreille attentive à recueillir sa voix ?
Non, il jette au désert, à la nuit, au silence,
Tout ce qu'il a reçu de suave cadence.
Si la nuit, le désert, le silence, sont sourds,
Celui qui l'a créé l'écoutera toujours. »

On était alors à cette époque glorieuse du romantisme
dont les Deschamps n'étaient pas les moindres chefs, sen-
siblement épris de la poésie des ouvriers, poésie qui devait
prendre encore plus d'extension vers 1845, sous l'influence

de Mme Sand. On se tournait d'autant plus de ce côté que l'on
était surpris que ces enfants du peuple écrivissent d'aussi
belles choses sans avoir reçu d'instruction, et on avait
raison, car c'était le génie seul qui pouvait donner de pareilles inspirations à de tels hommes. Pourquoi Dieu ne
leur aurait-il pas donné ce qui leur manquait s'il les
jugeait dignes de son affection? Et pourquoi aussi n'au-
raient-ils pu exprimer les sentiments qu'ils ressentaient,
les émotions dont leur cœur était le foyer? La sensibilité
n'est pas l'attribut d'une classe privilégiée au détriment
des autres, puisque nous avons tous plus ou moins en nous
quelque chose qui nous dit d'aimer, de sentir, de pleurer.
Il serait bien à désirer que de nos jours le même accueil
qui nous valut Reboul et Magu, fût fait au mérite que
voient éclore certaines classes ; ce serait un immense service rendu, sinon à la littérature, du moins à l'auteur qui
ne travaillerait point pour lui seul. On objectera que si
Reboul n'eût pas été favorablement accueilli dès son début,
il eût écrit quand même ses élégies intimes qui nous auraient été révélées plus tard, après sa mort. C'est vrai ;
mais ne peut-on répondre à cela, que laissé à lui-même et
à son travail matériel, Reboul n'eut point fait les connaissances que nous savons, et que par suite nous n'aurions
jamais eu autant d'inimitables compositions?

Il était donc nécessaire que le poète fût montré par une
main puissante, car par lui-même, il était tellement modeste et simple dans ses goûts, que né pour le travail, il ne
pensait à élever sa famille que pour le travail, et ne demandait à ses livres et à son génie que le soin de charmer ses
heures de loisir. Il faut avoir lu le récit de la visite qu'Alexandre Dumas fit au poète nîmois, pour le connaître à fond
en peu de temps. L'inépuisable conteur nous le montre

d'abord dans sa boutique de cinq heures du matin à quatre heures du soir, et poète de quatre heures du soir à minuit. Il n'épargne rien dans son récit, depuis le sentier qui mène à la chambre de Reboul, en serpentant entre des monceaux de blé, jusqu'à l'ameublement de cette chambre aussi simple que possible, se composant de quelques chaises de paille, d'un bureau de noyer et d'un crucifix d'ivoire. Pour bibliothèque, deux volumes : La Bible et Corneille (et quelques ouvrages dépareillés). Mais c'est là que le poète a coulé les plus douces heures de sa vie, laissant de côté le monde matériel pour ne s'occuper que du monde des illusions. Ce sanctuaire du recueillement, de la prière et du travail, était bien encore entouré de dessins qui représentaient sous cent manières différentes la touchante élégie de l'*Ange* et l'*Enfant*. Reboul l'avait souhaité ainsi probablement, pour avoir sans cesse devant les yeux et à la pensée, cette tombe dans laquelle il avait renfermé presque d'un seul coup ses affections les plus chères, les seules qui donnent à l'homme tout le bonheur qu'il peut désirer.

Puisque cette élégie de l'*Ange* et l'*Enfant* revient sans cesse à la mémoire, et quoique connue de tout le monde, donnons-là encore ici. On ne saurait trop admirer ces quelques stances dans lesquelles le poète a jeté ce premier feu destiné à embraser bien des cœurs.

Un ange au radieux visage,
Penché sur le bord d'un berceau,
Semblait contempler son image
Comme dans l'onde d'un ruisseau.

« Charmant enfant qui me ressemble,
Disait-il, oh ! viens avec moi !
Viens, nous serons heureux ensemble,
La terre est indigne de toi.

« Là, jamais entière allégresse :
L'âme y souffre de ses plaisirs,
Les cris de joie ont leur tristesse,
Et les voluptés, leurs soupirs.

« La crainte est de toutes les fêtes ;
Jamais un jour calme et serein,
Du choc ténébreux des tempêtes
N'a garanti le lendemain.

« Eh quoi ! les chagrins, les alarmes
Viendraient troubler ce front si pur !
Et par l'amertume des larmes
Se terniraient ces yeux d'azur !

« Non, non, dans les champs de l'espace
Avec moi tu vas t'envoler :
La Providence te fait grâce
Des jours que tu devais couler.

« Que personne dans ta demeure
N'obscurcisse ses vêtements ;
Qu'on accueille ta dernière heure
Ainsi que tes premiers moments.

« Que les fronts y soient sans nuage,
Que rien n'y révèle un tombeau :
Quand on est pur comme à ton âge,
Le dernier jour est le plus beau. »

Et secouant ses blanches ailes,
L'ange à ces mots a pris l'essor
Vers les demeures éternelles....
Pauvre mère !... Ton fils est mort !...

Le sentiment de cette pièce n'est-il pas parfait ? Mais
malgré la délicieuse idée qui se développe à chaque vers,
on est forcé de constater un peu de négligence dans le
style et dans la forme qui aurait dû être rajeunie d'une
manière ou d'une autre. La pièce en elle-même est bien un
véritable chef-d'œuvre de poésie et de goût, mais loin de
parler comme le savant Malherbe, et de se châtier, sans
amour-propre de père, comme plus tard Hippolyte Violeau
l'a fait dans son *Adieu de la Nourrice*, Reboul est resté plus

libre. Il a écrit ses vers tels qu'ils se sont présentés à son imagination, sans se donner la peine de les corriger, sans doute parce que sa poésie, écho de ses chagrins, ne devait et ne pouvait pas l'être plus qu'on ne peut corriger la douleur. Il y a des choses sacrées auxquelles on ne peut toucher, et la pièce de Reboul est une de ces choses-là. — La troisième et la cinquième stances de cette élégie sont les plus négligées : dans l'une la rime est à peine suffisante, et dans l'autre elle est surabondante ; la dernière stance surtout est trop coupée, mais l'effet qu'elle produit à une première lecture est tellement saisissant que l'on n'a point le temps de distinguer la forme. Au début, Reboul entre en scène de la meilleure manière du monde, parce que tout d'abord il captive l'attention de ses lecteurs dont la curiosité va en augmentant jusqu'à la catastrophe finale, malgré qu'on la devine dès le commencement. Mais le point culminant de la pièce est celui qui commence par ce vers :

Non, non, dans les champs de l'espace....

qui rappelle le fameux « *tout l'Univers ensemble* » de Racine, et cependant, il est impossible d'accuser ici Reboul d'avoir commis une réminiscence, car dans les compositions des deux poètes, il n'y a aucune espèce d'analogie entre les expressions ni même entre les sujets.

Ce genre de composition plut fort à Reboul, qui s'en servit encore plus tard sans jamais s'en fatiguer, car il avait vu qu'à ce prix son succès augmentait, parce qu'il ne disait que la vérité. Il revint donc à ce genre intime avec un favoritisme tout particulier, comme nous-mêmes nous aimons à revenir visiter souvent les lieux qui nous ont charmé. Prenons, par exemple, *les Langes de Jésus, l'Apostat,*

l'*Ange* et l'*Enfant, la Marraine magnifique,* les vers à la
Fille de Louis XVI, nous retrouvons-là tout entier le grand
poète populaire avec ses belles échappées d'un lyrisme
majestueux et touchant. Dans ses compositions bibliques
comme dans ses élans vers la politique, Reboul a des expressions véritablement grandes, il parle pour les autres
comme son cœur parle pour lui, et en faisant abstraction
de toute idée de parti, on ne peut méconnaître que l'ode à
la *Fille de Louis XVI* soit aux poésies de Reboul, comme la
Jeune Captive est aux chants lyriques d'André Chénier. Il y
a là une si noble idée dans les consolations que le poète
donne, qu'il devient presque impossible de faire mieux
avec une grâce plus touchante et plus simple. Mais le véritable chef-d'œuvre de Reboul est certes *la Marraine magnifique.* C'est bien un peu le même sujet que dans l'*Ange*
et l'*Enfant,* le même enfant enlevé à l'affection de sa mère
et de son père, mais Reboul s'est montré là si correct et si
passionné, si mélancolique et si tendre, que l'effet produit
par cette nouvelle élégie est aussi grand, peut-être plus
grand encore que dans la première. Dans l'*Ange* et l'*Enfant,*
nous ne voyons qu'un récit de mort sans connaître la douleur de la mère que nous ne pouvons que nous figurer,
tandis que dans la *Marraine magnifique,* nous entrons de
plein pied dans le ménage du pauvre ; nous assistons à ses
joies et à ses projets, à ses chagrins secrets et intimes
voilés de mille craintes que la pauvreté inspire à ces
braves gens. Citons plutôt, car cette pièce est trop peu
connue encore, et il y a longtemps que, comme son aînée,
elle aurait dû faire le tour du monde.

> Hélas ! ma pauvre Madeleine,
> J'ai couru tous les environs ;
> Je n'ai pu trouver de marraine
> Et ne sais comment nous ferons

Au nouveau-né que Dieu nous donne,
Nul n'a craint de porter malheur
En lui refusant cette aumône :
La pauvreté fait donc bien peur ?

Et cependant tout à l'église
Pour le baptême est préparé.
Faut-il que l'heure en soit remise
Que dira notre bon curé ?

Mais tandis qu'on se lamente,
Une dame, le front voilé,
La robe jusqu'aux pieds tombante,
S'offre à ce couple désolé.

« Dites-nous, bonne demoiselle,
Qui peut vous amener ici ?
— Pour votre enfant, répondit-elle,
Soyez désormais sans souci :

Je viens pour être sa marraine
Et je vous jure sur ma foi,
Que, par ma grâce souveraine,
Il sera plus heureux qu'un roi.

Au lieu d'une pauvre chaumière
Il habitera des palais,
Dont le soleil et sa lumière
Ne sont que de pâles reflets.

Et, dans cette magnificence,
Loin de vous rester étranger,
Il brûlera d'impatience
De vous la faire partager.

—· Quoi ! l'enfant qui nous vient de naître
Doit avoir un pareil destin ?
Hélas ! nous n'osions lui promettre
Que l'indigence et que la faim.

Quelle puissance est donc la vôtre !
Êtes-vous ange ou bien démon ?
Répondez-nous : — Ni l'un ni l'autre ;
Mais plus tard vous saurez mon nom.

— Eh bien ! s'il faut que l'on vous croie,
Si, pour nous tirer d'embarras,
Le ciel près de nous vous envoie,
Prenez notre fils dans vos bras. »

Sur les marches du baptistère
L'enfant est aussitôt porté ;
Mais de l'onde qui régénère
Dès que son front est humecté,

Au jour qu'il connaissait à peine,
Il clôt la paupière et s'endort...
Elle avait dit vrai, la marraine ;
Car la marraine était la mort.

Depuis que Reboul a écrit l'*Ange* et l'*Enfant*, son talent a
mûri ; bien des craintes, bien des pleurs, bien des joies
sont passés tour à tour dans son âme ; il a chanté de sa
plus douce voix, il en est arrivé à cette époque où l'on se
contente de regarder l'œuvre qu'on laisse achevée derrière soi. Tout un monde d'élégies a passé devant le poète
sous différentes formes et sous des couleurs diverses, mais
toutes empreintes d'un même caractère et d'une même
physionomie religieuse. Mais avant de le quitter ce monde
élégiaque et tendre, c'est-à-dire ce flot si pur de poésie
qu'il a tant aimé, Reboul, en 1836, fait encore un dernier
effort et nous donne la pièce que l'on vient de lire. Le caractère légendaire parfaitement accentué, ce chagrin des
bons paysans qui ne trouvent point de marraine pour leur
enfant, parce que leur pauvreté fait peur ; leur empressement à mettre leur fils dans les bras de la Mort qu'ils prennent pour une dame riche, tout cela est d'une profondeur
dans le sujet, qu'il semble que Reboul ait réalisé en lui
toute l'idée que l'on peut se faire du vrai poète. Il y a aussi
là tout ce qui convient au caractère de la légende, plutôt
qu'au genre élégiaque qui demande un ton plus élevé, mais
qui n'en est pas pour cela plus harmonieux.

Si l'on s'amusait à colliger des pièces de Reboul dans
tous ses livres et à les placer selon le sujet qu'elles trai-
tent, on arriverait bientôt à former une série de petits

poèmes qui pourraient passer pour résumer la vie d'un seul homme. Ainsi nous avons lu des vers qui peuvent être mis à la suite d'autres comme complément presque indispensable. Telle est, par exemple, la pièce suivante qui peut s'ajouter, selon le goût, à l'ode à la *Fille de Louis XVI*, aux vers au *Comte de Chambord*, ou bien encore aux deux élégies citées plus haut ; c'est un *Soupir* qui s'échappe d'un cœur toujours oppressé et qui monte vers le ciel entouré du plus suave des parfums.

> Tout n'est qu'images fugitives :
> Coupe d'amertume ou de miel,
> Chansons joyeuses ou plaintives,
> Abusent des lèvres fictives :
> Il n'est rien de vrai que le ciel.
>
> Tout soleil naît, s'élève et tombe :
> Tout trône est artificiel ;
> La plus haute gloire succombe ;
> Tout s'épanouit pour la tombe,
> Et rien n'est brillant que le ciel.
>
> Navigateur d'un jour d'orage,
> Jouet des vagues, le mortel,
> Repoussé de chaque rivage,
> Ne voit qu'écueil sur son passage,
> Et rien n'est calme que le ciel.

Retournons un peu en arrière. Jusqu'en 1848, Reboul a toujours vécu avec lui-même, entouré de ses livres sur lesquels il avait plus que jamais reporté tout son amour, puisqu'il n'avait plus personne avec qui il pût comme autrefois le partager. Il priait, écrivait, correspondait avec ses amis Lamartine, baron Taylor, Roumanille, Mistral, Aubanel, Jules Canonge, etc., et de temps en temps, pour respirer en même temps que pour rafraîchir son beau front fatigué, il allait rêver au pied des arènes aux splendeurs antiques du passé, à ces temps de gloires et de barbaries mélangées,

où les Césars faisaient combattre pour satisfaire leurs goûts
féroces, et les hommes et les animaux. — Après la révolution de février, Reboul dut abandonner momentanément et
un peu malgré lui, la vie intime qu'il s'était faite, rompre
avec ses études et ses aspirations pour se rendre au désir
de ses concitoyens : il venait d'être envoyé par eux à l'Assemblée constituante. Mais comme il était d'un caractère
fort indépendant, il se trouva bientôt gêné sous les voûtes
du palais des représentants de la nation ; il n'était point né
pour faire des lois, pour assister à ces débats passionnés
qui ne laissent plus l'homme à lui-même, et il rêvait souvent au beau ciel du midi, à sa ville natale et à ses livres.
Pour lui, sa chambre dans un coin du grenier valait les
plus splendides demeures. Tout d'abord il s'était bien laissé
séduire par ses électeurs, car, porté par sa nature vers le
peuple dont il était sorti, il croyait ne rencontrer chez ses
collègues que des cœurs purs comme le sien, des cœurs
sympathiques s'occupant plus du bonheur des hommes
que des folles idées de parti. Hélas ! il fut bientôt déçu
dans son espérance, et de jour en jour il sentit de plus en
plus « le poète mourir sous le représentant. »

A cette même époque aussi, Reboul essaya de faire une
innovation dans sa carrière poétique. Il donna à cet effet,
en 1849, *le Dernier Jour*, poème biblique assez insignifiant
quand il n'est pas incompréhensible. Cependant, il renferme çà et là des morceaux fantaisistes assez intéressants,
mais qui ne suffisent pas pour rompre la monotonie du
sujet. Il y a loin de là aux premières *Poésies* que Reboul
donna vers 1840, et qui eurent plusieurs éditions. Puis, le
6 avril 1850, il fit jouer à l'Odéon un drame en trois actes,
le Martyre de Vivia, œuvre qui, malgré une scène assez intéressante entre Vivia et son fils, échoua complétement

devant l'indifférence publique, et fut, comme *le Dernier
Jour,* peu lue depuis. Cela vient sans doute de ce que Reboul, marchant sur un terrain nouveau pour lui, ne connaissait nullement le chemin qu'il faut suivre pour arriver
au but ; il sortait de son genre en voulant essayer un métier qu'il ignorait et il succomba. Tout venait donc le con-
trarier à la fois, et son espérance déçue comme représentant, et la chute de ses deux essais épique et dramatique.
Mais bientôt, voyant qu'il s'était trompé, il revint à ses
pénates et donna en 1857 *les Traditionnelles,* poésies lyriques
fort remarquables. Quelques écrivains ont prétendu que
dans ce livre dont rien ne justifie le titre, Reboul n'est
point supérieur à son premier élan.— C'est, croyons-nous,
une erreur ; il y a dans ce dernier recueil plus de pittoresque et de force, le poète est plus contemporain et plus
fait ; le style moins négligé que dans les élégies de 1830,
démontre que le talent du poète est arrivé à sa maturité, et
que celui-ci n'écrit plus ses inspirations telles qu'elles se
présentent à son esprit, mais qu'il travaille ses vers. Nous
trouvons bien plus de réalisme qu'autrefois, l'émotion est
aussi vive et le tout se complète l'un par l'autre : nous
avons le jeune poète à l'imagination vive et colorée, et
nous avons l'homme mûr, réfléchi, posé. C'est toujours la
pensée qu'il met en relief et qu'il sonde sans jamais s'occuper de l'extérieur de ses sujets. L'âme dévoilée dans
tous ses replis les plus intimes a bien plus de charme, plus
de douceur que la passion mise à découvert, et il faut, dans
l'un comme dans l'autre cas, infiniment de talent. Il est
vrai que la peinture des passions humaines et des caractères demande une étude fort complète de la nature et des
hommes, mais est-il donc si facile de bien parler des sentiments et des impressions intérieures ? D'ailleurs, si nous

étions appelés à nous prononcer sur la valeur du talent à
déployer en cette occasion, Reboul aurait nos préférences.
Alfred de Musset a peint le cœur humain dans la passion,
Reboul le peint dans la sensibilité : ce n'est plus alors
qu'une affaire de goût ; le premier de ces poètes fait tres-
saillir par la violence, le second le fait par la douceur, ce
qui ne touche en rien à leur mérite respectif.

Comme on l'a vu, le genre particulier de Reboul fut
l'élégie, seulement il pèche quelquefois par le détail, la
clarté manque et l'on est trop obligé de réfléchir sur certains mots pour les comprendre. Mais quel est donc l'écrivain, le poète plus encore que tout autre, qui n'a point de
ces obscurités-là? Victor Hugo est parfois trop ami du
pathos, comme dans les drames espagnols, et d'autres sont
étonnamment diffus ou négligés.

La poésie est d'autant plus belle, et ce qui en fait surtout
le mérite, c'est lorsqu'elle peut être lue par petites doses ;
on la savoure mieux, on en respire plus commodément le
parfum ; alors on la comprend aussi plus facilement et
l'idée ne se fait point attendre. Dans le poème, au contraire, on ne peut user de ce moyen, il faut lire jusqu'au
bout pour saisir l'idée, la suivre dans ses péripéties diverses, l'apprécier et la goûter. C'est là précisément ce qui
gêne à beaucoup de poèmes et ce qui fit tomber *le Dernier
Jour*. Mais prenons par exemple à travers les recueils de
Reboul : L'*Enfant noyé*, — *la Bergère et le Papillon*, — *Première Douleur*, — et *la Confidence*, nous aurons de petits
morceaux que l'on pourra goûter séparément. Mettons à
côté le *Christ à Gethsémani*, — *Consolation sur l'oubli*, — et
un Soir d'hiver, ce sont des œuvres parfaites et achevées ;
quant à la *Lampe de Nuit* qui contient ces beaux vers :

Et l'on dit au cercueil : Tu deviens ma maison ;
A l'oubli : Creuse encor ma couche plus profonde...

elle vaut peut-être mieux encore.

La meilleure preuve que Reboul gagne à être lu par fragments, est dans le récit que M. de Pontmartin nous fait d'une de ses soirées dans le midi. Il se trouvait alors chez Joseph Autran, en compagnie du baron Gaston de Flotte, deux poètes bien connus, par un de ces soirs d'octobre où l'on admire à la fenêtre les étoiles qui scintillent au ciel, où l'on respire les brises douces et encore embaumées de la nuit. M. Gaston de Flotte récitait de mémoire des vers, puis il s'arrêtait pour recommencer. A la fin, M. de Pontmartin s'écria : « Oh ! que c'est beau ! de qui est-ce donc ? » Et M. de Flotte de répondre : « Mais, malheureux ! c'est de Reboul. » — « J'eus honte de mon oubli : c'était de Reboul, en effet, dit encore M. de Pontmartin, et jamais muse ne fut plus digne de s'associer à un de ces moments délicieux où la nuit sourit dans le ciel, où la poésie, cette fleur nocturne, s'épanouit dans le cœur, où le corps bercé par un indicible bien-être, laisse la parole à l'âme. »

Puisque nous avons nommé M. de Pontmartin, il est impossible de passer sous silence une anecdote marquante de la vie de Reboul. Dans un moment de gêne, dans un de ces moments critiques, comme beaucoup d'écrivains amoureux de leur indépendance en ont dans leur vie, quelques amis obligeants intercédèrent près du comte de Chambord, afin d'obtenir pour le boulanger-poète quelques secours plus utiles au corps que la gloire. Le noble exilé ne se fit point prier : il eut plutôt l'air d'être l'obligé que le protecteur. Aussitôt il fut question d'une modique pension, mais on

offrit seulement trois mille francs. M. de Pontmartin dit
que Reboul « qui avait rêvé de mourir avec l'honneur d'un
dévouement gratuit, » accepta avec reconnaissance l'offre
qui lui fut faite, et qu'il fut plus grand en acceptant que
s'il eût refusé. D'autres assurent le contraire et ajoutent
qu'il avait d'autant plus de mérite à refuser qu'il était regardé comme un coryphée par les légitimistes du midi, et
que cette situation politique contribuait beaucoup à main-
tenir sa réputation. Pour juger la conduite du poète en
cette occasion, il faut se mettre complétement en dehors
de toute idée politique, ce qui n'a lieu que bien rarement.
Pour nous, ne pouvant affirmer la vérité en présence de
deux contradictions, et qui, par conséquent, ne pouvons
être juge, nous dirons seulement qu'il est toujours permis
d'accepter un bienfait sans honte et sans que la réputation
ait à en souffrir, car celui qui donne le fait le plus souvent
par humanité et par respect pour le talent du protégé.
Quant à Reboul, considéré comme chef de parti, il n'avait
nullement besoin de l'appui du duc de Bordeaux, pour
ajouter à l'éclat de son nom : son talent lui avait suffi
jusque-là.

Comme on l'a vu par ce que nous avons dit, la vie de
Reboul fut jusqu'à la fin la plus innocente que l'on puisse
se figurer, la vie d'un homme créé pour un monde meilleur
que le nôtre. Il s'est mis tout entier dans sa poésie qui
restera sa plus fidèle image et qui le fera mieux connaître
aux générations à venir que la meilleure notice. Mais vers
la fin d'une carrière si dignement employée, Reboul fut
pris d'une maladie grave qui brisa ses forces et ruina
promptement son corps. Quant à l'âme, elle était intacte,
pure comme au temps de la plus belle jeunesse ; c'est que
le poète avait dit, mots précieux quand la mort a déjà un

doigt sur le front du malade : — « Je ne veux pas salir
mon âme ! » Cette confiance en une puissance surhumaine
donna encore des forces à son corps épuisé jusqu'au moment où, en 1864, Dieu l'appela à lui pour le juger selon
qu'il avait vécu.

A sa mort, la population nîmoise qui le regardait comme
son plus noble enfant, ouvrit une souscription pour lui
élever un tombeau. On se souvient aussi de la manière
dont la municipalité convia la foule aux funérailles du
poète, faites aux frais de la ville ; nous voudrions donner
la lettre exacte de faire part, telle qu'elle fut adressée aux
habitants, mais à défaut du texte véritable, en voici du
moins le sens :

*Le Maire de la ville de Nîmes, MM. les Adjoints, le Conseil
municipal, ont l'honneur de vous faire part de la perte que
vient d'éprouver la ville de Nîmes, dans la personne du poète*

JEAN REBOUL,

et vous prient d'assister à ses funérailles, etc....

C'était d'une grandeur antique ! et ce beau mouvement de
la part des notables, prouve combien la cité méridionale
portait d'amour et de respect à cet homme, qu'un critique
a surnommé « le Lamartine du peuple. »

XI

Joséphin Soulary.

M. Louis de Veyrières a, comme nous l'avons vu, écrit un excellent livre sur les sonnettistes anciens et modernes, et ils sont nombreux. Parmi ces écrivains, il en est un qui, examiné et commenté en entier, suffirait seul pour remplir un volume : c'est M. Soulary. Quelques hommes compétents pensent même que la France n'a possédé aucun plus grand sonnettiste depuis Clément Marot. D'autres personnes pourraient protester contre cette opinion, surtout les poètes célèbres qui ont fait des sonnets de valeur ; cependant, M. Soulary en a tant composé et de si beaux, que nous nous prononçons nettement pour lui dans le sens de ses plus chauds partisans. Mais avant d'essayer à développer ses brillantes qualités, faisons un retour en arrière et suivons-le pas à pas jusqu'au jour où il attira sur lui toute l'attention du monde lettré.

Joseph-Marie Soulary (dit Joséphin), est né à Lyon, le 22 février 1815, de Jean-Baptiste Soulary et de Anne-Constance-Joséphine Deléglise. La famille Soulary est originaire de Gènes, et ce n'est qu'en 1762 qu'elle s'expatria pour échapper aux Guelfes et aux Gibelins, et qu'elle vint s'établir à Lyon, en y apportant l'industrie des velours brochés d'or et d'argent. Nous avons pu nous assurer de tout cela sur un extrait généalogique dressé sur des pièces

authentiques et mis à notre disposition par le poète lui-
même, qui, de plus, a bien voulu nous raconter son passé,
c'est-à-dire sa jeunesse ; jeunesse assez triste et presque
aventureuse comme on va le voir. — Mis en nourrice aussitôt après sa naissance, Joséphin Soulary y resta jusqu'à
l'âge d'environ sept ans. « Tout le bonheur de mon existence, nous écrivait-il un jour, est dans ces sept années
dont je me rappelle les moindres détails. » Et en effet, ne
s'occupant que de ses joyeux ébats au soleil, courir et
s'amuser avec tout ce qui lui tombait sous la main, c'était
tout alors pour lui, comme c'est tout pour les autres enfants du même âge, qui ne connaissent encore aucune des
déceptions dont ils seront abreuvés plus tard. Il est vrai
qu'alors un rien fait pleurer, mais que faut-il aussi pour
ramener la gaîté ? La moindre caresse suffit et souvent
moins que cela. Puis les premières années ne sont-elles
pas les plus belles de la vie, puisqu'alors on est libre de
soucis et des tracas qui viennent un jour faire d'une vie
joyeuse une existence amère ?...

Joséphin Soulary, comme tous ses petits camarades,
avait bien employé sa plus frêle jeunesse aux mêmes plaisirs bruyants, aux mille jeux sans nom qui faisaient alors
toutes leurs délices, mais il devait par la suite passer par
des épreuves qu'aucun d'entre eux n'était peut-être appelé
à subir.

A sept ans commença pour Soulary cette existence si
triste dont nous allons retracer les principales phrases. On
le conduisit d'abord au collège de Monthuel (Ain), pour y
commencer ses études. Comme alors il ignorait encore les
règles auxquelles il allait être soumis, il n'eût jamais cru
à tant de sévérité et parfois de méchanceté de la part de

ses professeurs, quand même on le lui eût affirmé, tant il
était habitué aux câlineries que l'on prodigue ordinairement aux enfants ; mais il eut bientôt pour se détromper à
endurer tous les mauvais traitements de l'ancienne méthode pédagogique, ce qui le surprit tellement et le con-
traria d'autant plus qu'il avait été élevé avec douceur et
non à coups de pied et à coups de poing. Aussi, promptement lassé de ces tortures, médita-t-il un projet — noir
projet s'il en fut aux yeux de ses maîtres — et qui devait
pleinement réussir. Il décida, d'accord avec un de ses
compatriotes, nommé Francisque Arban, et aussi fatigué
des mauvais traitements qu'il endurait, de se sauver du
collége à un moment convenu. L'heure impatiemment at-
tendue ne tarda guère à venir, car, un beau jour, ils s'enfuirent tous deux de la pension et passèrent ainsi à la belle
étoile huit jours et huit nuits, que M. Soulary nous a dé-
clarés « charmants ! » Que firent les deux fugitifs pendant
ce temps qui dut causer bien des tourments à leurs parents
et au directeur du collége ? Sans doute, comme feraient
tous les enfants à leur place ; ils parcoururent la campagne, vivant d'aumônes et s'amusant, après s'être toutefois
un peu éloignés de Monthuel, à jouer, ivres de bonheur
tant ils sentaient en eux le grand air de la liberté qui les
rassérénait. On ne saurait mieux les comparer qu'à deux
oiseaux déjà forts qui sont surpris dans un filet et jetés
dans une cage. Sans doute, une nourriture abondante ne
leur fait point défaut, mais elle ne leur est point naturelle,
puis ils ont perdu la liberté pour laquelle ils sont nés, et
ils se consument en efforts pour forcer leurs barreaux jusqu'au jour où, trouvant la porte entr'ouverte, ils peuvent
se sauver dans les champs. C'est alors qu'ils retrouvent
leurs doux chants d'autrefois, et c'est là seulement qu'ils

consentent à vivre en prenant cette nourriture variée que
Dieu a pour eux répandue partout. Enfin, cette vie de no-
made devait finir pour les deux écoliers qui ne pouvaient
rester ainsi, et Soulary fut ramené à la maison paternelle.
Retourneraient-ils à Monthuel pour y endurer les mêmes
tourments, ou bien leur infligerait-on seulement une punition exemplaire! Ils l'ignoraient, mais le craignaient. Selon
nous, ils n'auraient point dû craindre, ils n'étaient pas
réellement coupables, puisqu'ils ne s'étaient sauvés que
pour échapper à la torture, et qu'un père ne peut tancer
son enfant par la seule raison qu'il ne veut souffrir. A
partir de ce moment, nous ne savons au juste ce que devint
Arban, ni où il acheva ses études et employa sa jeunesse,
mais nous savons que plus tard il se fit tuer au combat de
Navarin. Quant à Soulary, son père lui fit continuer ses
études classiques, d'abord à Largentière, puis à la Mané-
canterie de Saint-Jean de Lyon. Fut-il mieux traité qu'à
Monthuel? Sans doute, car il ne renouvela pas son esca-
pade de huit jours.

Sorti de rhétorique en 1831, Soulary avait seize ans lorsqu'il quitta les maisons d'éducation pour n'y plus rentrer,
mais il s'engagea au 48ᵐᵉ de ligne, comme volontaire en sub-
sistance, et cela, sous prétexte qu'il avait un parent colonel.
Lui tendit-on une main plus généreuse au régiment qu'à
l'école? Il ne nous le dit pas, mais n'eût-il pas encore été selon ses souhaits qu'il se serait contenté de sa position, puisqu'il respirait le même air, les mêmes fleurs que nous tous,
et vivait au même soleil. D'ailleurs, un malaise eût été bien
vite passé et supporté sans peine après les maux que le
jeune homme avait soufferts. De cette époque datent ses
premières armes dans la carrière littéraire ; avait-il un
moment de loisir — et on sait qu'ils sont nombreux pour

tout soldat qui veut bien les employer — Joséphin Soulary remplissait déjà des hémistiches. Assurément rien ne faisait encore prévoir le grand sonnettiste qu'aurait la France quinze ans plus tard, mais on remarquait sans doute déjà de l'harmonie et un certain élan poétique, puisque le directeur de l'*Indicateur de Bordeaux* voulut bien insérer ces essais. M. Soulary les livra donc de bien bon cœur avec cette signature qu'il a depuis qualifiée « d'ambitieuse : » — J. Soulary, grenadier au 48me de ligne. — Et cependant si l'on ajoute foi à ce qu'il a écrit plus tard, on verra que son ambition était bien petite.

Il n'y a point de plus grand plaisir pour un jeune poète que de voir son nom imprimé dans un journal au bas d'une pièce de vers, ce journal fût-il le plus inconnu de tous. Il semble déjà à ce jeune poète qu'il n'a plus qu'à faire un pas pour atteindre à la gloire et qu'il est appelé aux plus brillantes destinées. Ce sont là de bien douces chimères que l'on aime à caresser. M. Soulary a-t-il sacrifié à ces chimères? Nous ne pourrions l'affirmer ; mais s'il l'a fait, ses succès l'ont depuis justifié. Toujours est-il qu'après ses essais dans l'*Indicateur de Bordeaux,* il travailla avec une courageuse ardeur que soutenait encore l'espérance jusqu'en 1838, où il arriva avec un bagage littéraire assez bien commencé ! Le poète avait alors vingt-trois ans.

En 1838, Joséphin Soulary fut obligé de quitter son régiment pour revenir à Lyon ; sa santé était alors profondément altérée par une fièvre paludéenne qu'il avait gagnée dans un service de nuit sur les frontières basques. A peine remis, il occupe des positions subalternes en fabrique, et il y reste jusqu'en 1840, gagnant tout juste le nécessaire pour manger sans se vêtir ou pour se vêtir sans manger. Cette position difficile ne découragea pas Joséphin, qui, comme Hippolyte Violeau, chanta pour se consoler, fort sans doute de ces paroles du poète latin :

Cantet amat quod quisque : levant et carmina curas.

Il continua donc sans trop de chagrin le travail auquel il était condamné, lorsqu'en 1840 la fortune commença à lui sourire ; il entra dans les bureaux de la préfecture du Rhône, comme expéditionnaire, aux appointements de neuf cents francs. C'était, en économisant, ce qui lui fallait pour vivre, ainsi qu'on le verra. Bientôt ces appointements furent portés à douze cents francs ; alors, ébloui par cette position « splendide » — le mot est de lui — il se hâta de se marier pour la faire partager à une compagne. Il fit bien, car, si à l'avenir il devait être gêné sous le rapport pécuniaire, s'il était appelé à souffrir encore des nouvelles déceptions parmi lesquelles nous vivons, il était toujours certain d'avoir près de lui quelqu'un pour le soutenir, pour partager ses joies et ses peines et pour essuyer ses pleurs. Tout cela devait jeter un baume dans le cœur du pauvre Soulary, et lui rendre cette gaîté que jusqu'alors il avait à peine connue. D'ailleurs, il se trouvait heureux dans sa « position splendide, » mais son emploi ne devint réellement beau que lorsqu'on le nomma chef de division ; c'était en 1845, et désormais il pouvait vivre tranquille : son avenir était assuré.

Pendant le commencement de sa laborieuse carrière, depuis sa rentrée du service jusqu'à sa nomination au poste que nous venons d'indiquer, M. Soulary acquerrait déjà d'un autre côté un peu de notoriété par la publication de plusieurs opuscules de vers. Parmi ces petites brochures, pour l'impression desquelles on peut se figurer combien le poète a dû s'imposer de privation, nous citerons : *Les Cinq cordes du Luth ; A travers Champs ; Paysage ; La Mendiante au Congrès scientifique ; Le Chemin de fer,* etc. Rien dans ces écrits ne fait encore prévoir un grand poète, mais on rencontre déjà une conception poétique marquée, des sujets bien développés et des expressions hardies et gracieuses. On possède l'homme de talent, on devine à peine l'homme de génie. Il est vrai que M. Soulary n'était pas encore arrivé à cet âge où le talent acquiert de la consistance, prend la forme qu'il doit conserver, et se montre entouré d'un éclat éblouissant qui fait crier au prodige ! Seulement, ces poésies diverses préparaient la voie à leur auteur qui tenait un compte exact des réflexions nombreuses auxquelles ses productions donnaient lieu. Puis, voyant que le silence était loin de se faire autour de lui, Joséphin Soulary pouvait espérer plus qu'un succès local. Aussi travailla-t-il avec tant d'ardeur à ses sonnets, qu'il en put faire paraître une édition encore fort incomplète vers la fin de l'année 1847. Mais par malheur pour le poète, les événements qui entraînèrent la chute de Louis-Philippe, arrivèrent juste à temps pour que les sonnets passassent inaperçus. Loin de se décourager, le poète n'en redoubla que plus fort d'activité, et put donner, en 1854, une nouvelle édition bien augmentée. Cette fois, la politique ayant laissé un peu de repos aux amis des lettres, ce dernier recueil fut lu avidement et commenté, et le nom de Soulary, après avoir fait du bruit à Paris, ne tarda pas à envahir la province. Soulary venait d'être reconnu sonnettiste hors ligne et de recevoir son baptême de gloire.

Maintenant que nous connaissons l'homme, voyons le poète : son œuvre le fera mieux apprécier encore.

D'abord, à la manière dont il nous présente ses *Sonnets,* on reconnaît l'esprit joint au mérite à côté du franc rire qui perce dans un prologue où le poète dit en beaux vers : « Ma fantaisie m'a conduit dans des sentiers où j'ai vu des cailloux qui scintillaient ; je les ai ramassés et je les ai ciselés. Maintenant, voulez-vous les montrer comme perles de poésie? Dites qu'un vieux manuscrit affirme que le sage ignoré qui les mit en œuvre est mort un siècle avant Jésus-Christ. » Puis à l'incompatibilité qui existe entre la date du « vieux manuscrit » et l'époque de l'invention du sonnet, incompatibilité que M. Soulary met exprès en relief, il ajoute tant de gaîté, fait preuve de tant de vivacité, qu'il entraîne ses lecteurs, et leur fait dès lors avouer une admiration anticipée. Un peu plus loin, comme second avertissement qui nous initie à toute l'essence de sa poésie sans qu'il s'en doute le moins du monde, il nous dit agréablement comment la muse lui plaît et sous quelle forme il la veut. — Il va sans dire que pour le poète la muse a toujours la figure d'une belle femme. — Cependant, n'allez pas vous la figurer légère, affectant la coquetterie et se promenant décolletée, car ce n'est pas une femme du demi-monde, mais une pudique réservée. Il faut qu'elle entre tout entière dans le corset de Procuste, sans toutefois le faire éclater ; elle pourra après, si bon lui semble, enfler son sein, tordre sa hanche, mais il faut d'abord qu'elle passe. Alors la forme paraît plus bondissante, les contours plus polis, ce qui fait que la beauté s'accuse. Est-elle bien ou mal ainsi? Il s'en inquiète peu, puisque c'est toujours au fond la même femme, n'ayant rien de moins dans le cœur ni rien de plus sur le corps. Il l'a ainsi choisie à son goût sans s'occuper si elle possédait tous les signes de la beauté que l'on aime à trouver aux muses lascives d'au-

jourd'hui ; et il est certain que si tous les poètes eussent eu
le même goût, la littérature française n'aurait rien perdu
de son ancien éclat, mais chacun a sa manière de voir,
comme nous qui ne sommes qu'un juge de passage et sans
autorité.

Avec de pareilles idées et une grande sévérité que Soulary a pour lui-même, vous allez sans doute le croire ambitieux à ce point de ne rêver que gloire et honneurs, dési-
rant la fortune et dédaignant ces simples joies de la famille
que tant d'autres qui ne les ont pas voudraient posséder ?
Erreur ! vient-il vous dire lui-même. Voici mes *Rêves ambitieux :* c'est tout ce que je désire.

> Si j'avais un arpent de sol, mont, val ou plaine,
> Avec un filet d'eau, torrent, source ou ruisseau,
> J'y planterais un arbre, olivier, saule ou frêne,
> J'y bâtirais un toit, chaume, tuile ou roseau.
>
> Sur mon arbre un doux nid, gramen, duvet ou laine,
> Retiendrait un chanteur, pinson, merle ou moineau,
> Sous mon toit, un doux lit, hamac, natte ou berceau,
> Retiendrait une enfant, blonde, brune ou châtaine.
>
> Je ne veux qu'un arpent ; pour le mesurer mieux,
> Je dirais à l'enfant la plus belle à mes yeux ·
> « Tiens-toi debout devant le soleil qui se lève ;
>
> Aussi loin que ton ombre ira sur le gazon,
> Aussi loin je m'en vais tracer mon horizon. »
> — Tout bonheur que la main n'atteint pas n'est qu'un rêve !

Si véritablement l'ambition n'enfantait pas de rêves plus
vastes que celui-ci, le mot « ambition » deviendrait une
qualification impropre, car, certes, on ne peut demander
moins, mais on ne peut non plus le faire avec plus de grâce
et dans de meilleurs termes. Ce ne sont pas là des vers que
l'on écrit à tout âge, il est vrai, puisqu'ils sont de cet âge
auquel le cœur appartient tout entier à l'amour. Mais de

quelles expressions le poète se sert-il pour exprimer cet
amour ! Quoi de plus beau que :

> Tiens-toi debout devant le soleil qui se lève ?

Ce vers vaut à lui seul une pièce entière, et une vingtaine
de même valeur suffiraient presque seuls pour sauver un
nom de l'oubli.

> Tiens-toi debout devant le soleil qui se lève !

Pour le peu qu'on soit idéaliste et impressionnable, on
croit voir une svelte et blonde jeune fille, immobile, seule
sur le gazon, sourire et regarder de coin son ombre projetée
au loin par le soleil levant, puis à genoux devant elle le
jeune amoureux qui trace *son horizon !* « J'en ferai un
petit quadro, » disait André Chénier, des passages qui lui
semblaient beaux en poésie ; on en pourrait faire autant
avec le sonnet de M. Soulary, et l'on aurait ainsi un
tableau de scènes amoureuses qui paraîtrait d'autant plus
beau que le sujet en est plus pur, plus innocent. — Une
seule chose est à regretter dans cet excellent sonnet, ce
sont les rimes intérieures que le poète a laissé subsister à
la césure dans le premier tercet.

M. Soulary attache une grande importance à l'amour, et
il essaie d'en parler le plus souvent possible ; il en fait
tantôt un simple conte et tantôt une histoire vraiment dramatique, mais dont il n'est ou ne paraît être que fort rarement le héros. Pour lui, l'amour est une nourriture vivi-
fiante, une chose indispensable à laquelle tout mortel doit
s'attacher, parce qu'en nous créant Dieu a créé l'amour
pour nous, et aussi parce que ce serait un crime de lèse-
humanité que d'atteindre le terme de notre existence sans

avoir payé son tribut à la nature. « Souris, dit-il à Théocrite, souris : ton drame d'amour dure encore, et c'est la
seule page écrite où, depuis deux mille ans, le temps ait
passé sans changement. » Mais où le poëte résume bien en
un seul vers ce que nous venons d'ébaucher en dix lignes,
c'est quand il dit :

> Ce cœur-là s'est détruit en se privant d'aimer !

Soulary nous montre encore avec grâce l'amour ingénu
parlant par la bouche d'une jeune fille du nom de Rose.
Elle est là sous la tonnelle d'un jardin, versant des pleurs
sur une rose qu'elle vient d'effeuiller et qui lui répond :
« Rose ouverte ne se ferme plus ! » Ce mot est un coup de
foudre pour la jeune fille qui s'écrie naïvement :

> Et mon cœur qui s'ouvre, je crois,
> Au petit pâtre de la ferme !

Nous avons beau chercher, nous ne trouvons rien dans
les sonnets de Soulary à propos de quoi on puisse dire :
C'est trop leste ! Il y a partout comme un parfum d'honnê-
teté qui s'exhale de chaque sujet, et cela parce que M. Soulary n'a jamais essayé de toucher au voile de la pudeur,
tandis que beaucoup d'autres poëtes contemporains n'ont
pas craint de soulever un coin de ce voile — et quelquefois
plus — pour mieux faire briller leurs grands mots sonores,
et d'autant plus sonores qu'ils sont vides ! Ils chantent
bien les péchés de jeunesse sur toutes les gammes possibles, sans oublier d'y mêler le rôle des dentelles et autres
colifichets ; ils diront bien avec un sang-froid imperturbable, un décolté sans nom : Cette femme est à nous ! Mais
ils ne vous diront pas comment et pourquoi cette femme
est tombée ; ou bien s'ils le disent ce sera dans ces termes :

Le désir l'obsédait ! — Non, c'est la faim seule qui est cause de tout, vient vous dire M. Soulary, et cela en une miniature charmante qu'il appelle *Sacra fames*, et dans laquelle, maigré ce qu'en a dit M. de Veyrières et autres, les mots répétés donnent un charme et de la vigueur à la poésie.

M. Soulary excelle surtout dans la peinture des choses intimes, c'est-à-dire des sentiments qui ne sont l'attribut que des âmes aimantes, et il n'est pas moins attrayant dans ses chants rustiques, sortes de pastels infiniment variés et rehaussés de tons chatoyants, charmants paysages qui à la vérité ne sont que des copies diverses de la nature, mais auxquels il ne manque ni la gaîté, ni la simplicité, et qui ne nous en font pas moins passer par des alternatives de lumière et d'ombre. Telle est dans ce genre, par exemple, la pièce intitulée *Là-Bas*. Ce n'est pas seulement un pastel aux traits fins et déliés ; c'est encore la récitation des souvenirs d'autrefois, de ces occupations de jeune âge auxquelles on n'ajoutait alors aucune importance, mais qui n'en doivent pas moins marquer dans la vie, et dont on ne se souvient jamais sans émotion.

> Dans mon cœur indolent prompt à se dessécher,
> Le souvenir d'hier laisse une trace à peine ;
> Mais de ses bords lointains l'enfance me ramène
> Un souvenir dont rien ne peut me détacher.
>
> Paysage naïf, que j'aime à t'ébaucher !
> Rends-moi ma sœur de lait, la brune Madeleine,
> Et tous nos biens à deux, boutons d'or dans la plaine,
> Nids chanteurs dans les bois, feux au coin du rocher.
>
> Et son beau taureau blanc, et Néra ma génisse,
> Fiers lutins qui souvent, trompant notre œil novice,
> S'égaraient par les blés qu'avait doré juillet.
>
> Et ce calme énivrant des blondes nuits sans voiles,
> Quand, sa main dans ma main, nous rêvions aux étoiles,
> Sur le seuil de la ferme où l'âtre pétillait.

Il nous semble — ou bien nous ne nous y connaissons pas — qu'il y a là tout un mélange de poésie agreste, genre Millien, et de poésie antique, genre Chénier, remis à neuf par les procédés contemporains.

A côté, nous remarquons des pastorales dialoguées qui nous rappellent à plus d'un titre les églogues virgiliennes. Cependant, ne croyez pas avoir devant vous deux bergers et une bergère que le poète nous présente sous des noms mythologiques ; nous sommes revenus à un temps beaucoup plus près de notre siècle, et le terrain de l'action est, si vous le voulez, une vallée de l'Andalousie, puisque les deux amants s'appellent Angélo et Juan. Tous deux ils attendent au rendez-vous ; le premier Hélène, le second Sarah, et tous deux ils aiment d'une égale ardeur, mais ne se font pas les mêmes scrupules. Et c'est précisément ce contraste dans les désirs qui fait le rapprochement entre une églogue du cygne de Mantoue et la pastorale de Soulary.

ANGÉLO.

Mais sa pudeur m'impose, et je tremble d'oser.

JUAN.

Des scrupules craintifs son ardeur me délivre.

ANGÉLO.

Dans son dernier soupir, ô Dieux ! faites-moi vivre !

JUAN.

Dieux ! faites-moi mourir dans son premier baiser !

Non-seulement M. Soulary fait bien ce qu'il fait, mais sous la forme du sonnet il a à peu près épuisé tous les sujets en les prenant dans leur sens propre et non dans un sens figuré qui trompe, habilement dissimulé qu'il est sous

un amas de fleurs. Tantôt, à l'exemple de Lamartine et de
plusieurs autres, il adresse une caresse à son chien, le
seul ami qu'il feint de posséder, lui parle de ce jour où la
mort les séparera pour toujours ; alors, lui dit-il, las de
flairer le sol sans y comprendre rien, tu japperas trois
fois ; je répondrai peut-être, mais si rien ne répond, c'est
que ton maître est mort ! Alors couche-toi pour mourir.
Tantôt encore il vient nous parler de l'amour maternel aux
prises avec la mort, non pas dans ce style élégiaque adopté
par Reboul, mais dans un ordre d'idée aussi juste si elle
est moins touchante. C'est un morceau délicat dont voici
la substance. La mort vient de frapper un jeune enfant et
plonger la famille dans un deuil éternel ; le corps est dé-
posé dans un endroit qui restera fermé ; mais comme la
mère ne peut oublier, elle passe souvent devant la porte et
par une fente qui s'y trouve elle regarde... muette et pâle
comme un spectre

> Oubliant de mourir et dédaignant de vivre.

Et cela, parce que la douleur l'accablant, elle n'a plus
conscience d'elle-même, ses yeux rougis n'ont plus de
pleurs à donner, et que le cœur est trop malade pour que
la raison n'en soit pas altérée.

Plus tard, M. Soulary nous résume, par la bouche de Cu-
pidon, toute l'existence humaine, dans un style coloré,
moitié sérieux, moitié badin. L'amour, nous dit le poète,
avait scié quatre planches ; vient une mère qui demande
un berceau, puis une vierge s'avance timidement et commande de faire de son lit d'hymen un vrai joyau ; aussitôt
après passe un vieillard qui désire un cercueil fait d'un
bois qui se conserve. Marché fait, dit le Dieu en riant :

Berceau, lit nuptial et cercueil, c'est tout un :
Je vais leur assembler gaiement ces quatre planches.

En lisant ces vers on sent un froid qui vous envahit, et l'on frissonne en songeant que tout ce que nous faisons doit un jour inattendu, et malgré nos précautions, sombrer devant la mort.

Puisque nous sommes sur ce triste sujet, nous ne pouvons passer sous silence une belle page sur les *Ironies de la Mort*. Il semble que l'auteur ait voulu réunir là en quatre mots, les phases diverses d'une vie amère et les sombres désirs qu'en fait naître le dégoût. Enfant mal accueilli, il appelle la mort à son secours, elle lui répond : Je suis cruelle, j'aime à trancher des jours pleins d'azur, j'attendrai que le ciel t'en amène ! — A vingt ans, lassé de tout, il faut en finir : non, non, dit encore la mort, j'attendrai que tu sois aimé ! Puis il débute poète et passe inaperçu dans la foule au lieu d'arriver d'un seul coup à la célébrité ; mais la cruelle déesse fait cas d'un laurier sur un front et il faut attendre qu'ils soient cueillis. Aujourd'hui, pauvre jeune homme totalement fatigué de la terre, il voudrait mourir à l'instant ! Non pas : la mort attend pour venir qu'il n'y pense plus ! — Ce sonnet est certes un des mieux traités, un de ceux dont le fond restera éternellement vrai, ce qui nous fait voir que les désirs, les pleurs et les soupirs ne servent à rien, puisque nous ne sommes jamais écoutés dans nos plaintes mal fondées qu'à l'heure marquée par un doigt puissant dès le jour de notre naissance.

Mais les deux chefs-d'œuvre de Joséphin Soulary, les deux plus beaux fleurons de sa couronne poétique, sont certainement *Reminbranza* et *les deux Cortéges*. Dans l'un, le premier, le poète se dévoile tout entier sans arrière-pensée. Nous le voyons là dans son intérieur implorant ce qui lui manque pour compléter le bonheur au foyer.

Dis-moi tes premiers jours et leurs fraîches pensées,
Les beaux anges ailés qui planaient sur tes nuits,
Tes grands bonheurs d'enfant, tes grands petits ennuis,
Et tes illusions, fleurs au berceau laissées.

Et ces luttes du cœur, timides Odyssées,
Dont Clorinde plus mûre a souvent ri depuis,
Et ces amours craintifs à regret éconduits,
Folles ombres du Dieu par le Dieu remplacées.

Des choses d'autrefois ne me dérobe rien ;
J'aime à recomposer fil à fil ce lien,
Qui jusqu'à l'infini me fait suivre ton âme.

Je suis comme l'avare au désir frémissant,
Qui, la main sur son or, étreint l'argent absent ;
Moi, j'ai soif de l'enfant en possédant la femme.

Oui, le poète a pu l'avoir, comme en effet il l'a eue cette soif de l'enfant qu'il aurait voulu posséder. C'est une si douce consolation que de se voir revivre dans la chair de sa chair, dans le sang de son sang ; eh bien ! cette consolation lui a été refusée, et c'est là la principale cause, nous dirons même la seule cause, qui a si bien inspiré Soulary, car son vers n'est ici que l'écho de son cœur ; il n'a écrit qu'en face le souvenir d'un désir rejeté, mais non sans l'avoir accompagné d'une larme, d'un véritable regret.

Dans le second sonnet, qui passe pour être le plus beau de ceux qu'il a composés, M. Soulary, dans un charmant et touchant contraste, nous décrit de main de maître deux extrêmes, la joie et les pleurs, la vie et la tombe.

Deux cortéges se sont rencontrés à l'église,
L'un est morne : — il conduit le cercueil d'un enfant ;
Une femme le suit, presque folle, étouffant
Dans sa poitrine en feu le sanglot qui la brise.

L'autre, c'est un baptême : — au bras qui le défend,
Un nourrisson gazouille une note indécise ;
Sa mère, lui tendant le doux sein qu'il épuise,
L'embrasse tout entier d'un regard triomphant !

On baptise, on absout, et le temple se vide, ;
Les deux femmes, alors, se croisant sous l'abside,
Echangent un coup-d'œil aussitôt détourné ;

Et — merveilleux retour qu'inspire la prière —
La jeune mère pleure en regardant la bière,
La mère qui pleurait sourit au nouveau-né !

Ce sonnet est réellement bien beau « malgré, dit M. de
Veyrières, les répétitions qu'on y rencontre ; » mais nous
devons soutenir ici une dernière fois que ce sont positivement ces répétitions qui ornent le corps du sujet, ou du
moins elles aident tellement à son développement, que
sans cela nous n'aurions pas autant de pompe poétique, et
que le poète n'aurait peut-être jamais fait qu'une bonne
pièce, tandis qu'ainsi, par la riche et gracieuse distribution
des expressions, il nous a donné un chef-d'œuvre ; ou bien
alors il lui aurait fallu, en évitant consciencieusement
toute répétition, soigner plus la forme que le fond. — Notons toutefois encore à propos du *dernier vers* de ce sonnet,
une expression contre nature ; car il est difficile, sinon
matériellement impossible, de faire admettre que la jeune
mère en deuil sourie à la vue du nouveau-né, quant au
contraire son cœur doit se serrer d'avantage en face de ce
lugubre spectacle qui ravive plus encore en elle la perte
qu'elle vient de faire. Mais ce qui fera peut-être parler en
faveur de Soulary, c'est qu'en cette occasion il avait besoin
d'un contraste frappant et qu'il l'a gracieusement trouvé.

Les œuvres de Joséphin Soulary, dont les quelques citations que nous en avons fait donneront une juste idée, ont
été publiées à plusieurs reprises de 1847 à 1872, sous

différents titres, et chaque fois avec des augmentations. D'abord les *Sonnets humouristiques* parurent en fascicules sous cette dénomination : *Les Ephémères,* et pour lesquels Jules Janin écrivit plus tard une préface en vers ; puis avec ce nom : *Sonnets, Poèmes* et *Poésies,* édition dédiée à la ville de Lyon ; — et enfin sous ce titre général : *Œuvres poétiques* de Joséphin Soulary.

La lecture de ce grand sonnettiste amène naturellement à se demander à quelle école il appartient. Il y a chez lui du genre religieux, quoiqu'il ait écrit un jour à M. de Veyrières : « J'appartiens plutôt à la forme païenne ; » mais il y a aussi du genre contemporain, c'est-à-dire du genre de Lecomte de Lisle, de Ricard, de Theuriet, de Prudhomme et même de Coppée, en un mot de ces poètes qui tiennent le premier rang du Parnasse. Seulement, Soulary a sa manière de voir les choses qui l'a fait plus grand que tous les autres. C'est à sa forme païenne « qu'il doit son succès ; » elle est plus en rapport avec le siècle, avec les goûts auxquels les écrivains que nous venons de nommer ont accoutumé la majeure partie des jeunes lecteurs de vers. Il a le même enthousiasme que ces poètes, mais il est souvent plus pur dans les idées, plus religieux dans le fond, plus riche dans ses expressions presque toujours dégagées de l'invraisemblance, ce qui diminue de beaucoup la valeur du terme « forme païenne » que s'est donné Soulary. Il chante bien l'amour avec la nouvelle école, mais d'une manière plus savante et plus chaste ; il a consulté son cœur pour savoir ce qu'il devait dire en telle ou telle circonstance, et il a écrit. Etait-il parfois embarrassé pour la peinture d'une passion qu'il ne connaissait que de nom ? Il se rappelait ces paroles de Mme Caroline Van-Hove : « On ne peut les ressentir toutes, et il

faut savoir les peindre ! » Et alors son imagination ardente
suppléait à tout ; il savait aussi ce qu'il faut pour plaire et
ce qu'il faut pour éviter au lecteur les fatigues de l'excentricité. Chez les poètes du XVIᵉ siècle, comme chez les
poètes qui ont succédé à la période romantique, il y a un
même fond visible : l'amour ; une même forme : le sonnet.
Seulement, les premiers ont émis leurs idées imparfaite-
ment et ordinairement en mauvais vers, tandis que les
seconds ont rendu ces idées plus complétement et très-
souvent avec de vrais tours de force en matière de rhythme
et de style. M. Soulary, lui, a bien accepté les mêmes
idées, mais avec des réserves et des modifications nombreuses et variées qui en ont fait un sonnettiste à la fois
sérieux et aimable, se montrant tantôt avec un grain d'idéalisme, tantôt réaliste et profond avec une teinte de philosophie. Il a bien pris ses matériaux chez les différents
poètes dont nous venons de parler, pensant peut-être à
ce mot de Molière : « Je prends mon bien où je le trouve. »
Mais quant à la manière dont il les a employés, elle est
tout entière de lui. « J'ai trouvé des cailloux, dit-il, et je
les ai ciselés. » De sorte qu'il a taillé selon son goût personnel des statuettes qu'il a trouvées à peine ébauchées.
Nous nous servons à dessein de ce mot « statuette, »
parce que M. Léon de Wailly a dit de Joséphin Soulary :
« C'est un fin ciseleur ; ce sera le Benvenuto Cellini du
sonnet. » D'accord, mais cependant vous ne pouvez guère
établir de comparaison entre un sculpteur et un poète ; la
sculpture, pour être une œuvre parfaite n'a pas tous les
tons variés de la poésie, ni les degrés d'ombre et de lumière que les vers font passer devant les yeux en mettant
en relief le sujet. Disons plutôt que Soulary est le Victor
Hugo du sonnet : Comme lui, il est presque inimitable dans

le genre, tous deux ils sont parfois obscurs, mais le plus souvent ils s'élèvent à des hauteurs qui font rêver et tiennent l'esprit en extase devant des rayons et des ombres qui passent tour à tour comme s'ils étaient poussés par d'autres qui doivent être aussi bientôt remplacés.

C'est de 1857 surtout que date la célébrité de M. Soulary. A cette époque, il fut décoré de la main de Napoléon, comme homme de lettres. L'année d'avant, le grand Pétrarque, réveillé sans doute dans sa tombe par le bruit qui se faisait autour du sonnettiste du XIXᵉ siècle, dut inspirer le prince de Carignan, puisque, de l'autre côté des Alpes, celui-ci envoya à Soulary la croix des saints Maurice et Lazare. A ces décorations était jointe une médaille d'or frappée au nom du poëte lyonnais avec une inscription italienne dont voici la traduction : *J. Soulary a conduit les muses françaises aux sources de l'art italien*. Voilà, certes, les meilleures preuves en faveur du talent de Joséphin Soulary, car dès lors que des étrangers de distinction — des Italiens surtout, descendants de ceux qui ont inventé le sonnet, et à qui la France doit tant pour les arts et pour les lettres — s'accordent à dire qu'un poète français a conduit les muses françaises aux sources de l'art, c'est que ce poète a un talent réel, un mérite incontestable, c'est qu'il s'est montré neuf et créateur, et qu'à ce titre il mérite d'être élevé à peu près au premier rang.

En plus de M. Soulary, nous avons d'autres poètes qui ont fait de très-remarquables sonnets et qui s'en sont par instants fait une spécialité. Parmi ceux-là, nous nommerons Boulay-Paty et Jules Lacroix ; mais pour savoir auquel des trois il faut donner la préférence, laissons la parole à un homme de goût que M. de Veyrières consultait

un jour à l'occasion de ces trois célébrités : « Je crois
Boulay-Paty plus châtié, Soulary plus original et d'une
forme plus savante, mais Jules Lacroix mérite presque un
ex-æquo avec eux. » C'est donc encore une nouvelle preuve
de la supériorité de Joséphin Soulary. Quant à Sainte-
Beuve qui, on ne peut le nier, se connaissait en critique
littéraire, voici ce qu'il écrivait entr'autres choses à l'auteur des *deux Cortéges*, le 8 janvier 1860 : « J'ai quelque
« droit sur le sonnet, étant des premiers qui aient tenté de
« le remettre en honneur vers 1828 ; aussi je ne sais si je
« mets de l'amour-propre à goûter cette forme étroite et
« curieuse de la pensée poétique, mais je sais bien (et je
» crois l'avoir écrit) que j'irais à Rome à pied pour avoir
« fait quelques sonnets de Pétrarque, et maintenant
« j'ajoute : — Quelques sonnets de Soulary. — Mais,
« hélas ! je m'aperçois que je n'ai plus de jambes. »

En dehors de ces éminentes qualités littéraires, Joséphin
Soulary en possède une autre plus précieuse encore : C'est
la modestie à laquelle se joint une grande affabilité. Le
fragment de lettre ci-après confirmera notre opinion. Mis
à la retraite en 1868, la ville de Lyon, pour lui prouver son
estime, lui a conféré l'emploi de bibliothécaire du Palais
des Arts. Depuis, il ne s'occupe plus de littérature que
pour le seul plaisir qu'on y trouve et s'inquiète fort peu du
jugement que l'on peut porter sur lui, attendu, dit-il, qu'on
a pris l'habitude de juger les vivants par camaraderie et
les morts par contumace. Quant à son existence des premiers temps, à ses déceptions du jeune âge, il les raconte-
rait volontiers si le souvenir de ce douloureux passé ne lui
arrachait des larmes ; aussi nous écrivait-il le premier juillet 1872 : « Il m'en coûte de me retourner vers mon passé,
il est si triste ! et surtout si uniformément triste ! Mais

vous insistez si gracieusement que je me laisse faire. Souf-
frez seulement qu'à cette pénible tâche du *retour en arrière,*
je ne m'arrête que tout juste le temps nécessaire pour vous
indiquer brièvement et à grands traits les points principaux
de mon existence. » Puis après nous avoir succinctement
rappelé ses mauvais jours, il ajoutait — et c'est là qu'apparaît toute sa modestie : — « Vous trouverez sans doute que
ce n'est pas la peine d'épiloguer là-dessus, et vous vous
bornerez à condenser ma notice en deux lignes. Or, les
deux lignes les plus éloquentes en ce genre seraient celles-
ci : Né le 22 février 1815, décédé le.... Tout est là-dedans ;
hors de là tout est vanité. » — Heureusement qu'il n'existe
pas de vanité là où il n'y a point d'ambition, et que la postérité, qui est un juge sévère, saura faire la part de l'homme
tout en n'oubliant pas la part du poète.

XII

Eugène Bazin.

En jetant un coup-d'œil sur chacun des chefs d'école qui, en 1828, ramenèrent la poésie lyrique à des proportions jusqu'alors inconnues, on s'arrête involontairement à un homme remarquable, Emile Deschamps, qui eut depuis beaucoup de succès et beaucoup d'amis. Il y a des personnes qui assurent que les gens d'un génie supérieur en ont toujours beaucoup ; ils ont aussi des ennemis : « Admirateurs » serait donc le vrai mot s'il n'existait point encore quelques détracteurs ; mais les amis de l'homme de talent, toujours composés d'honnêtes gens, sont heureusement plus nombreux. Nous avons, heureusement aussi, parmi nos poètes provinciaux, un de ces amis d'Emile Deschamps, non un frère d'armes des luttes romantiques, car plus jeune que celui qu'il appelle son maître, M. Bazin n'a rien publié dans la *Muse française,* organe du Cénacle dont il n'a jamais fait partie. C'est seulement un ami de la maison que nous voyons en lui, un de ces hommes avec qui l'on aime le soir à causer au coin du feu de mille choses intimes et parfois insignifiantes, dont le principal mérite n'est alors que dans le bonheur qu'on éprouve à les dire.

Sans doute, le talent d'Eugène Bazin ne peut être comparé au talent d'Emile Deschamps, beaucoup plus vaste et plus élevé, mais M. Bazin, en vrai poète normand, a su

s'inspirer des pensées de son maître et ami, tout en se ré-
chauffant au feu sacré de ses œuvres. Comme ce dernier,
M. Bazin est une nature d'élite, une intelligence enrichie
des plus brillants trésors ; tous deux ils ont bien une imagination féconde, un grand savoir et une gravité qui s'har-
monisent au mieux, mais avec cette différence assez notable toutefois, que si l'un de ces poètes donne gaiement le
bras à Apollon, l'autre se contente de se prosterner humblement à ses pieds. M. Bazin tient le milieu entre l'auteur
des *Études françaises* et *étrangères* et le chantre de la *Voulzie ;*
il a tout le feu du poète du *Myosotis*, Hégésippe Moreau,
joint à une étude variée rappelant un génie plus élevé.
C'est, si l'on veut, un poète chrétien dont l'âme rayonne
d'amour et de foi ; s'occupant peu du réalisme ou du scep-
ticisme modernes, sa muse sourit naïvement aux hommes
et se montre telle qu'elle est en disant ce qu'elle pense.
Aussi Eugène Bazin essaie-t-il dans sa poétique personnelle de ramener le peuple à la vraie croyance en cherchant à l'éloigner de tout ce qui peut séduire et conduire
au malheur ou à une triste fin, et cela parce qu'il ne possède rien de l'imagination ardente de Goëthe, de Lord
Byron et d'Alfred de Musset qui, dans un moment de
fièvre et triomphants, nous ont montré les sombres et na-
vrantes figures de Faust, de Manfred et de Rolla.

L'art est l'idéalisme de M. Bazin, mais l'art se refondant
pour ainsi dire, s'agrandissant loin du paganisme, et,
s'abreuvant chaque jour aux sources inépuisables de la
chrétienté. D'ailleurs, il s'est dévoilé nettement dans la
préface de ses *Rayons* (Discours prononcé en 1858 à la Société académique des Hautes-Pyrénées) : — « Je voudrais,
dit-il, que parmi nous, l'art, la littérature, la poésie, ten-
dissent à devenir de plus en plus chrétiens. Pourquoi cela?

Parce que le christianisme, comme inspiration, me paraît, quoi qu'on en ait dit, supérieur à tout, parce qu'il est la règle du beau en même temps que la loi du bon ; et ceci, je le crois, peut se démontrer moins encore par ce qui a été fait que par ce qui pourrait se faire. » Oui, le christianisme est supérieur à tout comme inspiration, c'est incontestable, et Voltaire lui-même l'a prouvé dans *Alzire ;* mais il faut de la chaleur et une variété dans les tons ; mais il faut, éloignant toute monotonie qui ne serait plus qu'un rabâchage de choses connues, savoir en poésie tirer parti du christianisme, comme Châteaubriand l'a fait pour ses belles études sur le génie de notre religion. D'ailleurs, nous avons déjà à ce sujet émis cette idée en temps et lieu pour qu'il ne soit nécessaire d'y revenir ici, et nous nous rendrons mieux compte de l'œuvre de M. Bazin quand nous l'aurons étudiée.

Après avoir fait son entrée dans le monde littéraire par deux ouvrages en prose, d'abord, avec un résumé méthotique et doctrinal, une traduction très-remarquée avec préface et notes du grand ouvrage d'Audubon, *Scènes de la Nature,* et un *Nouveau chapitre à l'essai sur les Révolutions,* écrit dans un ordre d'idées tout différent et non moins apprécié, Eugène Bazin, déjà membre de la Société académique des Hautes-Pyrénées, réunit en novembre 1863, la meilleure partie de ses poésies qu'il nous donna quelques mois après sous le titre de *Rayons.* Singulier titre, dira-t-on, emprunté sans aucun doute à l'auteur des *Feuilles d'automne,* et c'est un plagiat. Nullement, viendra vous dire M. Bazin, qui s'en est défendu, et n'a eu l'intention ni de copier un maître inimitable, ni de reprendre à nouveau son œuvre ; seulement, comme les *Ombres* sont nécessaires au point de vue de l'art humain par contraste avec la lumière, il n'a voulu faire voir et il voudrait que l'on ne montrât que les *Rayons,* c'est-à-dire tout ce qui porte le reflet du christianisme et de la foi la plus sincère.

La première partie des *Rayons* est tout entière consacrée à la glorification de la religion, mais ce n'est pas sans autre but que celui de cette glorification qui fait ainsi parler le poète, il aime mieux dévoiler son intention en s'adressant à un ami ou à tout autre qui a besoin d'un conseil. Il n'a nullement essayé de se montrer en prédicateur, mais il a su par des sujets habilement choisis et fort bien développés, ranger de son côté tous les cœurs au fond desquels était encore un peu de doute ou d'endurcissement. Après avoir examiné toutes les occupations de l'homme à l'égard de la foi, après qu'il a vu combien les données soidisant philosophiques en matière religieuse si souvent mises au jour, ont peu de prises sur nos croyances légitimes, Eugène Bazin a réouvert de nouveau la Bible pour mieux s'inspirer encore des poètes hébreux et dire à Autran :

Tout passe, tu le sais; tout règne est périssable ;
Peuple, cité, palais sur le roc établi,
OEuvres de l'homme, un souffle emporte dans l'oubli
Leur gloire écrite sur le sable.

M. Bazin n'est pas de ces poètes aux expressions vives et hardies qui éblouissent le lecteur et lui font souhaiter de pouvoir lire une pièce d'un seul coup-d'œil, afin d'en savourer promptement le contenu, comme on avale d'une bouchée et avec gourmandise un fruit rare et délicieux. Au contraire, trois lectures sont, non pas indispensables, mais nécessaires. A la première, on remarque de beaux vers et un certain talent ; à la seconde, on note des pièces fort intéressantes ; à la troisième, on aime le poète, et alors seu-

lement on voit un peu à quelle époque il appartient. On retrouve en lui un fond commun d'idées avec le Victor Hugo
d'autrefois, celui qui écrivait :

> « Mais parmi ces progrès dont notre âge se vante,
> Dans tout ce grand éclat d'un siècle éblouissant,
> Une chose en secret, ô Jésus ! m'épouvante :
> C'est l'écho de sa voix qui va s'affaiblissant. »

On voit aussi que M. Bazin a marché sur les traces
de Reboul, de sorte qu'ils se rencontrent parfois sur le
même terrain. Alors, loin de se le disputer pied à pied
comme deux adversaires énergiques et animés, ils se comprennent, se donnent la main et leurs voix se confondent
en un même chant. Il y a donc alors dans M. Bazin du poète
contemporain et du fidèle d'un siècle passé ; son œuvre
est, si vous le voulez, un manteau à l'avant-dernière mode,
recouvrant certaines croyances d'autrefois qui n'auraient
point dû faiblir.

Parfois Eugène Bazin donne l'exemple des préceptes
qu'il prêche ; il se rappelle que Jésus a dit jadis en priant
pour ses bourreaux : « Pardonnez-leur, mon père, car ils
ne savent ce qu'ils font ! » Et alors, soutenu par son courage dans les rudes épreuves de la vie, il consulte son âme
et pardonne aussi aux hommes qui l'ont abandonné :

> Tous m'ont abandonné ; ma maison me repousse,
> Mon ami se détourne avec un ris moqueur ;
> Ils n'avaient devant moi qu'une parole douce,
> Et me déchiraient dans leur cœur ;
>
> Dans mon sentier paisible ils ont jeté la pierre ;
> Leur langue pour me perdre a machiné tout bas ;
> Leur main que je serrais m'a frappé par derrière...
> Mais, ô mon Dieu, ne le leur rends pas !

Maintenant veut-on savoir comment notre poète s'apitoie
sur le sort des autres, comment il comprend l'existence hu-

maine et le délaissement dans lequel on semble se complaire envers quelques âmes d'élites? envers quelques
écrivains qui n'ont été lus que pour leur talent et non pour
les idées qu'ils expriment ? Prenez les *Stances à Lamartine,*
qui commencent par ces vers :

> Va, mon cygne blessé, va, fils de l'Ionie,
> Achever dans les cieux ton doux chant d'agonie !

Et l'on verra de quels sentiments M. Bazin était possédé
lorsqu'il écrivit cette pièce fort belle, religieuse en elle-
même et excessivement pleine de poésie. Mais le jour où il
fut presque sublime, l'instant où son esprit errant loin de
la terre fit entendre un véritable cri du cœur, ce fut à cette
heure, où soudainement inspiré, il implora de Dieu une
seconde bénédiction *(Twice Blessed).* « C'est, dit quelque
part Sainte-Beuve, à propos de cette pièce, le cœur qui
parle comme dans une des courtes prières de Racine converti. »

> Que sur nous invoqué, ton saint nom nous unisse !
> Nous voici de nouveau dans ton temple, à genoux ;
> Pour la seconde fois, que ta main nous bénisse,
> Seigneur, que ta paix soit sur nous !

> Hélas ! elles ont fui, nos si belles années,
> Lorsque ainsi nous venions au printemps de nos jours !
> Maintenant à nos fronts, toutes fleurs sont fanées ;
> Mais c'est le même cœur toujours.

> Même cœur, même foi, qu'ici-bas rien n'altère,
> Que nous venons encor te prier de bénir ;
> Seigneur, ah ! cette fois, ce n'est plus pour la terre .
> Pour le ciel daigne nous unir !

Ce ne sont pas les seuls vers de ce genre que nous offre
la première partie des *Rayons,* ils sont ainsi dans le recueil
le plus souvent pareils, et, comme tels, animés de la même
foi ardente. — On a souvent répété que tout ce qui n'est

pas entièrement de la poésie religieuse est de la poésie
païenne ; alors Malherbe, qui ne chanta que ce qu'il vit
dans son siècle, sans s'attacher spécialement à la religion,
est un poète profane. Eh bien ! en ce cas, M. Bazin qui voit
d'un autre œil que le grand lyrique du dix-septième siècle,
est presque autant à la poésie religieuse que ce dernier fut
à la littérature profane. Il a donc chanté seulement pour
lui et pour ceux qui ont voulu lui prêter une oreille attentive, sans s'occuper de ce que l'on en pourrait penser.

La seconde partie des *Rayons* roule bien un peu dans le
même cercle de la pensée, mais les sujets plus mondains
sont variés davantage, ce qui a permis au poète de parler
d'une manière différente, tout en n'oubliant pas divers souvenirs d'autrefois. Nous remarquons surtout les *Jours
d'Automne*, l'*Aïeule* et *Tyranny must Be,* trois pièces qui
nous offrent des descriptions de paysannerie ou d'intérieur
domestique d'une grâce touchante, et des pensées d'une
force empruntée parfois à Milton, toutes choses qui donnent aux *Rayons* un peu de cette variété que l'on souhaite-
rait bien davantage si le poète n'avait déclaré son intention
formelle de suivre jusqu'au bout la même route, en laissant de côté sur ses bords et pour d'autres, certaines fleurs
qu'il aurait pu cueillir.

De 1864 à 1867, nous n'entendons plus parler de M. Bazin,
c'est qu'il travaille dans le silence du cabinet, n'admettant
sans doute près de lui que ses amis intimes ; mais nous le
voyons bientôt reparaître avec un nouveau livre à la main
portant ce simple titre : *Memini*. L'auteur en offre ainsi la
dédicace à Emile Deschamps : « A vous, mon maître, et
qui daignez m'honorer du nom d'ami, l'hommage de ces
vers éclos sous vos yeux, et, pour ainsi dire, à votre

souffle. » De cette dédicace nous pouvons conclure qu'Eugène Bazin, comme tout homme qui est arrivé aux deux tiers du but sur le chemin de la vie, aime à parler du passé, et que dans ses causeries du soir avec son « maître et ami, » il a rêvé « sous les yeux de ce dernier, » la peinture des impressions d'autrefois. Et en effet, nous voyons que *Memini* est presque entièrement consacré, comme l'indique le titre, à l'épanchement des souvenirs du bel âge, de cet âge qui, plein d'illusions, ne laisse penser qu'aux bonheurs intimes du présent sans égard pour les inquiétudes de l'avenir. Ce n'est plus là comme dans les *Rayons* une poésie grave, austère ; mais elle est personnelle, intérieure, toute empreinte de sensibilité, et elle laisse exhaler, pour nous servir de l'expression d'un biographe, « un délicieux parfum de candeur et de jeunesse. » L'auteur nous ramène lentement vers son pays natal, vers ces fermes normandes où l'on se rassemble les soirs d'hivers à la veillée, où filles et garçons chantent autour de l'aïeule qui, tout en tournant son rouet, raconte de bonnes histoires du temps passé. Elle aussi, la bonne vieille, aime à parler de sa jeunesse, de ce temps où le monde plus simple dans les mœurs, les goûts et les habitudes, dansait le dimanche sous les grands arbres du village en fredonnant des couplets oubliés aujourd'hui.

Parmi ces poésies de la campagne, le plus souvent remplies de fraîcheur et embaumées des vagues senteurs des champs, nous avons rencontré des vers charmants, mais qui nous ont fait croire tout d'abord au moins à une réminiscence. Les voici ; ils terminent la grâcieuse et piquante *Chanson du Rouge-Gorge.*

Et pour l'homme aussi vient l'heure suprême,
Pauvre oiseau ! qui meurs seul au fond des bois :

> On chante au printemps, c'est l'âge où l'on aime,
> Mais l'hiver arrive ; on n'a plus de voix.

Il nous semble avoir vu quelque part — peut-être dans Lamartine — des vers à peu près pareils. Pour cela nous n'accusons aucunement M. Bazin, car nous pouvons nous tromper ; mais qu'il y ait là réminiscence ou non, que M. Bazin ait la propriété des vers ci-dessus, ou qu'avant lui ils aient été écrits par un autre poète, l'expression : « Mais l'hiver arrive, on n'a plus de voix, » n'en est pas moins fort belle.

Quelquefois l'auteur de *Memini* a des tons plus élevés, il est moins personnel et moins familier, comme par exemple dans les stances dont le premier vers commence par ce mot : *Après ?...* C'est le véritable coup-d'œil d'un joyeux insouciant ou d'un homme morose, d'un philosophe ou d'un simple observateur sur l'existence si diverse des mortels. Après ?... Que de choses indescriptibles et nombreuses ont passé avant ce mot ! et que d'autres passeront encore malgré nous avant que ce même mot ait cessé d'être vrai dans le sens surtout que M. Bazin a entendu lui donner !

> — Après ? — Que sais-je, moi ? Le sommeil dans la tombe,
> Ah ! comme le vieillard, le jeune homme aussi tombe ;
> Soudain il s'est ouvert le sépulcre profond...
> — Après ?... — Mais c'en est fait, de là rien ne répond.

Puis nous avons encore *la Source*, qui est peut-être la pièce la plus achevée du volume, la mieux « éclose au souffle d'Emile Deschamps. » La poésie pure comme l'onde qu'elle célèbre, rappelle le genre qui tient le milieu entre la sécheresse d'un classique et l'élan enthousiaste d'un romantique, et qui demande, comme la poésie d'Alfred de Vigny, des lecteurs passablement raffinés.

Nous rencontrons aussi M. Bazin sur le même terrain que Thalès-Bernard, le traducteur de l'*Excelsior* de Long-fellow. Ce n'est pas positivement une traduction que nous trouvons dans *Memini*, c'est une excellente imitation qui laisse au lied du poète américain sa beauté poétique et ne lui ravit point son caractère d'originalité. — Nous avons déjà dit que dans « *Twice Blessed* » Eugène Bazin rappe-lait Racine converti. Nous aussi, hommes du XIX⁰ siècle, nous avons eu notre Racine dans l'auteur de *Jocelyn,* mais il était converti à l'avance ; et c'est comme ce dernier que M. Bazin a parlé dans son *Elevation,* qui rappelle à plus d'un titre un court passage des *Harmonies religieuses,* et qui est le digne pendant de la « seconde bénédiction, » en ce sens que les deux pièces ont un même fond d'idées ; et qu'il y a, dans l'une comme dans l'autre, autant de foi que de simplicité, autant de pureté dans le style que de richesse dans les expressions.

Puisque le nouveau recueil de M. Bazin nous mène droit au genre intime, il va sans dire que notre imagination nous reporte vers la légende ; cela vient sans doute de ce que nous avons tous été plus ou moins bercés au récit de ces contes populaires. Nous en trouvons un de ce genre dans *Memini,* qui nous prouve la souplesse du talent d'Eugène Bazin. Il s'agit d'une vieille légende bretonne que le poète a recueilli dans quelque coin isolé de l'antique Armorique, si renommée pour ces sortes de chants. La voici en quelques mots. — Depuis nombre d'années, le clocher de Laz-en-Mer est veuf de ses cloches ; pourquoi? Nul ne le sait, seu-lement, ce qui est certain au dire des pêcheurs de la côte, c'est qu'autrefois elles se sont envolées à Rome. Enfin, elles vont revenir, et le jour où le vaisseau doit les déposer sur la grève est arrivé. Tous les habitants de Laz, hommes,

9

femmes, enfants, en habits de fêtes, attendent impatiemment par un beau soleil d'été. Mais s'il n'y avait que cela, il n'existerait pas positivement de légende, puisque l'on ne verrait point d'espérances vaines, point d'amour trompé, choses essentielles en littérature, en poésie surtout, et sans l'existence desquelles le dramatique n'est qu'un vain mot. Mais parmi les habitants assis pêle-mêle sur la plage, il est une blonde jeune fille du nom de Marie, qui attend aussi son fiancé. Georges revient des bords lointains où il est allé chercher la fortune. Revient-il plus riche? Elle l'ignore et s'en inquiète peu : la fidélité lui suffit. Soudain un cri joyeux part de la foule, on aperçoit là-bas le navire dans la brume ; encore une heure au plus et toutes les espérances seront réalisées, toutes les craintes seront évanouies. Bientôt on découvre un point noir qui monte à l'horizon. Qu'est-ce que cela? demandent les plus anxieux. C'est la tempête, répondent les pêcheurs. En effet, c'est elle, car quelques instants plus tard les voiles sont déchirées, le vaisseau se brise sous les vagues furieusement poussées par le vent, et cloches et voyageurs sont engloutis par les flots. A ce moment, un cri déchirant sort de toutes les bouches : la tour de Laz ne reverra jamais ses cloches! Mais le cri le plus déchirant est encore celui que pousse la blonde Marie, qui ne doit plus revoir son Georges bien-aimé.

Et Marie était là, sur la dernière cîme,
Folle, les yeux hagards et courant vers l'abîme...
Georges! Georges !... Ce cri qu'étouffent les sanglots,
Avec la pauvre enfant expira sous les flots.
Elle semblait encor dire le nom qu'elle aime.
Quand sur la grève, unis dans l'étreinte suprême,
Le flot les déposa ; mais ils n'eurent, hélas !
Les tendres fiancés, ni carillon, ni glas...
La tour, veuve à jamais sur la roche isolée,
La tour ainsi resta muette et désolée.

Puis ce récit fini, les pêcheurs ajoutent avec une sorte de croyance mêlée de terreur :

> Seulement (le bon Dieu veuille nous secourir !)
> Lorsque sur cette côte un vaisseau va périr,
> On entend depuis lors au milieu des ténèbres,
> Comme un sourd tintement et des appels funèbres ;
> Et, se mêlant au bruit des vents, des flots amers,
> Les trois cloches de Laz sonnent au fond des mers.

Au mélange de simplicité et de naïveté que l'on voit sans cesse dans ce petit poème légendaire, se joint un reflet de ces choses qu'étant enfant, on a voulu faire croire à tous dans notre Normandie. Les pêcheurs disent qu'autrefois les cloches de Laz se sont envolées à Rome ; en Normandie aussi les enfants répètent, la plupart d'entr'eux avec conviction — et nous l'avons dit jadis nous-mêmes — que le jeudi saint les cloches quittent le clocher pour aller à Rome, et n'en revenir que le samedi suivant au chant du *Gloria in excelsis ;* on ajoute aussi que la dernière personne arrivée à la bénédiction des cendres doit faire le voyage et ramener les cloches. Ce n'est là qu'une tradition d'église qui se perpétue en signe de deuil, et de ce signe on en a fait une légende dans un but aujourd'hui fort difficile à préciser. Beaucoup de choses semblables se disent encore dans le nord de la France, mais généralement on n'y ajoute plus maintenant d'autre importance que le souvenir divertissant des croyances populaires d'un temps déjà loin.

Ce qui captive le cœur, ce qui fascine souvent les yeux dans les livres de M. Eugène Bazin, c'est non-seulement l'abondance des sentiments divers, des épisodes touchants, l'élévation tout à la fois chrétienne et poétique de la pensée, mais encore une profondeur et une pénétration d'esprit qui caractérisent un poète. Sa muse a tout chanté, tout abordé

avec une grâce souvent exquise, mais manquant quelquefois de variété. Tantôt nous voyons cette muse voltiger
dans la prairie, s'apitoyant sur le sort d'un papillon pour
qui « une goutte d'eau est le naufrage, » tantôt on la rencontre au bord de la mer écoutant le mugissement des
flots, comme un philosophe qui cherche une preuve de la
disproportion de l'homme d'avec le créateur ; ou bien encore on la retrouve au foyer rustique, jouant avec les enfants, mêlant sa voix à leurs chants, ou, curieuse, faisant
redire de vieux contes à la grand'mère qui tourne toujours
son rouet, seul travail de sa vie et peut-être l'unique soutien de ses vieux jours.

En général, pour un poète lyrique, M. Bazin est resté
trop libre dans la coupe de ses vers ; ses poésies ont souvent trop d'hémistiches d'inégales mesures. Cela ne nuit
pas considérablement, il est vrai, à la beauté des expressions et du sujet, mais l'effet n'est pas aussi grand que si
un ordre parfait présidait à l'arrangement. Puis la tâche
est d'autant plus difficile pour juger consciencieusement
M. Bazin, qu'il a chanté d'une manière à lui particulière,
et qu'il n'appartient pour ainsi dire ni à l'école du passé ni
à aucune des écoles du présent.

XIII

Jules Prior.

Encore un poète entièrement populaire qui se présente à nous avec un volume à la main. Sa vie a quelque chose de commun avec la vie de l'artiste Soulary, avec celle de l'artisan Magu, et elle ressemble beaucoup à la jeunesse d'Hippolyte Violeau ; c'est-à-dire qu'il y a ce rapprochement à faire entre Prior et les trois poètes dont nous venons de parler, que tous ont connu la poésie dans un moment où ils s'y attendaient le moins, obsédés qu'ils étaient sans cesse par le travail quotidien.

Les premières années de Prior présentent tout simplement la position difficile ordinairement commune aux enfants du pauvre, mais elles n'en méritent pas moins d'être racontées. Il y a de ces choses qui caractérisent si bien l'homme et qui sont les couleurs principales de la peinture qu'on en doit faire, qu'il y aurait mauvaise grâce à les passer sous silence, aussi nous garderons-nous bien d'en agir ainsi. Quant à la poésie de l'écrivain dont nous allons nous occuper, si elle n'est point raffinée comme celle de Soulary, si elle n'est ni aussi forte ni aussi lyrique que celle de Violeau, elle a toujours l'avantage incontestable d'être beaucoup moins restreinte et moins étrangère à toute métaphysique que la poésie de : *A ma Navette*. La nature n'a pas doué Violeau, Magu et Prior de la même manière, et cependant ils nous apparaissent tous trois venant à nous avec chacun une bannière sur laquelle on lit ces mêmes mots : « J'ai chanté ce que j'ai connu, ce que j'ai éprouvé, ce que j'ai aimé ; pour moi la vie a été dure, aussi je goûte plus profondément aujourd'hui les jouissances qu'elle m'accorde. » Violeau approche de bien près Soulary, il a même quelques pages qui le font presque aussi grand que ce dernier. Quant à Prior, moins achevé qu'eux, il a cependant des moments d'une poésie qui n'est point dépourvue de beauté ; mais comme nous le dirons plus loin, l'instruction si simple qu'il reçut n'était point de nature à l'élever beaucoup au-dessus du niveau des autres hommes.

Né à Beaumont-le-Roger (Eure), le 25 novembre 1821, Jules Prior — le troisième de cinq enfants — semblait doué d'une constitution robuste. Malheureusement, un grand changement se fit promptement en lui ; à la fin de sa première année, il fut subitement pris d'une maladie de langueur qui ne devait le quitter qu'après environ douze ans de souffrances. Si à cela on ajoute une fièvre continuelle qui ne cessa de le dévorer, on se figurera facilement à quels chagrins durent se livrer ses parents qui craignaient de jour en jour de le voir succomber, et qui, malheureux ouvriers, n'avaient aucun moyen de lui donner les nombreux soins dont il avait besoin. On alla même jusqu'à prétendre que la vaccination était la cause unique de tous ces maux, tant les préjugés populaires sont grands quand la science n'a pu arriver encore à les extirper ! Enfin la nature triompha et le mal disparut ; mais la santé de Prior en resta pour toujours altérée. Son corps même en souffrit tant qu'il ne put jamais arriver au développement de force et de grandeur ordinaires. Que serait-il devenu, dit un de ses amis, sans cette maladie de son enfance ? Le sens de la

poésie se serait-il développé en lui ? Ce sont là de ces
choses à propos desquelles on ne peut dire ni oui ni non.
Faut-il plutôt croire que le don de la pensée n'est fait à
ces pauvres enfants que pour leur faire oublier et leurs
douleurs et l'éloignement dans lequel ils se trouvent constamment des choses connues des autres enfants du même
âge ou possédées par eux ? Il faut le croire ; ou bien alors
pour être juste envers toutes ses créatures, Dieu n'a pas
voulu que quelques-unes d'entr'elles s'élevassent au-dessus
des autres sans avoir préalablement souffert de cœur et de
corps. Et Prior, comme on le voit, éprouva ces deux souffrances physique et morale : Physique, par la maladie qui
l'affaiblit ; morale, par l'isolement que lui valut son
manque de savoir et des moyens d'arriver à l'acquérir. Cependant, ce n'est pas la bonne volonté qui lui faisait défaut,
puisque la maladie le forçait à rester auprès de sa mère, et
que sans cela on eût peut-être trouvé un moyen quelconque de l'envoyer à l'école qu'il ne connaissait encore
que de nom. Mais cette existence devait avoir un terme, et
bientôt le petit Jules allait commencer l'étude de connaissances qu'il ne pourrait compléter. Un brigadier de gen-
darmerie, qui venait de perdre son fils, s'attacha vivement
au jeune Prior, et lui apprit en peu de temps à lire et à
écrire. Ce digne homme avait une toute petite bibliothèque
et possédait des notions de musique. Les livres servaient
grandement à l'enfant qui, après quelques mois, lisait passablement, mais en entendant son maître jouer de la flûte,
Prior se passionna vivement pour la musique, passion
qui ne s'éteindra qu'avec l'homme. Sans connaître la musique, il sait l'apprécier : son jugement et son goût lui suffisent. Quand Prior sut lire et écrire couramment, son pré-
cepteur lui fit faire de l'escrime en vue d'améliorer sa

santé. Tout allait bien ainsi à la satisfaction de l'élève et
du maître lorsque celui-ci dut quitter Beaumont et laisser
son petit ami à lui-même. Il aurait bien voulu l'emmener,
mais les parents de Jules s'y opposèrent énergiquement, et
ce dernier pleura, craignant alors de perdre ce qu'il avait
appris en peu de temps et avec un véritable plaisir.

A cette époque, la famille Prior fut plongée dans un si
complet dénuement, que le père dut vendre une partie de
ses vêtements pour donner du pain à ses cinq enfants.
Puis, comme il n'avait point réclamé comme indigent, Jules
ne put entrer gratuitement à l'école et on l'envoya garder
les vaches. Mais qu'y a-t-il là de déshonorant pour un
poète d'avoir été ainsi ? Proudhon lui-même n'a-t-il pas
commencé par les garder ? Tout en conduisant son troupeau au pâturage, dit encore au sujet de Prior un ami qui
l'a intimement connu, « une tristesse mortelle s'empara de
lui ; les jours, les années s'écoulaient ; il se sentait condamné à l'ignorance, lui si amoureux de savoir. Il sentait
que sa vie était manquée, perdue ! » Cependant, pour ne
rien oublier du peu qu'il savait, Prior imagina un singulier
mais ingénieux moyen. Parmi les vaches confiées à sa
garde, il s'en trouvait une entièrement blanche, et le poète
s'en servait chaque jour comme d'une feuille de papier. A
la saison des fleurs, il grimpait sur les murailles et avec le
jus des iris qu'il y cueillait, il écrivait tant bien que mal
sur la bête inoffensive tout ce qui lui venait à l'esprit. A
l'automne, les iris n'étant plus là, il trouvait encore de
l'encre dans les mûres noires dont les ronces des chemins
lui fournissaient une ample provision. Puis, quand il ne
trouvait plus de place pour écrire, il cueillait une poignée
d'herbe, la trempait dans l'eau, et avec essuyait sa vache
blanche pour bientôt recommencer après la même chose.

Aujourd'hui que Prior gagne honorablement sa vie, il aime à se rappeler ces souvenirs de son jeune âge et ces moments où la bête complaisante, ennuyée sans doute de servir de papier, passait sa langue sur la tête blonde de l'enfant. Lisons plutôt ce que depuis il a dit à propos de cela dans un poème qu'il a nommé : *Une Nuit au milieu des Ruines :*

> J'aime à me rappeler les jours de mon enfance,
> Où mon cœur débordait de joie et d'espérance,
> Et ces premiers plaisirs, et ces premiers instants
> Où je m'abandonnais à des jeux innocents.
> De toi je me souviens, ma compagne folâtre,
> Je vois encor le jour où j'étais jeune pâtre,
> Foulant sous mes pieds nus l'herbe tendre des prés,
> Et jouant sur les bords des ruisseaux diaprés.
> Je m'inclinais rêveur sur le cristal de l'onde,
> Et ma vache venait lécher ma tête blonde,
> Me suivait pas à pas et mangeait dans ma main,
> Me prenait à la bouche et mes fruits et mon pain.
> Quelquefois gravissant le sentier des collines,
> Parmi les coudriers, les blanches aubépines,
> J'aimais à contempler la prairie et les champs,
> Et les pommiers en fleurs comme des voiles blancs ;
> Et les hauts peupliers près des saules flexibles,
> Des villages lointains les chaumières paisibles...

En s'occupant ainsi seul, Prior put conserver les premières notions qui lui avaient été inculquées en peu de temps. Aussi avait-il peu de camarades, et les quelques-uns qu'il possédait s'ennuyaient vite avec lui, parce que les choses qu'il leur racontait ne les séduisaient que rarement. L'âge de la première communion arrivant et les parents de Prior étant un peu plus dans l'aisance, on l'envoya à l'école, où, au dire de son nouveau maître, il fit de rapides progrès. D'un autre côté, il venait, chez lui, de mettre la main sur un volume de la *Nouvelle Héloïse* et sur une *Morale en Action*. On comprendra avec quelle avidité il lut et relut ces deux ouvrages qui devaient promptement aider à l'agrandissement de son jugement et au développement de son intelligence. Loin de défendre à Prior la lecture de ces livres, sa mère, qui les connaissait et eût aimé passionnément la littérature si son instruction le lui eût permis, cherchait au contraire par tous les moyens en son pouvoir, à les faire totalement comprendre à son fils. Aussi les emportait-il toujours avec lui dans ses promenades et ne les relisait-il jamais sans un nouveau plaisir. Mais, arrivé à l'âge de quatorze ans, un nouveau malheur vint entraver à jamais les études de Prior ; il allait encore être obligé de quitter l'école et de laisser de côté sa plume et ses livres : une goutte sereine venait presque de lui faire perdre la vue qui resta toujours faible. Cette maladie dura intense jusqu'à ce qu'il eût atteint l'âge de vingt ans. Ainsi éprouvé et malade, Prior quitta les maisons d'enseignement ; mais déjà à cette époque il avait beaucoup appris et n'avait rien oublié des deux ouvrages que nous avons cité, pas plus que des *Aventures de Télémaque* et d'*Atala*, qui étaient aussi tombées entre ses mains. Ces livres éminemment utiles l'avaient tout d'un coup initié aux grandeurs et aux beautés poétiques du style, en même temps qu'ils lui révélaient la philosophie, la Grèce antique et sa mythologie et les mœurs du Nouveau-Monde.

Incapable par sa vue de continuer, comme nous l'avons dit, ses études sur les bancs de l'école, Prior entra en apprentissage chez un tourneur, puis bientôt après chez un tonnelier. Comme il y voyait à peine, on comprendra qu'il fut le souffre-douleur des ouvriers plus âgés que lui ; en outre, la force lui manquait et son travail se ressentait nécessairement de tout cela ; sans cesse humilié, il essayait bien de se venger par des épigrammes auxquelles ses souffrances donnaient encore plus de valeur et d'à-propos, mais il n'en était que plus malheureux, et un profond dégoût envahit vite son cœur. Enfin son infériorité disparut

et il put aller dans d'autres ateliers travailler comme
ouvrier.

Doué comme Reboul et comme Violeau d'un caractère
rêveur, il profitait du dimanche pour aller rêver seul au
fond des bois, loin de ses camarades qui l'appelaient
le *Visionnaire*, parce qu'il leur racontait des songes
étranges qu'il avait. Il n'a mis en tête de ses poésies qu'un
seul de ces songes, mais il est assez original pour mériter
d'être raconté. D'ailleurs quelques lignes suffiront. — Il
vit dans le ciel un jeune homme d'une grande beauté et qui
avait quelque chose de surnaturel. Il représentait les trois
âges de la vie, la jeunesse de l'adolescence, l'âge viril et la
vieillesse. Ce jeune homme tenait à la main une grande
plume dont le haut était blanc comme la neige. Tout à coup
il se fit un profond silence et la nature fut plongée dans le
recueillement le plus absolu. Alors l'homme se mit à écrire
dans l'azur du ciel des grandes lettres blanches qui dispa-
rurent l'une après l'autre sans qu'on put les assembler.
Puis il cessa d'écrire et disparut, mais sa plume resta encore un instant à la même place ; elle s'agita soudain et
décrivit un grand cercle autour de l'espace qu'avaient précédemment occupé les lettres, et, prenant une marche plus
rapide, elle développa ce cercle en spirale et se divisa en
des milliers de petites plumes qui sous la même forme se
dispersèrent et tombèrent sur la terre. « Il me sembla, dit
Prior, que l'une d'elles descendait vers moi. Je tressaillis
de joie, je tendais la main pour la recevoir, mais quand je
crus la posséder, je ne tenais que le bout de l'aile d'un
oiseau qui m'était inconnu ! » — A l'époque de cette vision,
Prior ne connaissait pas encore la poésie, à peine avait-il
lu un vers. Est-ce de ce moment que son imagination s'en-
richit à ce point qu'il put lui-même écrire en vers ? Etait-ce

là une révélation de la muse comme le rêve du mauvais livre et du sorcier révéla à Magu le talent qui nous valut : *Pourquoi je ne suis poète qu'à demi ?* Enfin que pouvaient signifier ces rêves étranges qu'avait continuellement Prior ? Mystère !

A dix-huit ans, Prior travaillant alors à la Ferrière-sur-Risle, fit connaissance d'un ami en compagnie duquel il aimait à lire et à se promener le dimanche. Ces promenades poussées quelquefois assez avant dans la nuit, augmentèrent encore chez Prior le goût de la lecture. Alors il relut et comprit mieux le *Télémaque* et la *Nouvelle Héloïse,* et bientôt il sut apprécier les romans selon leur valeur réelle. Changeait-il d'atelier, il emportait toujours les quelques livres qu'il possédait. Or, il arriva que la femme d'un de ses patrons, aimant et comprenant la littérature, mit à la disposition du jeune ouvrier la petite bibliothèque qu'elle avait en sa possession. De ce moment, la vie de Prior prit une nouvelle face, il avait lu l'*Athalie* de Racine, et cela l'avait conduit au comble de la surprise et de l'admiration. Il ne faisait pas encore de vers à cette époque, mais il aimait à en lire. Il était tellement peu initié à l'art d'en composer, que plus tard en voyant écrire à un de ses amis, il avouait que pour cela il ne fallait pas être un homme ordinaire. Bientôt une autre source de poésie féconde et à la fois douce et cruelle envahit le cœur ardent et passionné du jeune homme : il aimait. Son bonheur fut sans cesse semé d'émotions pénibles qui ne servirent qu'à donner plus de force à l'amour dont il était embrasé et qui resta pur jusqu'à la fin. Il y a déjà bien des années que cette femme aimée est morte, aussi Prior a-t-il dit d'elle dans le deuxième chant de la *Nuit au milieu des Ruines :*

Doux trésor de ma vie englouti dans la tombe.

Quelle joie pour le jeune poète d'être aimé et de se voir
soutenu par la seconde moitié de lui-même, si, pour le
repos de son amie dont il craignait de compromettre la réputation, il n'eût été obligé de s'éloigner d'elle. Mais né
dans le malheur et sans cesse abreuvé de fiel, il était écrit
qu'il viderait le calice jusqu'à la lie. Il partit donc en em-
portant dans son cœur un chagrin dont il se ressentit
longtemps.

> Nouvel Adam chassé du séjour de l'Eden,
> J'ai connu l'existence et toutes ses misères,
> Avec ses jours de deuil et ses larmes amères ;
> Et mon cœur s'est brisé, j'ai vu dans un seul jour
> Disparaître l'espoir, le bonheur et l'amour.

Enfin, ennuyé de n'être point complétement libre de ses
moments ni de lui-même, et voyant qu'il avançait en âge,
Prior revint à Beaumont, son pays natal, et s'y établit. Il
avait alors vingt-quatre ans. Une fois posé, loin de laisser
de côté ses chères études, il employa ses premières économies à acheter des colporteurs tout ce qu'ils possédaient
de bons ouvrages français et étrangers. Il s'en nourrissait
sans en être jamais rassasié, et la lecture de *Plutarque,*
dans la traduction d'Amyot, ne fit qu'augmenter en lui la
soif des connaissances. Oh ! combien alors de curieux,
d'admirateurs ou d'indiscrets sont venus dans l'atelier du
débutant pour voir celui qui, pour les faire promptement
partir, n'avait qu'à parler des mille et une choses éthérées
dont le cerveau des poètes est orné ! Oh ! quelles déli-
cieuses promenades il faisait le dimanche, jour où il se
croyait le droit d'être tout à fait poète, dans la belle vallée
de la Risle, en compagnie de deux ou trois amis, un peu
poètes aussi, et dont l'instruction achevée était d'un grand
secours pour le tonnelier ! C'est par eux qu'après avoir

connu les écrivains des derniers siècles, il put apprécier quelques poètes modernes comme de Musset, Gautier, Brizeux, de Laprade, Méry, etc., et c'est ainsi qu'il arriva en 1866, époque à laquelle il réunit en volume et livra à la publicité toutes les poésies qu'il avait écrites sous ce titre général et humble : *Les Veilles d'un Artisan.* Prior était déjà membre d'une société littéraire qui porte aujourd'hui le nom d'Académie des Poètes.

En écrivant ses vers, Jules Prior a laissé de côté la politique, la satire, pour se borner tout simplement au calme et à la contemplation de la nature. Il n'y a chez lui rien de neuf ni de bien original ; cela vient de ce que pour ses chants il n'a pas regardé si d'autres avant lui avaient déjà traité le même sujet. Ainsi la première pièce que l'on trouve en ouvrant son volume, *Aux petits Enfants,* n'est tout simplement qu'une redite de choses déjà connues. Mais, caché par un défaut d'instruction, Prior a pu croire qu'il possédait le mérite de l'invention. Il avait lu dans Reboul ces vers si justes :

> La crainte est de toutes les fêtes ;
> Jamais un jour calme et serein,
> Du choc ténébreux des tempêtes
> N'a garanti le lendemain.

Dès lors, en en faisant une épigraphe pour ses pensées personnelles, il répète ce que Victor Hugo a dit autrefois en d'autres termes aux enfants, et les engage à jouer tant qu'ils en ont le pouvoir, car quels changements se feront quand il faudra entrer sérieusement dans la vie ! Alors, s'écrie Prior :

> ..... De vos souvenirs rien ne sera resté,
> D'autres enfants chéris.....................
> Fouleront sous leurs pieds vos tertres funéraires,
> Et ne penseront plus que vous avez été.

Car tout disparaîtra, vos parures, vos grâces,
Vos danses et vos jeux, vos innocents plaisirs,
Et le temps de son aile emportera vos traces,
Comme l'aile des vents emporte nos soupirs.

Ainsi doit s'engloutir votre frêle existence,
Mais des décrets du ciel ne vous informez pas :
Non, pour votre bonheur gardez votre innocence,
Ne voyez point la mort attachée à vos pas.

On chercherait vainement parmi les *Veilles d'un Artisan* quelques sujets qui captivent, soit par leur nature, soit par leur forme ; mais partout on retrouve la simplicité, — cependant moins poussée à l'extrême que chez Magu, — d'un cœur sans prétention. Jules Prior s'arrête peu à la peinture des passions ; par contre, il s'attache beaucoup à l'amour, non entièrement du genre nouveau, car il est plus pudique, en un mot plus pur et moins érotique. En parcourant le volume on trouve çà et là des strophes qui s'appropriaient assez bien à la musique, cependant elles n'ont point en elles-mêmes un caractère positivement musical ; ce ne sont ni des odes ni des chansons, ce sont plutôt des bluettes dont le principal mérite est l'harmonie poétique.

Nous avons parlé d'une personne morte depuis longtemps et pour laquelle le poète a autrefois éprouvé une vive affection. Le souvenir de cette femme aimée lui a, du moins, le croyons-nous, dicté une jolie romance dont le titre — *Adieux de la Fiancée* — dit tout le contenu. Que de larmes divines dans ces adieux de la pauvre jeune fille à la vie et à son fiancé à la veille de l'hymen ! Que de larmes que beaucoup voudraient essuyer de leurs lèvres !... Prior n'a jamais pu oublier ces instants charmants où, emporté par le feu de la jeunesse, il savourait près de son amie les joies du cœur, les plus pures qui soient données à l'homme et dont il ne lui reste aujourd'hui

.... Plus rien qu'un souvenir
Qui revient comme un rêve et qui ne peut finir !

Le même sentiment intime et délicat revient souvent sous
la plume de Jules Prior, qui a dit :

Qui ne sait pas aimer ne connaît pas la vie.

C'est surtout dans ces moments où sa muse lui fait admirer les grandeurs de la création, où il écoute le soir à la
nuit tombante et compare entr'elles les mille voix de la
nature, c'est là qu'il s'est le plus heureusement servi
de cette noble pensée. Parfois ses tirades sont trop
longues comme si, en les écrivant, l'auteur n'avait voulu
quitter son sujet sans l'épuiser ; mais aussi il sait se faire
pardonner par de belles expressions qui ont d'autant plus
de valeur qu'elles ne dénotent nulle part l'exaltation.

O bonheur infini ! quand vers moi je t'appelle,
Ainsi qu'un jeune enfant qui s'avance et chancelle,
Quand ta main dans ma main tu viens à pas tremblants
Te jeter à mon cou, dans mes bras suppliants,
Quand ton œil abaissé comme un astre se lève,
Que ton sein agité comme un flot se soulève,
Que ta tête vers moi s'incline lentement
Comme une tendre fleur se courbe au gré du vent,
Et que pour embrasser mon front pâle qui penche
L'ineffable baiser de ta bouche s'épanche,
Quand, dans mes bras ton sein contre mon sein pressé,
Mon cœur sent les soupirs de ton cœur oppressé ;
Quand je bois le délire à tes lèvres de femme,
Ton âme de bonheur s'enivre avec mon âme,
Et nous ne formons plus dans ce lieu de feu
Qu'un seul être dont l'âme a grandi jusqu'à Dieu !....

Quand on connaît les tribulations que Prior a éprouvées,
quand on sait comment il a pu seul arriver à ce degré
assez marqué de pompe et de grandeur poétique, on est
forcément embarrassé de le critiquer et l'on s'arrête sur
quelques négligences. On préfère constater la profondeur
de quelques vers comme celui-ci :

Plus l'homme s'agrandit, plus il est près de Dieu !

et qui apparaissent de temps en temps dans les compositions du poète comme des éclairs dont les effets sont inattendus. — Parfois Prior a des mouvements lyriques qui, tout en rappelant Eugène Bazin, laissent entrevoir jusqu'où l'artisan - poète aurait pu aller s'il lui eût été permis d'achever des études si heureusement commencées et si malheureusement interrompues. Ainsi dans l'*Homme devant l'infini*, après que son héros a contemplé ce qu'il ne peut définir, il nous le montre abîmé dans ses réflexions. et, dit-il :

> Quand ses regards, errant dans l'immense nature,
> Redescendent sur lui, chétive créature,
> Atôme confondu parmi tant de grandeur,
> Etonné de lui-même, il cherche son auteur ;
> Dans l'océan des cieux il reporte sa vue,
> Et devant l'infini, troublé, l'âme éperdue,
> Se voyant devant Dieu comme un prêtre à l'autel,
> Pâle, il tombe à genoux adorant l'Eternel.

Il nous semble que ce n'est point là de la poésie faite par le premier venu, et que ce mélange de foi ardente et de prosternation intérieure d'un assez bel effet pour l'œil comme pour l'âme, n'ôterait rien à la gloire d'un nom plus connu qui aurait signé ces vers.

Jules Prior a aussi voulu essayer une scène dramatique, mais il n'a pas été aussi heureux que dans ses autres inspirations. Son monologue de Charlotte Corday est dépourvu de toute vigueur et la poésie même n'y gagne pas. En voulant célébrer la jeune héroïne qui mourut avec la croyance qu'elle sauvait son pays, il a oublié ou plutôt il a méconnu le style simple autant qu'élevé qui est nécessaire pour ces sortes de compositions. Il est vrai que ce n'est point en vue d'une représentation théâtrale qu'il a travaillé, puisque

son petit poème n'a ni les dimensions ni la forme qu'il
convient, mais la couleur chatoyante qu'en pareil cas et un
peu avant, Ponsard étala à nos yeux, n'en est pas moins
indispensable. Cependant, Prior a fait un fort beau vers de
tragédie antique, quand il nous montre Charlotte en proie
à une grande agitation et s'écriant, en approchant sa main
armée de son cœur :

> Je ne suis qu'une femme : ô mon cœur soit Brutus.

Corneille revenant, ses *Horaces* en main, ne désavouerait
pas ce vers, et il aurait raison ; il est d'une force qu'on ne
peut méconnaître et qui témoigne des sentiments dont
la descendante du grand tragique était animée, elle qui
mourut

> En emportant l'espoir d'avoir sauvé la France !

Et qui se disait à elle-même si son action ne devait pas
servir :

> ... Si mon nom n'est rien à la postérité,
> Au moins j'aurai péri pour notre liberté !

Ce qui fait que l'on s'attache à Prior et qu'on lit ses vers
avec plaisir, c'est son existence si diversement éprouvée
pendant ses vingt-cinq premières années. Si seulement il
avait eu près de lui quelqu'un pour le protéger, quelqu'un
qui, après l'avoir fait instruire, l'aurait conduit dans le
monde pour parfaire son éducation, il eût certainement acquis toutes les qualités nécessaires à un poète français.
Mais non ! abandonné pour ainsi dire à lui-même et sans
ressources, il ne pouvait qu'arriver loin du but qu'en naissant la nature lui a peut-être assigné. La vie difficile de
Prior bien connue d'abord, comme l'ont connue ses amis,
c'est-à-dire avec ses nombreux et touchants détails qui

ont toujours de l'importance quand plus tard on considère
ce qu'est devenu l'homme, avec ses soucis, ses joies intérieures et ses larmes ; la vie de Prior bien connue, disons-
nous, on désire voir le fruit des veilles de l'ouvrier, et lire
tout ce qu'il a écrit. Cette lecture faite, on connait l'homme,
on voit qu'il a travaillé, mais on sent aussi par le fond
même des expressions qu'il emploie, que son défaut d'instruction ne lui a pas permis de reproduire fidèlement tout
le fond de sa pensée, et c'est là, croyons-nous, ce qui, dans
des pièces contemplatives et descriptives, l'a fait se traîner
un peu trop en longueur. Ses phrases, quoique bien caden-
cées, reposent trop sur des détails de ponctuation, alors
que l'on voudrait les voir achevées plus brièvement. Ça
été aussi là le principal défaut de Reboul, dans son poème
du *Dernier Jour,* quoiqu'il eût reçu une instruction plus
complète que Prior.

Malgré les deux cent trente et quelques souscripteurs
qui firent les frais d'impression des *Veilles d'un Artisan,*
Prior n'a pu jusqu'ici obtenir d'aussi brillants succès que
Magu dès son début, et sauf quelques amis des lettres qui,
de loin, s'intéressèrent à lui, son succès a été tout simplement local. Cela vient — et ce ne sera un doute pour personne — de ce que Prior n'a point débuté dans un moment
où la poésie ouvrière était à l'ordre du jour, et qu'il n'avait
pour introducteur ni un ministre comme M. de Salvandy,
ni un écrivain illustre comme Mᵐᵉ Georges Sand, mais simplement des amis du jeune âge qui croyaient que tout le
monde aimerait comme eux à savoir comment Prior est
devenu poète. Cependant, s'il y a chez Magu beaucoup de
facilité et de sensibilité, il y a chez Prior plus souvent de
la profondeur jointe à beaucoup de douceur ; puis le premier est çà et là satirique, tandis que le second n'est qu'un

charmant rêveur. Il a de bonne heure conversé avec la nature, et il s'y est habitué ; aussi aime-t-il encore aujour-
d'hui les grandes promenades du soir dans les bois ou
parmi les ruines, là enfin où, seul avec son souffle de
poésie, ses profondes méditations en face de l'immensité
ne sont troublées que par le chant rauque des oiseaux de
nuit et par la chanson mélodieuse du rossignol.

Si Jules Prior, mieux prédestiné, n'eût eu rien à souffrir
des rigueurs du sort, ce qui a beaucoup influé sur sa manière de voir, il eût peut-être été plus réaliste. C'est là du
moins l'idée que l'on se fait quand on a lu ses vers depuis
le premier jusqu'au dernier. Il s'approche beaucoup et
souvent des poètes de l'école parnassienne, et il aimerait à
traiter de l'amour sous ses formes les plus diverses et sans
détours ; mais sa première idée — l'idée religieuse qu'il a
toujours conservée depuis son enfance — l'empêche d'être
anacréontique jusqu'à ce point que les jeunes muses
essayent encore de dépasser aujourd'hui ? Est-ce un bien,
est-ce un mal que Prior n'ait point atteint le plus haut
degré de l'érotisme ? Cela dépend du goût et de l'importance que l'on veut attacher à la littérature et à la poésie
en particulier ; mais quant à nous, nous préférons l'homme
qui écrit pour lui-même ce qu'il pense et ce qu'il croit, à
celui qui cherche par tous les moyens l'occasion de briller,
ne fût-ce que pour un jour.

XIV

Adolphe Bordes.

Cette fois encore nous nous trouvons dans la nécessité de nous borner à une simple étude littéraire, comme nous l'avons déjà fait pour plusieurs poètes, et d'esquisser à grands traits, c'est-à-dire en peu de mots, l'existence parfaitement remplie d'Adolphe Bordes. Ce qui ordinairement donne matière à de grands développements dans le récit de la vie d'un homme, ce sont les situations diverses et intéressantes d'une jeunesse orageuse ou plutôt malheureuse, et parsemée d'incidents qui sont appelés à produire un grand effet sur le caractère moral de l'homme. Mais il n'existe rien chez M. Bordes de bien connu ni de bien saillant. Né à Bayeux (Calvados), le 6 décembre 1803, d'une famille riche ou du moins jouissant d'une moyenne aisance, Adolphe Bordes a vécu comme tout autre né dans de mêmes conditions et n'a, par conséquent, eu à subir aucune des mauvaises chances du sort. Sa vie tient donc plutôt dans le travail qu'il ne trouva jamais accablant, qu'elle ne tient en elle-même par les diverses situations auxquelles on est souvent appelé à assister.

Son père, d'une famille originaire du Quercy, était administrateur de l'enregistrement et il avait été commissaire des guerres. Par sa mère, il appartenait de très-près à la famille comtale Duchâtel, dont l'un des membres fut con-

seiller d'état sous le premier empire, et l'autre ministre de
l'intérieur sous le gouvernement de Juillet. Antérieurement,
un autre membre, Tanneguy Duchâtel, avait lui-même et
de ses deniers, pourvu aux funérailles de Charles VII.
D'après cela on comprendra que, élevé dans la haute société, Adolphe Bordes eût pu se passer d'un travail ardu et
continuel et devenir un personnage important dans une
carrière libérale. Il avait fait de brillantes études au célèbre collège de Juilly, et avait terminé son droit à vingt-
deux ans. Il souhaitait vivement alors d'entrer dans l'armée,
mais sa famille s'opposa pour une cause qui nous est inconnue à ce généreux dessein, et, pour lui être agréable,
Adolphe Bordes renonça à sa première idée, et abandonna
le métier qu'il affectionnait le plus pour entrer dans l'enregistrement. Il déploya tant de zèle et tant d'activité dans
sa nouvelle profession, qu'en 1837 il fut nommé conserva-
teur des hypothèques à Pont-l'Evêque, emploi rarement
donné à des hommes aussi jeunes. Bordes avait alors
trente-trois ans et pouvait arriver aux plus grandes conser-
vations de France, si son désintéressement et la modestie
de ses goûts ne l'eussent retenu là où il concentra bien
vite toutes ses affections. Du jour de sa nomination — 6
février 1837 — date pour Adolphe Bordes une double existence, car non content d'un travail d'administration pour
lequel il fit preuve de la plus grande exactitude, il trouva
encore le moyen de remplir ses heures de loisir par des
travaux d'esprit ; et c'est ainsi qu'il continua jusqu'à sa
mort. Quoique nous ne connaissions point toute la vie intérieure d'Adolphe Bordes, on peut augurer d'après ses
écrits — ou bien alors ce ne serait qu'une fiction poétique
— qu'il endura parfois des souffrances morales.

S'il n'éprouva réellement aucune de ces souffrances, il

n'eut pas du moins la consolation qu'il espérait. Il désirait avoir des enfants pour partager entr'eux et son excellente compagne toute son affection ; Dieu lui en refusa et il dut reporter cette affection sur sa femme, sur sa mère devenue veuve et sur toute sa famille. Il fut l'homme privé par excellence. Nous ne saurions mieux faire pour le peindre en deux mots que de rappeler ici un passage du discours qui fut prononcé sur sa tombe par un de ses plus intimes amis. Cet ami s'exprimait ainsi : « Intelligence élevée, imagina- « tion vive, esprit droit, délicat, aisé, brillant, noble cœur, « âme loyale, s'obstinant dans la passion du vrai, du beau, « du bien ; constant et courageux, sensible, juste et bon, « autant par nature que par raison et volonté, il ne se dé- « mentit jamais... Les plus humbles étaient sûrs d'être « toujours bien accueillis et de trouver l'instantanéité de « son concours à ce dont ils pouvaient avoir besoin. Sa vie « contenait des trésors d'un dévouement inépuisable, et la « plus entière estime est due à sa mémoire. »

Maintenant, nous voici arrivés à l'œuvre poétique d'Adolphe Bordes. Cette œuvre que nous développerons le plus succinctement possible se compose de cinq volumes qui embrassent une période de dix-huit années, pendant lesquelles le poète a fait preuve d'un remarquable talent d'observateur et d'une mélodie à l'abri de tout reproche. Ces volumes sont : *Torrents dans la Vallée* (1847) ; — *Cris de guerre et Chants d'amour* (1850) ; — *Foyer solitaire* (1854) ; — *Sous la tente, sous les ombrages* (1862) ; — *Echos dans la Vallée* (1865). Les deux premiers volumes et une notable partie du troisième sont de beaucoup préférables au surplus pour l'harmonie et la diction. Il ne faut pas cependant s'attendre en ouvrant ces premiers livres, malgré qu'ils soient presque en entier consacrés à l'amour, à trouver cette poésie légère, ces chants d'espérance et d'illusion par lesquels tout poète débute ordinairement. Ce sont là des moyens usés et l'on devrait bien essayer de ne jamais les remettre au jour. Nous croyons déjà avoir dit quelque part que trois publications en vers suffisent pour remplir l'existence d'un poète ; dans la première, on lit les épanchements du cœur, avec la noble gaieté et la vigueur qui n'appartiennent qu'à la jeunesse ; la seconde doit être de l'homme qui a vécu et qui comprend ce qu'il éprouve, qui sait ce qu'il éprouvera ; enfin la troisième doit être d'un poète détaché des choses de la terre parce qu'il en a connu la fragilité et qui sait à quoi s'en tenir sur l'avenir. Mais non ! on écrit des vers tant et plus sans trop se préoccuper si ces vers reflètent l'image de soi-même et s'ils ne disent point autre chose que ce que l'on a pensé. Lui, Adolphe Bordes, a parfaitement compris ce que nous venons d'exprimer, seulement au lieu de trois livres il lui en a fallu cinq, tant il avait d'inspirations à fixer, tant son cœur avait besoin d'épanchement. N'importe qu'il y ait plus d'étendue, si c'est toujours un même fond sérieux et beau et dépourvu presque totalement des chansons sans valeur de la première jeunesse ! Cela nous explique ce qu'à chanté Adolphe Bordes, et la poésie qui commence son premier recueil nous l'expliquera encore mieux. Elle porte ce titre : *Adieu,* que l'on ne devrait rencontrer qu'à la fin de l'œuvre, en guise d'épilogue ; mais il faut bien un peu aussi tenir compte de l'époque à laquelle elle a été écrite. Bordes avait quarante ans et il avait « vécu. » Ce mot en dit assez. D'ailleurs n'a-t-il pas écrit : « Il est certains se-« crets de l'âme qui doivent y brûler dans le mystère « comme y mourir dans le plus chaste parfum. »

Si vous m'avez trompé, c'est toujours vous que j'aime ;
Si vous tombiez plus loin, je vous tendrais la main.

. . . .

        Le volcan fume encore...
        Oh ! ne l'approchez pas !

. . . .

Craignez, si près du bord que votre pied ne glisse ;
Où, s'il faut qu'à tout prix vous en trouviez le fond,
Attendez que sa lave au moins se refroidisse,
Et dorme sans retour dans son gouffre profond.

. . . .

Puis, dit-il plus loin — et c'est là le point culminant de
cette poésie, l'endroit où le poète a mis le meilleur de son
cœur, ce qui prouve de quels sentiments l'amour sait
animer :

        Quand ceux dont en passant vous aurez brisé l'âme
        Vous couvriront de boue et vous maudiront tous,
        Moi, non moins malheureux, je vous plaindrai, madame...
                Et je prierai pour vous !

Le poète a-t-il réellement aimé cette femme dont le nom
est pour nous un secret, ou bien comme nous l'avons dit
il y a un instant, n'est-ce qu'une fiction poétique ? Nul aujourd'hui ne peut l'affirmer ; mais ce qu'il y a de certain,
d'incontestable, c'est que cette poésie : *Adieu*, est fort belle
et qu'elle fait voir comment Adolphe Bordes comprenait le
devoir et comment pour lui chaque vers devait avoir un
sens juste, et que rien n'était mis là dans ce seul but de
dire : « Je fais des vers ! »

A quelque temps de là, M. Bordes fut couronné par l'académie d'Amiens pour son beau poème sur la *victoire d'Isly.*
Il le méritait bien, car en chantant notre armée d'Afrique
qui venait d'enrichir la France d'une importante colonie, il
écrivait une œuvre qui restera la plus considérable parmi
tant d'autres qu'il a écrites. Cependant, étant de ceux qui
n'aiment pas en langue française un poème épique, nous

10

préférons à ces pièces qui demandent plusieurs heures de
lecture, ces petits morceaux de poésie qui récréent tout en
instruisant, et pour lesquels on ne peut retenir un cri d'admiration ou se défendre d'un moment d'émotion. Les recueils de M. Bordes nous en fournissent un certain nombre
de ce genre, même quand il touche au terrain brûlant de
la politique. Mais il est incontestablement bien supérieur
quand il redescend en lui-même pour ne parler qu'avec
son cœur ; alors il est plus sentimental et plus religieux, et
c'est là qu'il excelle. Aussi, en lisant les vers adorables intitulés *Je Crois*, le nom de Sigoyer vient-il se joindre au
nom de M. Bordes, et rappeler qu'entre la *Supplique au
Sommeil* et *Je Crois*, il y a une affinité d'expressions et de
fond, et que ce dernier morceau, pour être un peu mystique, n'en est pas moins une perle de la plus belle eau.
Enfin, dit le poète :

> Enfin lorsqu'à mon tour il faudra que je meure,
> Je crois qu'un pur esprit, accourant à cette heure,
> Et d'angoisse et de fiel,
> Trouvant à mon chevet quelque bien de ma vie,
> Adoucira pour moi sa coupe d'agonie
> Par un rayon de miel !
>
> . . . .
>
> Et j'espère et je crois qu'à ce moment suprême,
> Soudain régénéré par ce dernier baptême,
> Ruisselant à plein feu,
> J'aurai fourni ma tâche ; et qu'aussitôt mon âme,
> S'exhalant d'un soupir, sur l'aile d'une femme,
> S'élancera vers Dieu !...

Il y a dans ces vers quelque chose de doux et de profond
en même temps qui séduit et entraîne à cette pensée que le
poète en les écrivant a dû retourner vers son passé, se rappelant tout ce qu'il avait ressenti, et demandant encore à
l'illusion une consolation pour l'avenir. — L'illusion, quand
on sait en comprendre la valeur, est une excellente chose

que l'on doit toujours caresser. Elle aide à supporter bien
des peines, elle adoucit bien des souffrances, et, sous un
amas figuré de fleurs, diminue de beaucoup les effets d'une
réalité décevante. Aussi le poète a-t-il répondu à la voluptueuse voix terrestre qui tente de le ramener aux molles
pécadilles de la jeunesse, par ces mots :

> . . . . . Laissez-moi ma chimère !
> N'ai-je pas trop souffert de la réalité !

Il semble que le poète, encore plein de cet amour brisé
dont il parle au début de son volume, cherche plus encore
le moyen d'entretenir ce souvenir, cette pensée vivace, et
qu'aussitôt, sentant qu'il ne doit plus revenir sur son passé,
il fait appel à l'illusion qui le consolera. Et, en effet, que
lui importe maintenant s'il est encore de douces jouissances
ici-bas, puisqu'il est trop brisé pour en profiter et qu'il n'a
pu le faire alors qu'il en était temps ?

Nous avons déjà dit que plusieurs pièces d'Adolphe
Bordes ont trait à la politique. Comme des chants politiques aux chants guerriers il n'y a qu'un pas, il est temps
d'en dire un mot. En parcourant son œuvre poétique, on
trouve çà et là des pièces à la gloire de nos armées, et
d'autres du même genre sur des sujets anciens, mais qui
n'en méritent pas moins une attention particulière. Cependant, malgré l'ardent patriotisme d'Adolphe Bordes et sa
foi qui s'accuse à chaque pas, son impuissance se trahit
quelquefois, et l'on note des faiblesses là où il ne faudrait
voir que des expressions hardies et heureusement trouvées,
des expressions qui rehaussent le sujet avec éclat et en
font ainsi un morceau vraiment intéressant. De ce nombre
sont les chants intitulés : *Chant de guerre d'Attila ;* — *Mort
de Jeanne d'Arc ;* — et encore un peu la *Veillée de Waterloo.*

Il est aussi d'autres sujets bien différents, mais non moins arides à traiter et pour lesquels, malgré de beaux mouvements, le poète a encore de temps en temps fait preuve d'impuissance. Telle est, par exemple, la *Dernière nuit de Babylone*, immense et difficile tâche qu'un poète du premier ordre seul pourrait mener à bonne fin, ou bien alors il faudrait pour la réussir qu'un poète de second ordre se surpassât. Ce n'est pas non plus impossible, et quiconque a lu les comédies de Boissy a dû s'en convaincre en voyant l'excellente pièce des *Dehors trompeurs,* qui a été classée parmi les trois meilleures du XVIII° siècle, et pour laquelle Boissy a fait preuve de plus de génie que pour toutes ses autres comédies réunies. Dans le touchant épisode du *Vengeur,* M. Bordes n'a pas non plus atteint à la sublimité de la composition comme l'ont fait précédemment J.-M. Chénier, en poésie, et Géricault, en peinture; mais il a montré d'excellentes qualités de coloriste dans son long poème de *Prinbetta,* œuvre parfaitement étudiée et sentie et non moins bien écrite. Cela vient de ce que le poète s'est rendu à lui-même et à son genre sentimental et nerveux en même temps pour lequel il semble être né.

Après avoir chanté fort pudiquement les femmes et glorifié l'amitié qu'elles inspirent, comme dans : *Vous pensez à moi ; —* l'*Aveu ; — Léa, ou la Folle de Trouville ; — A vos genoux ; — Bonheur ; — Souvenir ; — La Mère ; — Aurélie ; — Noémi,* et ce long conte arabe *Iadesté,* Adolphe Bordes, qui a encore affirmé ses convictions religieuses et politiques par : *Silvio Pellico ; — Terreur ; — Jeanne Hachette ;* — l'*Exilée ; — Dieu ; — Respect aux morts ;* — Adolphe Bordes, disons-nous, change de voix et s'adresse à son *Foyer solitaire,* qui lui a inspiré de beaux vers et auquel il dit en prévision de l'avenir :

Oh ! mais si, plein de foi, d'ardeur et d'espérance,
Courbe sur le sillon du progrès qui s'avance,
Confiant nos destins à d'autres jours meilleurs,
Je fus et reste encore avec les travailleurs ;
O mon gentil foyer, de ton feu si fidèle,
Garde-moi sous la cendre une ardente étincelle...
   Qui sait ? Peut-être un soir,
Pour quelques nouveaux chants viendrai-je ici m'asseoir !...

Quand vint notre expédition en Crimée, Bordes trouva
là une mine précieuse que son talent de poète s'empressa
d'exploiter. Comme en 1848 et en 1852, prudent et circons-
pect, mais dévoué quand il s'agit du culte de la patrie, il
recueillait pieusement et avec bonheur toutes les nouvelles
qui arrivaient de nos victoires ; puis ayant retrouvé tout le
feu de son premier livre, il écrivait. Il ne pouvait faire
moins que de suivre de cœur notre drapeau sur les bords
lointains et de l'entourer d'une véritable auréole, puisque
l'on se souvient qu'il n'avait pu le servir autrement, malgré
les désirs qui naissaient de sa véritable vocation. L'épopée
de la guerre d'Orient occupe une grande place, et le poète,
dans dix-sept morceaux assez éloquents, fait passer successivement devant nous toutes les péripéties de ce drame
émouvant. Nous ne citerons qu'un seul de ces morceaux,
le voici : C'est le plus court, mais il n'est, certes, pas le
plus mauvais ; c'est le mot des Gladiateurs à César, rendu
français par les circonstances.

CÆSAR, AVE !

Morituri te salutant.

César, vous aviez dit en un jour de colère :
« A moi ! mes généraux ; debout ! mes légions, »
  Et tout à coup tremblait la terre....
   Nous accourions !

Nous voici. Contemplez votre puissante armée,
Vos drapeaux frémissants prêts à guider ses pas ;
  Et souriez à cette bien-aimée.
Qui va brûler pour vous l'encens de grands combats.

Défenseur des traités que les peuples concluent,
Soyez fier, nous partons ; heureux, écoutez-nous ;
  César, ils vous saluent,
Ceux qui s'en vont mourir pour la France et pour vous !...

Parmi tant de chants guerriers, tantôt groupés pour célébrer un fait historique ou une époque, et tantôt disséminés dans l'œuvre du poète, la poésie sentimentale émaille,
çà et là, une œuvre mûrement étudiée et d'une véritable
valeur. Ce n'est ni de parti pris, ni par effet de coterie
qu'Adolphe Bordes a chanté comme il l'a fait. Il a chanté
indistinctement ce qu'il a éprouvé, ce que son cœur a
pensé en face des souvenirs personnels et des événements
publics, pesant les mots et ne s'exprimant qu'avec conviction. D'ailleurs, il aimait trop la liberté pour s'en priver
ou pour agir sans elle. Pour lui, la liberté est une chose
sacrée qui ne devrait point couvrir, selon les occasions,
tant de méfaits et de bizarreries comme on l'a souvent fait
et comme on le fera probablement toujours. Cependant,
imbu d'un libéralisme pur, il convenait, il soutenait même
que

Rien ne germe sans feux, rien ne s'acquiert sans peines,
Aucunes libertés par de molles haleines.

Et plus loin :

C'est que toujours, c'est par la foudre,
Que naît ou meurt la liberté !

Nous ne citons point ces vers, les premiers surtout,
comme des vers excellents ; ils sont bien loin de valoir
tant d'autres écrits avec la même plume et sous la même
inspiration, car ils ne sont ni poétiques ni grammaticaux,
le mot « liberté » pouvant parfaitement s'employer au singulier et n'exigeant pas l'adjectif au pluriel ; mais nous

nous plaisons à les répéter pour faire voir que le poète comprenait comment naît et meurt la liberté, et que sans elle la vie serait fatiguante à l'excès. Ce sont là de bien nobles sentiments qui doivent avoir leur place dans tous les cœurs dès lors qu'on ne s'en sert pas, comme nous l'avons dit, pour cacher une affreuse vérité ou de ridicules procédés qui n'ont qu'un but insensé : le révolutionarisme.

Nous alléguions tantôt que la première moitié de l'œuvre poétique d'Adolphe Bordes est supérieure à l'autre moitié, et nous disions juste. Quand on a parcouru le quatrième et le cinquième volume, on constate un grand changement chez le poète ; il n'a plus tout le feu du premier âge s'il en a encore toute la conception ; son sang commence à s'attiédir, et les quelques belles poésies que l'on rencontre à travers le dernier recueil ne sont que les derniers éclairs d'un feu qui s'éteint. Il ne faut pourtant pas augurer de cela que le poète ne s'est point aperçu de la faiblesse qui l'entraînait sans retour ; il l'a dit dans son admirable préface des *Echos dans la Vallée*, et pour laquelle il a encore retrouvé un instant toute sa vigueur. Voici comment il s'exprime :

« Le jour touche à sa fin ; l'ombre s'avance, la grande nuit va bientôt se faire.

« J'ai longtemps et péniblement gravi la montagne, ne m'arrêtant que pour reprendre haleine, essuyer la sueur de mon front, secouer la poussière de mes pieds : à chaque étape me retournant vers la plaine pour recueillir, de plus en plus adoucis par la distance, les bruits du monde près de s'échapper sans retour.

« A d'autres les luttes et la victoire ; il ne me reste plus assez de voix pour chanter comme je le voudrais la valeur de nos brillants soldats, plus de jeunesse pour aimer ; plus de parfums dans l'âme à brûler sur l'autel de mes illusions déçues.

« Voici donc les derniers échos des bruits du monde ; les dernières et secrètes palpitations de mon cœur.

« Que les uns redescendent vers la terre qui les éveilla ; que les autres remontent jusqu'à Dieu, à qui seul j'en dois compte ! »

A quoi bon souligner certains passages de cette belle
préface, ne plaide-t-elle pas assez éloquemment en faveur
du poète lassé par les déceptions? Puis ne résume-t-elle
pas en peu de mots toute la poésie d'Adolphe Bordes?
M. Bordes est certainement un poète agréable à lire; il
appartient tout entier à l'école de Lamartine, pour la poésie
du cœur, à l'école de Kœrner, pour la poésie guerrière, et
jamais un mot n'est sorti de sa bouche sans avoir été dit
avec conviction. Victor Advielle, son biographe, dit qu'il
n'a que « faiblement imité Lamartine, dans ses accents
religieux, et Casimir Delavigne, dans ses inspirations patriotiques. » Et cela se conçoit, puisqu'il était doué d'un
génie inférieur à celui de ces deux grands poètes; mais il y
a cependant dans son premier volume, qui est tout entier à
l'amour, des pièces charmantes, pleines de grâce, de sensibilité et de naturel, et qui, étant un peu plus connues
qu'elles ne le sont, ne méritent pas plus l'oubli que les
Messéniennes. Le principal tort d'Adolphe Bordes, et qui
nuisit beaucoup à sa réputation, en ne lui donnant, sauf
quelques exceptions, qu'un succès local, est qu'il publia
ses œuvres en province et non à Paris. C'est là une faute
fort grave que commettent généralement les écrivains des
départements, et il est à remarquer que tous ceux qui,
ayant un peu de talent, ont choisi Paris pour point de départ, s'en sont fort bien trouvés depuis et qu'ils ont fait
leur chemin.

Nous disions, il y a un instant, que dans son premier
volume, M. Bordes est tout entier à l'amour; dans le second, il est plus sentimental, plus profond, et par conséquent plus poétique. Le troisième est écrit dans le même
style et sur le même ton, auquel toutefois vient se mêler
l'action guerrière. C'est au titre de ce volume — *Foyer*

solitaire — que nous devons les vers suivants, qui montrent combien, au sein de la famille, le poète croyait trouver un repos si bien mérité.

> J'ai franchi les *Torrents* ; j'ai de mes *Cris de guerre*,
> Fait tressaillir au val les *Échos* du manoir ;
> Ne faut-il pas qu'au *Foyer solitaire*,
> Quand la nuit est si près, je vienne enfin m'asseoir ?

A l'époque où il écrivait cela, Adolphe Bordes avait à peu près cinquante ans, et il avait eu le malheur de perdre un père tendrement aimé. Est-ce à la douleur qu'il ressentit de cette perte qu'il dut le changement qui s'opéra si subitement en lui ? Car, s'il met autant de talent et de conviction dans ses pièces, il y met moins de feu, et, ce ne peut être un doute pour personne, c'est à cette circonstance que l'on doit cette teinte mélancolique qui commence à apparaître dans le quatrième volume. Il est arrivé à cet âge où le talent se maintient pendant quelque temps au niveau qu'il a atteint, puis redescend lentement au point où il doit perdre tout élan. Aussi le dernier recueil du poète, publié dans ce période de décroissance du talent, est-il moins mélodieux et moins savant que ses aînés. C'était, comme il l'a dit, les derniers échos des bruits du monde, les dernières et secrètes palpitations de son cœur. Tout porte à croire que les pièces qui le composent ont été écrites à différentes époques, qu'elles ont été écartées avec soin parce qu'il les trouvait trop faibles, et que s'il les a données en dernier lieu, c'est qu'il tenait à ce que rien de lui ne fût perdu.

Adolphe Bordes avait encore publié dans le journal le *Pays d'Auge*, un grand nombre de poésies qui, comme les premières, étaient toujours le reflet de lui-même, et qui ne seront sans doute jamais réunies, quand la mort vint l'enlever aux lettres et à l'amitié. C'était le 11 octobre 1867, il avait 63 ans ! Cette mort du poète laissa un grand vide dans le cœur de tous ceux qui l'avaient connu, surtout de ceux qui avaient été ses protégés et ses amis, et c'est en prononçant des paroles sincères d'amers regrets qu'ils l'accompagnèrent à sa dernière demeure. — Le meilleur hommage que les amis de Bordes pourraient aujourd'hui offrir à sa mémoire, serait de réunir en un volume la fine fleur de ses poésies, en leur conservant l'ordre dans lequel le poète les a publiées ; on aurait ainsi à la main un livre de choix peu coûteux qui mériterait tous les éloges d'un public sérieux et amateur de belles et nobles choses. Mais, hélas ! qui pensera jamais à élever ce monument littéraire à un homme modeste qui n'a point ambitionné la gloire, et qui n'a écrit que pour sa propre satisfaction et pour épancher plus facilement son cœur ?

Non-seulement Bordes fut un poète remarquable à plus d'un titre, mais il fut encore un prosateur distingué. Les nouvelles : *le Capitaine Quetel ; Arthur et Marie ; le Sergent guerrier ; les Apparitions*, publiées en feuilleton, dans les journaux de Lisieux et de Pont-l'Evêque, furent goûtées, et quelques-unes furent reproduites par des feuilles de Paris et de Rouen, parce qu'elles renfermaient des souvenirs et des épisodes touchant le premier Empire. Avec une imagination si féconde et si riche, Bordes n'avait pu s'en tenir là dans toute sa carrière littéraire ; il essaya même du théâtre et fit deux vaudevilles : L'*Amour au village*, en un acte, et *Amour et Coquetterie,* en deux actes. On nous a assuré que les couplets en étaient charmants, mais qu'il serait à peu près impossible de se procurer ces derniers travaux, l'impression n'en ayant point été faite. On pensera sans doute que pour cette fois le poète dut transplanter ses pièces sur la scène parisienne ? Eh bien, non ! C'est encore à Pont-l'Evêque et à Lisieux qu'elles furent représentées : l'auteur, avec un désintéressement et une modestie qui lui font honneur, n'avait pas voulu qu'elles subissent un sort différent de ses autres productions, les applaudissements de ses voisins lui suffisaient, et c'est là qu'il avait borné son horizon.

Nous avons dit qu'à cela il y avait quelques exceptions : elles ne sont pas nombreuses, mais elles ont une véritable valeur, car elles sont la récompense justement méritée des travaux du poète. Outre son couronnement par l'Académie d'Amiens, et son entrée à la Société des gens de lettres, dont il fit partie jusqu'à sa mort, il fut décoré par deux gouvernements étrangers. Le 18 octobre 1860, la république de Saint-Marin le nomma à l'unanimité des suffrages de son Conseil souverain, chevalier du mérite de son ordre, et deux ans plus tard, le 29 août 1862, il reçut d'une petite république de l'Amérique du Sud, la croix d'officier de Vénézuela.

« Les poètes ne disparaissent point tout entiers du monde, a dit Victor Advielle ; il reste après eux quelque chose de sacré que les siècles respectent, que les générations admirent successivement, ce sont leurs œuvres. »

XV

Aimé Giron.

La destinée humaine est une bien drôle de chose pour quiconque surtout aime à faire des rapprochements et à établir des comparaisons entre les phases diverses de l'existence ! Quels bizarres changements quelquefois dans les esprits, chez les hommes ! Il y en a qui, plus ils boivent à la coupe de la gloire, plus ils ont soif, et d'autres, au contraire, qui sont désaltérés dès la première gorgée et n'y trempent plus leurs lèvres rafraîchies que rarement et seulement pour n'en pas perdre l'habitude. C'est à cette dernière singularité que la province doit un poète de plus et un prosateur distingué. A l'âge où beaucoup de jeunes écrivains provinciaux quitteraient volontiers leur village pour la grande ville, s'ils étaient sûrs d'y rencontrer le plus petit succès ; à cet âge de vingt-cinq ans où les illusions ne font encore que grandir, un écrivain de mérite, fort bien commencé, laissait Paris pour la province et s'éloignait de ses puissants amis pour aller vivre dans les montagnes du pays natal. Ce poète, cet écrivain, cet homme peu ambitieux, c'est M. Giron.

Jean-Antoine-Aimé Giron, né le 1er juillet 1838, est de race espagnole. Sa famille, chassée et confisquée dans ses biens lors de la guerre de succession, vint s'établir en France. Mais comme il serait mal que des étrangers ne rendissent aucun service à un pays qui leur accorde une bienveillante hospitalité, quelques membres distingués de la famille Giron se mirent-ils au service de leur nouvelle patrie ; ils remplirent, non sans succès et surtout avec zèle, diverses charges de consuls, avant, pendant et après la grande révolution. D'autres furent députés en 1791 ; et d'autres encore en 1848, et tous avocats de père en fils, c'est pourquoi M. Aimé Giron, celui qui nous occupe, est aussi avocat. C'est une tradition de famille. Aimé Giron a fait ses études chez les dominicains de Lyon, d'où le père Lacordaire, qui l'aimait beaucoup, le conduisit à la Grande-Chartreuse, et plus tard à Flavigny, une de ses fondations dans la Bourgogne. Puis M. Giron vint à Paris faire son droit pour terminer ses études. Là, il écrivit dans quelques journaux et revues, se lia avec Philarète Chasles, Jules Janin, Sainte-Beuve, Victor de Laprade, Mme Arnoult-Plessy, et autres qui ne voulaient plus le laisser revenir en province. Il était alors au mieux avec le maréchal Pélissier, dont il possède toute une longue et curieuse correspondance en vers. Mais quelques événements de famille le forcèrent alors à revenir au Puy-en-Velay, d'où il publia à Paris, la même année et ensemble, trois volumes différents. C'était en 1864.

Mais avant de faire l'éloge ou la critique des œuvres de M. Giron, nous avons voulu avoir des détails inédits ou du moins peu connus sur sa vie — sa jeunesse plutôt ; il nous a très-longuement répondu et voici ce qu'il disait dès le commencement de sa lettre du 31 juillet 1872, à propos de son existence : « Elle est pleine d'aventures, d'étrangetés, « de concordances superstitieuses, de belles amitiés, de « luttes intimes, mille choses qui ne peuvent se livrer au « public par respect pour lui et par pudeur pour moi —

« mais qui n'en sont pas moins les éléments d'une exis-
« tence bien singulière. » N'essayons donc point de soulever un coin de ce voile derrière lequel s'abrite un jeune
homme et passons à ses livres.

M. Giron débuta par une légende que l'on dit charmante.
Elle a pour titre ces mots : *Le Sabot de Noël,* que nous tous,
enfants, avons aimé et mis dans l'âtre le soir avant de nous
coucher. Cette légende, introuvable aujourd'hui en librairie,
fit grand bruit et fut traduite en beaucoup de langues, ce qui
ne contribua pas peu à fonder la réputation de son auteur,
qui reçut de tous les coins de l'Europe des lettres de félici-
tations. Les quelques poésies qu'elle contient furent même
mises en musique ; et c'est pour ce petit livre que Jules
Janin écrivit une remarquable préface dont nous ne connaissons que le passage suivant : « Je viens de lire, et cette
« lecture était une fête, le beau livre où un jeune homme,
« un vrai poète, a raconté dans son style ingénu, les grâces
« de la Religion naissante.... Le sujet du nouveau livre
« est contenu tout entier dans ce beau rêve, esprit, clé-
« mence et respect, reconnaissance et pitié, courage aussi.
« Celui-là est courageux, disait Saint-Augustin, qui ose
« hardiment montrer sa croyance. Ajoutons : Celui-là est
« heureux, qui la montre avec talent, et qui trouve dans sa
« foi même un si beau motif de produire quelqu'une de ces
« pages qui sont les bienvenues dans toutes les familles,
« et sous le toit des plus honnêtes gens. » — Ces quelques
lignes en disent plus long et plus éloquemment que nous ne
pourrions le faire, ce qui aidera à nous faire pardonner l'in-
suffisance de notre citation.

Emerveillé par la légende gracieuse du *Sabot de Noël,* le
public accueillit avec autant de bienveillance les *Amours*

étranges. Ce livre aussi étrange que son titre, renferme toutes les aspirations d'une âme jeune, qui a respiré la fleur bleue de Novalis, la fleur bleue allemande. Mais pour être mieux compris, nous allons essayer une courte analyse des sept pièces qui le composent ; après viendront nos appréciations.

Prenons la *Statue du Colisée,* le premier poème qui s'offre à nos yeux. — Nous avons tous vu, ou du moins nous avons entendu parler de ces femmes charmantes, aimables, d'une beauté quasi surnaturelle et par lesquelles bien des cœurs sont à jamais troublés ; jusque-là, rien de plus sensé. Mais qui pourrait se figurer qu'un jeune homme devienne éperdument amoureux d'une statue ? Assurément personne. Et cependant c'est sur cet amour purement idéaliste que repose toute l'idée du poème de M. Giron. — Marc-Antoine le Grec est un jeune païen, fort riche pour son malheur, qui n'aime que la belle nature, parce que jusqu'à présent il n'a rien connu de plus. Toute sa vie — il a vingt ans — s'est passee, depuis qu'il a quitté le berceau, dans la mollesse et l'oisiveté, et depuis qu'il est devenu maître de ses actions, en voyages par mer sans but fixé. Lui et ses six matelots vont partout où la mer les pousse : de la Grèce à l'Italie et de Rome à la Grèce, sans s'occuper de rien, que de Phébus qui dore les flots et des étoiles qui brillent au ciel le soir comme des lampes étincelantes. Mais bientôt tout cela ne suffira plus à Marc-Antoine, car voilà qu'une nuit, en s'endormant au souffle encore chaud de la brise, il rêve une femme belle, immaculée, un ange de candeur. Il s'en réveille épris d'une façon extraordinaire, surnaturelle, et cela d'autant plus que cette femme rêvée n'est qu'un marbre, une statue gisant sous les débris du Colisée. Aussitôt il commande de faire voile pour Rome où il arrive la nuit. Trans-

porté par sa passion, il franchit les ruines désertes du vieil
amphithéâtre, parcourt les débris qui jonchent l'arène, pendant que les matelots muets et ne comprenant rien, le sui-
vent respectueusement dans l'ombre, armés de pelles et de
pioches. Où va-t-il ? Que cherche-t-il ? Ils l'ignorent : lui
seul le sait, si toutefois il a encore conscience de lui-même.
Tout à coup il aperçoit un fût de colonne brisé sortant à
moitié de terre : « C'est là, mes amis, s'écrie-t-il ; à
l'œuvre ! » Et les voilà qui travaillent en silence et avec
courage, car le sol est dur :

> Des Gaulois aux Vandales
> Tant d'hommes l'ont frappé du plat de leurs sandales !

Peu après la fosse est creusée et la statue de marbre blanc
apparaît. Le jeune Grec la prend, l'enlace de ses bras, la
couvre de son manteau de velours broché d'or. Oh ! pourquoi ne l'aimerait-il pas, cette Impératrice que jamais
bouche humaine n'a souillée ?... Rien, dit-il, sur la terre
n'est assez beau pour toi, ô femme splendide que la nature
admire, et pour preuve, ce rayon de lune qui vient argenter
tes lèvres !... La statue est emportée dans la cabine du
jeune homme qui passe ses jours et ses nuits à contempler
sa déesse dans une muette adoration. Sait-il seulement
quelle elle fut, et comment elle se nomme ? Non, mais que
lui importe ?

> « Que m'importe ton nom ? Que me fait la science ?
> « Quand j'ai cru de la vie avoir l'expérience,
> « Au beau pur j'ai senti mon âme se fermer ;
> « La sagesse n'apprend que la laideur des choses ;
> « Il vaut mieux respirer que défeuiller les roses ;
> « Je ne veux point savoir, moi ; je ne veux qu'aimer. »

Il ne veut qu'aimer, dit-il ; mais hélas ! que fera-t-il de
sa statue plus tard quand, connaissant les mœurs des jeunes

Almées, il aura entendu leurs chansons ? Délaissera-t-il sa
déesse pour une femme moins belle, mais vivante et aimante ? Non ; et pour éviter toute tentation, il la jette dans
les flots, et en présence de ses matelots, il va immédiatement la rejoindre, espérant la revoir dans un autre monde.
— C'est ainsi que M. Giron a procédé pour mettre sous nos
yeux ce qu'est l'Idéal, et pour nous faire voir à quelle folie
peut-être conduit quiconque s'éprend d'un trop vaste amour
pour ce bel Idéal, qui n'est par le fait qu'une charmante illusion que nous devons bien entretenir dans nos cœurs,
mais seulement dans une juste mesure.

Si, de ce drame étrange, — disons toujours ce mot que
le poète a consacré, — nous jetons un coup d'œil sur la
Fille de Mathéus, une histoire charmante qui repose non-
seulement sur une visite, mais plus encore sur une plume
tombée, nous constaterons une poésie plus terrestre et plus
vraisemblable, sans toutefois que le surnaturel ait cessé de
paraître. Voici. Le docteur Mathéus habite avec sa fille Rahel
une maisonnette bâtie sur une hauteur boisée au bord du
Rhin. Ils s'aiment tendrement tous deux et cela suffit pour
combler leurs désirs ; mais déjà Rahel touche à l'âge où le
cœur a besoin d'un amour, sinon plus précieux, du moins
plus séduisant que l'amour paternel, et bientôt pour la jeune
fille, l'amitié d'un vieux père ne vaudra plus les tendres
caresses d'un beau jeune homme. Ce moment ne se fait pas
attendre ; voilà l'orage qui gronde, la pluie qui tombe et le
vent qui déracine les vieux chênes de la forêt. Dans cette
forêt, il existe un chasseur inconnu qui ne peut résister à
la tempête, aussi Carl-Wolfram — c'est son nom — vient-
il frapper à la porte de Mathéus. Rahel le regarde avec de
grands yeux, il est si beau ! si beau ce jeune homme dont
nul ne connaît la famille et qui allume une vive passion dans

le cœur de Rahel. Quant au moyen d'entretenir cette passion, Carl l'a bien vite trouvé : en sortant pour parcourir
de nouveau les bois qu'il chérit et dans lesquels il aime à
couler ses jours, il laisse échapper une plume de son cha-
peau. Est-ce à dessein, est-ce simplement un effet du hasard ? pense Rahel ; n'importe ! elle la ramasse, la porte à
ses lèvres, et va l'attacher à son Christ dans sa chambre.
Là, du moins, si elle ne doit point revoir le chasseur, si elle
n'entend plus son beau cor de cuivre, après avoir demandé
des nouvelles de l'homme à la nuit étoilée, elle pourra toujours baiser la plume — cher souvenir — le soir à son coucher et le matin à son réveil.

> O premières amours, les premières tristesses
> Qui descendent du ciel dans nos cœurs de vingt ans,
> Et font s'ouvrir les fleurs à toutes nos jeunesses
> Ainsi qu'aux églantiers le soleil du printemps !
> Votre ange de bonheur, la tête sous ses ailes,
> Tant que nous nous aimons et nous restons fidèles,
> Se pose auprès de nous et marche entre nous deux,
> Pour remonter plus tard en pleurant vers les cieux.

Ceci se passe, on ne l'a pas oublié, un soir d'orage. Dès
le point du jour, Rahel, sentant déjà toute l'importance du
sentiment qui l'envahit, voudrait résister, mais il est trop
tard. A peine habillée, elle court à la ville et de sa croix
d'or en fait faire un petit cœur qu'elle ira ensuite déposer à
l'autel de la vierge, dans une grotte, pour être guérie du
mal qui l'étreint. Pendant qu'elle est au pèlerinage, un
orage éclate de nouveau, elle se cache la figure, mais entre
ses doigts l'éclair passe encore et descend dans ses yeux.
Elle a peur : le Rhin gronde plus fort que la tempête.

> Le destin sans pitié déçoit les jeunes filles.
> Que de vents amoureux et combien d'ouragans
> Feront sombrer au fond de leurs jolis seins blancs
> Mainte barque joyeuse et nombreuses flotilles,
> Que la jeunesse envoie au pays des Romans !
> Dans chaque cœur de femme est au moins un naufrage

Dont on pleure beaucoup et se souvient toujours !
Et quand la saison mûre a fait place au grand âge,
On conte doucement aux jeunes, quel orage
Engloutit, un beau soir, l'esquif de ses amours.

Soudain Rahel entend le son d'un cor... elle regarde :
une barque glisse sur le Rhin, portant un homme qui, debout, semble braver les fureurs de l'ouragan. Elle l'appelle,
il vient : c'est Carl-Wolfram le chasseur. Elle a plus peur
encore, elle tremble, elle frissonne : c'est le frisson de la
mort. Comment pourra-t-elle guérir son cœur malade puisqu'elle voit encore Carl à ses pieds ? Elle supplie donc son
amant de partir et lui ne le veut pas. A quoi bon ! puisque
nous sommes réunis ? — Partez, ou je vais mourir ! dit
Rahel qui voudrait plus que jamais encore étouffer son
amour, — oh ! si tu m'aimes, répond Carl, tu ne mourras
pas ! — Mon Dieu ! il faut donc que je meure pour que vous
compreniez toute l'étendue de mon amour. Et se ployant
dans les bras de son amant qui l'a rejointe, elle rend son
âme à Dieu. Pauvre femme ! pensera-t-on ; ton amour naquit d'un soir d'orage, il devait te tuer un soir d'orage !

Sous ce titre : *Ma bien aimée*, M. Giron essaie une satire
mordante contre les femmes, c'est incontestablement la plus
faible de ses poésies et pour la forme et pour le fond. Nous ne
prétendons point par là soutenir que l'on ne doive jamais
critiquer le sexe auquel nous devons le jour, mais ce qui
est totalement inutile, ce sont les trois ou quatre cents vers
que le poète écrit pour nous dire à la fin que la seule vierge
qu'il aime est tout simplement l'objet d'une vision. C'est un
bien long prologue pour un tout petit poème ; puis à la lecture nous y rencontrons quelques vers très-médiocres qui
devraient être bannis sévèrement de tout recueil honnête
et poétique ; quant à celui-ci :

Et je ne veux d'un cœur ni les flux ni reflux,

il est encore plus mauvais et contre la langue française.
Avant d'aller plus loin, notre impartialité nous fait encore
un devoir de signaler cette licence que le poète s'est per-
mise en retranchant quelquefois l's finale d'un verbe à la
deuxième personne du singulier, comme *tu touche* et autres
verbes du même temps, et cela dans le seul but de faire
un vers régulier. Mieux vaudrait refaire dix vers que de
laisser subsister seulement une fois une pareille faute.

Dans les *Tuyaux de Cristal,* nous retrouvons la poésie intéressante des autres poèmes. Le sujet de ce récit est bien
simple ; il s'agit d'un comte dégoûté de la vie et d'un prêtre
qui veut le ramener dans la bonne voie. Guel-Fédhor après
avoir beaucoup voyagé revient à la vieille tour où il est né,
où sont morts ses aïeux ; il y a bien longtemps que le manoir est délaissé puisque l'herbe est poussée sur les murs
et que l'écusson qui était au haut du grand portail s'efface !
Qu'a cherché Guel-Fédhor dans ses voyages ? Sans doute
quelque chose qu'il n'a pu rencontrer ou qu'il n'a pu conserver, car, dit-il, mon cœur veut dévorer ma vie ! Il est né
aux accords des symphonies de Beethoven et il éprouve un
violent amour pour la musique. Il la compare à une ombre
de femme qui voltige devant lui, et c'est cette femme qu'il
voit toujours partout sans jamais pouvoir lui parler. Douce
vision d'un cœur amoureux !

> O musique, musique ! — oui, ta mélancolie
> Me faisait désirer ardemment de mourir !
> Et j'eus peur de la mort ; j'eus peur de la folie ;
> J'ai beaucoup voyagé ; rien n'a pu me guérir.

Il aurait pu se guérir s'il l'eût voulu, mais le courage lui
manquait aussi bien que pour mourir, car pour vaincre une
passion quelqu'enracinée qu'elle soit, ne suffit-il pas d'un
acte de ferme volonté ! En vain le prêtre lui parle d'espoir,

l'invite à lui raconter ses chagrins, et peut-être pourra-t-il soulager le cerveau malade du pauvre comte. Alors commence la confession. Guel-Fédhor a rencontré en Allemagne une blonde jeune fille aux yeux bleus, au fin sourire, et pour laquelle son cœur a battu aussitôt ; à quelques jours de là elle meurt dans un massacre. Alors il reprend sa course et va à Venise un jour de carnaval. Là encore il voit une autre jeune fille aux yeux veloutés et il l'aime, mais bientôt la gondole qui la portait ainsi que ses compagnes, heurte la pointe d'un roc et renverse les douces vénitiennes dans les flots. Il n'a plus sa gracieuse Gilda : de deux amours pas un seul ne lui reste, et ses yeux sont si desséchés par une cuisante douleur que c'est à peine s'il peut trouver quelques larmes pour pleurer ! Puis son bonheur a été si court !... C'est alors que le prêtre l'interrompt et lui dit : « Le bonheur ? ce n'est rien, car la mort vient emporter le caprice avant qu'il ait pris la fuite. »

Le plaisir qui vieillit n'est qu'un plus long ennui,
Satiété demain et désir aujourd'hui.
Laisse ce souvenir comme une feuille morte
Que l'on froisse du pied et que le vent emporte ;
Laisse-le s'en aller où s'en vont sans retours
Vos rêves les plus fous, vos plus sages amours.
Ainsi que le soleil, les perles de l'aurore,
L'avenir boit les pleurs. —

Ici Guel reprend son récit. Il raconte qu'étant allé de Venise à Missolonghi pendant que les Turcs l'assiégeaient, il fit connaissance d'une jeune grecque qui se battait pour la défense de sa patrie. Elle avait seize ans, il l'aima et il en fut aimé ; mais l'affreuse main du destin s'appesantit cette fois encore sur l'infortuné Guel-Fédhor, car la jeune guerrière trouva la mort à la fin du combat. Que restera-t-il maintenant à aimer à l'étrange amant ? Rien ? Si : la mu-

sique et... la mer! amour bien digne d'un cerveau malade
comme celui de Guel-Fédhor. Mais comme

Le malheur est au fond de toute chose humaine,

c'est à ce moment que Guel revient au manoir de ses aïeux
pour trouver là son idéal ou mourir. Et c'est là aussi qu'il
fait connaissance avec le prêtre dont nous avons parlé. En
attendant, il travaille avec des ouvriers *inconnus* à réparer
les orgues de la chapelle du château auxquelles il manque
trois notes ; jour et nuit on entend le grincement des limes
et le bruit des marteaux. Enfin ce travail finit, trois tuyaux
d'orgue en cristal sont posés et aussitôt se mettent à rai-
sonner seuls le Lied de l'allemande, la chanson de la Véni-
tienne, et l'hymne de la grecque ; bientôt les trois voix ré-
sonnent en un accord parfait; ce sont les voix des trois femmes
aimées qui parlent au cœur de Guel. C'en est trop pour l'infortuné ! il faut qu'il meure pour rejoindre en haut ce qu'il
a tant aimé. Que va-t-il faire pour mourir ! Une chose bien
simple ; son cœur malade incline vers la mer, vite il va
vers elle, et arrivé sur la pointe d'un écueil, il repousse dé-
daigneusement du pied la barque qui lui a servi, et reste
immobile. Bientôt le bel Océan qu'empourprent les rayons
du soleil couchant monte, lent, imperturbable ; il baise les
pieds de Guel-Fédhor et enfin l'enlève en lui formant un
tombeau que nul homme ne peut violer.

Maintenant, passons rapidement à un autre genre de
composition. L'*Angelus* en est le titre et l'amour encore le
sujet. C'est une ballade dont les héros n'ont point pour
patrie le pays des Goëthe et des Schiller, mais bien la verte
Écosse d'Ossian. Le lieu est aussi bien choisi que si Aimé
Giron avait pris l'Allemagne, car l'Écosse possède également
des pâturages, des forêts, des montagnes, et de plus la mer

avec ses iles, et par dessus tout un ciel brumeux. La rêverie et la superstition qui enfantent la légende sont de son
domaine et les sources continuelles de toute poésie aussi bien
que la grande mythologie de la sombre Norwége et des
Indes orientales. Reprenons notre analyse. Deux fées, la
triste Edith et la folle Argentine, toutes deux filles de la
reine d'une source et du roi d'une mine qui les conçurent
le jour de la Chandeleur, abritent leur vingt ans sous un
chêne du pays des montagnes. Elles sont couronnées des
feuilles de ce chêne et leurs robes sont de la couleur de la
feuille des bois ; elles portent trois anneaux magiques à
leurs doigts, anneaux qui sont l'emblème du repos, de la
vie immortelle et de la puissance. L'une de ces fées, Argentine, n'aime rien que les fleurs, les eaux, les grillons, les
fourmis ; l'autre au contraire aime Malcolm, le fils d'un roi
qui habite le donjon d'Ettrick, et toutes deux elles se ra-
content leurs amours. Argentine ne comprend pas qu'Edith
puisse aimer le fils d'un homme. Hélas ! répond celle-ci, il
est trop tard, je lui ai donné un de mes anneaux : l'anneau
du repos. Maintenant que Malcolm l'aime, elle ne peut le
haïr et elle pleure tant qu'elle ne le voit pas. Pendant
qu'elle parlait ainsi à sa sœur, elle aperçoit Malcolm qui
vient par le sentier des bois, en écartant les buissons d'au-
bépines ; le cor d'argent au côté et l'arc d'if sur la poitrine,
comme il est beau Malcolm le chasseur ! Malcolm et Edith
réunis, ce ne sont que serments d'amour les plus tendres et
les plus passionnés ; mais aussitôt la blonde fée se souvient
d'un rêve terrible qu'elle a eu la nuit précédente, et elle
pleure, tant elle craint pour sa vie, bien qu'elle soit immortelle. — J'ai vu la gantelée, dit elle :

> Une corolle bleue
> En était renversée ; et la brise des bois

Qui l'agitait au bout de sa petite queue,
Doucement, lentement, la balança trois fois ;
Et sur mon cœur tombaient trois gouttes de rosée
Qui brûlaient ma poitrine et la faisaient souffrir ;
Et je pleurais si fort, et j'étais si brisée,
Que j'entrouvris les yeux... en me sentant mourir.

Un rêve ! ce n'est rien, répond Malcolm. Qu'importe !
puisque je t'aime et que je donnerais mon Ecosse et ses
deux cent vingt iles pour que tu voulusses t'exiler quelque
part avec moi. Pour comble de malheur, le jeune prince
dit qu'il a perdu l'anneau que lui avait donné Edith en
cueillant des fleurs... la gantelée peut-être ! C'est sans
doute à cette perte qu'Edith doit le trouble de son repos,
mais puisqu'elle est aimée, n'a-t-elle pas encore l'anneau
de sa vie immortelle qu'elle donne à Malcolm comme gage
des sentiments qu'elle ressent pour lui ! Quant à l'anneau de
sa puissance, elle se le réserve pour s'en servir au besoin,
car elle ne veut pas que l'amour de Malcolm soit dicté par
aucune espèce de reconnaissance seulement. Ici Edith est
trompée. Malcolm n'a point perdu son premier anneau, il
l'a seulement jeté dans le creuset où le roi son père fait
fondre une cloche dans l'unique but, comme on le croyait
généralement alors, de donner un plus beau son à l'airain.
L'effet qu'il en attend ne s'est pas produit, car la fusion s'arrête ; mais un signe de croix et trois gouttes d'eau bénite
ont rompu le charme, et la cloche s'achève. De là le rêve
d'Edith, et la preuve que Malcolm a jeté sa bague et ne l'a
pas perdue.

Le jour où Malcolm reçoit le second anneau d'Edith,
c'est le jour où la cloche doit être baptisée ! Tout le monde
est réuni à la chapelle du Palais, non loin du chêne des
fées ; il ne manque plus que Malcolm et déjà le roi s'impa-
tiente que son fils n'arrive point. Refusera-t-il de nommer

la cloche fort bien parée ? N'importe, il y sera contraint par l'autorité paternelle. Enfin il arrive et fait ce qui lui est commandé, sachant sans doute ce qui va advenir, mais n'osant résister au roi. Après le baptême, il fait le signe de la croix et touche à la cloche, mais sa bague se rompt à l'instant et se lamente. Le prince reste interdit et retourne voir Edith. Edith l'apercevant qui revient encore veuf de l'anneau se prend à pleurer ; Argentine l'imite, et toutes deux, voyant l'anneau de leur vie brisé, sentent bien qu'il faut mourir. Au même moment, on entend les neuf coups de la cloche qui sonne l'angelus, et le chant des moines ; les deux sœurs et Malcolm sont à genoux, mais la mort est là, prête à faire son devoir. Au dernier coup de la cloche, aux dernières paroles de l'angelus, Edith et Argentine quittent la terre pour n'y plus jamais reparaître. L'éternité leur sera rude et déserte, surtout pour Edith qui n'aura plus Malcolm. Mais comme dans une légende rien ne se termine ainsi, sans que l'on soit fixé sur le sort de tous, Malcolm aussi quitte la vie sans regret puisqu'il va retrouver celle qu'il a tant aimée et dont il a causé la mort par son imprudence ; bientôt après, les moines sortent de l'église en chantant un *obit* après que :

Dans une robe grise
Ils ont au moutier saint porté le pauvre amant.

Nous avons tous lu l'épisode de la destruction de Sodome et de Gomorrhe dans l'Écriture sainte, la relation du voyage des deux anges qui vinrent chez Loth dans l'espoir de sauver la première de ces villes et la promesse que Dieu leur fit de l'épargner s'ils parvenaient à y trouver seulement dix justes. Sur ce thème, M. Giron brode à grands traits un *Mystère* en trois parties avec cette dénomination : *La dernière nuit de Sodome*. Rien de bien saillant dans ce

11

mystère qui vaut cependant mieux pour les paroles que les prétendues pièces que jouaient sur les places publiques et sous ce titre les anciens batteleurs et les moines avant l'avènement de Rotrou et de Corneille. On y rencontre des vers coulants, sonores, énergiques qui rappellent les meilleures compositions de l'auteur. Quelques mots suffiront pour donner le sujet du poème dialogué, bon comme poésie, mauvais comme pièce dramatique. Noéma, fille du roi de Sodome, adonnée aux passions comme tous les sujets de son père et desquels Dieu voulait la mort, s'éprend subitement d'un fol amour pour Malaléel, son ange gardien venu, en même temps que les deux anges envoyés, dans l'intention de la sauver. Malaléel veut bien — pour son Dieu — agréer l'amour de la jeune princesse, mais il faut qu'elle se convertisse. Noéma résiste toujours, et, dernière victime de l'affreux incendie, elle s'écrie encore du milieu des flammes, plus séduite par la volupté que vaincue par la vue de la mort : « Tu touches aux voûtes éternelles, ô Malaléel, je t'adore et tu ne veux pas me sauver ! » Ce dialogue, moitié terrestre, moitié céleste, renferme de belles paroles qui rendent assez bien les désirs du cœur et les désirs de l'âme, toutes choses qui relèvent un peu la monotonie du sujet et font inspirer un peu de pitié pour Noéma dont l'amour est méprisé. Mais aussi dira-t-on, pourquoi ne s'est-elle pas convertie ? Parce que pour cela il lui eût fallu abandonner le palais de son père, son lit d'ivoire et toutes les douces voluptés qui avaient jusqu'à présent fait le seul charme de sa vie, ce qu'elle ne voulait ni ne pouvait faire.

Dans cette pièce biblique on rencontre çà et là beaucoup de beaux et bons vers parmi lesquels nous citerons les suivants qui sont la réponse des anges au roi, qui leur

demandait s'ils voulaient se reposer, qu'il leur donnerait
du plus précieux de tous les vins, des lits d'or ou d'ivoire
et de jeunes femmes pour combler leurs enivrements. —
D'où venez-vous ? leur dit-il ; sans doute de Chalé, de Sennar
ou d'Hévilath. — Nous venons, disent les anges,

> Nous venons de plus loin, de la terre tranquille
> Où le juste envers l'homme est juste devant Dieu ;
> Où nul sur ses enfants ne commet l'infamie ;
> Où le jour éternel n'a ni fin ni milieu ;
> Où la fleur du rosier n'est jamais endormie
> Dans son bouton d'hiver ainsi qu'une momie,
> Où sans adversité, sans remords, sans forfaits,
> Nous aimons, nous prions et ne mourons jamais.

Belle réponse qui ne donne sans doute pas satisfaction
au roi, mais qui n'en serait pas moins suffisante pour faire
ouvrir les yeux aux moins clairvoyants, si leurs passions
enracinées trop profondément dans leurs cœurs, ne les
frappaient d'un aveuglement complet.

La dernière pièce du recueil de M. Giron est un récit
contemporain ou mieux un dialogue qui s'est tenu un jour
dans le royaume des ombres descendu, pour l'instant, sur
une scène terrestre. *Beethoven, Mozart, Wéber,* tel en est
le titre. M. Aimé Giron nous explique, nous traduit en vers
français le caractère des trois grands compositeurs que
tout le monde a applaudis et que l'on applaudit encore. Il
nous les montre dans la légende, ou plutôt il nous fait assister à une représentation que leurs ombres donnent sur
la scène de l'opéra de Berlin, un soir de vendredi saint,
alors que toutes les portes en sont fermées. Les trois
ombres sont là, armées chacune d'une baguette magique,
— l'archet du violon, sans doute ! — et un orchestre in-
visible exécute un chant merveilleux, le chant de la vie
des cygnes.

Dans le chant premier consacré à Beethoven, nous remarquons parmi les beaux vers que la baguette de ce grand homme rend en musique, les passages suivants :

En ce monde une chose est à l'autre asservie ;
Au berceau l'on s'embarque et la tombe est le port !
De Dieu descend l'amour ; de l'amour naît la vie,
Et la vie elle-même est mère de la mort.

. . . .

De mon âme et de Dieu j'ai sondé le problême,
Hélas ! j'ai descendu les cercles de l'enfer
Avec le désespoir, le doute de moi-même ;
Et j'en suis revenu morne et la face blême
Comme en revint jadis le Dante au masque vert !

L'âme ne devrait point vouloir sonder les routes
Dont aucun œil mortel n'a jamais vu le bout ;
Et l'homme peut, qui livre à Dieu de telles joûtes,
Mesurer son génie à la grandeur des doutes ;
J'ai voulu tout savoir et j'ai douté de tout.

Le chant de l'immortel Mozart n'est ni moins beau ni moins touchant ; c'est tout le regret d'une passion qui n'a pu s'éteindre qu'avec la vie :

Pour avoir trop aimé l'amour et la musique,
Je suis mort à trente ans, à l'heure où dans mon cœur
L'existence éveillait un plus large cantique,
J'ai teint mon *Requiem* de ma face en sueur
Ainsi que fit le Christ au lin de Véronique,
Je dévorais la vie et la mort fut vainqueur !

Et Wéber, que dit-il ? Il module un chant tout aussi douloureux que celui de Mozart, car il pleure le Rhin bouillonnant et les vieilles forêts de l'antique Germanie :

O collines du Rhin, ô monts de l'Allemagne,
Où plus proche de Dieu fuyait la liberté ;
Où se dressaient jadis les Burgs de Charlemagne,
Le vaillant empereur dont la main a porté
Comme une boule d'or, le globe d'or du monde ;
Là haut, vos souvenirs réveillent notre orgueil ;
Et nous te défendrons, terre aimée et féconde,
Si ce n'est pour un trône, au moins pour un cerceuil.

Puis tout étant fini, les lumières s'éteignent d'elles-mêmes et la grande scène lyrique prussienne rentre dans le silence le plus profond. Mais si personne n'est là pour écouter les mélodieux et douloureux concerts qui viennent d'avoir lieu, le vent, lui qui est partout, en a du moins retenu quelques pages, car :

> On entendit longtemps de par la Germanie,
> Dans ses sombres forêts au feuillage mouvant
> Passer de doux motifs, des phrases d'harmonie
> Que sous son aile avait, cette nuit, pris le vent.

Voilà donc M. Giron analysé comme poète ; examinons maintenant la valeur de son œuvre. (1)

La lecture des *Amours étranges* montre chez M. Giron une imagination vive, ardente, continuellement portée par sa nature vers les extrêmes des choses qu'elle aborde. Et ce sont précisément ces extrêmes qui font, pour l'auteur, la valeur de sa poésie, car c'est à eux qu'il doit la manière, la seule possible, de peindre ce qu'il a voulu. Pourquoi, dira-t-on, si son vers est souple et reflète longuement toutes les couleurs brillantes d'un véritable talent poétique, pourquoi Aimé Giron n'a-t-il pas choisi des sujets vraisemblables, sans fatiguer son esprit par des recherches de héros fabuleux plus encore que légendaires ? Nous répondrons : C'est parce que toutes les branches de la science ont la pensée pour source, le cœur pour moyen d'action, et la nature pour théâtre ; c'est qu'étant donné un sujet quelconque, il faut autant de talent pour le traiter s'il n'est point vraisem-

---

(1). Avant tout, nous éprouvons le besoin de dire ici que si dans le cours de ce livre, nous avons souvent parlé de l'excellence de la littérature allemande, nous n'avons nullement entendu passer outre les idées qui dominent en France ; et que c'est seulement de l'Allemagne poétique dont il est question, et non de l'Allemagne politique. La poésie n'a point de patrie ; elle est de tous les lieux où le génie a pris pied : voilà pourquoi on en doit toujours indistinctement parler.

blable que s'il l'est, et que le mérite est toujours acquis au
poète qui a réussi son œuvre ; puis que M. Giron n'avait en
sa possession *aucun* autre moyen de nous expliquer ses impressions qui, pour être mystiques et fabuleuses, n'en ont pas
moins un fond réellement vrai qui se présente sans cesse à
nos yeux, sous des formes différentes de celles qu'il nous
offre dans ses livres, mais auxquelles nous n'en attachons
pas pour cela plus d'importance. D'ailleurs, Boileau n'a-t-il
pas dit :

Le vrai peut quelquefois n'être pas vraisemblable.

Pour mieux démontrer que M. Giron n'a pas écrit des
« étrangetés » pour le seul plaisir d'aborder un terrain nouveau, et pour mieux faire comprendre ce que nous venons
de dire en dernier lieu, rappelons ici les mots, passés peut-
être inaperçus, sur lesquels il a composé chacun de ses
poèmes. La Statue du Colisée représente les *Chastes amours,*
— l'Idéal ; dans l'histoire de la fille de Mathéus, ce sont
les *Douces amours* que le poète a voulu nous mettre sous
les yeux, — c'est la nature ; quant à Ma bien-aimée, dont
le sens satirique n'est ni important ni suffisamment développé, ce sont de *Vagues amours* inspirées par le mot —
femme. Dans les *Tuyaux de Cristal,* la passion du cœur est
prise dans son sens propre, vrai, naturel ; les trois femmes
qu'aime successivement Guel-Fédhor et qui trouvent la
mort au début du sentiment qu'elles inspirent, ne sont
plus des fictions, ce sont des réalités, un *Tristes amours*
nées d'un excès d'engouement pour l'harmonie musicale,
engouement qui a d'autant plus facilement place dans le
cerveau de Guel, que ce dernier, pauvre halluciné, prend
des visions pour des événements positifs. Maintenant deux
mots suffiront pour déterminer le fond de la Ballade de

l'Angelus ; les amours d'une fée et du fils d'un roi, d'un simple mortel, sont uniquement de *Pauvres amours*, propres tout au plus pour une légende, encore l'action doit-elle se passer dans un pays où la légende prend aux yeux des peuples, le caractère sacré de la vérité. De ce sujet, Aimé Giron a préféré faire une ballade parce qu'il a sans doute cru, — et nous sommes de cet avis — que la ballade a quelque chose de plus charmant, de plus savant que la légende ; mais il aurait dû arranger son travail en strophes mesurées, et c'est à tort qu'il ne l'a point fait. Dans La dernière nuit de Sodome, M. Giron, en vrai chrétien, a voulu prouver qu'il ne peut y avoir de rapport entre l'Esprit et la Matière, et il a choisi Malaléel, l'ange gardien, et Noéma, la voluptueuse fille du roi Bara. Des liens ne pouvant se former entre eux sans la conversion préalable de la jeune princesse et quand même après, nous avons devant les yeux tout ce que l'on peut penser des *Folles amours*. La légende des compositeurs est de beaucoup préférable en ce sens qu'elle nous rappelle trois beaux génies, et que le poète ayant essayé de les comprendre par l'étude de leurs œuvres, a voulu nous démontrer : *l'esprit* chez Beethoven, *le sentiment* dans Mozart, et *l'imagination* dans Wéber. Pour cela il fallait que M. Giron devinât le secret des maîtres, sondât les profondeurs de la musique en y trouvant un sens réel ; il fallait qu'il s'inspirât aux sources où ils burent le nectar dans la coupe du génie, et qu'il rendît ses diverses impressions en beaux vers, en vers qui, du moins, ne fussent pas en complet désaccord avec la poésie musicale des trois grands compositeurs, — et il a réussi. D'après cela, il serait superflu de vouloir prouver plus longuement que les sujets choisis par M. Giron sont des plus simples et des plus naturels, et que ses héros, affublés de moyens extraordinaires, ne sont aux sujets que ce que les vêtements sont à l'homme : ils le parent et le montrent tel qu'il doit être, mais d'une manière plus convenable, seulement et sans que le corps en soit changé. Si dans le cours des *Amours étranges* nous avons remarqué parfois un peu d'amphibologie, quelques vers amphigouriques et quelques licences, nous avons noté d'autre part des morceaux sérieux et aussi profonds que gracieux. Donc, M. Giron est un poète, un vrai poète, — et nous avons vu que Jules Janin l'a déclaré.

Comme prosateur, Aimé Giron a une manière encore plus exquise de s'exprimer : c'est un Brizeux en prose. La douceur et la vraisemblance n'ont point cette fois été méconnues dans les trois nouvelles qui portent pour titre général : *Trois jeunes filles*. Dans la première, *Sancta Dolorosa*, M. Giron a voulu démontrer la maladie physique ; dans la seconde, *Sancta Sorores*, la maladie du cœur ; et dans la troisième, *Sancta Martyra*, la maladie de l'esprit ; quelques lignes d'analyse sont encore indispensables ; nous nous rendons à la nécessité, au risque d'être ennuyeux.

Sancta Dolorosa. — Charles-Marie est un allemand fort riche qui a entrevu un soir, aux eaux d'Ems, une belle jeune fille dont il ne sait ni le nom ni la nationalité. On jouait une valse ravissante, et la jeune fille dansait si gracieusement que Charles-Marie s'en éprit subitement et que de retour chez lui il tomba malade de douleur. Remontons à cette maladie. Une seule chose console le jeune homme ou plutôt une seule chose pousse sa passion au paroxisme, c'est la fameuse valse. A-t-il totalement oublié la belle figure de l'inconnue ? vite il fait appeler son ami le docteur Léïlo qui lui jouera la valse plusieurs fois de suite jusqu'à ce que, mollement bercé par les accords harmonieux du

piano, Charles-Marie ait cru distinguer les yeux qu'il
cherche à se rappeler. Aussitôt il gratifie Léïlo des plus
doux noms, le remercie et l'engage à continuer. Le docteur,
qui est aussi philosophe, se fâche, s'emporte et pousse
même l'emportement jusqu'à la brutalité, mais assurément son cœur ne pense point ce que sa bouche exprime.

Tiens, dit-il à son ami, il n'est qu'un moyen de te guérir de
ta folie amoureuse : Voyage ! — Oui, répond le malade, mais
tu viendras avec moi, mon petit Léïlo. — Je ne pourrai
donc jamais être tranquille, reprend celui-ci. Puis, l'un
rêvant à la jeune fille d'Ems, l'autre maugréant, on se met
en route. On va en Suisse, on passe les frontières et l'on
revient en France. Les deux voyageurs arrivent un soir au
château de Saint-Didier l'Allier, après avoir traversé des ra-
vins, des côtes et mille autres accidents de terrain communs aux pays montagneux. Ils frappent, on les conduit
dans le grand salon où sont réunis comme chaque jour madame veuve de Montlaur, sa fille Marquise, et le bon vieux
curé du village. L'hospitalité qui est offerte aux jeunes
gens pour quelques jours est bientôt indéfiniment prolon-
gée, et l'on trouvera cela tout naturel quand on saura que
Marquise est aveugle et que le docteur a promis de la
guérir en quinze jours au moyen d'une machine électrique.
Puis il y a une autre chose que tout le monde devine sans
avoir l'air de comprendre : c'est que Charles-Marie a cru
retrouver sa belle inconnue dans la pauvre aveugle et que
bientôt des confidences viennent lever tous les doutes à
cet égard. Jusque-là on s'est contenté de sourire aux spirituelles boutades de Léïlo, de regarder en pitié Charles-
Marie et Marquise ; mais quand on a lu ces belles pages
d'une promenade dans les bois, où le jeune allemand donne
le bras à la malheureuse aveugle et s'égare sans y songer,

où le docteur et le curé font de leur conversation une scène à la fois savante, originale et fort gaie, on se sent vaincu par un sentiment de curiosité mêlé de compassion, de tendresse. C'est ici que le merveilleux essaye encore de dominer et que l'on constate de singuliers effets de l'électricité. L'orage éclate au milieu de la promenade, et tout le monde s'empresse de rentrer au château dans l'espoir d'y rencontrer Charles-Marie et Marquise que l'on a perdus de vue ; mais de leur côté ceux-ci se voyant seuls et le jeune homme ne reconnaissant plus les sentiers par lesquels ils sont venus tous deux, sont obligés de chercher un refuge au pied d'un arbre sur lequel la foudre tombe presque aussitôt. Marquise s'évanouit dans les bras de Charles-Marie et quand elle revient à elle-même après son transport au château, elle a recouvré la vue. Léïlo est enchanté : il avait bien dit que l'électricité pouvait tout. Quant au reste, on le sait maintenant : Marquise aimait et elle était aimée.

Sancta Sorores. — La maladie physique est bien peinte, mais les pages brûlantes, mélancoliques et tendres inspirées par la maladie du cœur sont bien au-dessus. Marguerite et Blanche de Rogeron sont deux orphelines qui habitent avec madame Sénovère, leur tante, une petite maison au fond d'un bois. Elles ont été élevées avec Harold d'Anclause dont la tour — vieux débris d'un manoir — est tout près. Harold et Marguerite s'aiment depuis la plus tendre enfance, et Blanche, par amitié pour sa sœur, ne veut pas avouer son amour pour Harold. Comme elle ne dit pas ce qu'elle pense, la pauvre Blanche, quand elle dit à sa sœur, parlant toujours d'Harold :

Marguerite... oui, je suis sûre que tu l'aimes, et tu as raison. Oh ! je désire que tu sois heureuse... Nous habiterons ici pendant la belle saison ; l'hiver, eh bien ! nous irons au bal ! eh bien ! nous valserons et moi aussi, jusqu'au moment, par exemple, où nous aurons un petit garçon ou une petite fille. De ce jour, je renonce à la danse, au monde.. C'est moi qui les bercerai et les promènerai. Je le veux comme cela ; tu sais que j'ai toujours fait un peu la maman ; que j'avais un grand amour pour les poupées... et ce m'est une joie de songer que désormais les poupées diront : ma tante.

Cette manière de dire « *nous* » peint bien, ainsi que « *je le veux comme cela* » l'état d'un cœur malade et qui ne veut point s'épancher de peur de troubler un bonheur sur lequel on compte beaucoup ! Cet état de la malheureuse Blanche se définit encore mieux quand elle donne à sa sœur l'idée de jeter un bouquet d'églantier sur le sentier par lequel le jeune homme doit passer, et quant à l'insu de sa sœur, elle se détourne pour jeter une autre branche de roses sauvages, afin de savoir à quelle branche Harold attachera le plus d'importance ! Laissons plutôt la parole à M. Giron.

Comme de légères biches des bois, elles s'enfuirent. Blanche eut le temps, derrière sa sœur, de donner un baiser à une belle branche toute fleurie qu'elle avait réservée, et de la jeter à côté du bouquet commun. Pauvre et mélancolique oracle de jeunes filles.

Harold a passé, descendant de cheval pour ramasser les fleurs et baisant de préférence la branche jetée par Blanche qui s'en aperçoit et jette un cri qui la trahit. Ce cri fait tout découvrir à Marguerite, qui veut à son tour céder la place à sa sœur, mais Blanche éclate en sanglots :

Pourquoi, imprudente, ai-je laissé échapper le secret qui devait mourir avec moi ? Marguerite ! pardon ! pardon ! je souffrais tant... tant... là... au cœur. — J'ai brisé ton bonheur. Pardon ! ma sœur, pardon ! — Mon Dieu ! faites-moi mourir... par pitié pour elle, par pitié pour lui, et par pitié pour moi, ajouta-t-elle tout bas.

Les choses en sont là, quand un jeune homme, jaloux des succès d'Harold, son camarade d'enfance, imagine de détruire son bonheur. Moyen infâme et dont la réussite est certaine. Il sait qu'autrefois Harold jouait du cor pour donner le bonsoir aux deux sœurs ; il sait ce que Blanche éprouve, eh bien ! il va tous les soirs près de la demeure des jeunes filles donner du cor jusqu'à ce que Blanche, ayant perdu la tête, meure abîmée dans sa douleur. Il savait quelle importance Blanche attachait au son de ce cor qu'elle croyait être celui d'Harold jouant pour Marguerite. — A quelques jours de là, Marguerite épouse Harold d'Anclause. A ce sujet, M. Giron écrit sous ce titre : *Une douce nuit dans un clair de veilleuse,* les plus belles pages de tout son livre. C'est le soir des noces ; les époux sont dans leur chambre, et rien n'est plus délicatement raconté que ces premières heures d'un bonheur qui ne se partage qu'entre deux cœurs, loin de tout témoin importun ; rien n'est plus charmant que ces *tu* et ces *vous* qui se disputent aux premiers moments de l'ivresse, entre les sourires et les mutineries de la jeune femme, les doux gros mots et les continuelles agaceries du mari, le tout à la clarté « laiteuse et diaphane de la veilleuse. » Puis il y a tant de pudeur dans ces pages, à la lecture desquelles le souvenir vous reporte à des jours qui une fois passés ne reviennent plus !... Tout cela serait plus charmant et durerait plus longtemps encore si, avant la fin de la conversation intime des époux, le cor maudit ne venait pour toujours faire perdre aussi la raison de Marguerite, qui se rappelle aussitôt dans quelles circonstances sa sœur bien-aimée est morte. Ce cor et la première nuit des noces rappellent la scène brûlante et pathétique de Dona Sol, implorant à pareil moment Don Ruy Gomez de la laisser vivre jusqu'au jour seulement avec Hernani qu'elle vient d'épouser. Il y a chez Aimé Giron comme chez Victor Hugo, une même délicatesse de sentiments, un même fond d'amour brisé, détruit avant qu'il ait pu être scellé par la première étreinte, et les deux mor-

ceaux resteront toujours dans la mémoire de ceux qui les au-
ront lus et qui ne voudront assurément jamais les oublier.

Aimé Giron ne s'est pas montré aussi intéressant dans
Sancta Martyra. Le journal d'Albane est bien rempli de
pieuses et douces émotions, fruits d'un triste délaissement
maternel et d'un amour brisé, mais il y a moins de pathétique que dans *Sancta Sorores,* s'il y a autant de naturel. —
Albane est mise dans un couvent pour y être instruite et
elle y restera le plus longtemps possible afin que par sa
jeunesse et par sa beauté elle ne puisse attirer vers elle
tous les regards d'envie et d'admiration dont sa mère, jeune
encore, est l'objet. Elle écrit de temps en temps ses inspirations, mêle ses pleurs et ses pensées et serre avant de
se coucher son petit journal sur son cœur. Retirée du
couvent, c'est à peine si sa mère la regarde, tant elle est
jalouse de la fraîcheur et des grâces de sa fille qu'elle ne
veut point aimer ; et si elle est obligée de conduire Albane
au bal, c'est pour ne pas manquer à toutes les convenances,
mais pour se venger, elle brisera du moins les amours de
sa fille pour la punir d'être jeune et belle. Plus tard, quand
Albane — à dix-huit ans — en est réduite à se donner la
mort, c'est à peine si la mère en est affectée, et si elle paraît l'être, ce n'est que pour mieux éviter tous commentaires
dangereux pour sa réputation de femme du monde.

Il y a moins d'entraînement dans ces dernières pages
que dans les précédentes, mais il y a encore tant de douceur et tant de poignantes émotions dans le cœur de la
jeune fille, qu'elles donnent un cachet de vérité au caractère un peu trop outré de la mère.

M. Giron, quoique jeune, a déjà beaucoup écrit. Il ne
connaît point de repos ; un livre est-il publié ? vite il en

compose un autre, et c'est à cette activité de l'esprit que nous devons encore *Les Mystérieuses*, nouvelles publiées en 1866, (*Le Chêne-Dieu*, — *Les pilules du docteur Teutel*, — *le Cœur en deux volumes*, etc.) et dont quelques-unes ont été traduites en Allemagne et en Suède. Ces nouvelles sont autant d'études fantaisistes basées sur le connu et l'inconnu de ce monde et reliées par la poésie, et c'est à ce sujet que l'auteur nous écrivait un jour : « L'homme vit et s'agite « entre deux immensités, l'une qu'il voit et touche, l'autre « qui échappe à ses sens, et dont l'une cependant réagit « sur l'autre, et produit des événements, des coïncidences, « des mystères étranges. » Encouragé par un succès qui ne se ralentit point, M. Giron édita deux ans plus tard et en vingt-cinq jours, *Le Velay*, — *Fleurs des montagnes*, recueil de tous les poètes anciens et modernes, qui ont illustré cette petite province. On trouve là des spécimens de poésie en plusieurs langues et fort curieuses. — A dater de ce moment, Aimé Giron éprouva le besoin de voyager afin d'augmenter ses connaissances et de trouver matière à de nouveaux ouvrages. Il partit donc pour l'Italie et la parcourut de Naples à Venise et de Venise à Turin, observant toujours et l'annotant à un point de vue tout nouveau qui promettait une collection de chapitres instructifs et charmants, ce qui n'empêchait nullement M. Giron de sacrifier à la muse et d'écrire, entr'autres poésies, le beau sonnet suivant, malgré ses rimes diverses :

LA MUSE VELLAVE (LE PASSÉ).

J'habite la montagne. — Humble, libre, mignonne,
Je prie au saint moutier, je chante au vieux manoir ;
Sous le hennin de dame ou le voile de nonne,
Fêtée au gai donjon, aimée au cloître noir.

Fille du sol, — ainsi que les vierges d'Athènes
Ornaient leurs beaux cheveux de ses cigales d'or, —

Fière, je porte aux pieds les sandales romaines,
Au front le gui gaulois, aux flancs maillés le cor.

Des monts neigeux auxquels les pins font une écharpe
Lorque le vent des nuits glisse et frôle ma harpe,
Comme l'aile d'un ange ou le doigt d'Ariel,

Ma corde de fer sonne aux combats sous l'armure ;
Sur ma corde d'argent le doux amour murmure,
Et dans ma corde d'or pleure une hymne du ciel.

Avant d'aller plus loin et de nous résumer sur la valeur
littéraire de M. Giron, jetons un coup d'œil sur le nouveau
livre qu'il vient de mettre au jour, *Les Cordes de fer*, poèmes
et poésies (1). Ce recueil est divisé en deux parties : *Avant,
1870*, — *Après, 1871* ; et l'intervalle on le voit, on le sent,
entre ces deux époques, est rempli par la désastreuse campagne de France. Loin de nous montrer encore de fabuleux
mais intéressants héros comme ci-devant, M. Giron a, cette
fois, fait un tout autre usage de son beau talent poétique ;
il ne s'est point attaché à nous peindre l'existence par
l'amour seul, mais bien par les propres œuvres des hommes.
Il n'a voulu se faire l'écho que de ce qu'il entend chaque
jour, ou mieux, le peintre fidèle, impartial, de ce qui
s'offre continuellement à ses yeux, comme aux yeux de
toute personne qui pense en elle-même et conclut ; seulement, au lieu de penser et de conclure pour lui personnellement, il l'a fait pour tous et dans un but commun. Aussi,
nous écrivait-il en nous offrant son volume *Les Cordes de
fer :* « L'idée qui le constitue n'est autre que l'évocation
des fléaux physiques et moraux qui affligent l'humanité. »
Puis, ajoutait-il « le sujet était vaste, surtout dans le siècle

---

(1) Au moment de confier cet article à l'impression, nous avons reçu
le nouveau volume de M. Giron, et après l'avoir étudié, nous avons
dû intercaler trois pages dans le texte.

où nous vivons, qui semble assez le marais de Lerme engendrant une hydre aux mille têtes. » Cette révélation n'en dit-elle pas assez sur le fond de l'œuvre, fond qui a été touché d'une main sûre et énergique et qui en a fait jaillir des étincelles ? D'abord, on retrouve bien le style unique et particulier du poète des *Amours étranges*, on se réchauffe bien au même brasier, mais sous la forme lyrique. Aimé Giron a su montrer le feu satirique de Barbier, tout en étant moins caustique, moins sévère et tout aussi juste. Nous avons lu des vers ainsi sculptés :

> . . . . La gloire enterre, là,
> Sous un mot une armée ; ainsi Caligula
> Faisait Dieu la victime, après l'avoir tuée !

et d'autres comme ceux-ci :

> Les chemins d'ici-bas vont tous au cimeti're !...
> . . . .
> La folie, en tous sens, pousse l'esprit humain.

Si nous voulons voir comment le poète s'exprime quand il veut être seulement sentimental, prenons les vers qui terminent l'*Ame jalouse*, et qui rappellent Alfred de Musset imitant Ossian :

> Belle étoile du soir ! sur la branche apaisée,
> Le rossignol appelle et gémit suppliant :
> « — Ouvre ton cœur gonflé de perles de rosée
> « Pour me désaltérer, rose, mon épousée,
> « Aux jardins des sultans, dans les nuits d'Orient. — »
> Tu glisses sur la fleur ton doux rayon de flamme,
> Pour faire un sentier d'or à l'oiseau plein d'espoir ;
> Quand je souffre d'amour, descends jusqu'en mon âme ;
> Endors-moi lentement, belle étoile du soir !

Mais le morceau, — un des plus délicatement écrits du volume, — où Aimé Giron, sous la forme du Lied ou de la Légende, a le mieux réussi le tableau de la corruption amenée par la soif de l'or, est la pièce intitulée *A vendre* ; elle est trop belle, et trop simple pour être omise.

O mère, tu vendis mes yeux si bleus, si purs,
　　Aux Escholiers de Notre-Dame ;
　　A des Clercs, pour sauver ton âme,
Cette bouche innocente aux baisers demi-murs !

O mère, tu vendis mes cheveux blonds si doux
　　Au riche abbé commandataire ;
　　Pour la chanson d'un mousquetaire,
Mes deux petites mains qui priaient Dieu pour nous !

O mère, tu vendis contre le vin du Roi,
　　Ma taille et ma ceinture rose,
　　Et mon bras jeune où se repose
Ta vieillesse au pas lourd... si fière auprès de moi !

O mère, tu vendis mon beau front rayonnant
　　Aux marchands des îles lointaines ;
　　Et sur la mer, aux capitaines,
Mon cou nu sans colliers,... si paré maintenant !

O mère, tu vendis mon joli sein d'enfant
　　Au conseiller de Cour aulique ;
　　Au nonce, comme une relique,
Ma pudeur qui ne sait... a peur... et se défend !

O mère, tu vendis mon pied de satin blanc
　　Aux banquiers de la synagogue ;
　　Et tu vends au docte astrologue,
Devant ton thème au Ciel, mon chaste corps tremblant !

Mère, mon pauvre cœur triste n'est pas vendu !
　　Au fond d'un lys, il bat sans honte
　　Sur le balcon du jeune comte
Qui l'ignore. — Il ne l'a point vu, point entendu.

Entr'ouvrant sa fenêtre, un soir : « — La belle fleur ! — »
　　A-t-il dit, avec un sourire ;
　　« — La belle fleur ! — » Il la respire.
Mère, le jeune comte a respiré mon cœur !

Nous pourrions encore citer : *La Yungfrau, Les Anneaux
de la Guerre, La Vie, La fiancée,* qui nous montrent que non-
seulement M. Giron est un poète achevé, mais qui, bien
qu'achevé, s'est montré contemporain par le mouvement
lyrique, sans cependant avoir pris d'autre guide que sa
conscience pour arriver au but marqué d'avance.

En lisant les œuvres de M. Aimé Giron, membre depuis l'âge de vingt-un ans, de la société académique du Puy-en-Velay, et de plusieurs autres sociétés savantes, on se sent presque continuellement entraîné à une profonde rêverie due en grande partie, sinon tout à fait, au milieu presque miraculeux et toujours mystique dans lequel l'auteur nous conduit et semble se complaire. On se demande bien des fois quel écrivain il a pris pour guide ou pour maître, ou s'il a voulu se poser en champion d'un genre jusqu'à ce jour inabordé ; mais l'on reste sans pouvoir être fixé. En effet, quelle idée peut-on bien se faire de cette manière de raconter les diverses phases de la pensée en matière d'amour, si ce n'est que, sans doute fatigué par les moyens jusqu'ici employés pour nous les présenter, M. Giron a voulu nous montrer la nature avec ses excentricités, ses frayeurs, ses beautés et ses défauts sous un jour tout nouveau ? A-t-il réussi les dessins variés du grand tableau qu'il nous offre ? Oui, parce que sa féconde imagination jointe à un véritable talent, l'a droit mené au but qu'il voulait atteindre, sans avoir rencontré d'obstacles invincibles. D'ailleurs, M. Giron, comme poète, aurait pu, diront certaines personnes, démontrer ses idées en les expliquant par lui-même, sans broder aussi longtemps sur un thème excentrique ; mais à cela nous répondrons qu'il a mieux fait de faire parler des héros au lieu de parler personnellement, parce que au moins nous avons ainsi plus que le précepte, nous avons l'exemple, et que l'exemple, quand il est bon, est toujours préférable en littérature comme en d'autres causes. D'un autre côté, si Aimé Giron est coupable aux yeux de tous, d'un trop grand enthousiasme envers les héros qu'il crée pour son besoin, n'en peut-on rejeter la faute sur la vivacité et sur la superstition méridionales dont le sang espagnol qui coule dans ses veines est la source ?

Il y a chez M. Giron, beaucoup de profondeur, de la pureté, de l'élégance et même de la séduction. Il entraîne le lecteur et sait lui faire partager son idée ; sa prose comme ses vers peuvent être mis dans toutes les mains sans craindre que le jugement en soit faussé. Il a, en sus de son originalité, que nul assurément ne pourra lui contester encore moins qu'à tout autre, quelque chose qui rappelle les poèmes d'Ossian, le *Centaure* de Maurice de Guérin, les légendes Norwégiennes et Danubiennes ; on y trouve aussi, à part le sens chrétien, comme un parfum des poèmes Hindous, qui ont pour héros en même temps que pour dieux, Brahma, Vichnou, Bouddha mais un chef de destruction comme Siva n'y fait jamais son apparition. — Quand les recherches et les travaux de M. Trébutien et de Mme Sand amenèrent, après la mort de Guérin, la découverte et la publication du *Centaure*, ce fut une véritable avalanche d'analyses critiques et d'appréciations de cette composition savante et nouvelle. On ne trouva à de Guérin d'autres défauts que celui d'être mort trop jeune, et de n'avoir pu mettre la dernière main à des travaux peu communs. Pourquoi ne dirait-on pas à M. Giron ce qu'on a dit à l'auteur de tant de belles lettres à Eugénie de Guérin, puisqu'il y a chez M. Giron plus d'une analogie avec l'auteur du *Centaure,* tant dans la manière de vivre au fond d'une province, en correspondant avec quelques amis, que dans l'originalité du développement de la pensée ?

Nous avons surtout remarqué une singularité assez bizarre dans les poésies et dans les nouvelles de M. Giron. Nous voyons souvent apparaître un cor, tantôt d'argent, tantôt de cuivre, selon le rang et la fortune du chasseur qui le porte ; mais l'effet que produit ce cor dans les lieux où il se fait entendre, est tellement saisissant qu'on n'a vraiment pas le courage d'en contester l'emploi. D'ailleurs, puisque M. Giron nous transporte presque toujours au pays du merveilleux, dans de sombres forêts, qui conviennent au caractère des contes populaires et de la superstition, il est impossible de ne pas rencontrer un chasseur, ou un ermite, une blonde jeune fille adorable et adorée ou tout au moins un être désillusionné qui ne veut plus vivre désormais qu'avec la nature. — M. Giron a beaucoup de ressemblance avec ces prétendus chevaliers - errants qu'on nous repré-sente comme voyageant sans cesse pour offrir leur protec-tion aux opprimés, seulement s'il ne prend personne sous sa protection, M. Giron écoute au moins tous les bruits, les soupirs et les serments qui n'ont d'autres échos que la nuit, d'autres témoins que les étoiles et les bois, d'autres messa-gers que le vent, il en remplit son âme, son cœur, sa pensée, et il médite.

D'après cela et à première vue, on pourrait croire à des accents fiévreux et maladifs comme on en trouve dans *Joseph Delorme*. Mais non, il y a de plus mâles accents, d'où résulte une poésie plus gaie et plus précieuse, et dans ce cas M. Giron, comme poète, a plus de Théophile Gautier et de Laprade que de Sainte-Beuve. Il ne faut donc point s'attendre à rencontrer d'abord en lui, trop d'ombres et de scènes té-nébreuses, mais un peu de mélancolie que professait par-fois Byron, et qui va si bien aux personnes malheureuses dont on a pris à tâche de peindre l'existence. Toutefois, le poète a su montrer tant de situations étonnantes dans ses écrits, tant d'étrangetés dans ses compositions, qu'après

avoir lu et compris en entier, on en est réduit à se demander
si les héros de M. Giron sont réellement d'étranges personnages, ou si seulement l'auteur lui-même ne l'est pas davantage, car il est du type de ces hommes dont on ne peut
définir le caractère par la seule lecture de leurs œuvres, à
moins qu'on ne les connaisse commme soi-même, et qu'on
ait vécu avec eux dans l'intimité la plus parfaite.

XVI

Les Frères des Essarts.

Nous devons à notre meilleur ami, la découverte de deux poètes qu'il importe de ne point laisser de côté, parce que l'un, mort pour son pays, a brisé trop vite une carrière si bien commencée, et parce que l'autre, son frère, a déjà marqué sa place au soleil par des vers trop peu connus.

Le premier de ces poètes, Melchior-Marie Fabre des Essarts, naquit le 6 janvier 1829, au village d'Aouste (Drôme). Il connaissait à peine les premières notions de la lecture et de l'écriture, que déjà l'on pouvait remarquer chez lui des dispositions toutes particulières pour la peinture et le dessin. Commença-t-il, comme font beaucoup d'enfants lorsqu'ils grandissent, par enluminer des gravures, ou bien essaya-t-il d'en imiter les formes? Nous ne pourrions l'affirmer ; mais ce qu'il y a de certain, c'est qu'arrivé à cet âge où l'on pense sérieusement à se créer une position, Melchior des Essarts désira vivement entrer à l'école des Beaux-Arts : il avait la certitude que plus tard son nom brillerait dans le monde artistique. Eh bien ! au lieu qu'il put donner suite à sa véritable vocation, il lui advint ce qui arrive malheureusement à tant d'autres : son avenir fut sacrifié. Pourquoi? nous ne savons ; c'est un point, peut-être une affaire de famille qu'il ne nous appartient pas d'éclaircir, de pénétrer. Oh ! combien de beaux talents ne

compterions-nous pas de plus, si, pour obéir à la volonté
paternelle plus souvent dictée par l'affection et par la
crainte de pire, que par un juste raisonnement, un grand
nombre de jeunes gens pouvaient suivre leur première idée,
surtout quand cette idée les pousse vers les sciences et vers
les arts !... Toujours est-il que M. des Essarts dut se résigner
à marcher dans une voie périlleuse pour laquelle il ne se
sentait pas né, et il s'engagea à dix-huit ans dans un régiment d'artillerie qui tenait alors garnison à Valence. « M. des
Essarts, nous écrivait-on un jour, eût été peintre par goût,
il fut soldat par devoir ! » Dès lors, sentant qu'il n'avait
plus rien à attendre de ses beaux rêves, il s'arma de courage et mit toute son intelligence, tout son savoir à acquérir
les connaissances qu'exigeait de lui sa nouvelle profession.
Il ne pouvait arriver que par la bravoure, il le savait, aussi
fut-il brave, puisqu'il trouva la mort entre des braves !...

Remontons au début. M. des Essarts passe bientôt de
Valence en Afrique où il reste plusieurs années. Il fait diverses campagnes en Kabylie, où sa conduite est très-remarquée et lui vaut l'épaulette. Revenu en France, on le
charge de diriger d'abord l'arsenal de Besançon, et ensuite
celui de Lyon. Puis il fait partie du corps expéditionnaire
dans les Etats du Pape, et enfin en septembre 1870, prend
part à la désastreuse campagne de France. Là encore,
il fait preuve de courage et de patriotisme ; il assiste à la
reprise d'Orléans par nos troupes, et se conduit si bien pendant l'action, qu'après il est nommé chevalier de la Légion
d'honneur. De là, il suit la retraite dans l'est et va, le 26
janvier 1871, mourir d'épuisement et de fatigues à Besançon,
dans cette même ville où, comme nous l'avons dit, il avait
quelques années avant dirigé à l'arsenal une compagnie

d'ouvriers. Melchior des Essarts avait quarante-deux ans et vingt jours, et était capitaine d'artillerie. Cette mort regrettable (comme celle de tant d'autres braves défenseurs d'une patrie meurtrie et déchirée par l'étranger), laissa un vide affreux dans sa famille et surtout dans le cœur de M. Léonce des Essarts, son frère bien-aimé. Melchior avait une fille et lui léguait surtout une belle part de gloire. On peut dire aujourd'hui de lui, comme on a dit longtemps autrefois de La Tour d'Auvergne, au premier régiment de grenadiers dont il était aussi capitaine : « Il est mort au champ d'honneur ! »

La carrière des armes n'avait pu faire oublier à M. des Essarts, son goût si prononcé pour les arts ; il ne pouvait cependant plus s'adonner au dessin comme il le voulait d'abord, mais dans les rares loisirs que lui laissaient ses travaux militaires, il sacrifiait à la littérature. Il composa donc une série de petites nouvelles qui jouirent d'un certain succès dans la *Revue du Lyonnais*. D'un piquant intérêt et pleines de « vieux sel gaulois, » ces nouvelles renferment de fort belles descriptions qui rappellent parfois celles de Théophile Gautier. On voit, comme chez ce dernier, que chez M. des Essarts, « le littérateur était doublé d'un peintre. » Lisez : *Tic-Tac, La Queue d'un singe, Les patrons du Sirius,* etc, et l'on verra que rien n'est exagéré dans notre appréciation. Ces belles qualités du prosateur avaient d'autant plus de valeur, que Melchior des Essarts avait tout le talent d'un poète doux et timide. Ses poésies ne sont pas très-nombreuses à la vérité, cependant elles méritent d'être lues. Après sa mort, et pour rendre hommage à sa mémoire, un éditeur, ami de la famille du poète, les réunit et en donna une édition à peu près complète tirée à vingt-quatre exemplaires seulement, et destinés à ceux qui avaient connu très-intimement le malheureux mais brillant soldat.

Parmi ces poésies peu profondes mais aussi douces, aussi pures qu'on peut le désirer, et toutes empreintes d'un parfum des champs, et des chaudes brises du midi, nous distinguons : *Les Bergerettes,* — *Les Roitelets,* — *Le Rouge-Gorge,* — *Les Marguerites,* et *Les Voix du soir,* où le poète semble se jouer des difficultés de la rime et de la coupe du vers. Nous ne citerons qu'une seule de ces pièces, sauf à revenir plus tard sur sa valeur.

> Connaissez-vous les bergerettes
> Gais oisillons,
> Au plumage léger, aux blanches collerettes,
> Qui vont trottant, courant tout le long des sillons.

> Leur rencontre est d'heureux présage,
> Si l'on en croit le vieux berger ;
> Près des ruisseaux aux frais ombrages,
> Elles aiment à voltiger.

> Des grands bœufs petites amies,
> Elles suivent le soc pesant,
> Et folâtrent dans les prairies,
> Avec le troupeau bondissant.

> On les voit sur les toits champêtres,
> Le matin sauter et chanter,
> Ou sous le dôme des vieux hêtres,
> Parmi les fleurs se becqueter.

> Au bord du torrent qui s'élance,
> Comme elles savent bien cacher
> Leur pauvre nid, douce espérance,
> Dans quelques fentes du rocher !

> Laissez aux champs les bergerettes,
> Gais oisillons,
> Elles mourraient d'ennui dans vos prisons coquettes,
> Il leur faut le soleil, l'air libre et les sillons.

L'autre poète est M. Léonce des Essarts. Léonce-Eugène-Joseph Fabre des Essarts est né au même lieu que son

frère, le 19 mars 1843. Jusqu'à présent, sa vie n'a donné
lieu à aucun incident remarquable, si ce n'est qu'au collége de Pont-le-Roy (Loir-et-Cher), où il entra après avoir
quitté le collége d'Autun, il voulut déjà faire prévaloir ses
idées démocratiques, ce qui ne lui attira que médiocrement
l'amitié de ses condisciples, tous fils de famille, et que leur
rang attachait à la cause d'Henri V. Nous ne chercherons
point à savoir pourquoi M. des Essarts devint républicain,
et pourquoi il l'est encore aujourd'hui plus que jamais ;
nous nous garderons bien surtout d'attribuer cela à l'époque
de sa naissance, qui fut la première au village d'Aouste,
après la proclamation de la République de 1848. Mais ce qui
est à noter, c'est que M. Léonce des Essarts, outre qu'il ne
partage point toutes les idées de sa famille, n'a point non plus
exécuté les volontés de cette dernière, quand il s'est agi
pour lui de se faire une position. Il n'a point agi par mauvais cœur, mais par goût. Aussitôt qu'il eut reçu son di-
plôme de bachelier ès-lettres, on l'envoya à Blois, dans un
bureau de contributions directes. Il se retirait chez un vieux
chanoine plein de bontés pour lui. Il raffolait déjà de poésie, de littérature, et laissait volontiers sa besogne pour lire
nos grands poètes contemporains, malgré les nombreuses
remontrances de son chef de service, homme excellent et
qui lui portait beaucoup d'intérêt. Tous ses moments de
loisirs étaient employés ou à écrire des vers, ou à faire des
promenades sentimentales sur les bords de la Loire, ou
bien encore, en pèlerinage à la maison que V. Hugo décrit
si bien dans les *Feuilles d'Automne*, maison dont M. des
Essarts connaissait mieux le chemin que celui de son bureau.
« Après six mois de cette vie là, nous a-t-il dit, je pris bra-
vement mon cœur à deux mains, et déclarai à ma famille
que je renonçais aux finances, pour entrer dans le profes-

sorat. » Il fit comme il le voulut. Reçu maître d'études au
collége d'Avallon, il devint quelque temps après, répétiteur
au lycée de Lyon. Bientôt la guerre Franco-Prussienne
éclata, et il voulut partir ; son frère aîné était capitaine, et
son jeune frère venait de s'engager comme volontaire, mais
cette fois, la myopie aidant, il ne put faire à sa volonté, et
force lui fut de rester à Valence, près de ses vieux parents
auxquels l'isolement pesait affreusement. Alors n'ayant
plus autre chose à faire, il s'occupa de poésie, et écrivit de
fort belles pièces politiques, que nous ne citerons pas ici,
mais qui n'en montrent pas moins une grande énergie et la
tenacité de l'homme qui se croit sûr de ce qu'il dit.

Aimable jeune homme, que la mort de son frère a considérablement affecté, il n'a donc point eu jusqu'à présent,
ainsi que nous venons de le voir, à éprouver toutes les déceptions dont Melchior a été l'objet. Sans doute, il n'a pas
été sans avoir quelques peines passagères qui nous sont
inconnues, car personne n'en est exempt ; mais il a surtout
eu le bonheur de naître poète sans ambition, et le mérite
de ne s'être pas encore totalement livré à la merci d'un
public quelquefois trop sévère pour un débutant. Il n'a encore écrit que pour lui, sauf pourtant un modeste, mais excellent opuscule d'environ cent soixante vers, qu'il a mis
dans le commerce à la fin de l'année 1871 avec le titre :
Tous trois sont morts ! A cette époque, il eut peut-être mieux
encore aimé conserver pour lui seul ce qu'il venait d'écrire
dans ce grand jour de tristes et douloureux souvenirs que
la religion nous apprend à honorer le deux novembre de
chaque année, mais son cœur était tellement oppressé par
les soupirs, — résultat de pleurs amers, — qu'il dut chercher près de quelques lecteurs indulgents, un peu de consolation, en essayant de leur faire partager ses peines.

Qu'est-ce maintenant que cet opuscule? L'impression qu'a laissé à Léonce des Essarts la fin prématurée de son frère Melchior. En voici la substance. La dernière guerre a mis la France à deux doigts de sa perte (le poète la suppose *morte*, et c'est assurément là une exagération), puis il nous parle de son malheureux frère :

Mort comme l'on mourrait dans les vieux temps de Rome ;
Sort sublime ! il n'était plus rien qu'un reste d'homme
      Qu'il combattait encor ;
— Oh! ce dut être au ciel une fête splendide,
Lorsque vers l'Infini sa grande âme intrépide
      Déploya son essor !

Mais, malgré tant d'affliction, il reste encore à aimer à Léonce une jeune fille, sa nièce, qui trouvera un second père en lui ce qui lui rendra au moins un peu de son bonheur perdu ; puis elle meurt bientôt aussi laissant un deuil éternel au pauvre jeune homme qui s'écrie :

Oh ! ne prononcez plus le nom de l'espérance :
Laissez-moi, morne et seul, dans ma douleur immense
      Car tout ce que j'aimais,
Tout ce qui rayonnait sur mon âme ravie,
Tout ce qui reliait mon cœur à cette vie,
      Tout est mort à jamais !

A quoi bon maintenant et les fleurs et la brise,
Et le rivage frais où la vague se brise ?
      O feuillage des bois,
Est-ce pour m'outrager que vous croissez encore ?
O Dieu ! pourquoi ton ciel et pourquoi ton aurore,
      Puisqu'ils sont morts tous trois !

Oh ! laissez-moi... ; je veux, sous les marches funèbres,
A l'heure où la cité là-bas dans les ténèbres
      Eteindra ses flambeaux,
M'asseoir en attendant qu'on me creuse une tombe,
O ma France, ô mon frère, ô ma douce colombe,
      Entre vos trois tombeaux !

Ce sont là de véritables cris du cœur, ou si ce n'en est pas, nous demandons alors qu'est-ce que l'on doit entendre par « poésie sentimentale, » elle qui ne doit étaler devant nous en mots cadencés que les impressions diverses de l'âme !

> Je suis né pour chanter, comme on naît pour mourir,

disait un jour M. Léonce des Essarts dans les stances qu'il adressait à sa mère. Nous le savons qu'il est né pour cela, et il sait employer le talent dont il est doué. Ses poésies inédites, dont une douzaine de pièces sont entre nos mains, prouvent qu'il ne jette point sa muse à tous les vents, mais qu'il la réserve pour célébrer un fait accompli, pour conserver un sentiment, un souvenir, pour graver une bonne inspiration. Nous avons surtout remarqué deux sonnets qui rappellent ceux de Soulary et pour le fond et pour la forme ; ce serait bien aussi, comme les sonnets de ce dernier, des « pierres précieuses ciselées avec art, » si les mêmes consonnances ne se répétaient par trop souvent comme dans la pièce suivante, et que malgré cela nous nous plaisons à citer.

> Un soir calme et rêveur j'errais sous les grands ormes,
> J'écoutais gémir l'onde et le vent soupirer ;
> C'était l'heure où des bois, dorant les vagues formes,
> On voit lutter au ciel le jour près d'expirer.
>
> Le zéphyr caressait les vieux saules difformes
> L'air chantait ; sous le vent qui venait l'effleurer
> La rose s'inclinait, et sous les pins énormes,
> Je vis l'astre des nuits souriant se montrer.
>
> Tout était plein d'amour, et d'extase et d'ivresse,
> Et dans ces doux instants d'ineffable allégresse,
> Tout riait, tout vibrait, tout brillait près de moi.
>
> Mais à tous ces reflets, mais à tout ce délire,
> Il manquait un rayon, un soupir, une lyre,
> Une voix, un accord, une ombre ! — C'était *Toi*.

S'il y a dans toutes les compositions de Léonce des Essarts un même sujet qui nous apparaît sans cesse sous des formes différentes ,l'amour, comme dans tous les sonnets de Soulary, y il a aussi une même réserve dans les expressions qui donne de la valeur à la poésie. Les vers suivants, basés sur le même fond, écrits avec de semblables idées, prouvent bien les variantes que le poète sait faire subir à ses sujets. Dans les vers qui précèdent, c'est le désir qui domine; dans les suivants, c'est au contraire un commencement de désespoir, de regret, ou du moins la crainte du délaissement par une personne aimée.

> Le soir tombait. J'errais seul près des flots. L'abîme
> Etait là, noir, profond, mugissant et sublime.
> Et rêveur, je songeais au péril des vaisseaux,
> Aux tourbillons, aux flux, aux reflux, aux tourmentes,
> Aux sinistres écueils, aux trombes écumantes,
>   Aux grands combats des grandes eaux.
>
> Et triste je pensais à mon ange, à ma belle,
> Qui veut et ne veut plus, qui me chasse et m'appelle,
> Me dit : Espère! et puis garde un silence amer,
> Et, seul, devant la vague au sanglot formidable,
> « Qui des deux, demandai-je, est le plus insondable
>   D'un cœur de femme ou de la mer ? »

Après cela il écrit encore :

> . . . .
> Je ne veux plus aimer. Laissez-moi. Quand le soir
> Empourprera les monts lointains, j'irai m'asseoir
>   Sous les arceaux de la tonnelle ;
>
> J'irai là-bas rêver au bruit du vent moqueur,
> Regardant près du flot changeant comme *son* cœur,
>   Voler l'oiseau léger comme *Elle !*

Les quelques citations qui précèdent suffiront pour faire connaître le caractère littéraire des frères des Essarts. L'un, Melchior, écrit en prose pour tout le monde ; en poésie, c'est différent. Il semble avoir pris à tâche de n'écrire que pour les dames et pour les jeunes filles, qui cherchent de préférence les petites bluettes aux pièces énergiques, sans s'occuper de la valeur. On dirait plutôt que les vers de Melchior des Essarts sont d'une femme-poète, tant il y a chez lui de candeur, de pureté, de timidité, qu'ils ne sont d'un homme disciple de la muse. Il a en prose ce qui fait le talent, il n'a point en poésie ce qui constitue le génie. Malgré cela, il ne faut pas être trop sévère pour le brave soldat qui se croyait né peintre et qui n'a demandé à la littérature que de charmer ses courts loisirs et de jeter un peu de baume sur ses souffrances et sur ses peines. — Quant à l'autre, Léonce, il est incontestablement supérieur au premier pour le fond et pour l'expression. Il est jeune et l'on ne peut affirmer ce qu'il sera un jour, mais il fait déjà espérer un véritable talent. Il appartiendra sans doute à l'école contemporaine renforcée d'une belle couleur religieuse qui le fait flotter dans un cercle d'idées suaves et chastes, dans un milieu qu'aimeront les plus purs, et que ne dédaigneront assurément pas les plus échevelés en littérature.

Ne voulant pas aller plus loin quant à présent, nous nous arrêtons. Nous avons seulement voulu jeter un peu de lumière sur le soldat-poète qui « vers l'infini a trop tôt pris son essor » et tendre la main au jeune homme qui essaie de prendre le sien dans ce monde.

Mouvement Littéraire

(JUSQU'AU 1ᵉʳ NOVEMBRE 1872.)

A mon excellent ami Jules Saint-Rémy.

Mon cher ami,

Vous m'avez demandé que je fasse suivre mes *Portraits* d'un rapport détaillé sur l'état actuel de la littérature en province, et ce afin de combler toute lacune. Je me rends de bon cœur à votre invitation, persuadé que, tout en vous étant agréable, je rendrai un hommage mérité à plusieurs écrivains qui n'ont pu trouver place dans un cadre limité à l'avance. Mais vous me permettrez d'agir comme avant, c'est-à-dire avec toute l'impartialité qui convient au critique et à l'historien.

Vous me reprochez de n'avoir pas toujours donné assez de développements à mes *Portraits,* c'est vrai ; mais pouvais-je aller plus loin sans crainte d'ennuyer mes lecteurs, moi qui n'ai voulu que faire aimer davantage quelques-uns de nos poètes sans mener mes études à fond, ce qui m'aurait demandé plusieurs volumes ?... Vous pourrez, si bon vous semble, m'adresser un nouveau reproche, car dans les pages qui vont suivre, je serai plusbref encore, et cela pour deux raisons indépendantes de ma volonté ; la première, c'est que les écrivains dont je vais m'occuper sont pour la majeure partie bien connus, et peuvent se passer facilement de mes appréciations personnelles ; la seconde, c'est que je n'ai pas toujours pu réunir assez de leurs œuvres pour être à même d'en faire des articles séparés.

Maintenant, je souhaite que ces messieurs fassent comme vous et qu'ils m'accordent un généreux pardon. Plus tard, si je le puis, je parlerai d'eux davantage.

Croyez à toute mon affection.

TH. G.

Nous procéderons en groupant indistinctement tous les littérateurs qui appartiennent à la même province, tant pour mieux servir à l'histoire littéraire que pour la commodité de la narration, et aussi afin de montrer comment chaque partie de la France est représentée.

FLANDRE

Cette province nous offre en la personne de M. COLIN-CAMP, professeur de littérature près la faculté des lettres de Douai, un homme de goût, en même temps qu'un érudit. Ses œuvres ne sont pas précisément nombreuses, mais elles ont une valeur réelle, puisqu'elles ont eu plusieurs éditions. Nous citerons : *Les Fables de Lafontaine,* avec notes philologiques et littéraires, précédées d'une vie de Lafontaine et suivies d'une excellente étude sur ses fables ; puis une édition collationnée sur celle des Sulpiciens, des *Aventures de Télémaque,* par Fénélon, suivies des *Aventures d'Aristonoüs,* accompagnées de notes littéraires et géographiques, imitations des auteurs grecs et latins, avec traductions. M. Colincamp a mis du talent dans ses appréciations, qui sont presque toujours justes et remarquables.

ARTOIS

Un seul auteur intéressant — à notre connaissance — appartient à cette province et mérite une place ici, sans toutefois que par notre silence, nous ayons l'intention de mal juger les écrivains dont nous ignorons l'existence. Nous voulons parler d'EDMOND ROCHE, né à Calais, en 1828, et mort en 1862. Tout jeune encore quand il quitta ce monde, il ne put mettre une dernière main à ses poésies pourtant si charmantes, mais qui avaient besoin de poli et de quelques corrections. Elles ont été publiées après sa mort par les éditeurs Michel Lévy. Nous aimons surtout dans ses vers une belle pièce intitulée *Stradivarius*, et deux sonnets appelés : *Beauté*, — *Printemps*. Ce dernier contient ce vers qui achève la peinture de la nature :

Le spectateur c'est l'homme, et l'artiste c'est Dieu !

Nous devons encore à Edmond Roche une traduction en vers français du *Tannhauser* de Richard Wagner, pour laquelle il a dépensé bien des veilles, éprouvé bien des chagrins, essuyé bien des peines qui, résumées, montrent une existence tristement agitée et propre à conduire à beaucoup d'attendrissement en faveur du malheureux poète qui était obligé de demander à un travail manuel son pain de chaque jour.

PICARDIE

Nous ne nommerons ici qu'un poète qui certes n'est pas sans talent, M. ERNEST PRAROND. Il a publié un volume de *poésies* avec M. Le Vavasseur dont nous parlerons plus loin. M. Prarond, aujourd'hui rédacteur en chef du *Journal d'Abbeville*, a mis seul au jour, en 1847, un recueil de *Fables*, et en 1866, des *Airs de flûtes sur des motifs graves*, dont le tirage, très-restreint, n'a été fait que pour des amis. Nous plaçons ici M. E. Prarond, parce qu'il habite Abbeville et parce que nous n'avons aucune des indications biographiques qu'il aurait pu nous donner si nous nous fussions adressé à lui directement.

Allons plus loin.

NORMANDIE

De tout temps, et non moins que n'importe quelle partie de la France, notre belle et riche Normandie a fourni son contingent de poètes, de littérateurs, de savants. Nommer Malherbe, les deux Corneille, Mezerai, Bernardin de Saint-Pierre, Casimir Delavigne, n'est point de notre domaine actuel, mais elle possède encore aujourd'hui un grand nombre de talents qu'il importe d'énumérer.

D'abord, prenons J. BÉNÈCHE, bibliothécaire de la ville d'Elbeuf. Ses *Fleurs d'Automne* publiées en 1862 contiennent de gracieuses poésies où l'on voit quelquefois de la fraîcheur et de l'élégance. Cependant, malgré ces qualités, il est moins intéressant que ULRIC GUTTINGUER, né à Rouen en 1785, et mort en 1866, non pas précisément que ce dernier ait un talent hors ligne, mais parce qu'il a autrefois mis beaucoup de bonté et d'empressement à aider les débutants. Il fut poète, romancier, journaliste attaché à la cause du duc de Bordeaux, et l'un des premiers romantiques. Malgré ses nombreuses publications, peut-être les moins licencieuses du siècle, il n'occupa pas le premier rang à la rédaction de la *Muse française,* dont il subissait l'influence plutôt qu'il n'y faisait autorité. Il y a de l'analogie entre son caractère et celui de Jules de Rességuier, qui, lui aussi, aimait à protéger les débutants. Guttinguer a publié : *Mélanges poétiques,* 1824, deuxième édition en 1825 ; *Le Bal, poème moderne, suivi de poésies,* 1825 ; *Charles VII à Jumièges,* 1826 ; *Edith, ou le champ d'Hastings,* poèmes suivis de poésies, 1827 ; *Recueil d'élégies,* 1829 ; *Fables et méditations,* 1837 ; *Les deux âges du poète,* deux éditions en 1844 et 1846. De plus, il a écrit quelques romans : *Dernier Amour,* 1852 ; *Nadir,* histoire orientale, 1822 ; *Amour et Opinions,* 1827 ; *Arthur,* 1836 ; et divers articles de journaux dans la *Gazette de France,* et le *Monde,* etc. Pour compléter, disons que Sainte-Beuve l'a jugé dans ses *Critiques et Portraits,* et qu'Alfred de Musset lui a dédié des vers.

M. Th. Bachelet, professeur au lycée de Rouen, en collaboration avec M. Ch. Dézobry, l'illustre auteur de *Rome sous Auguste,* et une société de littérateurs, professeurs et savants, ont publié en 1867, une quatrième édition en deux volumes in-8° de leur excellent *Dictionnaire de Biographie, d'Histoire et Géographie, de Mythologie, des Antiquités et des Institutions.* Nous avons aussi des mêmes auteurs, un grand *Dictionnaire général des Lettres, des Beaux-Arts et des Sciences morales et politiques.* Ce sont deux ouvrages d'un vrai mérite et d'une incontestable utilité.

Rouen est encore la patrie de madame Bastide, née Jenny Dufourquet, connue sous les noms de *Jenny Bastide* et de *Camille Bodin.*. Elle est née en 1792 et morte en 1853, après avoir publié un poème : *Napoléontine,* et plusieurs romans.

Mais l'écrivain qui, sans contredit, laisse derrière lui les

quatre que nous venons de nommer, c'est M. Louis
Bouilhet bibliothécaire à Rouen, mort, jeune encore,
au mois de juillet 1869. Il avait un talent poétique réel,
mais dont on peut quelquefois contester l'usage. Cependant,
nous ne comprenons pas pourquoi la ville de Rouen l'a jugé
indigne d'une statue qu'on voulait lui ériger, et l'on se souvient que M. Alexandre Dumas, fils, s'est noblement élevé
contre ce refus infligé à l'homme qui, s'il eût vécu quelques
années de plus, avait une place de marquée à l'Institut.
Nous ne ferons point ici l'apologie de ses œuvres bien
connues, et qui sont : *Festons et Astragales,* poésies, *Melœnis,*
conte romain ; *Dernières Chansons,* poésies ; *Madame de
Montarcy, Hélène Peyron, L'oncle Million,* (deux drames et
une comédie en cinq actes, en vers;) *Dolorès,* drame en
quatre actes, en vers ; *Faustine,* drame en cinq actes, en
prose, et la *Conjuration d'Amboise,* drame en cinq actes, en
vers. Cette dernière pièce est une des meilleures, des mieux
étudiées, des plus senties ; elle renferme des scènes d'un
fini véritable, comme par exemple celle où François II, malade, déclare à Marie Stuart son amour, ses chagrins d'être
aussi faible, et la peur qu'il a de mourir bientôt, malgré ses
dix-huit ans. Rien de plus beau que cette scène, surtout
quand, parlant des conspirations qui se trament presque au
grand jour autour de lui, il en est réduit à s'écrier, les
deux mains sur le cœur :

> Je sens là comme un roi qui ne peut pas sortir !

Nous aimons infiniment moins son drame posthume,
Mademoiselle Aïssé, représenté à l'Odéon, le 6 janvier 1872,
et que ses amis eussent infiniment mieux fait de laisser au
repos auquel son auteur l'avait sans doute condamné. Le
style est haché, et les tirades trop longues sont dépourvues

d'entraînement et même de beauté poétique. Il y a quatre
actes où deux, trois au plus, auraient suffi ; puis à vrai
dire, le sujet ne méritait pas autant. Dans cette pièce faible
et lente, le poète parle un langage incorrect et quelquefois
absurde, sans préjudice du sens révolutionnaire qu'il laisse
percer. Le deuxième acte est le plus mauvais, et le quatrième, quoique contenant d'assez jolis détails, ne le fait
pas pardonner. Dans ses autres drames, Louis Bouilhet se
rapproche presque toujours du théâtre de Victor Hugo, qu'il
semble avoir pris pour guide. En somme, Louis Bouilhet
vaut mieux comme poète dramatique que comme poète lyrique, et cependant il a de beaux vers, notamment ceux
qu'il a adressés à une femme, qui, dit-il, l'a trompé dans
son rêve :

> S'il fut sublime et doux, ce n'est pas ton affaire,
> Je peux le dire au monde et ne pas te nommer ;
> Pour tirer du néant sa splendeur éphémère,
> Il m'a suffi de croire, il m'a suffi d'aimer.

A côté de Louis Bouilhet, la Normandie possède un autre
écrivain non moins célèbre, dans un genre différent ; nous
voulons parler de l'abbé Jean-Benoist-Désiré COCHET,
archéologue, né en 1812, à Sanvic, près le Hâvre. Nommé
d'abord aumônier au lycée de Rouen, il consacre tous ses
loisirs à des travaux archéologiques qui lui acquièrent
bientôt une grande réputation. L'étude des sépultures gauloises et chrétiennes l'occupe particulièrement, et lui fait faire
de nombreuses découvertes. Dès 1842, il retrouve dans le
vieux presbytère d'Etretat, les restes d'une ville romaine.
Puis il examine les environs et publie dans la *Vigie de Dieppe*
une série d'articles qu'il réunit bientôt en volume. Après
l'apparition de ses premières publications, l'abbé Cochet
est nommé inspecteur des monuments historiques, et les

Sociétés des Antiquaires de France, de Normandie, de Picardie, de Morinie, de Londres, l'Association d'archéologie de la Grande-Bretagne, et d'autres sociétés savantes, l'appellent dans leur sein. Alors ses publications se succèdent ; après les *Eglises de l'arrondissement du Hâvre,* 1844-1846, deux volumes, viennent les livres suivants : *Eglises de l'arrondissement de Dieppe,* 1846-1850, deux volumes ; *Eglises de l'arrondissement d'Yvetot,* 1862, deux volumes ; *Galerie dieppoise ; La Normandie souterraine,* ou *Notices sur des cimetières romains et francs explorés en Normandie,* 1851 (ouvrage couronné par l'Institut) ; *Sépultures gauloises, romaines, franques et normandes,* 1857 ; et tout cela sans préjudice de nombreux articles insérés dans la *France littéraire* de Lyon et dans d'autres recueils. Il nous a donné une curieuse description du fameux Chêne-chapelle d'Allouville, célébré en beaux vers en 1858 par le docteur Frédéric CANN, de Rouen, lequel chêne, âgé d'environ neuf cents ans, a une circonférence moyenne de neuf mètres vingt centimètres. Quelques lignes suffiront pour caractériser l'abbé Cochet ; nous les trouvons dans l'excellent ouvrage de M. le lieutenant-colonel Staaf : *La Littérature française.* Les voici : « M. l'abbé Cochet appartient à la classe de ces hommes « modestes qui préfèrent le séjour de la province aux tour- « billons de la vie parisienne, et c'est une marque de plus « de sa force intellectuelle d'avoir pu conquérir une solide « réputation par la seule puissance du talent, en restant « dans les murs de Dieppe, ou, du moins, dans les limites « de son département. » A cela nous n'ajouterons qu'un mot, c'est que la province était nécessaire à M. Cochet pour ses explorations, et que Paris lui aurait suscité des difficultés qu'il s'est ainsi épargnées tout en acquérant une grande célébrité.

En face de Rouen, se dresse une autre ville également bien représentée dans le monde littéraire ; c'est le Hâvre. Cinq auteurs contemporains suffisent pour le prouver, à savoir : l'abbé Herval, Victor Fleury, Joseph Pain, A. Beziers, et A. Touroude. C'est au *Paris-Journal* du 23 août 1872, que nous devons la découverte du premier de ces écrivains. Voici comment cette feuille s'exprimait : « Il vient de « mourir au Hâvre, à l'âge de 73 ans, un prêtre non moins « distingué par ses travaux littéraires et théologiques, que « par la juste popularité dont il jouissait : M. l'abbé « HERVAL. L'abbé Herval est l'auteur d'un ouvrage sur « les causes qui ont provoqué la réunion des différents con-« ciles de l'Eglise catholique. Touchant exemple d'humilité « chrétienne, malgré la renommée qu'il s'était acquise par « son savoir, il n'a pas cessé un instant jusqu'à la fin de sa « vie, de consacrer plusieurs heures par jour à entendre « les confessions des servantes et des femmes du peuple. »

Jusqu'à présent, nous ne connaissons que quatre ou-vrages de M. A. BÉZIERS, professeur de logique au lycée du Hâvre. Le premier, *Les Lectures de madame de Sévi-gné et ses Jugements littéraires,* est un livre instructif en même temps que curieux. Tout en nous faisant part de ses Jugements personnels, l'auteur fait d'intéressantes citations qui donnent à son travail une utilité réelle pour tous ceux qui s'attachent à l'étude de la marquise de Sévigné. Quant à ses *Poésies de la famille,* nous n'en pouvons pas dire autant de bien : le talent poétique fait la plupart du temps défaut à M. Béziers, mais on lui pardonnera, quand on saura qu'il n'a fait imprimer ce livre que pour laisser un souvenir à ses parents, et non pour demander au public son approbation. Aux *Poésies de la famille ;* nous préférons *Le Philosophe Taurus,* qui est une étude approfondie, et *L'Histoire abrégée*

*de la Littérature, suivie d'une Histoire de la Littérature fran-
çaise contemporaine.* Dans cet ouvrage uniquement destiné
à l'enseignement, M. Béziers, passe en revue et avec talent,
divers écrivains étrangers, notamment les Grecs et les latins,
et particulièrement tous ceux qui ont illustré les lettres en
France. Il y a là beaucoup de jugements, d'appréciations,
d'erreurs relevées, de caractères peints au vif, qui font de
ce dernier volume une œuvre réelle et de valeur.

Pour ce qui concerne M. A. TOUROUDE, il nous suffit
de le mentionner ; la presse parisienne et ses œuvres dramatiques l'ont déjà assez fait connaître. Il a débuté en
1869, à l'Odéon, par un drame en quatre actes : *Le Bâtard.*
C'est une pièce écrite avec vigueur, mais dont le fond,
comme tant d'œuvres dramatiques de nos jours, laisse
souvent à désirer au point de vue de la morale. Depuis ce
succès — (car *Le Bâtard* eut du succès) — M. Touroude a
fait représenter plusieurs comédies — toutes en prose — au
théâtre de Cluny. Auparavant, il avait publié une excellente
étude intitulée : *Homo !* Enfin M. Touroude a du talent, la
Normandie et le Hâvre en particulier peuvent l'avouer sans
honte.

Après l'auteur d'*Homo,* nous citerons M. VICTOR
FLEURY, aujourd'hui secrétaire général à la mairie du
Hâvre, après avoir été, jusqu'en 1853, secrétaire à la mairie
d'Ingouville, localité absorbée depuis par le Hâvre. Né à
Sanvic, le 18 février 1817, M. Fleury n'a pu faire que ses
classes de français et jusqu'à sa treizième année seulement.
Ce qu'il sait actuellement, il a le mérite de l'avoir appris
seul, entre son âge de 18 et 22 ans. Avant d'entrer à la
mairie d'Ingouville, il fut employé de commerce pendant
douze ans ; mais, malgré ses nombreuses occupations, il

s'adonna avec passion à la littérature et surtout à la poésie.
Depuis il a beaucoup écrit. Nous nommerons : *Les Lointains,*
jolies poésies, publiées en 1846, au profit des inondés de la
Loire, et qui eurent deux éditions en un mois. Il a aussi
« traduit » mais sans les livrer totalement à l'impression,
des *Chants populaires de la Bretagne,* et des *Chants populaires de l'Allemagne,* en sus d'un épisode du *Faust* de
Goëthe, qu'il a mis en vers français en 1857. Puis il a publié beaucoup de poésies, mais en petits opuscules ; c'est
un tort, il aurait dû les réunir en volume : ils en valaient
la peine, et un succès au moins aussi grand que celui
qu'eurent *Les Lointains,* leur était assuré. Voici un beau
sonnet de M. Fleury, *Exaltation,* que nous avons inséré en
1869, dans nos *Sonnets provinciaux.*

Vous avez tout ce qui peut séduire :
Profil grec, le plus pur des profils,
Tresse d'or, écheveau dont les fils
Sont autant de rayons qu'on voit luire ;

Front charmant, bouche rose et sourire
Plein d'attraits, et partant de périls ;
Grands yeux bleus cachés sous de longs cils,
Ennemis chargés de nous séduire !

De là vient mon amour si soudain.
Nul ne peut éviter son destin ;
C'est toujours vainement qu'on le brave.

Je voulais, — oui, mon rêve était là, —
Vivre seul, vivre libre, et voilà
Que je suis aujourd'hui votre esclave !

Puisque M. Fleury semble ne vouloir écrire que pour ses
amis et pour la Société havraise d'études diverses, un
voisin, M. P. Joseph PAIN, craint point de se livrer à
tous ceux qui veulent l'entendre et qui veulent le lire.
M. Pain, bibliothécaire de la Société d'instruction mutuelle,
a débuté, en 1868, par un modeste opuscule de 80 pages, in-

titulé : *L'Heure et diverses poésies.* La pièce capitale du recueil, c'est *l'Heure,* la dernière d'un juste qui voit se dérouler devant lui toutes les actions de sa vie. Il y a là de la variété et de la passion dans les sentiments, de l'originalité dans la peinture, bien que vers la fin dupoème, le poète soit resté un peu diffus. Les joies de la famille, c'est-à-dire le foyer et l'enfance, ont une large part dans les inspirations de M. Pain. *Les Enfants, la jeune Mère, le Berceau,* en sont une preuve. Nous citerons seulement la première de ces poésies ; quoique restreinte, elle fait voir que M. Pain, comme V. Hugo, et comme Madame Anaïs Ségalas, excelle surtout dans la poésie enfantine.

Vous demandez pourquoi j'aime à peindre l'enfance,
Et pourquoi les petits m'intéressent si fort ?
C'est qu'ils sont la bonté, c'est qu'ils sont l'espérance,
Et, plus près de l'amour, moins proches de la mort !

C'est qu'en les admirant, mon âme se repose ;
C'est que dans la galère où courbés nous ramons,
Leur rire à la fatigue enlève quelque chose
Et qu'ils sont moins méchants pour nous, qui les aimons.

C'est que leur innocence et leur grâce naïve
Ne tendent pas de piége à la simplicité.
C'est qu'ils sont des enfants et que leur âme vive
N'a jamais arrêté l'élan de la bonté !

Voilà pourquoi, parmi de simples odelettes,
Je m'en vais prodiguant le rêve et les chansons,
Et comment s'éveillant sur ces légères têtes
Mes vers aiment courir l'école des buissons.

Au lieu de ce dernier vers, nous aimerions mieux que le poète eût écrit :

Mon vers aime à courir l'école des buissons,

parce que c'eût été plus correct ; mais malgré cela, il y a tant de grâce et de simplicité dans les poésies de Joseph Pain, qu'on est forcé de se rallier aux articles flatteurs que

publièrent les journaux du Havre et de plusieurs départements lors des débuts du poète. Comme on l'a vu jusqu'à
présent, nous avons toujours applaudi aux beautés qui nous
ont séduits, et nous avons critiqué ce qui nous a paru digne
de l'être. Avec la même impartialité, nous noterons encore
ici une réminiscence. Dans *Aquaria*, Joseph Pain écrit :

Sur l'échelle de l'être il marque les degrés,

et Lamartine avait déjà dit longtemps auparavant :

Seul il sait quel degré de l'échelle de l'être...

L'Heure a fondé tout d'un coup la réputation du jeune
poète, qui a répondu aux applaudissements des personnes
de goût par de nouvelles productions dans lesquelles son
talent a acquis de la souplesse et de la consistance. Outre
diverses romances, dont quelques-unes ont été par lui-
même mises en musique et chantées dans d'excellentes
réunions par de véritables artistes, M. Pain a encore donné
un petit recueil : *Le Moulin*, et une charmante comédie jouée
en province : *La Source*. Elle n'est point d'une poésie fleurie
comme on est accoutumé d'en entendre, elle est seulement
écrite en vers qui conviennent aux comédies bluettes dont
le sens moral se marie à la richesse et à la pureté des
expressions. Sans doute, ces quelques lignes seraient in-
suffisantes pour présenter M. Pain, si son nom n'avait
franchi les limites de son département, si la société des
auteurs et compositeurs dramatiques, dont il fait partie, ne
l'eût pas encore admis dans son sein ; mais néanmoins
nous nous réservons de revenir plus tard à ce poète chaste,
sincère et profond dès qu'il aura réuni en volume toutes les
gracieuses pièces qu'il a données dans plusieurs journaux.

Sous le rapport du mérite littéraire, Caen ne le cède en rien au Havre. Comme prosateur, la ville de Caen n'a-t-elle pas M. Augustin-François THÉRY, aujourd'hui recteur de son académie? C'est à ce titre seulement qu'il lui appartient, ce pédagogiste étant né à Paris en 1796. Il fut élevé au lycée de Versailles, puis entra à l'école normale où il exerça longtemps différentes fonctions, et enfin fut nommé recteur à Caen en 1844. Ses œuvres assez nombreuses sont : *Conseils aux mères*, 1838, couronnés du prix Monthyon ; *Tableau des littératures modernes et anciennes, ou Histoire des opinions littéraires*, 1844, deux volumes ; *Lettres sur la profession d'instituteur*, honorées d'une médaille par la société d'instruction élémentaire ; *Précis d'histoire d'Angleterre ; Choix d'oraisons funèbres ; Modèles de discours*, 1845 ; *Histoire de l'éducation en France depuis le V⁰ siècle*, 1858, deux volumes; *Le Génie philosophique et littéraire de Saint-Augustin*, 1861 ; *Exercices de mémoire et de lecture*, 1844 ; *Conciones français*. Ces deux derniers livres sont d'excellents recueils littéraires qui jouissent d'une juste réputation. M. Théry n'est pas seulement prosateur distingué, il est encore poète et traducteur de mérite : sa traduction en vers des *Satires de Perse* en est une preuve.

A côté du recteur de l'Académie de Caen, se place un homme modeste, mais d'un talent remarquable; cet homme, c'est M. Julien TRAVERS, aujourd'hui secrétaire de la même Académie, né à Valognes, en 1802, M. Travers a été longtemps professeur de littérature à la faculté des lettres de Caen. Il professait la littérature et il l'aimait ; aussi y consacra-t-il la plupart des loisirs de sa vie, surtout à la poésie qu'il affectionna et affectionne encore aujourd'hui particulièrement. Dès 1822, enthousiasmé par la lecture des sonnets de Desportes, il essaya d'en faire et en fit im-

primer en 1825. « La lecture de Joseph Delorme, écrivait-
« il un jour à M. de Veyrières, me donna un nouvel amour
« du sonnet, et j'en ai fait plus de deux cent cinquante
« entre 1831 et 1839. » Parmi les nombreuses poésies de
Julien Travers, nous citerons : *Deuil,* 1837 ; *Gerbes glanées,*
en dix volumes, de 1859 à 1868. Le poète a presque
toujours publié ses œuvres en province, à Falaise et à Caen,
et n'en a fait faire le tirage qu'à un petit nombre d'exemplaires, plutôt destinés à ses amis qu'au commerce. Nous
n'avons pu délier qu'une fois quelques-unes des gerbes de
M. Travers ; ce sont des épis assez courts à la vérité,
mais toujours excellents : le poète et le philosophe s'y
révèlent tour à tour avec un charmant abandon et une profonde sagesse. M. Travers a encore publié une bonne édition
avec notes des *Œuvres poétiques de Boileau,* et une brochure
portant ce titre : *Olivier Basselin et les Compagnons du Vau-
de-Vire. — Une erreur historique et littéraire,* 1867. La révélation que contenait cette publication au sujet du Vau-de-
Vire et de Jean le Houx, fit un bruit, que les amis des lettres
ne peuvent encore avoir oublié.

M. Alphonse LE FLAGUAIS, né à Caen, en 1805, et mort
le 1er janvier 1861, est un poète resté obscur hors de sa
province, de laquelle il n'a point essayé de sortir, et certainement de moindre valeur que M. Travers. Il a composé
de nombreuses poésies qui ont été réunies en quatre volumes, sous ce titre : *Œuvres complètes.* On distingue
quelques pièces dans les *Poésies élégiaques* et les *Mélodies
françaises,* début du poète en 1829, et les *Neustriennes,*
1835, qui eurent trois éditions, et qui sont ce que Le
Flaguais a laissé de meilleur.

Quant à M. Ernest LE ROY, avocat à Caen, nous n'en

pouvons dire qu'un mot. C'est un poète chrétien, assez doux, qui a collaboré à la *Semaine religieuse,* de Bayeux, et a publié, en 1863, un opuscule ainsi dénommé : *Réponse d'un poète à M. E. Renan.* Nous préférons nommer M. Florent RICHOMME, mort jeune encore au mois de décembre 1865, et qui publia *Les Origines de Falaise,* en 1851. Il s'est de plus fait connaître par les *Poésies rurales,* 1868, qui furent éditées par son ami, M. Trébutien, dont nous allons parler bientôt. M. Richomme a de la couleur et de la poésie par moments, mais par d'autres, il fait preuve d'une impuissance qui gène un peu à sa réputation.

Passons à un nom plus connu. — M. G. S. TRÉBU-TIEN, décédé au mois de mai 1870, a publié, comme poète, en 1867, *Le livre des hirondelles,* qui nous donne des vers fort jolis. Comme prosateur, ou, si l'on veut, comme édi-teur, on lui doit les *Journaux, poèmes et lettres de Maurice et d'Eugénie de Guérin,* de Maurice, qui a écrit un chef-d'œuvre : *le Centaure,* d'Eugénie, qui a écrit des lettres ad-mirables. A ce dernier titre seulement, M. Trébutien mérite plus que des éloges, il mérite la reconnaissance de tout le corps lettré, pour avoir, avec goût et patience, passé plu-sieurs années de sa vie à coordonner, avant de les livrer à l'impression, les belles et poignantes pages du malheureux de Guérin, et que Sainte-Beuve et madame Sand ont si pro_fondément étudiées !

Voici maintenant un sonnettiste aussi modeste que dis-tingué. Né à Gray (Haute-Saône), le 17 novembre 1815, M. Georges GARNIER, habite aujourd'hui Bayeux, et bien qu'il appartienne à la Franche-Comté par sa naissance, nous croyons devoir le placer ici, parce qu'il appartient autant à la Normandie par ses travaux. Toute sa vie poétique a été consacrée au sonnet, qui est pour lui un des plus charmants cadres que le poète ait à sa disposition, aussi excelle-t-il dans ce genre. Jusqu'à présent, M. Garnier a bien écrit un certain nombre de beaux et bons sonnets, mais il ne les a point encore réunis afin de braver les jugements de la critique. Quelques personnes prétendent que M. Garnier n'agit ainsi que par modestie, et nous nous déclarons de ce nombre. Car pourquoi aurait-il craint de se livrer au public, après le véritable succès que quelques-uns de ses petits poèmes eurent à plusieurs reprises, soit aux jeux floraux, soit à tout autre endroit ? Ajoutons ici que M. Georges Garnier, un de nos sonnettistes les plus achevés, a été d'une grande utilité à M. L. de Veyrières pour sa *Monographie,* et que c'est à sa parfaite connaissance de la langue italienne, que nous devons la traduction (en prose), du beau sonnet de Pierre des Vignes, cité par M. de Veyrières, et par nous à l'article de ce dernier, et la traduction (en vers), d'un sonnet non moins beau sur Judas, de l'italien *Fr. Gianni,* dont le poème de *Bonaparte en Italie* fut mis à l'index en 1818. Ce dernier sonnet est cité en italien et en français par M. de Veyrières. Quant à nous, qui avons mis deux sonnets de M. G. Garnier dans nos *Sonnets provinciaux,* nous n'en donnerons qu'un ici ; il est en vers de deux syllabes, et non-seulement c'est un tour de force, mais c'est encore un morceau délicat, que nous cueillons dans la *Monographie.* Il a pour titre : *Jésus au chrétien.*

Ecoute,
Ma voix :
Ta route ?
La croix !

Redoute
Le poids
Du doute,
Et crois !

Sur terre
Mystère
Partout ;

Victoire
Et gloire
Au bout...

En parlant de M. Georges Garnier, nous ne pouvons passer sous silence le nom de son malheureux frère, Paul-Aimé GARNIER, mort en 1846, à l'âge de vingt-cinq ans. Il collaborait à *l'Epoque,* où il remporta de brillants succès. Paul Meurice, son ami, lui a consacré une notice.

Après les hommes-poètes, les femmes-poètes ; et ce qu'il est bon de dire, c'est que la vigueur ou l'originalité de ceux-là, est souvent loin de pouvoir faire oublier la douceur de celles-ci. Madame Lucie COUEFFIN, née à Bayeux, vers 1804, a fait paraître un recueil de *Poésies* en 1847. L'amour maternel a presque toujours fourni des inspirations à madame Coueffin, qui les a repoduites en vers charmants. Elle est aujourd'hui membre de l'Académie de Caen. Sa fille, madame Claire L'ECUYER, s'exerce aussi à la poésie, et elle y réussit assez bien.

Le nom de M. Adolphe Bordes, dont nous avons tracé le portrait, nous remet en mémoire une autre femme-poète, qui habitait aussi Pont-l'Evèque. Cette femme, c'est madame Marie-Caroline QUILLET, morte en janvier 1867. Elle exerçait la profession de meunière, ce qui ne l'empêchait pas de sacrifier souvent aux muses. M. de Veyrières dit dans sa *Monographie,* que de 1844 à 1865, madame Quillet donna trois volumes de vers médiocres. D'un autre côté, nous lisons dans *La littérature française,* du lieutenant-colonel Staaff, annotée par Thalès-Bernard, que madame Quillet est née en 1835, et qu'elle a composé de jolis

13

vers. Il y a là évidemment une erreur dans ces dates, car il est impossible d'admettre qu'à *neuf ans,* madame Quillet ait publié un volume. A qui la faute ? nous ne savons ; quant à la qualité des vers, il y en a de médiocres, il y en a de bons, et nous croyons que les suivants, intitulés : *Mélancolie,* par la meunière-poète, ne sont point dépourvus de beauté.

> Pourquoi pleurer quand la forêt s'embaume,
> Quand tout renaît plus joyeux et plus pur,
> Et quand l'iris, en couronnant le chaume,
> Verse à nos sens les parfums et l'azur ?
>
> C'est que mon âme au contact de ses ailes,
> Mine en secret le fer de ses barreaux,
> Pour s'envoler aux sphères éternelles
> Puiser son rhythme à des mondes nouveaux.
>
> Et je m'endors au fond de la vallée
> Où le ruisseau passe en cherchant des fleurs,
> Mon cœur se trouble et mon âme voilée
> Disperse au vent mes rêves et mes pleurs.

Nous avons lu quelques vers de mademoiselle Rose HAREL, servante à Lisieux. Nous n'y avons rien trouvé de bien saillant, bien qu'on nous ait affirmé que la poésie était, chez Rose Harel, le résultat d'un cœur brisé par de trop poignantes émotions et par des chagrins dont on ne reste maître qu'avec le temps. Doit-on réellement ajouter foi à cette allégation ? Ce qu'il y a de certain, c'est que la pauvre servante ne connaissait que fort peu l'orthographe et l'art de faire des vers, et que ses poésies ont dû être corrigées et mises en ordre par M. Adolphe Bordes, avant d'être imprimées sous ce singulier titre : *L'Alouette aux blés.*

Aujourd'hui, vit à Versailles, très-intimement lié avec Emile Deschamps, un poète, originaire de Falaise, et que nous croyons nous appartenir ; c'est M. Alexandre COSNARD, qui, après la mort de sa femme et de ses enfants, fit paraître : *Tumulus,* poésies, 1843, où il y a de très-jolis vers, surtout sous la forme du sonnet ; puis, *Le Sultan bossu,* poëme en quatre chants, 1863. M. Cosnard a collaboré à plusieurs recueils périodiques, et notamment au *Musée des familles.* — La ville de Falaise nous fournit encore un écrivain, que nous placerons à côté de M. Cosnard, mais nous avouons ne connaître ses ouvrages que de nom. M. Céphas ROSSIGNOL, a publié *Dieu et famille,* poésies, 1840 ; il avait déjà traduit en prose, deux ans auparavant, les *Poésies catholiques* de l'intéressant Sylvio Pellico, que tout le monde a lu et relu.

Le 24 septembre 1864, mourait à Paris, à l'hospice Necker, un jeune poëte de vingt-cinq ans, déjà désillusionné et dont la réputation commençait à se faire. Il avait nom Armand LEBAILLY, et était fils de cultivateurs normands. Après avoir parcouru l'Italie, il écrivit deux volumes de vers : *Italia Mia,* et les *Chants du Capitole,* puis une vie d'*Hégésippe Moreau,* et enfin une vie de *Madame de Lamartine.* Ce dernier ouvrage lui valut la visite à son lit de mort de plusieurs écrivains renommés, Lamartine, Legouvé, etc. Lebailly souhaitait d'être couronné par l'Académie française, c'était là le rêve qui, comme la faim, le tourmenta pendant toute la durée de sa courte carrière littéraire. M. Boué (de Villiers), dont nous aurons à parler plus loin, a publié une intéressante notice sur Lebailly, qu'il aimait d'une amitié sincère. Un des passages les plus saillants de cette notice, est celui où M. Boué raconte la maladie de Lebailly à Evreux, et dit avec quels mouvements fiévreux et convulsifs, le nouveau Moreau se leva sur le séant pour parcourir un journal, le matin du jour où il crut lire son couronnement qu'un académicien lui avait promis ou du moins lui avait fait espérer.

M. Paul BLIER, originaire de Coutances, et aujourd'hui

professeur au collége de Valognes, a publié divers recueils de vers, notamment un *Poème de Mignon,* dans lequel on trouve facilement une longue imitation de Goëthe.

Le nom de M. Trébutien, que nous prononcions tantôt, nous rappelle un poète moins connu que ce dernier, et qui fut son ami inséparable. Nous voulons parler de M. Léon D'AUREVILLY, né vers 1809, à Saint-Sauveur-le-Vicomte (Manche). M. Léon d'Aurevilly, est missionnaire eudiste et fait encore des vers de temps en temps. Avant que d'entrer au séminaire, il publia : *Sonnets,* 1837, et *Amour et Haine,* poésies politiques. Ces recueils ont de fort beaux vers, et ce serait une véritable perte pour la littérature, si le frère de M. Barbey d'Aurevilly quittait ce monde sans avoir réuni pour l'avenir toutes ses charmantes productions.

M. Louis - Gustave LE VAVASSEUR, né à Argentan, le 9 novembre 1819, est un poète un peu échevelé. En collaboration avec deux poètes, dont l'un est M. E. Prarond, il a publié un volume de poésies, en 1843, sous ce titre : *Vers.* Depuis, il a publié seul divers ouvrages, parmi lesquels nous citerons : *Vie de Pierre Corneille, Poésies fugitives, Etudes d'après nature,* et *Inter amicos.* Si M. Le Vavasseur s'est quelquefois trop hasardé dans ses compositions poétiques, il est juste de dire aussi qu'il a écrit des vers qui ne sont nullement à dédaigner, et qu'en prose, il a des passages d'une véritable valeur.

Voici maintenant l'homme le plus modeste et l'un des plus estimable qu'ait possédés le département de l'Orne, et en particulier l'arrondissement de Mortagne. L'abbé Joseph FRET, curé de la petite commune de Champs, près le célèbre monastère de la Grande-Trappe, mort jeune encore il y a peu d'années, était bien assurément le plus excellent homme que l'on puisse trouver. Doué d'un véritable talent de poète, d'archéologue et même d'historien, il a borné toute son ambition aux limites du Perche. En dehors des heures consacrées aux exercices de son pieux ministère, l'abbé Fret se livrait ardemment à l'étude et à la littérature qu'il affectionnait. On a de lui, une excellente *Histoire du Perche, ou Antiquités et Chroniques percheronnes, renfermant l'histoire civile, religieuse, monumentale et littéraire de l'ancienne province du Perche et des pays limitrophes, depuis 190 ans avant Jésus-Christ, jusqu'en 1840,* ouvrage extrait de plus de cent auteurs manuscrits et imprimés. Ce beau travail, en trois volumes in-8°, a été honorablement mentionné par le Congrès scientifique de France, dans sa septième session. L'abbé Fret était chanoine-honoraire de l'évêché de Séez et membre de plusieurs sociétés littéraires. Quant à ses poésies, elles sont en grandes parties disséminées dans un almanach, que M. Fret fonda en 1838, sous ce titre : *Le Diseur de Vérités,* et qu'il rédigea sous le voile de l'anonyme pendant plusieurs années. Cette petite publication eut un grand succès dans les campagnes voisines, **et** l'on parle encore aujourd'hui avec vénération du modeste et sympathique écrivain qui s'en fit l'éditeur. Afin de donner une idée du talent poétique de l'abbé Fret, nous prenons dans l'almanach de 1844, l'ode suivante. Elle était dédiée par l'auteur, à son ami M. *Léon de la Sicotière,* avocat à Alençon, membre de plusieurs sociétés savantes, inspecteur des monuments historiques de l'Orne, et archéologue distingué. Cette ode a pour titre : *Le Poète malade,* et elle fut écrite le 25 juillet 1843, pendant une longue maladie de l'auteur.

Au midi de mes ans la sève en est tarie,
A pas précipités je marche à mon couchant ;
Goutte à goutte se perd le baume de ma vie,
Comme fait la liqueur d'un vase qui se fend.

Tel que le chêne vert, qu'a déchiré la foudre,
Hélas ! tout jeune encor, je n'ai plus de vigueur,
Je sens de jour en jour mon être se dissoudre,
A peine je conserve un rameau de verdeur !

Pourtant, je l'avouerai, je regrette la vie ;
Pourquoi la regretter ? Tu le sais, ô Seigneur !
Je voudrais achever ma tâche inaccomplie,
A mes frères montrer la route du bonheur.

A ta grâce, déjà plus d'un lecteur docile
D'une coupable erreur arrachant le bandeau,
A proclamé son Dieu, le Dieu de l'Evangile,
Est revenu joyeux rejoindre le troupeau.

Comme le centenier, j'implore ta clémence,
Commande à la langueur et je serai guéri,
Mon teint décoloré, flétri par la souffrance,
Reprendra sa fraîcheur comme un gazon fleuri.

Car tu n'es pas, mon Dieu, l'arbitre de la vie ?
N'es-tu pas ce Jésus compatissant et fort ?
N'est-ce pas à ta voix, jadis, qu'à Béthanie,
Après quatre longs jours, l'enfer rendit un mort ?

Pleine de foi, d'amour, d'invincible espérance,
A ta pauvre brebis tu porteras secours ;
D'un souffle dissipant sa longue défaillance,
Sur elle brilleront d'heureux ans, de beaux jours.

A côté de ces vers assez beaux, malgré les rimes négligées et les rimes répétées dans la plupart des stances, nous en voyons d'autres signés de noms connus et de noms inconnus : *Charles Chévrel,* d'Igé, près Bellême, *Elmontet,* le comte *Jules de Rességuier, Raymond du Doré, Regnier, F. Girault, l'abbé Fret,* aîné.

Autant l'écrivain dont nous venons de parler était doux et pur, autant le poëte dont nous allons esquisser la forme, est échevelé et libre. Charles-Marie-Céleste PITOU, membre de l'Académie des Poètes de Paris, est né à Bellême (Orne), le 12 mars 1849 ; il habite aujourd'hui Longny. Pris subitement d'un enthousiasme indescriptible pour la poésie de François Coppée, il essaya de faire des vers dans ce genre, et depuis, il y réussit souvent assez bien, malgré diverses fautes de détail que son peu d'habitude d'écrire et

sa désinvolture l'empêchent d'apercevoir. A côté de vers
sonores et dignes du genre qu'il cherche non-seulement à
imiter, mais à atteindre, il y en a d'autres qui laissent à désirer.
En feuilletant les journaux de province, auxquels M. Pitou
collabore, nous arrêtons notre choix sur les extraits
suivants.

ABERRATION.

Quand je serai bien las de marcher sans espoir
Dans cet affreux chemin, long comme une agonie ;
Quand le dégoût viendra, fantôme au manteau noir,
Me crier : « Lâche ! Lâche !! » et que la tyrannie
Des heureux d'ici-bas aura glacé mon cœur,
Je m'arrêterai ; puis rassemblant mon courage,
En demandant à Dieu grâce pour le pécheur,
Consciencieusement, sans colère, sans rage,
Aux branches d'un ormeau, par un beau soir d'été,
Je nouerai comme il faut une solide corde,
Disant comme César : « Le sort en est jeté ! »
J'y passerai la tête, et puis... Miséricorde !!!!.
. . . .
Après quelques hoquets, mes yeux se fermeront,
Ma face bleuira... je serai mort, en somme !
Et les paysans qui, le matin, passeront,
Diront en se signant :
　　　　　　— « C'était un bon jeune homme !! »

AMOR, DOLOR !

Amour, frêle tissu qu'un vent jaloux soulève,
Chaste fleur qui s'éteint sans espoir de retour,
Joyeuse illusion qui s'enfuit comme un rêve,
Mensonge de la vie... Amour, amour, amour !!

Dans les gouffres profonds où mugissent les ondes,
Dans le céleste azur, voile de l'Infini,
Dans l'inconnu sans borne où gravitent les mondes,
Amour, Dieu te protége ! amour, Dieu t'a béni !

Il faut que tout s'unisse : à l'atôme, l'atôme,
Les fleuves à la mer, le parfum à la fleur ;
La femme en soupirant baisse ses yeux vers l'homme :
L'âme désire une âme, et le cœur cherche un cœur !
. . . .

Au lecteur à juger.

Parmi les poètes et les littérateurs qui font spécialement
l'objet de notre livre, placer un savant, un orientaliste,

n'est peut-être guère de saison ; mais nous devons à cet écrivain sérieux et infatigable, tant d'utiles enseignements, tant de pénibles et laborieuses recherches, qu'il est de notre devoir de ne point l'oublier. Voici donc quelques-uns des nombreux chapitres qu'a écrit M. Hyacinthe GOUHIER, comte DE CHARENCEY. Il a publié : 1° Dans la Revue d'Etnographie, de 1858 à 1865 : — *Le Déluge et les livres bibliques ;* — *De la classification des Langues et des écoles de Luinguistique en Allemagne ;* — *Notice sur un manuscrit mexicain, dit Tellerio Remensig ;* — *Eléments de Grammaire Hottentote ;* — 2° Dans les Annales de Philosophie chrétienne : — *De la parenté du Japonais avec les idiômes Touraniens ;* — *De l'unité originelle du genre humain ,* — *Recherches sur la langue Basque ;* — *Recherches ethnographiques sur les Aïnos ;* — *De quelques traditions relatives au déluge chez les peuples américains ;* — *Recherches sur la famille de langues Pirilnda-Othonie ;* 3° Dans les Mémoires de l'Académie de Caen : — *Sur les lois phonétiques de la langue Basque ;* — *Sur les degrés de dimension et de comparaison dans la langue Basque ;* — *Le pronom personnel dans les langues de la famille Tapachulane-Huastèque ;* — *De la parenté de la langue Basque avec les idiômes du Nouveau-Monde ;* — 4° Dans les Mémoires de la Société havraise : *Sur les langues de la famille Tapijalapane-Mixe ;* 5° Dans la Revue Indépendante, une série d'articles *sur les Traditions relatives au déluge chez différents peuples ;* 6° Dans la Revue de Linguistique: *Des affinités des langues du Caucase avec les idiômes Transgangétiques ;* 7° Dans les Actes de la Société philologique : *Recherches sur les noms d'animaux domestiques et de plantes cultivées dans la langue Basque, et les origines de la civilisation européenne ; Essai de déchiffrement d'une inscription Palenquéenne.* En outre, M. de Charencey a fait imprimer un opuscule : *La Langue Basque,* et dernièrement encore, en 1871, une forte brochure : *Le Mythe de Votan, études sur les origines asiatiques de la civilisation américaine.* Ces origines sont prouvées dans cette œuvre importante et d'assez longue haleine, pour laquelle il a fallu à l'auteur toute l'érudition qu'exige l'étude de nombreux savants français et étrangers, afin d'arriver à les approuver ou à contester leurs opinions, preuves en main. Quant à nous, et pour ce qui nous regarde, nous renonçons à l'examen des travaux ci-dessus énumérés, ne nous sentant point le talent d'entreprendre un tel travail, et d'ailleurs préférant le laisser à des hommes compétents.

A côté du savant, le traducteur se place. Aussi mentionnons-nous ici Adolphe-Jules-César-Auguste DUREAU DE LA MALLE, né en 1777, mort en 1857. Il habitait le château de Landres, dans l'arrondissement de Mortagne. En outre de diverses poésies et d'écrits archéologiques, on lui doit une traduction en vers de l'*Argonautique,* de Valérius Flaccus, et un long travail sur l'*Economie politique des Romains.* On doit cependant lui préférer son père, Jean-Baptiste-Joseph-Réné DUREAU DE LA MALLE, décédé en 1807, membre de l'Institut. On a de lui d'excellentes *Traductions* de Salluste, de Tacite et de Tite-Live. Son tombeau, qui se voit encore aujourd'hui dans le cimetière de Mauves, commune sur le territoire de laquelle est situé le château de Landres, est de Girodet, avec une épitaphe de Delille, traducteur des *Georgiques,* et pour lesquelles l'académicien Dureau écrivit un *Discours préliminaire* et des *Notes.*

Pour en finir avec la Normandie, faisons quelques pas dans le département de l'Eure, et notons les principaux

écrivains. — En passant, nous trouvons M. Eude-Du-
gaillon, de Pont-Audemer, aujourd'hui rédacteur du
Patriote de la Meurthe. Ce poète a publié, en 1839, un
volume de poésies, avec ce titre : *Fiel et Miel,* dans lequel
on trouve des vers assez jolis. Nommons tout de suite Madame Marie Ménessier-Nodier, écrivain incontestablement
bien supérieur à M. Dugaillon. Rien de plus intéressant
que les pages qu'elle a intitulées : *Charles Nodier, épisodes
et souvenirs de sa vie,* et dans lesquelles elle retrace,
tantôt avec joie, tantôt avec larmes, les instants les plus
curieux, nous dirons même les plus intimes, de la vie du
grand écrivain, à qui elle ne dut une dot que parce qu'il
vendit sa bibliothèque. Madame Ménessier, célébrée en vers
par Alfred de Musset, est poète aussi, et, en sus de nombreux
articles disséminés dans les journaux et revues, elle est
l'auteur d'un charmant recueil de poésies publiées sous le
gracieux titre de *Perce-Neige.*

Un autre poète, qui appartient tout entier à la province,
et qui a aussi appartenu à Paris, c'est M. Isidore-Alexandre
Massé. Il a débuté, en 1861, par des *Préludes lyriques ;*
depuis, il a donné : *Impressions et Reminiscences,* en 1866,
et un charmant petit roman très-intime, intitulé *Nella.* En
1865 et 1866, M. Massé a été secrétaire de la *Revue contemporaine,* à laquelle il collabore encore aujourd'hui, ainsi
qu'à *l'Artiste* et au *Courrier de la Gironde.* D'abord instituteur, il s'est ensuite entièrement adonné aux lettres, puis
est redevenu instituteur dans son département, après avoir
refusé un emploi d'inspecteur dans les Pyrénées-Orientales.
Comme poète, ses idées sont les mêmes que celles des
poètes contemporains. Au temps de notre liaison, il nous a
confié un sonnet, pour nos *Sonnets Provinciaux* (1869), et
nous sommes heureux de le reproduire ici.

Comme une étoile d'or qui brille au front du ciel,
Ton regard me sourit dans la nuit solitaire ;
Et mon esprit, courbé par la pensée austère,
Se dilate à ta voix, blanche sœur d'Ariel.

Aux bleus ruisseaux d'amour, l'âme se désaltère,
La mienne a soif, enfant. Que d'un idéal miel
Ta main vienne remplir le vase immatériel,
Comme fit Béatrix, ange exilé sur terre !

Sans être, Alighieri, le sublime géant
Je voudrais à la coupe où vint s'abreuver Dante,
Une heure seulement poser ma lèvre ardente ;

Car sans l'affection, vois-tu, tout est néant,
Et rien n'est plus suave à l'oreille charmée
Qu'un aveu murmuré par une bouche aimée.

Ce sonnet s'appelle : *O Mia !* et nous le citons surtout parce qu'il nous reporte à un de ces soirs charmants que nous avons passés avec M. Massé, le long des sentiers ombragés du Perche, et aussi, parce que ces vers ont été inspirés dans une de nos promenades nocturnes.

Sous le pseudonyme d'Emile MARIVAL, se cache un poète agréable et un excellent prosateur, dont le vrai nom a souvent paru au bas de belles pièces de vers de différents journaux de province, et notamment dans les recueils collectifs des concours poétiques. Le nom d'Emile Marival apparaît parfois dans le journal de sa localité : *L'Echo de Vernon,* soit en tête d'un roman comme *Souvenirs de Pressagny,* soit au pied de chroniques théâtrales. Exempt de toute ambition, Emile Marival semble ne vouloir écrire que pour lui, et craindre les applaudissements de ses lecteurs, s'il leur livrait seulement un recueil.

Une descendante de Charlotte Corday, madame Aglaé DE CORDAY, décédée il y a quelques années, a publié *Les Fleurs neustriennes,* poésies, deux volumes, 1855 et 1857. Il y a de beaux vers parmi ces *Fleurs,* qui annoncent du

talent, mais rarement du génie. Cependant, madame de
Corday compta parmi ses protecteurs littéraires, plusieurs
écrivains très-connus, notamment M. Ancelot, de l'Académie française. Madame de Corday a encore écrit un
poème : *Les deux Sœurs*, et *Dix mois en Suisse*, puis un
conte espagnol assez curieux : *La Sorcière de Larédo*.

Aux poésies de madame de Corday, doit-on opposer les
Fleurs de nuit, de M. Jean-Baptiste LE PROUX, un modeste instituteur qui cultive les muses avec assez de bonheur? Les *Fleurs de nuit* renferment de beaux vers, quoi
qu'ils aient souvent le défaut de posséder des rimes suffisantes quand il les faut très-riches, et bien qu'Alfred de
Musset se soit assez moqué de cette règle, nous n'en reconnaissons pas moins l'utilité.

Il nous reste encore à parler de deux écrivains. L'un,
M. BOUÉ (de Villiers), ancien sous-officier au 13e de
ligne, actif publiciste, est aujourd'hui rédacteur en chef du
Progrès de l'Eure. Il a écrit plusieurs volumes et une quantité de brochures, parmi lesquelles nous citerons : *Les Anges
de la terre*, poèmes ; *Le Roman du moine* ; *La Maîtresse du
préfet* ; *Contes interlopes* ; *Crétinopolis, ses princes, ses prêtres,
son peuple* ; *Les voix qui maudissent* ; *Les Vendeuses d'amour
de l'histoire* ; *Armand Lebailly*, notice ; *Les Martyrs d'amour*.
Mais le livre qui, lors de sa publication datant déjà de 1862,
fit un certain bruit, le livre qui laisse voir de belles qualités
chez l'auteur et le fait meilleur prosateur que bon poète,
est un roman intitulé : *Vierge et Prêtre*, et qui a valu à
M. Boué de belles et bonnes lettres de V. Hugo et de
Georges Sand. Voici d'ailleurs, comment M. Boué, dans sa
préface des Martyrs d'amour, parle de son roman, qui rappelle *Le Vicaire des Ardennes*, de Balzac. « Le livre de *Vierge*

« *et Prêtre,* retrace quelques épisodes du mouvement
« révolutionnaire, terrible et béni de 1789-1793. Il fait l'his-
« toire d'un jeune prêtre, honnète homme et patriote, épris
« du saint amour de la liberté, pour laquelle il combat, et
« tourmenté par une passion chaste et pure, contre laquelle
« il lutte et dont il meurt entre les propres bras de son an-
« gélique amante, à la chair de qui les hommes, dans leur
« haine ingénieuse, ont enchaîné sa chair frémissante et
« rebelle encore, en cet accouplement-martyr, à l'étreinte
« convoitée que la terre et le ciel lui imposent.... » Cet
intéressant travail n'a point été réimprimé ; il méritait cependant bien cet honneur, après avoir toutefois, subi
quelques retouches qui auraient donné plus de clarté et
plus de vérité à l'histoire, tout en rendant le style plus pur,
plus net, et partant plus élégant encore.

Le dernier des poètes normands que nous ayons à nommer,
c'est Mordret. Nous le plaçons ici sans pourtant lui assigner de place distincte ; il est normand, c'est à peu près
tout ce que nous savons de sa biographie. EUGÈNE
MORDRET est né en 1834 et mort en 1856. Il a publié un
drame en vers dans la *Revue contemporaine,* et des *Récits
poétiques* l'année de sa mort. Nous avons lu de lui une
pièce assez gracieuse : *Le Roitelet.*

Maintenant, passons à la Bretagne, à cette terre privilégiée,
qui a produit Châteaubriand, Brizeux, Violeau et tant
d'autres.

BRETAGNE

Pendant quelques années, Rennes a possédé un journal
purement littéraire d'une certaine valeur, sous le nom de
Conteur Breton. D'excellents articles en prose, et de temps

en temps quelques chants traduits des vieux bardes armoricains et d'autres bonnes poésies en formaient le contenu.
La nouvelle ou petit roman y avait aussi une place. Nous
en avons surtout remarqué une qui était charmante ; elle
s'appelait *Un Rêve de bonheur,* et avait pour auteur, le directeur du journal, Ludovic KERMELEUC, qui depuis
(en 1867 ou 1868), a jugé à propos, sous son vrai nom de
L. HAMON, de transformer le *Conteur Breton* en journal
politique, sans même lui conserver un nom que les littérateurs provinciaux aiment à se rappeler. — A Rennes,
un autre poète prend encore ses ébats de temps en temps,
c'est M. Adolphe ORAIN, employé de la préfecture. Il a
composé plusieurs ouvrages en prose et un petit volume de
vers qu'il a baptisé de *Filles de la nuit.* La plupart du temps,
ces filles de la nuit sont assez jolies et parlent fort bien : le
plus grand défaut de chacune est de parler peu. — Les vers
de M. Edouard DELATOUCHE, ancien notaire, mort en
1868, sont souvent aussi beaux que ceux de M. Orain, mais
il y en a aussi de défectueux. Il a publié deux brochures :
Un bouquet de fleurs, 1858 ; et *Ce que chantent les Rues,
l'Hôpital et les Bois,* 1866. Le meilleur éloge que l'on puisse
faire de ce poète, c'est de prier le lecteur de se reporter
à l'ex-*Concours des Muses* de Bordeaux, dont nous fûmes
l'un des fondateurs, et qui publia une bonne étude biographique et littéraire sur M. Delatouche. — A côté d'un poète,
nous pouvons nommer un critique en matière de philosophie, personne ne pourra s'en plaindre. Aussi citons-nous
avec empressement M. Carré, professeur de philosophie au
lycée de Rennes, qui a publié une bonne édition avec *Introduction, Analyse et Notes* de la *Méthode* de Descartes. Tout
homme qui se fait l'éditeur de pareilles œuvres est au moins
une personne de goût et de talent s'il n'est pas un homme

de génie. Puis voici un autre livre d'un penseur, *La vie future, suivant la foi et suivant la raison,* par Th. Henry MARTIN, doyen de la faculté des lettres de Rennes, 1867, deuxième édition. Nous ne connaissons point ce livre, mais on nous a assuré qu'il a une valeur réelle et qu'il est écrit avec raison, comme d'ailleurs son titre l'indique.

La ville de Rennes, patrie de l'excellent poète catholique et romantique Edouard TURQUETY, nous offre encore deux poètes dans deux femmes. L'une émule de Madame Anaïs Ségalas, a écrit *Les Maternelles,* troisième édition, en 1868. Elle s'appelle Madame Sophie HUE. Les *Maternelles* sont écrites en forme de fables, dont elles ont aussi un peu le fond. Elles renferment beaucoup de morale dans de charmants vers qui sont plutôt écrits en vue de former le caractère des enfants, qu'en vue de briguer l'honneur d'une place au Parnasse. — L'autre femme, d'un talent plus profond, d'une poésie plus riche et plus précieuse, est Madame Edmée BURGUERIE, de la famille de Ginguené. Madame Burguerie, morte en mai 1865, a écrit de fort beaux vers et plusieurs pièces de théâtre qui n'ont point été représentées. Sous ce titre : *Lettre sur la poésie,* M. Thalès-Bernard a publié, en 1868, un choix de pièces, de Madame Burguerie. Nous en extrayons quelques vers *(Souvenirs d'enfance).*

> Sentiers ombreux que ma joyeuse enfance,
> D'un pied léger parcourut tant de fois ;
> Sentiers fleuris où mon adolescence
> D'un vague oracle interrogeait la voix ;
> Bois parfumé, votre tremblante ogive
> Couvrait alors mon front insouciant ;
> Et de l'espoir la douceur fugitive
> Sur moi versait son présage riant !

Puis, dit-elle plus loin, en pensant à la mort :

> C'est le destin ! L'un naît, quand l'autre tombe,
> Plein d'allégresse, ignorant nos douleurs,

Et le buisson qui recouvre une tombe
N'est pour l'enfant qu'une touffe de fleurs !

Si maintenant nous nommons M. Emile GRIMAUD ,
typographe à Nantes, c'est que ses vers ne forment point
contraste à côté des poésies de Madame Burguerie. Dans
ses *Fleurs de Vendée*, 1855, et dans *Les Vendéens,* poèmes,
dont la deuxième édition date de 1858, il y a d'excellentes
poésies et des sonnets qui certes sont supérieurs à celui
— le seul que Victor Hugo a publié dans *La Renaissance* de
juillet 1872, et qui fut reproduit par la *Revue pour Tous*
du mois d'août suivant. Le grand poète n'avait jamais publié
de sonnets, et il eût certainement mieux fait de n'en point
écrire un dont le pathos est le principal mérite. Il est cependant dédié à une femme de goût, à Madame Judith
Mendès. Nous préférons M. Grimaud à M. J. ROUSSE,
qui a publié, en 1867, un volume de vers : *Au Pays de Retz*.
Tout en Bretagne est sacré pour M. Rousse, qui est un
breton imbu des habitudes de ses compatriotes et de ses
ancêtres. Voici comment, en nous aidant de la préface de
son livre, nous pouvons juger ce poète. Figurez-vous « ce
« pays de Retz, parsemé de débris celtiques, de vieux
donjons, et de jeunes églises ; » pensez « à ces populations
toujours fidèles aux croyances et aux chansons d'autrefois; »
comptez « ses jolis bourgs et ses petites villes pittoresques,
Machecoul, la vieille capitale, Pornic, aimé des artistes et
chanté par Brizeux, Paimbœuf, la ville silencieuse et
déchue ; » Vous verrez si ce pays de Retz dépare la Bretagne, et vous connaîtrez toute l'essence de la poésie de
M. Rousse, qui a essayé de rendre, sous l'influence de ses
rêveries, la poésie des sites et des mœurs au milieu desquels il vit. Si M. Rousse a quelques vers prosaïques et
quelques erreurs de rhythme, il a du moins une bonne et

gracieuse pièce : *Les Pifferari,* qui sont l'image de tant d'illusionnés !

Nous ne dirons en passant qu'un mot de F. M. LUZEL, bien connu en Bretagne. Nous avons lu de lui des traductions de chants bretons de toute beauté. Quant à M. Vincent COAT, employé à la manufacture des tabacs de Morlaix, il nous suffit de dire qu'il a de beaux vers, qu'il en a de défectueux, qu'il n'a rien réuni en volume, et que M. Thalès-Bernard lui a dédié plusieurs poésies dans ses charmantes *Mélodies pastorales.*

La patrie de M. H. Violeau et de Madame Penquer a encore donné le jour à M. Paul-Louis-François-Réné DE FLOTTE, en 1817. Il devint officier de marine, et donna sa démission en 1848, pour s'engager dans l'armée de Garibaldi. Il fut tué par un soldat napolitain, en 1860, en Sicile. Son bagage littéraire comprend : l'*Essai sur l'Esprit de la Révolution,* publié en 1851.

Il nous reste maintenant à parler de trois écrivains, qui ne sont certainement pas les moins connus de la Bretagne. D'abord, Mademoiselle Zénaïde FLEURIOT DE LANGLE, très-estimée dans la presse parisienne par ses nombreuses et excellentes publications imprimées tantôt sous ce nom : Zénaïde Fleuriot, et tantôt sous ce pseudonyme anagramme : Anna Edianez. Elle a aussi collaboré au *Conteur Breton,* dont nous avons déjà parlé. Puis vient ensuite M. Hippolyte DE LA MORVONNAIS, né à Saint-Mâlo, en 1802, et mort en 1853, sans avoir voulu quitter sa province. M. de la Morvonnais a publié : *La Thébaïde des Grèves, Les larmes de Madeleine, Le vieux Paysan,* et a laissé des *Poésies posthumes.* Il a de belles et bonnes choses auxquelles manquent trop souvent, pour être parfaites, le coloris et la correction. Voici pourtant d'assez beaux vers :

> Elle a passé, femme adorée,
> A la Thébaïde des mers,
> Elle a passé, forme pleurée,
> Par tout ce qui chante aux déserts,
> Par la mousse du cap sauvage,
> Et par les galets qu'au rivage
> Effleurent les vagues, au soir,
> Et dans la naïve prière
> De la pauvre vieille chaumière,
> Où notre ange aimait à s'asseoir.

Enfin terminons par un homme qui fut à la fois poëte, romancier et auteur dramatique. Né à Morlaix, en 1806, et mort à l'âge de 50 ans, Emile SOUVESTRE est son nom. Il habita longtemps sa province, et après avoir débuté par un drame en vers, le *Siége de Missolonghi*, il devint commis-libraire, à Nantes, dirigea une maison d'éducation à Brest, rédigea le *Finistère*, de cette ville, professa la rhétorique dans cette même ville, puis à Mulhouse, et vint s'établir à Paris l'année de sa mort, en 1856. Ses romans, toujours intéressants et ses autres œuvres, forment un total d'au moins 60 volumes. Non moins bien connu à Paris que Mademoiselle Zénaïde Fleuriot et que M. de la Morvonnais, nous ne parlerons pas plus longuement de cet écrivain de talent, qui a été très-applaudi, et qui a souvent lutté contre la gêne si ce n'est contre la misère. Infatigable travailleur, il méritait mieux.

MAINE

Le Maine ne nous offre que peu d'écrivains ; trois seulement sont à notre connaissance, mais l'un d'eux surtout, M. Dottin, mérite mieux qu'une simple mention ici. Quoique le *Dictionnaire des Contemporains* en parle avantageusement, il est un des poëtes à qui nous aurions bien volontiers consacré quelques pages, si la plus grande partie de ses œuvres

ne nous eût fait défaut. M. Henry Dottin, longtemps
percepteur à Liancourt (Oise), vit aujourd'hui à Laval, où il
s'est retiré, et là, comme partout ailleurs, il se consacre à
la poésie qui a toujours été, nous écrivait-il un jour, le
rêve de sa vie. Ses publications ne sont pas volumineuses,
mais elles sont nombreuses et ont pour la plupart une véritable valeur. Dès 1838, M. Dottin débutait par une charmante traduction en vers de *Cent et une épigrammes de
Martial;* l'année suivante, il nous donnait une traduction
en vers du beau poème de Catulle : *Les Noces de Thétis et de
Pelée.* Cette traduction était suivie de poésies diverses, et
précédée d'une notice sur Catulle, par M. de Pongerville, de
l'Académie française, ce qui prouve que le livre de M. Dottin
valait la peine d'être lu. En 1840, Henry Dottin essaie
d'être un Florian lyrique, et nous donne des *Fables en quatrains.* Puis, viennent un poème : *Les Cendres d'un Empereur,*
et, en 1840, des *Verselets.* Un vrai roman en vers, *La femme
de l'ouvrier,* est donné au public en 1843, et l'année d'après,
c'est le tour d'une bonne *Etude sur Amédée du Leyris,*
homme charmant, qui avait été l'ami du poète. L'étude sur
Molvaut, de l'Institut, parue en 1845, était également une
œuvre de valeur. Quant aux poésies patriotiques : *Les Chants
du Pays,* elles sont soignées comme tout ce que M. Dottin
écrit en vers. Depuis, Henry Dottin a donné, tant en vers
qu'en prose, les opuscules suivants : *Etude littéraire sur les
œuvres dramatiques de Charles Rey,* 1848 ; — *Jeanne Hachette
et sa statue et Notice sur Préville,* 1851-1852 ; — *Les Napoléoniennes;* — *Napoléon en Italie,* poème guerrier en cinq chants,
1859 ; *Ode et Notice sur le duc Larochefoucauld-Liancourt;
Epîtres humouristiques et Epître à un millionnaire.* — Dans
Les Napoléoniennes, nous avons remarqué l'ode à *Waterloo.* Le
poète nous montre l'empereur méditant dans sa tente, quand

tout à coup un spectre lui apparait et lui crie : « Ce n'est
pas le fracas du tonnerre que tu entends, c'est le fracas de
ton trône qui croule : tu n'es plus empereur. » Si, il l'était
encore, mais il ne devait plus l'être le lendemain. L'étoile
qui s'était levée le matin d'Austerlitz, a dit un écrivain,
devait se coucher le soir de Waterloo. Cependant Napoléon
avait la foi, aussi répond-il au spectre, avec un beau mouvement d'orgueil et de courage :

> Tu mens. . . . .
> Oui, je conserverai, spectre, empire, couronne,
> Tant qu'il me restera, pour défendre mon trône,
> Le tronçon d'une épée au poing !

— Aieu ! reprend le spectre moqueur :

> « . . . . Adieu, mon capitaine,
> Tu me retrouveras... »
> — Où donc ?
> — A Sainte-Hélène ! »

Voici maintenant un libraire de Château-Gontier,
M. Léandre BROCHERIE, qui est aussi poète à ses heures,
mais qui manque parfois d'énergie, malgré des vers sonores et coulants. Il a publié *Les Pauvrettes* et *Les Miniatures*.
De ces deux recueils, nous choisissons le premier : la poésie
en est plus mâle, plus énergique, ce qui n'exclut pas la
douceur. Et dans les pièces qui le composent, nous prenons de préférence *La Prière,* espèce de petit poème que
l'on peut considérer comme l'œuvre capitale de M. Brocherie.
Toutes les phases diverses de la vie, tous les malheurs,
toutes les joies, d'où la prière doit s'élancer humble, ra-
dieuse, sublime, se devinent dans ces vers qui sont écrits
avec la plume d'un poète et le talent d'un penseur. Nous
avons encore remarqué une description du berceau de l'enfant, que nous voudrions pouvoir citer, et qui est ce que le
poète a fait de mieux sur les enfants, à peu de chose près

du moins. Quant à l'étude que M. Brocherie a publiée entre ses deux recueils de poésies, *Thalès-Bernard et son œuvre poétique,* il a déployé beaucoup de talent d'observation et saine critique. Ce doux et charmant poète parisien, plusieurs fois couronné par l'Académie française, méritait bien cette étude, lui cependant si modeste, et qui ne publie ses œuvres que pour des souscripteurs.

Le troisième poète que nous trouvons dans le département de la Mayenne est loin de nous plaire autant que M. Dottin. M. ROBERT-DUTERTRE, poète, littérateur, auteur dramatique et agriculteur, a beaucoup écrit. Son principal recueil : *Loisirs lyriques,* avec une préface d'Emile de la Bédollière, contient bien quelques belles et bonnes romances, mais généralement tous les vers sont dans un genre d'idées que nous n'adoptons pas. Quant aux quelques pièces de théâtre qu'a composées M. Dutertre, elles n'ont été représentées nulle part, croyons-nous. Le même auteur a aussi écrit plusieurs opuscules sur l'agriculture : nous les préférons, parce que la portée en est bonne et utile.

ORLÉANAIS

Nous croyons de notre devoir de mentionner ici M. Louis-Marie-Augustin ROSSARD DE MIANVILLE, décédé âgé de 93 ans, à Chartres, le 13 février 1857. On a de lui une traduction en vers français d'un poème latin de Raoul Bouthrays, né à Châteaudun, en 1552, et intitulé : *Castelodunum,* publié au commencement du XVIIe siècle. On trouve dans ce poème une très-bonne description de la fête de la *Joûte aux coqs,* telle qu'on la célébrait dans l'ancien comté de Dunois. On parle aussi de cette fête dans un livre publié à Dreux en 1861, par MARRE : LES *Seigneurs de Nogent-*

le-Roi et *les abbés de Coulombes*. Nous ne possédons aucun détail biographique sur ce dernier auteur.

M. Auguste GOUNIOT - DAMEDOR , officier d'académie, à Blois, a publié, en 1843, un volume de vers : *Aglaüs*, poème. Ce livre n'était que la première partie d'une ample trilogie. L'auteur avait ainsi conçu son plan : Le sentiment du Beau qui fait dans *Aglaüs* disparaître l'esclavage antique et le fractionnement des cités, devait en deuxième lieu, dans le *Troubadour*, amener la ruine de la vanité catholique et du servage au moyen-âge ; en troisième lieu, ce même sentiment devait briser le double despotisme de la Royauté et du Clergé, au profit de l'*unité* des peuples, du moins occidentaux. Voilà à peu près ce que M. Gouniot nous écrivait, en 1869, en nous offrant son volume, et il ajoutait que le Ministre de l'instruction publique n'avait point voulu souscrire à son œuvre. D'examen fait, il résulte que nous ne pouvons approuver l'idée d'un pareil travail; quant à la poésie *seule,* elle montre un homme de talent, car nous avons lu de fort beaux vers, malheureusement encadrés dans un sujet de parti pris, dans lequel, s'il pouvait y avoir du bon, il y avait aussi beaucoup trop d'exagération. M. Gouniot a depuis fait beaucoup de vers qu'il a gardés pour lui.—Ce poëte est-il le père ou seulement le parent de M. Raphaël GOUNIOT-DAMEDOR, un des plus jeunes et des plus distingués membres de l'Académie des poètes de Paris ?

Cette province peut encore revendiquer comme un des siens, M. Valentin PARISOT, né à Vendôme en 1800, quoique la plus grande partie de sa vie se soit passée à Douai, où il était professeur de langues étrangères à la Faculté des lettres. Il a écrit un ouvrage dont le fond est souvent contestable : *Dictionnaire mythologique,* et une *Traduction du Ramayana,* en 1853.

TOURAINE

Ce charmant pays qui s'appelle la Touraine et que tout le monde nomme le jardin de la France, paie aussi noblement son contingent à la République des Lettres. Parmi les écrivains qui l'honorent, il convient de mentionner M. TODIÈRE, agrégé de l'Université, professeur d'histoire au lycée de Tours. Il a publié les œuvres suivantes, toutes remarquables au point de vue historique et bonnes au point de vue littéraire : *L'Angleterre et les trois Edouard premiers du nom; Charles VI, les Armagnac et les Bourguignons; La Fronde et Mazarin; La Guerre des deux roses; Philippe-Auguste; Histoire de Charles VIII, roi de France; Louis XIII et Richelieu* dont la deuxième édition est de 1852. Cet historien, comme tant d'autres écrivains provinciaux, a borné son horizon à la province qu'il habite; il lui a confié le débit de ses livres, et a peut-être un peu trop oublié pour sa gloire que Paris existe. — Aux littérateurs de cette province nous devons en ajouter un autre, doué d'un certain talent, Alfred TONNELÉ, né à Tours, en 1806, et mort à l'âge de 58 ans. En mourant, il a laissé un bon ouvrage : *Fragments sur l'art et la philosophie,* qui a été plus tard publié par un professeur de la Faculté de Lyon, M. HEINRICH.

Nous citerons encore M. Delphis DE LA COUR, de Loches, lauréat de l'Académie française et de plusieurs Sociétés littéraires de province. Chaque année, M. de la Cour publie en brochures ses poésies couronnées, et M. de Veyrières nous dit (lui qui se connaît en sonnets) que si

« D. de la Cour n'avait voulu être que sonnettiste, il serait
allé fort loin. » En effet, dans les recueils où nous avons
pu lire des compositions de ce poète, nous avons toujours
reconnu une imagination hardie, rehaussée des brillantes
couleurs que donne le véritable talent. Le Sonnet suivant,
l'*Amour maternel*, est une des plus charmantes compositions
de l'auteur ; aussi M. de Veyrières s'est-il fait un devoir de
le publier dans sa *Monographie*.

Il est un amour saint comme l'amour d'un ange,
Un amour dont le ciel ne peut être jaloux,
Et qui change à son gré, par un miracle étrange,
Les louves en brebis et les brebis en loups.

Il donne tout sans rien demander en échange,
Il nous berce du cœur, enfant, sur ses genoux ;
C'est l'amour maternel, amour pur, sans mélange,
Un autre ange gardien que Dieu mit près de nous.

Les fils sont oublieux : quand la vie est amère,
Qu'ils viennent se jeter dans les bras de leur mère,
Des liens de son cœur rien ne brise les nœuds,

Elle ne craint la mort que pour ces fils qu'elle aime,
Elle sait qu'on survit ; la mort pour elle-même
N'est qu'un prolongement de l'existence en eux.

BERRY

Un seul poète se présente à nous dans ce petit pays,
c'est M. Claude-Félix AULARD, *Baron* DE KINNER, né
le 11 août 1797. Adorateur fervent de la poésie sous la
forme étroite et curieuse du sonnet spécialement, il a écrit
de douze à quinze cents pièces de ce genre. Sont-elles
excellentes, ou sont-elles médiocres, nous ne pourrions
préciser, car M. de Kinner, sauf quelques sonnets parus
dans divers journaux, a mieux aimé tout garder en portefeuille. Il a peut-être eu tort ; en tout cas, un choix d'une
cinquantaine de sonnets pris dans un aussi grand nombre,

qui ont au moins le mérite de la simplicité, ne pouvait que servir à l'auteur tout en éclairant notre jugement.

POITOU

Si les sonnets de M. de Kinner sont réguliers, ceux de M. Louis AYMA, proviseur au lycée de Napoléon-Vendée, sont loin de l'être, quoique M. Ayma soit un poète de talent. Il ne suffit pas d'avoir du talent pour faire des innovations dans les habitudes contractées par plusieurs générations, et le sonnet, plus que tout autre genre de composition, est une de ces choses auxquelles les poètes sont habitués, et qui ne peuvent vivre en dehors des règles qui les régissent. Les autres poésies lyriques de M. Ayma : *Les Préludes,* 1839, et *Les deux Horoscopes,* poème, 1864, sont infiniment meilleures.

Néanmoins, aux poésies de M. Louis Ayma, on doit préférer les jolis vers de M. l'abbé FAYET, qui est en même temps un philosophe de mérite. Il ne nous a été donné de lire que quelques pièces de M. Fayet, dans divers recueils et journaux, et des extraits de ses *Poèmes de la foi,* 1864, mais nous avons reconnu tout de suite, — et nous n'étions pas le premier à le dire, — que ce poète a tout ce qu'il faut pour être un excellent auteur et digne d'être plus connu qu'il ne l'est.

N'oublions pas non plus de mentionner ici M. A. MAGIN, recteur de l'Académie de Poitiers. Il a écrit, pour l'enseignement, un *Abrégé de l'Histoire de France,* qui n'est point sans mérite, eu égard à sa destination. D'ailleurs, plusieurs éditions successives en ont consacré l'usage.

NIVERNAIS

A Nevers, nous trouvons deux poètes qui méritent d'être

lus. L'un, M. Moreau de Charny, a écrit de beaux vers, que
l'on rencontre dans ses *Rêveries du soir*, 1867. L'autre,
M. Louis Oppepin, directeur de l'école du château, membre
de l'Académie des poètes, et de plusieurs sociétés littéraires,
est un des plus heureux lauréats de nos concours littéraires
provinciaux. A ce titre, il mérite quelques lignes ; ses
Brises du soir (1870), nous en fourniront la substance.
Homme d'une grande simplicité, Louis Oppepin a choisi une
muse aussi simple, sans naïveté, chantant la nature, au
milieu de laquelle il a toujours vécu. Il a même trop voulu
l'imiter en tant que coloris, car les *Brises du soir* sont un
chant continuel de choses diverses, il est vrai, mais où le
printemps, les fleurs, le zéphyr, l'azur reviennent toujours.
Le poète a bien de la diction, mais il est parfois monotone,
et rend presque impossible une longue lecture de ses vers.
Ce n'est pas à dire qu'il n'a aucun talent, au contraire : nous
lui en reconnaissons un réel, surtout quand il s'attache à la
peinture du foyer, de la famille et de la religion. Admettons
que les *Brises du soir* n'aient aucun des inimitables et magiques accents auxquels les poètes de la restauration nous
ont habitués, elles sont du moins gracieuses et douces, tout
en montrant çà et là un peu d'énergie. Quand Oppepin a
commencé sa carrière de poète « était-il séduit par l'appas
de la renommée ? — dit Achille Millien, — avait-il des pré-
tentions à la gloire littéraire ? non.... il cédait à un besoin
de son âme expansive, il gardait à son foyer les plus
chères traditions de la famille ; il avait de pures affections,
de vives croyances, la paix dans la simplicité des mœurs,
toutes choses que dédaigne l'insouciante légèreté de l'é-
poque ; mais quoi de pluspour inspirer d'excellents vers ? »
A cela, nous ajouterons que si L. Oppepin n'est point de
ces écrivains dont les œuvres excitent l'engouement au

point d'être bien ou mal traduits en plusieurs langues, il est du moins de ces poètes harmonieux et purs dont on aime à conserver le souvenir dans le pays où ils ont vécu.

L'instituteur Oppepin nous remet en mémoire un autre instituteur, Claude TILLIER, mort jeune, en 1844, et que nous ne pouvons oublier. Il a toujours vécu dans le département de la Nièvre, où il fut rédacteur du journal *l'Association,* de Nevers. Il a écrit un journal de sa vie, où l'on trouve de belles et mélancoliques descriptions, qui rappellent Tœpffer à plus d'un titre. Cet ouvrage n'a été mis au jour qu'après la mort de l'auteur.

BOURBONNAIS

Louis AUDIAT, de Moulins, a aussi publié un bon nombre de brochures, dont plusieurs ont un mérite littéraire réel. Comme poète, il a de bons sonnets et de belles pièces sentimentales. Parmi ces recueils, nous citerons : *Les Oubliés,* et *Bernard Palissy,* travail qui a été, en 1868, couronné par l'Académie française. Un homme d'esprit a dit un jour de Louis Audiat : « Il semble avoir trouvé le secret de ne jamais perdre la moindre parcelle de temps. Les seules distractions qu'il se permette, il les trouve en changeant d'exercice. » Ces mêmes paroles peuvent s'adresser à M. ALARY, à cet homme, dont presque toute la vie s'est passée dans les plus piètres fonctions du professorat, et qui, malgré cela, a encore trouvé le moyen d'écrire une foule de livres et de brochures, tout en rédigeant des articles de journaux, avant que d'aller fonder une feuille périodique à Saintes, en 1867, feuille qu'il abandonna, comme le professorat, pour aller rédiger le *Charentais.*

MARCHE

Avant que de parler de M. Romieux, poète de talent, et

secrétaire perpétuel de l'Académie de la Rochelle, citons ici
en passant M. Alfred Rousseau, d'Aubusson, qui composa
jadis un recueil de poésies, dont la deuxième édition date
déjà de 1836. Ce recueil avait pour titre : *Un An de poésie,*
et renfermait des vers assez jolis. — Nommons encore
M. Th. Neveux, auteur des *Élévations poétiques,* titre déjà
pris par plusieurs poètes, ce qui prouve que tous, malheureusement, ne se lisent pas. — Puis, disons que Mademoiselle Mélanie Bourotte, de Guéret, a publié *Les Echos
des Bois,* poésies, et que c'est rendre hommage à la vérité
de dire que son talent n'est point le talent du premier
venu.

AUNIS ET SAINTONGE

Maintenant, revenons à M. Gaston Romieux. Il nous a
donné, en 1867, des *Fables et Poésies nouvelles,* avec des
contes et ballades, le tout digne d'intérêt et d'attention.
Plusieurs pièces de ce recueil ont été mentionnées et couronnées par diverses académies. L'Académie de la Ro-
·chelle nous fournit encore un autre poète, mentionné aux
Jeux Floraux, de Toulouse, c'est M. Hippolyte Viault,
avocat. Il a publié différentes poésies, et notamment des
sonnets de valeur.

Nous avons déjà eu l'occasion de signaler plusieurs
femmes poètes. En voici encore une dont le talent ne peut
être mis en doute, et quoique certains critiques aient été
jusqu'à dire que la poésie n'est pas du domaine des femmes,
qu'elles ne doivent s'occuper exclusivement que de leur
maison et du soin d'élever leurs enfants, il nous semble, à
nous, qu'il est juste de rendre hommage aux personnes qui
le méritent, quel que soit le sexe auquel elles appartiennent.
Mlle Maria Gay, aujourd'hui Mme Calaret, est, à cause de

ses poésies : *Reflets dans l'âme,* qu'elle publia en 1865, avant son mariage, du nombre de ces personnes qui méritent. Ce livre est en effet le pur reflet de l'âme du poète qui l'a écrit. En le lisant, on ne trouve point de ces figures forcées qui font que le lecteur doute parfois du caractère sacré de la poésie, car tout, chez Maria Gay, est pur sentiment, noble expression de la pensée, image du cœur. Ses poésies écloses sous le ciel méridional sont un élan continuel vers le beau, l'infini, vers la nature et vers Dieu, son auteur. Dans les *Chants de l'âme,* le poète s'est fait l'écho des nobles chants de Lamartine, de Lamartine qui, autrefois, porta le premier coup à la mythologie en la chassant de ses vers ; bon exemple, qui a depuis été imité par tous les poètes des différents ordres, pour la plus grande gloire de la poésie.

ANGOUMOIS

La poésie lyrique n'est pas seulement, comme nous avons déjà pu le voir, du domaine de la province ; le genre dramatique y compte aussi des adorateurs fervents : MM. Louis Bouilhet et Touroude, déjà cités, en sont une preuve ; H. Minier, dont nous parlerons plus loin, le prouvera également. A ces noms nous nous contenterons de joindre, quant à présent, M. Abel JANNET, de Cognac. Outre les quelques pièces qu'il a fait représenter en province, il a publié : *Echos perdus ; Les Parfums de la Famille ; Fleurs sauvages,* et *Le Repas de Satan ; Emotions du citoyen ; Esquisse d'une opinion littéraire.* M. Jannet est de ceux à qui l'on dit de persévérer. Quant à M. Eutrope LAMBERT, de Jarnac, on doit faire ses réserves. *Les Feuilles de roses,* 1864, sont des poésies de début, à peu près insignifiantes et si petites que c'est à peine si on a le temps en les lisant de saisir l'idée de l'auteur. Une, deux, trois ou quatre stances au plus par

pièce et voilà tout. Nous ne dirons rien de son Etude biographique sur Marie de Valsayres, que nous ne connaissons
pas, mais en nommant les *Etapes du cœur,* publiées en 1866,
nous pouvons affirmer que M. Lambert a marché en avant,
et qu'en donnant plus d'extension à ses poésies, il a su
aussi leur donner plus de valeur. Les *Etapes du cœur* sont
dédiées aux jeunes filles, et M. Laurent-Pichat a daigné
écrire la préface de ce petit livre pour lequel l'auteur a pris
cette devise de Diderot : « Quand on écrit pour des femmes,
il faut tremper sa plume dans l'arc-en-ciel et jeter sur sa
ligne la poussière des ailes du papillon ! »

Les deux poètes dont nous venons de parler ont autrefois
connu un jeune homme dont la mort a été une perte pour la
littérature. Nous ne le connaissions point, mais en lisant la
préface d'un des volumes collectifs de Boué (de Villiers),
nous avons lu ces lignes, à propos de M. Alfred FEUILLET :

« Ce nom évoquait en nous de douloureux souvenirs ! Alfred
Feuillet m'envoyait pour le volume des *Rimes,* en juillet dernier (1863),
sa charmante poésie : *Définition.* Je ne le connaissais que par ses
œuvres. Une correspondance s'engagea entre nous, enthousiaste, spirituelle de sa part. Il avait des projets nombreux en vue : un journal,
un almanach littéraire de la Province, etc. Soudain, ses lettres cessèrent et les journaux m'apprenaient sa mort, arrivée à Nantes le
17 septembre. Alfred Feuillet avait vingt-neuf ans ; il est mort plein
de talent et d'avenir. Paris lisait ses vers dans l'*Artiste.* Il avait publié
plusieurs ouvrages, était un des écrivains de province les plus actifs
et les mieux doués. Il avait formé un centre littéraire à Cognac, sa
ville natale, où, entr'autres charmants esprits, s'offraient MM. Abel
Jannet, le poète énergique des *Fleurs sauvages* et des *Emotions du
citoyen,* MARCHADIER, L. ARNAUD, etc —Puissent ces lignes sympathiques
d'un ami inconnu apaiser la douleur de ceux qui pleurent Alfred
Feuillet ! Que cette couronne, posée sur sa tombe, réjouisse l'âme
pure et généreuse du poète disparu ! »

Voici cette pièce : *Définition,* dont parle M. Boué :

Souvent, quand le destin nous plonge
Au fond d'un obscur avenir,
Nous regrettons comme un beau songe
Le passé qui vient de finir.

L'avenir, c'est une nuit sombre
Où chaque pas est incertain,
Où nous doutons, allant dans l'ombre,
Si notre but doit être atteint.

Le passé, lui, brille en notre âme,
Semblable à l'astre aux rayons d'or,
Dont nous ne voyons plus la flamme
Quand sa lumière éclaire encor.

Avenir, passé, double vie !
L'homme est au milieu du chemin,
Contemplant la route suivie,
Et criant : « Dieu ! tends-moi la main ! »

La mort d'Alfred Feuillet a aussi inspiré quelques beaux vers au poète des *Feuilles de roses* et des *Étapes du cœur*.

LIMOUSIN

Cette petite province nous offre, en sus de M. Louis de Veyrières, quatre poètes dont un est en même temps moraliste. Nous commencerons par ce dernier, qui est l'abbé Joseph Roux. Auteur des *Hymnes et Poèmes en faveur de la Vierge Marie,* qui nous donnent des vers assez médiocres. Il a encore composé un très-grand nombre de *Maximes,* dont nous avons pu lire quelques pages. Ces maximes sont bien loin des *Pensées* de Pascal ou des *Maximes* du duc de La Rochefoucauld, mais il y en a cependant de belles et de bonnes, ce qui pourtant ne suffira point pour que l'abbé J. Roux devienne une notoriété. — Ensuite nous prendrons M. Jean SAGE, un charmant sonnettiste et collaborateur de plusieurs journaux du département de la Corrèze, qui a, en outre, publié plusieurs opuscules dans lesquels le talent fait rarement défaut. — A côté, la place est d'avance marquée pour M. Firmin DE LA JUGIE, mainteneur aux *Jeux floraux* et qui a aussi écrit, sans jamais les avoir réunis en volume, de fort beaux vers, disséminés dans divers recueils. Mais le poète lyrique qui tient, sans contredit, le premier rang parmi les autres que nous venons de rappeler, est M. Auguste LESTOURGIE, d'Argental, lauréat du Capitole Toulousain. Ses recueils, à notre connaissance, sont : *Près du Clocher,* 1858, *Rimes Limousines,* 1863, et *Souvenances.* Les deux premiers volumes que l'auteur a autrefois bien voulu nous offrir, sont de ces œuvres dont la poésie élevée rappelle Victor de Laprade et Achille Millien. Nous voudrions pouvoir citer plusieurs morceaux dont l'étendue nous arrête, mais nous nommerons *Remède* et *le bord de la Coupe,* qui se termine par ces vers :

Les plaisirs, la gloire, enfant, sont des mots !
Hélas ! rien n'est vrai que notre souffrance
Et le rire, ami, cache des sanglots !

Puis le *Baptême de l'ouvrier,* qui rappelle la *Marraine magnifique,* de Reboul, et *Fiorellina,* histoire d'une bonne fille aux yeux d'ébène, espèce de vestale qui ne se montre que drapée dans sa pudeur et sa virginité ! Nous avons fait le *Portrait* de Magu et de JULES PRIOR, mais M. Lestourgie leur est bien supérieur. Nous avons autrefois ainsi jugé ses écrits : « La vérité qui, dans la poésie, se fait jour par la poésie, afin qu'on ne la repousse plus du pied comme un instrument banal et inutile, et que l'on fasse mentir Malherbe qui a dit : « Un poète n'est pas plus utile à l'Etat qu'un bon joueur de quilles. » Aujourd'hui, tout en maintenant ce jugement, nous ajouterons ces paroles, que M. Henri Bellot prononça dans son discours de réception à l'Académie de Bordeaux, discours qui traitait de l'avenir de la poésie : Alors « la poésie sera libre au moins d'errer en paix au gré de ses désirs et d'adorer si bon lui semble ses idoles ! »

AUVERGNE

L'Auvergne n'est-elle réellement représentée que par un

écrivain, ou bien nos recherches ont-elles été mal dirigées ?
Nous ne pourrions l'affirmer ; toujours est-il que nous ne
voyons, quant à présent, qu'un seul homme à présenter.
M. Emile KUHN a publié, sous le pseudonyme de *J. Lazare:*
Roses et Chardons, chansons, chansonnettes et romances. —
Les Rafales, poésies, — *Les Nuées bleues,* poésies, — *Les
Chroniques,* — *Le Docteur Mordicus.* — *La légende des Rues,*
pamphlets politiques et littéraires sur la fin de l'Empire,
ouvrage en trois volumes qui, quoique publié en Belgique,
attira bien des désagréments à l'auteur de la part de l'autorité. Enfin, le *Rendez-vous,* pièce en un acte et en vers.
Dans son premier recueil, J. Lazare a laissé subsister des
fautes de détail que son peu d'habitude d'écrire lui avait fait
alors négliger. Depuis, il a considérablement amélioré son
style et ses vers, et nous avons pu constater que dans les
Rafales (cependant publiées la même année que *Roses et
Chardons),* une poésie plus vigoureuse et plus saine, et,
partant, plus digne d'intérêt. La légende chrétienne du
Juif-errant contient de beaux morceaux que leur longueur
nous empêche de donner ici, surtout les passages où le
vieillard légendaire rappelle son existence et tout ce qu'il
a vu s'accomplir sur la surface du globe :

> J'ai déjà sous mes pieds foulé bien des ruines,
> O Rome ! il me souvient qu'autrefois tes collines
> Portaient moins haut leur front. Les débris amassés
> Dans les siècles s'y sont par degrés entassés.
> Je reviendrai plus tard, en expiant mes fautes,
> Te revoir en passant ; tes collines moins hautes
> Me diront ton destin ; tu finiras tes jours,
> Ville éternelle.... Et moi je marcherai toujours !

Non content de se vouer à la poésie et de jeter ses pièces
à une foule de revues et journaux, tels que la *Renaissance,*
le *Juvénal* et autres, J. Lazare a écrit pour des feuilles
périodiques quelques portraits de personnages célèbres.

Le portrait de la célèbre Mme Rolland n'est pas un des moins méritants ; bien qu'assez court, il abonde en détails intéressants, en appréciations justes, et à la lecture nous avons pu constater que M. Lazare a un talent réel d'observateur et de biographe. Nous reviendrons plus tard à ses œuvres que depuis leur publication il a retouchées pour en faire disparaître les inutilités.

GUYENNE ET GASCOGNE

Comme la Normandie, le Languedoc, la Provence, le Dauphiné et le Lyonnais, la province de Guyenne et Gascogne possède un nombre notable de littérateurs et de poètes ; les citations que nous allons faire en sont la meilleure preuve.

M. Henri BELLOT DES MINIÈRES, secrétaire de l'archevêché de Bordeaux et membre, depuis 1869, de l'Académie de cette ville, a publié : *A travers le siècle,* poésies, et *Traduction des Eglogues de Calpurnius,* sans nom d'auteur. Malgré une seconde édition de *A travers le siècle,* en 1864, M. Bellot s'est montré tellement prosaïque que nous ne savons en vérité comment ce livre peut avoir eu du succès. On reproche aux parnassiens d'écrire des vers trop emmiellés; mais au moins sont-ils très-poétiques à côté de ceux d'Henri Bellot. Quant au fond, rien à reprocher à l'auteur ; l'idée de M. Bellot est excellente : il essaie de mettre en relief, au profit de la Religion, tous les travers de la Société, mais il aurait fallu qu'il entourât ses sujets de quelques-unes des couleurs chatoyantes qui sont du domaine des poètes. Par suite, et bien que le style et les vers soient encore aussi froids, nous préférons sa traduction des Eglogues, parce qu'elle a une valeur littéraire en même temps qu'elle montre de l'érudition et du bon goût, et cette

érudition paraît surtout dans les Notes qui accompagnent
la traduction. Calpurnius, — souvent imitateur de Théocrite
et de Virgile, — méritait certainement bien l'intérêt que
M. Bellot lui portait. N'étant pas original, il est souvent loin
de la perfection et ne peut être considéré comme un poète
achevé ; mais n'est-ce rien que de marcher sur les traces
d'hommes de génie comme les chantres de Mantoue et de
Sȳracuse? D'ailleurs, dit Ménage, en parlant des poètes
achevés, « il faut plusieurs siècles pour en produire un, et
tous les siècles en ont à peine produit trois ou quatre en
chaque langue. » Les Eglogues de Calpurnius, parfois attri-
buées à Olympius Némésien, sont bien de Calpurnius, et
Mairault nous en a déjà donné une traduction en prose au
commencement du xviiie siècle et qui est à peu près oubliée
aujourd'hui ; il y a donc un véritable mérite pour M. Henri
Bellot d'avoir ressuscité le vieux poète latin, seulement nous
lui ferons un reproche, c'est d'avoir traduit un peu trop
librement et de n'avoir pas même conservé aux titres la
signification que leur donne le texte latin. M. JONAIN, dans
sa traduction en vers de *Mélibée,* une des sept Eglogues de
Calpurnius, a été plus concis, plus sévère, et le traducteur
ne l'est jamais trop.

Aux froides inspirations de l'abbé Bellot, nous préférons
certains vers que l'on rencontre en lisant les *Guirlandes,*
de M. Hector BERGE, non pas que nous entendions en faire
un grand poète, mais parce que le coloris et la vigueur
française ne lui font que rarement défaut. — Nous aimons
cependant encore mieux M. Hippolyte MINIER, membre et
plusieurs fois président de l'Académie de Bordeaux, membre
de l'Institut des provinces et de la Société des auteurs
dramatiques. L'auteur n'a pu nous donner le titre que d'une
partie de ses ouvrages, peu d'exemplaires étant restés entre

ses mains. Nous nous contenterons d'une simple indication, faute de mieux. — *Légendes bordelaises et Traditions poétiques; Mœurs et travers,* poésies satiriques en deux volumes; *Les Poètes bordelais;* l'*Art et la foi; Jérôme Corialard,* comédie en deux actes et en vers; *le Legs du Colonel,* comédie en trois actes et en vers; *Molière à Bordeaux,* comédie épisodique en deux actes et en vers; *Le boucher Dureteste,* drame historique en cinq actes, avec prologue; *L'esprit Bordelais,* à propos en un acte et en vers; — *Qui a bu boira,* proverbe en un acte et en vers; *Bordeaux après dîner,* à propos, en un acte et en vers; — *l'Honneur du foyer.* M. Minier a encore publié des *Etudes biographiques,* des *Critiques littéraires* dans plusieurs revues, notamment dans les actes de l'Académie de Bordeaux, dans les revues de Toulouse, de Lyon, de Nantes, de Marseille, la Revue artistique, le Monde illustré, etc. Dernièrement encore (en 1872), M. Minier terminait, en collaboration avec Raoul de Saint-Arroman, ex-secrétaire à la rédaction de la *Gazette des Etrangers,* un petit acte destiné à l'Opéra Comique et portant ce titre : *Le .Pommier du père Adam.*

Un autre écrivain bordelais, dont les œuvres sont au moins aussi nombreuses que celles de M. Minier, c'est Evariste CARRANCE. Ses publications, presque toutes de petites brochures, s'élèvent à environ cinquante; on comprendra donc pourquoi nous ne les énumérons pas ici. Cependant, il convient de faire remarquer parmi ses ouvrages en prose : *Le Roman de Pâquerette* et *Le Roi des Pêcheurs,* charmantes petites nouvelles qui montrent chez leur auteur un esprit distingué. Quant à ce qui regarde la poésie, disons que les plus beaux vers de M. Carrance sont les petits poèmes qui servent de préface à chacun des nombreux recueils collectifs dont il s'est fait l'éditeur. M. Evariste Carrance est encore auteur de plusieurs comédies en un acte et en vers, *En Province, A vingt Ans, Les Toqués*, etc., dont quelques-unes ont eu, à Bordeaux, les honneurs de la représentation. En résumé, Carrance est un écrivain de talent qui devrait réserver ses brochures pour ne les mettre au jour que réunies. Nous sommes convaincus que ses petits poèmes, malgré quelques défaillances, auraient un véritable succès, du moins près des personnes de goût qui ne demandent à la poésie que d'être utile à l'humanité. Deux amis de M. Carrance se sont aussi fait un nom dans les lettres ; l'un, mort depuis quelques années, M. Amion FAURE, homme d'esprit et de talent, a été l'intelligent éditeur des *Rimes provinciales* (recueil collectif.) L'autre, M. Jean CONDAT, plus connu sous les pseudonymes de *J. Chapelot* et *Jean de la Vèze*, a fondé et dirigé, de 1862 à 1870, plusieurs recueils périodiques qui n'étaient aucunement dépourvus d'intérêt.

M. A. LOUVET (de Couvray), dont les articles au *Concours des Muses* nous ont toujours plu, est un de ces prosateurs distingués comme il n'y en a jamais de trop. D'un style facile, soutenu, et fruits d'une observation exacte et impartiale, ses articles sont, comme on le voit, remarquables à plus d'un titre. Dans les *Hommes providentiels* (1865), il étudie brièvement, mais exactement, la vie et les faits de Cyrus, Alexandre, César, Clovis, Charlemagne, Grégoire VII, Jeanne d'Arc, Charles-Quint, Louis XIV et Napoléon Ier. D'après M. Louvet, il n'existe point d'hommes providentiels, et s'il en est quelques-uns que l'on puisse admettre, ce sont, dit-il, « les hommes qui respectent les lois, les institutions, qui aiment la liberté et qui la servent comme Lafayette et Washington. » Il admet, dans Napoléon Ier, l'homme le plus prodigieux qui ait lassé la fortune, et, dit-

il, « s'il avait toujours raisonné juste, bien apprécié les
« hommes et les circonstances, il se fût abstenu de se
« lancer dans un système de conquêtes impossibles à
« réaliser. S'abstenant, il eût toujours administré à la
« satisfaction de la France et de l'Europe, cette dernière
« ne l'eût pas renversé, et Napoléon aurait alors fondé en
« France un ordre de choses stable, en s'appuyant sur la
« justice et les vrais principes d'un gouvernement libre. »
M. Louvet, qui a pour devise cette maxime, tirée de la
Vie de César : « Soyons justes, nous serons logiques, »
a encore écrit pour le *Progrès,* de Bordeaux, une remarquable étude sous ce titre : *Montagnards et Girondins.*

Nous voici maintenant en face d'un des principaux poètes
de la province qui nous occupe. M. le vicomte Jules
DE GÈRES, ancien président de l'Académie de Bordeaux, est
assurément un homme aimable, en même temps qu'un écrivain distingué. Ses œuvres sont en grande partie épuisées,
mais les quelques brochures qu'il a mises à notre disposition, nous ont suffi pour constater une nature d'élite. Il
a publié : *Les premières Fleurs,* poésies, 1840 ; *Récits de Suisse
et d'Italie,* 1854 ; *Rose des Alpes,* 1856 ; *Le Roitelet, verselets et
dédicaces,* 1859 ; *Les Hirondelles,* poésies ; *Rimes buissonnières
contre l'uniformité ; La Soif de l'Infini ; Personne n'est
heureux ; Le Cœur d'un enfant* (en 1869, ce charmant petit
poème parvenait à sa quatrième édition) ; *Noël, lamenta-
tion épisodique; Scènes du Déluge, en 1866 ; La Coupe du
Sanctuaire ; L'Arbre devenu vieux,* paysage philosophique ;
et enfin une série de pensées et d'observations, réunies sous
ce nom : *Menus Propos,* 1867. — M. Jules de Gères est un
poète concis et clair, raffiné comme Alfred de Vigny, tout
en conservant à ses vers la belle et noble simplicité que
M. de Laprade a constamment recherchée dans ses magni-

fiques poésies alpestres. On retrouve partout la sève bouil-
lante des frères Deschamps, écrivant à l'époque où floris-
sait le romantisme, et, comme eux et à leur exemple,
M. de Gères a su donner à ses chants des sujets dignes
d'intérêt. Quoi de plus gracieux que ce beau sonnet que
contiennent *Les premières Fleurs*, et qui commence ainsi :

Pourquoi vois-je tes yeux de larmes se ternir ?

Quant à la légende de *l'Arbre devenu vieux*, toute empreinte
de la plus pure philosophie et du parfum champêtre, auxquels nous ont accoutumé les belles poésies danubiennes du
hongrois Petœfi; elle nous fait ressouvenir qu'Achille Millien,
le poète agreste par excellence, n'a pas mieux fait dans ses
légendes. *L'Arbre devenu vieux* peut n'être pas du goût de
tout le monde, mais il est certainement du goût de tous
ceux qui préfèrent le fond à la forme. Le poète semble encore s'être surpassé dans son étude : *Le Cœur d'un enfant,*
et pour laquelle il lui a fallu lutter contre les nombreuses
difficultés que suscite la peinture d'une magique enfance,
que Victor Hugo a si bien chantée. Nous aimons mieux
citer ce passage, où la jeune Claire pleure à genoux la
mort de son père devant le portrait de celui-ci.

Un soir ayant couvert le portrait de caresses,
Elle arrangea l'armoire, elle eut mille tendresses,
Embrassant un par un ses trésors adorés,
Les étreignant sans fin de ses bras égarés,
Les nommant tour à tour, s'en faisant reconnaître,
Comme de vieux amis qu'on va quitter, peut-être,
Et dont l'adieu s'épanche en un plus long regret ;
Elle s'assit encore sur son cher tabouret ;
Disposa double fleur sur *sa* table, une image
Aux rideaux de son lit, saint et suprème hommage,
Et se coucha, les mains sur son nœud de satin,
Mais ne se leva pas le lendemain matin.

Pour ce qui est des *Menus Propos,* nous n'en détachons

qu'une seule pensée, encore la prenons-nous au hasard,
afin de mieux faire juger l'œuvre.

« Un esprit dans la paresse, est comme un métal dans sa gangue,
il ne brille pas. Il faut le frottement et l'usage, c'est-à-dire l'activité
dans le travail, pour lui donner l'éclat et le poli. »

Il est encore un poète de talent qui, comme tant d'autres,
se renferme trop dans sa province, c'est M. Julien LUGOL,
de Montauban, membre de la société des sciences, belles-
lettres et arts de Tarn-et-Garonne. Nous avons de lui trois
petits poèmes dont le plus grand défaut est la beauté poétique. Dans *Un Rêve,* les sentiments humanitaires dont
M. Lugol est animé sont noblement dévoilés. Mais les deux
pièces où il a le mieux montré son talent poétique, tout en
faisant preuve d'un patriotisme absolu, sont : *La Délivrance*
et *La Vengeance,* dont on devine aisément le sens. Dans la
première, le poète pousse aux plus grands sacrifices pour
arriver le plus promptement à la délivrance de la patrie
vaincue ; dans la seconde, il démontre ce qu'étant unis
nous devons faire pour venger l'honneur national. Comme
nous ne voulons nullement ici parler politique, nous aimons
mieux citer les vers qui terminent :

> Ah ! quand nous aurons fait toutes ces grandes choses,
> Quand nous aurons de nos revers détruit les causes,
> . . . .
> Et le monde voyant reparaître son phare,
> Joyeux, contemplera s'enfuir l'ombre barbare,
> Et les peuples nouveaux, de cette ombre émergés,
> Béniront notre France.... et nous serons vengés !

Nous avons encore lu différentes poésies de M. Lugol,
qui, malgré quelques légères et rares imperfections, n'en
mériteraient pas moins d'être livrées au public.

Mentionnons encore en passant M. Ludovic SARLAT, qui,
du fond du Périgord, a publié, vers 1853, un volume de

rimes intitulé : *Aimer, Prier, Chanter*. Ce volume comprend des épitres, des élégies, des satires et des sonnets. Puis M. Wiliam LEMIT, auteur d'un volume de poésies, publié en 1869 et dans lequel on lit un beau drame dédié à Victor Hugo et qui porte ce titre : *Les Derniers d'Arnecourt*. Ce drame contient de nobles vers pleins d'une vigueur qui ne donne que plus d'attraits à la morale consolante et vraie qui le termine. Quant à M. VÉSY, bibliothécaire à Rodez, nous avouons ne le connaître que depuis le jour où M. L. de Veyrières en a parlé dans sa *Monographie du Sonnet*. Aussi laissons-nous la parole à cet intelligent auteur :

« M. Vésy est un poète modeste qui craint le jour, le bruit et le contact du monde : c'est une sensitive poétique. Nous sommes le seul confident de M. Vésy ; nous avons appris que deux de ses sonnets avaient paru dans les *Mémoires de la Société littéraire de Rodez*, mais sous un nom de guerre, sans doute celui de B. Lunet. L'auteur conserve une douzaine de sonnets inédits. Trois nouveaux, sur Pétrarque et Laure, ont récemment paru dans le *Bas-Limousin*, de Brive. — M. Vésy a bien voulu nous dédier un quatrain que nos lecteurs aimeront à lire :

Le souvenir, c'est tout.... c'est l'âme de la vie !
Ranimant le passé, défiant l'avenir !
Le temps peut tout détruire, au gré de son envie ;
Qu'importe ! si le cœur sauve un doux souvenir ! »

Depuis longtemps déjà, nous avions remarqué les poésies que M. Henry CALHIAT, de Moissac, publiait dans feu le *Concours des Muses*, et nous nous étions dit qu'il y avait chez ce poète de la couleur et de la vérité. Notre opinion, librement émise, n'a pu que se confirmer du jour où nous avons lu *Une Ame écrite*, poésies publiées sous le pseudonyme de *Sylve de Saint-Henry*. Ce recueil de poésies suaves, gracieuses, et par dessus tout chrétiennes, a valu à son auteur beaucoup de comptes-rendus dans les journaux de la province, et un grand nombre de lettres de littérateurs, de prélats et d'hommes éminents. Dans ce livre, qui date de

1869, nous prendrons seulement le sonnet : *Elle est morte !*
Cette belle pièce, — à laquelle nous conservons toute sa
ponctuation, — suffira pour faire apprécier l'esprit du
volume :

Au livre de la vie, elle avait lu trois pages....
Et sur la route humaine, elle avait fait trois pas,
Elle avait dans ce livre aperçu des images,
Qui pour elle, à coup sûr, avaient bien des appas.

Quand un ange envoyé pour remplir des messages,
La ravit en passant, au piège d'ici-bas,
Aurait-elle vécu, parmi les vierges sages ?
Cet ange le savait.... nous ne le savons pas.

Mais ce que nous savons, c'est qu'eux deux s'envolèrent ;
Vers le séjour d'en haut, ensemble ils s'en allèrent,
En laissant sur la terre une famille en deuil.

Le soir venu, l'enfant fut mise dans la tombe,
Et les femmes ont dit qu'une blanche colombe,
Sortit, à ce moment, du fond de son cercueil.

Ajoutons que M. Calhiat, qu'un homme d'esprit a surnommé le *poète des âmes*, a été, le 15 février 1870, reçu
membre de l'Académie des Arcades de Rome, non sous son
véritable nom, mais sous celui de *Mégacle Eutrésio,* car
chacun sait que tous les membres de cette célèbre Académie
portent un nom de berger.

En 1840, M. Jean-Baptiste PÉRÈS, protestant, mourait
bibliothécaire d'Agen, sa ville natale. Il a écrit plusieurs
pages spirituelles, notamment en 1827, un singulier opuscule : *Comme quoi Napoléon n'a jamais existé.*

Avant d'arriver aux écrivains du Languedoc, il nous reste
à parler de M. Auguste GODIN, instituteur à Francs. Quelques
mots suffiront pour faire connaître ce poète, qui n'a encore
écrit que pour les recueils collectifs et pour certains journaux. Pur et harmonieux, son talent poétique ne peut

être mis en doute. M. Godin avait annoncé, pour 1872, un volume de poésies : *Folioles,* dédié à Victor de Laprade qui avait fait au manuscrit du jeune poète l'accueil le plus flatteur, mais nous croyons pouvoir affirmer que ladite année n'a point vu naître le livre en question. Espérons que c'est un oubli que l'auteur s'empressera de réparer ; et, alors, si notre admiration anticipée a été trop grande, si les belles poésies, comme nous en avons lu de M. Godin, sont en trop petit nombre dans le volume ; si, en un mot, ce volume mérite et exige une sévère critique, nous ferons. notre devoir.

LANGUEDOC

M. Louis-André-Augustin BLANCHOT DE BRENAS appartient au Languedoc, par sa naissance inscrite à Yssingeaux, en 1828. Il a publié, en 1855, *Les Vélaviennes,* poésies. Dans ces poèmes, favorablement accueillis par la presse, on remarque la ballade *Le Velay,* reproduite par tous ceux qui ont écrit sur la Haute-Loire, et qui valut à son auteur une médaille d'or. En 1859, M. Blanchot de Brenas donna, à la *France littéraire,* de Lyon, de nombreux feuilletons, parmi lesquels on doit citer : *Avec mon ami Félix,* voyage pittoresque dans les Corbières, où se trouve un épisode devenu célèbre : Le *curé de Cucugnan.* Traduite en 1867, par le poète patois Roumanille, cette légende, pleine d'originalité et de verve, jeta un vif éclat sur l'*Armana prouvençau.* Nommé magistrat en 1860, M. Blanchot de Brenas n'a, depuis cette date, écrit que sous le voile du pseudonyme. Il est lauréat de plusieurs concours littéraires.

Comme on le voit par les succès qu'il a obtenus, M. de Brenas est un écrivain de talent, et ce qu'il est juste de faire remarquer ici, c'est qu'il est loin d'être le seul de sa province. Le Languedoc n'est bien, à notre connaissance, représenté que par un petit nombre d'écrivains, mais qui sont doués d'un véritable talent. — Prenons d'abord M. Edouard GOUT-DESMARTRES, né à Toulouse en 1812, et mort en 1862. Il a publié, en 1844, les *Gerbes de poésies*, très-gracieux volume de vers qui a pour mérite, non-seulement la noblesse des sentiments, mais encore la remarquable correction du style. Nous n'avons lu ce livre qu'une fois, et nous n'en avons point retenu au juste la date qui pourrait ici rectifier une erreur. M. de Veyrières lui assigne la date de 1844, et M. Staaff la date de 1821 ; il est incontestable que M. Gout-Desmartrès n'avait pas encore écrit et encore moins publié de vers à l'âge de neuf ans. Ce poëte fut maître ès *Jeux floraux*, et président de l'Académie de Bordeaux.

Nommons maintenant M. l'abbé CALAS, chef d'institution à Toulouse, qui a mis au jour : *Histoire de Jésus; Journal de Gaston; Heures sérieuses d'un écolier; Fleurs de la légende dorée;* et *Les petits poèmes de l'enfance.* Ce sont tous livres écrits pour la jeunesse et dans l'intérêt des familles, mais avec talent et une douce sensibilité.

Bien que nous ayons parlé plusieurs fois de Maurice DE GUÉRIN dans le cours de notre ouvrage, nous ne pouvons montrer les écrivains de son pays sans lui donner une place qu'il mérite si bien. Nous n'en dirons que peu de mots, MM. Trébutien, Sainte-Beuve et Madame Sand en ayant déjà dit plus que nous n'oserions le faire. Nous rappellerons seulement que de Guérin naquit en 1811, et mourut en 1839, au château de Cayla, encore complétement inconnu ; que, s'il eût vécu, il était, comme poëte et comme prosateur, appelé aux plus brillantes destinées ; son *Journal*, et le poème du *Centaure* sont là pour l'attester. A côté de lui, et comme un tout inséparable, plaçons mademoiselle Eugénie DE GUÉRIN, sœur de Maurice, née au Cayla (Tarn), en 1805, et morte jeune aussi, en 1848. Elle a publié des *Lettres*, des *vers*, et son *Journal*. Elle avait peut-être encore un talent supérieur à celui de son frère, mais les études que ce dernier avait faites, l'avaient plus vite formé et l'ont depuis montré sous un jour favorable que n'atteignit point complétement Eugénie.

Une autre femme poète, Madame BARUTEL, de Muret, plus connue sous le nom de Mademoiselle Adolphine BONNET, et plusieurs fois couronnée aux *Jeux floraux*, a publié un volume de poésies, *Les Chants de l'âme*, que l'Académie française a couronnés. Nous n'avons pu nous procurer, même près de l'auteur, ce livre dont on nous a dit tant de bien, et qui n'a point été réimprimé. Nous avons dû nous contenter, pour pouvoir dire que Madame Buratel est un excellent poète, de la lecture de quelques odes insérées dans les recueils annuels du Capitole Toulousain.

Un compatriote de Reboul, en même temps que poète d'une grande valeur et prosateur distingué, mérite plus qu'une simple citation, mais ne pouvant agir autrement ici, quant à présent, pour des raisons indépendantes de notre volonté, nous nous contenterons de quelques mots. Ce poète, cet écrivain, c'est M. Jules CANONGE, né le 20 mars 1812, et mort le 14 mars 1870. Il a publié entr'autres choses : *Le Tasse à Sorrente; Terentia ; Le Monge des îles d'or*, poèmes, nouvelles et impressions ; *Penser et croire*, poésies choisies ; *Passim*, notes, souvenirs et documents d'art contemporain ; *Arles en France ; Olim ; Les âmes en péril*. Plusieurs de ces œuvres ont eu différentes éditions et ont fait une grande et juste réputation à leur auteur ; le poème du *Tasse à Sorrente* a même été traduit en vers italiens par le comte Perticari, qui a publié cette traduction à Naples.—Nîmes nous a encore donné un bon poète en la personne de M. Frédéric BIGOT, qui a mis au jour : *Bourgadieirs et Rêves du foyer.* — Continuons par des citations. M. Gabriel PEYRONNET, de Narbonne, a aussi publié : *La Muse du foyer,* et *Rêveries,* en 1863. Ces recueils renferment de belles et bonnes poésies, et leur auteur a été l'un des collaborateurs de la *France littéraire* de Lyon. Quant à M. l'abbé A. TURCY, de Castelnaudary, disons que les quarante-cinq sonnets sur les litanies de la Vierge qu'il a publiés sous le titre de : *Fleurs du Carmel,* obtinrent une mention hors ligne aux *Jeux floraux* du Rosier de Marie, fondés en 1865, par monseigneur Pillon de Thury. — Citons encore comme un des bons poètes du Languedoc, monseigneur DUBREUIL, archevêque d'Avignon. Il est né à Toulouse, et a publié un recueil de *Poésies,* dont quelques-unes couronnées à l'Académie des *Jeux floraux,* lui ont valu le titre de maître ·à cette Académie. Aujourd'hui, ce poète s'occupe peu de choses littéraires.

ROUSSILLON

Dans le petit pays de Roussillon, nous ne trouvons qu'un poète, M. Louis GUIBERT, chef du cabinet du Préfet des Pyrénées-Orientales. Il a écrit plusieurs fois sous le pseudonyme de Jules Bonnet, notamment en 1862 et 1863, dans *La Voix de la province,* revue littéraire qui paraissait alors à Limoges. Il a en outre publié, en 1864, les *Rimes franches,* parmi lesquelles on rencontre de suaves et gracieuses poésies, si toutes ne sont pas exemptes de critique.

COMTAT VÉNAISSIN

Cet autre petit pays, jadis rendu célèbre par le grand

Pétrarque et la poétique Laure, a vu mourir à Sault, un simple ouvrier, du nom de Jules CAULET, qui a, malgré sa condition obscure, écrit de très-beaux vers. Caulet a été peint ainsi par le *Mercure* d'Apt : « Caulet ne comprit la « poésie qu'unie au sentiment de l'idéal chrétien, la poésie « sans amertume et sans satire, la poésie sans prétention « et sans fard. » Plusieurs personnes ont critiqué la valeur des vers de Jules Caulet, mais il est encore nécessaire de dire qu'on doit, comme à Magu, lui tenir compte d'une existence malheureuse et dépourvue de tous les moyens qui sont nécessaires à l'écrivain pour qu'il se fasse jour ? — Avec Caulet, nous n'avons qu'un romancier à nommer, M. le comte DE ROUASSET-BOULBON, né à Avignon en 1817, fusillé au Mexique en 1854, où il était allé avec plusieurs écrivains français, en vue d'y faire la conquête de la Senora. Plus ambitieux que le marquis de Laincel, à côté duquel il fit ses études, le comte de Rouasset a mené une vie aventureuse qui finit, comme on le voit, par lui être fatale. Il a écrit une assez jolie nouvelle : *Une Conversion,* publiée après sa mort. Il doit encore avoir laissé inédites quelques pièces de théâtre.

PROVENCE ET COMTÉ DE NICE

La grande ville de Marseille fournit deux poètes à notre livre ; le premier, Hippolyte MATABON, imprimeur, a publié plusieurs pièces de vers dans la *Gazette du Midi* et dans la *Revue de Marseille.* On nous l'a dit fort bon poète, mais trop paresseux pour sa gloire. Nous lui préférons donc M. le comte Eugène DE PORRY, membre de l'Institut philo-tecnique de Florence, qui du moins ne s'est pas endormi sur ses lauriers pourtant nombreux. M. de Porry a donné, en 1855, *Les Amours chevaleresques,* épisodes traduits du

Roland furieux, de l'Arioste, *Les Fleurs de Russie*, poèmes traduits du russe ; l'*Italie délivrée*, poème historique ; *Richelieu*, drame historique ; *Légendes et Poésies diverses ; Uranie*, poème mystique suivi d'autres poésies. Comme traducteur, Eugène de Porry a fait preuve de talent ; comme poète, nous n'en dirons qu'un mot, c'est que nous regrettons de ne pouvoir donner ici plusieurs morceaux de ses belles compositions.

Aix est au moins aussi bien représentée que Marseille. Pour le prouver, il nous suffira de nommer M. Jean-Baptiste-Marius GAUT, né le 3 avril 1819, et membre de l'Académie d'Aix et de l'Académie des *Félibres*, de Provence. Il a publié plusieurs excellents ouvrages, tant en français qu'en provençal, et parmi lesquels les vers ne tiennent pas la moindre place. M. Gaut a, en outre, fondé et rédigé plusieurs journaux dans sa province. — Son compatriote, M. Antoni VALBRÈGUE ou VALABRÈGUE, a aussi fait imprimer un recueil de *sonnets* portant ce titre : *Les Gouttes d'eau*, titre assez bien choisi, comme les vers qui composent le recueil. Nous avions déjà pu examiner *Les Gouttes d'eau*, une à une, dans la *France littéraire*, et la province avait pu se convaincre du talent poétique de M. Valbrègue.

Voici maintenant un écrivain qui a, à deux titres, sa place marquée ici. M. l'abbé A. BAYLE, professeur d'éloquence sacrée à Aix, a publié : *Vie de saint Philippe de Néry, Vie de saint Vincent Ferrier*, et *Etudes sur Prudence ; Biographie de Massillon ;* il a aussi écrit de beaux sonnets, insérés dans des journaux. Mais ce qui est en son honneur et ce que nous ne pouvons passer sous silence, c'est qu'il a écrit une notice sur Paul REYNIER et publié, en 1857, les gracieuses et remarquables poésies de ce malheureux jeune

homme, qui mourut au mois de janvier 1856, à l'âge de
24 ans. Il avait déjà été dix fois lauréat des *Jeux floraux*
et de l'Académie de Marseille. Ces brillantes couronnes,
posées sur un aussi jeune front, laissent supposer jusqu'à
quel point Paul Reynier serait allé, si la mort ne l'eût
prématurément enlevé.

Nous avions connaissance, mais depuis peu de temps
seulement, qu'un simple maçon de Toulon, Charles Poncy,
avait écrit deux volumes de poésies. Ne sachant à quoi
nous en tenir, nous avons consulté deux poètes de talent.
L'un nous a fort vanté les vers de Poncy, malgré quelques
imperfections dues, sans doute, à un défaut d'instruction ;
l'autre nous a simplement dit que Poncy n'avait fait qu'un
gâchis rimé. Nous nous en tenons là et sans donner notre
avis.

Lors des premiers concours poétiques fondés par Evariste
Carrance, de Bordeaux, nous adressâmes quelques-unes
de nos poésies pour les recueils qui font, chaque année,
suite au concours, et, en échange, nous reçûmes les volumes
en question. Dans l'un de ces livres, nous remarquâmes
particulièrement une poésie signée : Joseph Autran, qui
habitait le département du Var. Cette belle pièce, où le
talent naissant perce à chaque vers, nous fit d'autant plus
réfléchir sur sa valeur, qu'elle était dédiée à un membre de
l'Académie Française et poète aussi, également nommé
Joseph Autran. Aujourd'hui, n'ayant aucune donnée biographique sur le jeune Autran, nous nous contenterons
de transcrire ici les stances dont il s'agit. Quant au jugement que l'on en portera, il ne peut être que favorable à
l'auteur.

15

MÊME NOM, AUTRE DESTINÉE.

> Pleure, ami, mon ombre jalouse ;
> Colomb doit plaindre Lapeyrouse ;
> Tous deux étaient prédestinés !
>
> *(V. Hugo à Lamartine.)*

A M. Joseph Autran, de l'Académie française.

I.

Mes chants n'iront jamais sur de lointains rivages !
Du sévère avenir mon nom n'espère rien ;
Pour la postérité, sur le livre des âges,
En caractères d'or on inscrira le tien !

Comme toutes les fleurs que le printemps nous donne,
Hélas ! mes ans seront fanés avant le soir ;
Et sur cet horizon d'où ta gloire rayonne,
Je ne verrai jamais luire un rayon d'espoir !

Que de fois cependant fuyant les multitudes,
Je me suis égaré dans les sentiers déserts ;
J'allais rêver l'amour au fond des solitudes ;
J'allais dans l'ombre ouïr de ravissants concerts !

Le soleil du midi réchauffa mon enfance,
Et faut-il qu'à l'oubli mes jours soient destinés !
Je suis né, comme toi, sous le ciel de Provence,
Sous ce beau ciel où tant de poètes sont nés !

De ce monde trompeur j'ai secoué les chaînes !
Pour respirer l'air pur j'ai gravi les hauteurs !
« La montagne où sont les grands chênes,
« La montagne où sont les pasteurs ! »

J'ai foulé sous mes pas l'herbe de nos prairies,
J'ai vaguement erré dans les champs, dans les bois ;
J'ai promené partout mes tristes rêveries ;
Et mon luth sans écho s'est brisé sous mes doigts !

Et la gloire t'a pris sur ses puissantes ailes !
Et l'on redit tes chants par delà tous ces monts !
Moi je vis ignoré.... déceptions cruelles !
Nous avons tous les deux pourtant les mêmes noms !

II.

Si je suis le ruisseau dont l'onde fugitive
Coule discrètement sous l'herbe et sous les fleurs,
N'es-tu pas, toi, le fleuve épanchant sur la rive
Des bruits que le flot mêle aux chansons des rameurs ?
Si je suis l'arbrisseau qui tremble et qui frissonne
Sous l'amoureux baiser de la brise du soir,
N'es-tu pas le grand chêne ? et quand l'orage tonne
Sous tes épais rameaux le pâtre vient s'asseoir !

Si je suis oisillon, si, loin de ma bruyère,
Je n'ose prendre, hélas ! mon essor radieux,
N'es-tu pas l'aigle au front superbe et solitaire ?
Ne voles-tu donc pas dans l'espace des cieux ?

III.

Puisque l'un est la nuit et l'autre la lumière ;
Puisque l'aigle a son aire, et l'oiseau n'a qu'un nid ;
Puisque pour piédestal, sur cette étroite sphère,
Dieu donne à l'un le sable, à l'autre le granit !

Fleuve, reçois mes eaux dans le sein de tes ondes !
Vieux chêne, abrite-moi quand souffle l'aquilon !
Pour porter ta chanson aux rives des deux mondes,
Aigle, prête ton aile au timide oisillon !

Nous ignorons si Joseph Autran a écrit autre chose, mais il nous a donné de beaux vers, malgré différents mots que l'on voudrait voir disparaître et remplacés par d'autres.

Pour en finir avec la Provence et les littérateurs français qui ont droit de cité sous le beau ciel de ce pays, il nous reste à parler de quatre hommes de talent ; à savoir : M. de Berluc, les frères Pin et le marquis de Laincel. Les frères Pin, seuls, sont les moins connus hors de leur province, mais ce sera pour nous une raison de plus pour leur rendre justice.

M. le chevalier Léon DE BERLUC-PÉRUSSIS, issu d'une famille d'écrivains, s'est encore allié à une autre famille qui comptait des poètes parmi ses membres. Enumérer tous les ouvrages de M. de Berluc n'est pas précisément nécessaire, ils sont assez connus pour qu'il soit inutile d'essayer à leur créer un succès ; d'ailleurs, il vaut mieux, par quelques mots, en démontrer la valeur. Prenons d'abord la notice sur la vie et les œuvres de Gustave RAMBOT, de Rambot, économiste et poète, qui mourut le 15 septembre 1859. Rien de plus curieux en fait de biographie, rien de mieux raconté que la vie de ce jeune homme qui, après avoir fait son droit, se prit tout à coup d'une véritable passion pour les armes et qui, après s'être distingué dans la guerre d'Espagne, devint capitaine d'état-major, fut nommé légionnaire et décoré de la Croix d'or de première classe de l'ordre de Saint-Ferdinand. Plus loin, M. de Berluc nous montre Rambot quittant l'armée, en 1829, pour commencer une nouvelle existence qui n'avait rien de commun avec la première, car il s'adonna à de longues études sur l'économie politique, l'histoire, l'art militaire et l'agriculture, et paya en même temps un large tribut à l'ange de poésie. C'est surtout comme poète que la notice en question nous le montre, puisqu'elle a été écrite pour être mise en tête des *Distractions,* poésies posthumes que M. Rambot chargea son ami de Berluc de publier. Ce vaillant écrivain s'est parfaitement acquitté de sa tâche en 1860 ; et tout en nous introduisant petit à petit et en plein dans la vie intime et dans les actions du poète défunt, duquel, à l'Académie d'Aix, dont il était membre, « on aimait à entendre les fragments économiques, les aperçus sur la philosophie de l'histoire, les vers faciles et sans prétention, d'où pourtant jaillissait toujours une conclusion morale; » tout en nous introduisant dans le détail de cette vie noblement remplie, disons-nous, M. Léon de Berluc nous rappelle des traits de l'histoire moderne qu'il est bon de ne jamais oublier. Nous allons citer un de ces passages. Rambot avait publié, en 1850, une brochure traitant de l'*Histoire abrégée des Anabaptistes, ou Considération sur le Communisme et le Socialisme mis en pratique au seizième siècle*. Laissons maintenant la parole au biographe :

« C'est en 1850, c'est-à-dire au moment où les anabaptistes modernes s'agitaient, que M. Gustave Rambot écrivit et publia ce curieux chapitre d'histoire. Il pensa avec raison que rien ne serait plus propre à désillusionner les hommes de bonne foi qui croyaient à la possibilité du communisme ou du socialisme, que de leur raconter simplement les essais infructueux tentés, il y a trois cents ans, par les réformateurs d'alors. Rien de plus curieux et de plus instructif, en effet, que de voir, en plein seizième siècle, le communisme et le socialisme mis en pratique : à Munster, en 1534, vingt-cinq mille anabaptistes, maîtres de la ville, proclament la communauté de biens, et en viennent au bout de seize mois, à dévorer fortunes, mœurs, croyances, civilisation, et à se noyer dans le sang ; en Moravie, soixante et dix mille individus, dégoûtés des idées communistes, se retournent vers le socialisme, et arrivent, en peu de temps, malgré la paix et la protection des seigneurs, à la division, au dégoût et au relâchement. Il est, dans l'histoire des révolutions humaines, peu d'épisodes plus dignes d'être connus que celui-là, et, en le remettant en lumière, M. Gustave Rambot éclaira plus d'une conscience. »

Une autre intéressante et précieuse publication à laquelle M. de Berluc a attaché son nom, c'est le livre des *Souvenirs poétiques,* de M. Fortuné PIN, né à Apt le 4 juin 1805, mort le 22 juin 1865, et duquel M. de Berluc est à la fois le neveu et le gendre. Comme pour Rambot, Léon de Berluc a fait précéder les sympathiques vers de M. Pin d'une belle étude biographique qui retrace aussi la vie de l'excellent et savant homme qui fut membre de l'Académie du Vaucluse, en 1839, et de l'Institut religieux et littéraire d'Aix. Tous ces honneurs, M. Pin les mérita par sa poésie justement appréciée dans le midi, et qu'il n'avait pas encore réunie en volume quand la mort le surprit et l'obligea de léguer ce soin pieux à sa famille. M. Pin, d'abord attaché à la presse parisienne, dans laquelle il fut remarqué, ainsi que le constate l'œuvre de m. Taxile Delord, *Les Français peints par eux-mêmes,* collabora activement à différentes feuilles provençales, en compagnie de grands écrivains comme Victor Hugo, V. de Laprade, de Pontmartin, et d'hommes sympathiques et lettrés comme Antonin de Sigoyer. Parmi les plus intéressantes poésies de M. Pin, nous indiquerons : *Christi resurrectio ; A Mgr Dubreuil ; Le Luberon ; Le Peuple poète ; La part de Dieu.* Quant au frère de M. Fortuné Pin, Elzéar PIN, il a publié, en 1839, un recueil intitulé : *Poèmes et Sonnets,* et M. de Berluc nous dit que ce livre renferme de fort beaux vers, mais que, nommé membre de la Constituante, Elzéar Pin s'est depuis plus occupé de politique que de poésie, et que les deux frères se sont acquis en Provence un nom honorable. En publiant les œuvres de MM. Rambot et Pin, Léon de Berluc n'a pu déployer que son talent de biographe et d'érudit, mais il faut lire ses autres études pour se convaincre de son talent réel et de son style. Son dernier travail, qui a vu le jour en 1869, *François Ier à Avignon,* nous le démontre suffisamment, et c'est là surtout qu'apparaît l'érudit quand il raconte la perte des preuves qui auraient fait connaître si le fameux sonnet italien, enfoui dans une tombe qu'on a cru celle de Laure, était bien de Pétrarque. Nous avons lu plusieurs pièces de vers de M. de Berluc et qui sont assurément remarquables. Nous regrettons seulement aujourd'hui de n'en pouvoir citer au moins une ; mais le lecteur trouvera, de lui, dans la *Monographie du Sonnet,* de M. de Veyrières, une spirituelle boutade sur une bouteille de vin de champagne, qu'il a signée de ce pseudonyme : A. de Gagnaud. Ajoutons que M. de Berluc-Perussis est membre de la Société littéraire d'Apt et de plusieurs autres académies.

Mentionnons en passant M. Félix GUILLIBERT, qui a écrit

une bonne esquisse des principaux poètes Aptésiens et spécialement de Fortuné Pin. Ce travail, dans lequel nous pourrions glaner plus d'un nom illustre dans le pays, a été imprimé, en 1867, sous ce titre : *De la Décentralisation littéraire et scientifique.* Puis abordons les œuvres de M. de Laincel.

Le marquis Louis-Elzéar DE LAINCEL-VENTO, né à Aix, en 1812, est encore un de ces hommes modestes et désintéressés comme la province nous en fournit quelques exemples et qui préfèrent le séjour paisible de leur département au bruit enivrant des villes. Petit-fils du marquis de Méjanes, qui légua à la ville d'Aix une bibliothèque de cent mille volumes ; il fit d'excellentes études au collège d'Avignon et les termina au petit séminaire de Valence. Voué aux belles-lettres et aux beaux-arts, M. de Laincel n'a rien cherché de plus, soit dans les fonctions publiques, soit dans les postes politiques où il aurait peut-être pu arriver ; la peinture, le dessin et l'étude de l'histoire et des littératures étrangères, ont toujours suffi à son ambition. Tout en collaborant à la *Revue de la Province,* à l'*Europe littéraire,* à l'*Echo de France,* à l'*Union de l'Ouest,* à *la Mode nouvelle,* à l'*Echo du Midi* et à d'autres feuilles, il s'est encore appliqué à combattre, par ses ouvrages et dans ses ouvrages, « l'injuste exclusion qui « ferme aux auteurs de la province les journaux et les « revues de la capitale. » Il ne sait point ce que c'est que la camaraderie et ne connaît rien au-dessus du mérite et de l'esprit. Ses œuvres nombreuses sont : *Essais de critique en province,* 1861, résumé d'articles contre le réalisme et parmi lesquels il a consacré de belles pages à la défense de Châteaubriand attaqué par Sainte-Beuve. — *Des Troubadours aux Félibres,* 1862, histoire de la poésie provençale, mais à laquelle il refuse le nom de langue au préjudice du

mot *patois*, qui doit lui être appliqué ; — *Pages d'un album,*
1862 ; — *Anémones et Myosotis,* poésies, en 1863 ; — *Terreur-
Blanche et Terreur-Rouge,* 1864 ; — Les *Diables démasqués,*
1864, étude sur le spiritisme qui, selon lui, n'est qu'une
déplorable jonglerie ; — *La Poésie est-elle encore possible,*
1865 ; — *Promenade aux Champs-Elysées,* 1865 ; — Les
Apôtres du XIXe siècle, étude philosophique et critique ; —
et enfin un livre curieux d'histoire, d'archéologie, d'anecdotes sous ce titre : *Voyage humouristique dans le Midi,
Etudes historiques et littéraires,* 1867. Cet ouvrage est fort
amusant et rappelle Jodocus Sincérus. *La Poésie est-elle
encore possible,* est aussi un excellent travail sur deux
poètes non moins excellents : Thalès Bernard et Achille
Millien. Dans les pages consacrées à ce dernier, il convient
surtout de signaler le beau passage que M. de Laincel a
écrit sur le mot *Poésie* et qui démontre tout le talent d'un
écrivain consciencieux et juste qui connaît la littérature
française à fond tout aussi bien que la poétique étrangère,
si riche en légendes et en poèmes religieux et mythologiques.

LYONNAIS

A Lyon, comme dans presque toutes les villes importantes de France, nous trouvons des noms qu'il importe de ne
pas oublier. En tête, nous placerons M. DE LA SAUSSAYE, recteur de l'Académie de Lyon, et membre de l'Académie des ins-
criptions et belles-lettres. Bien que nous ne voyons en lui
qu'un savant, un numismate distingué, un archéologue de
mérite et non un poète, ses succès lui appartiennent, mais
son nom appartient à la province et elle en est fière, aussi
est-ce avec orgueil qu'elle le cite parmi les hommes dont
elle s'honore. D'ailleurs, pourquoi ne pas le dire ? M. de La

Saussaye, comme l'abbé Cochet, ont écrit des pages dans leurs livres de science et d'érudition qui valent bien d'autres morceaux littéraires aujourd'hui si vantés. Les ouvrages de M. de La Saussaye sont : *Numismatique de la Gaule narbonnaise*, 1842, qui a remporté le prix de numismatique fondé par M. Allier d'Hauteroche ; *Mémoires sur les antiquités de la Sologne blésoise*, 1864 ; ce livre comprend deux séries de mémoires qui ont été couronnés par l'Institut en 1835 et 1836 ; *Histoire de la ville de Blois*, 1846 ; *Le Château de Chambord*, dixième édition, en 1866 ; *Histoire du Château de Blois*, couronnée en 1840, sixième édition en 1846 ; *La vie et les ouvrages de Denys Papin*, 1867 ou 1868 ; *Blois et ses environs*, guide artistique et historique dans le Blésois et le nord de la Touraine, quatrième édition en 1867. De plus, M. de La Saussaye et M. E. Cartier ont dirigé la *Revue de Numismatique*, de 1836 à 1855. Cette excellente et savante publication est aujourd'hui continuée sous la direction de MM. de Witte et de Longpérier, de l'Institut.

A côté de M. de La Saussaye, plaçons M. DARESTE, membre correspondant de l'Institut, historien profond, sagace et d'un grand talent. Son *Histoire de France*, publiée en 1865, en six volumes, a été couronnée du grand prix Gobert, à l'Académie française. Cette récompense, décernée à l'œuvre de M Dareste, ne vaut-elle pas tous les éloges ? — M. Dareste, qui était doyen de la faculté des lettres à Lyon, ville dans laquelle il a laissé les meilleurs souvenirs comme homme et comme historien, est actuellement recteur de la faculté à Nancy.

Ajoutons quelques mots en faveur d'Antony RENAL, dont le vrai nom est Claudius *Billet*, né en 1805, et mort en 1866. Il fut un écrivain très-distingué et fort apprécié à Lyon pour

ses nombreuses poésies qui sont: *Chansons et Romances,*
1827 ; *Esquisses poétiques,* 1832 ; *Mosaïque poétique,* 1834. On
lui doit aussi plusieurs romans remarquables et un *mouvement littéraire et artistique dans le midi de la France.*

Maintenant le Lyonnais ne nous offre plus que des poètes.
— L'un, M. Auguste Génin, né à Bourgoin (Isère), est un
des plus anciens amis de M. de Laprade, avec lequel il a
fait ses études au lycée de Lyon. Il les a achevées par
l'étude du droit, et depuis ce temps il est toujours resté à
Lyon. C'est pourquoi nous le plaçons ici, bien que par sa
naissance il appartienne au Dauphiné. M. Génin a publié,
en 1838, cent sonnets qu'il a réunis sous ce titre : *Simple
Bouquet,* mais sans nom d'auteur. Pourquoi M. Génin n'a-
t-il point mis son nom sur son *simple bouquet* ? Il n'avait
pourtant rien à craindre de la critique qui ne pouvait que
lui tendre une main amie comme à un vrai poète. — Un
autre, M. Jean Tisseur, de Lyon, poète fort distingué, a encore fait moins que M. Génin. Il n'a rien publié en volume
des belles poésies qu'il a jetées dans les journaux de sa
province, il a toujours préféré les garder en portefeuille,
malgré les vives instances de ses amis. M. de Laprade, qui
lui a dédié des *Odes et Poèmes,* dit que Tisseur « a fait aussi
quelques sonnets, » et que « c'est un artiste fort habile. »
L'auteur des *Poèmes évangéliques,* jugeant ainsi le poète
Tisseur, il devient impossible de nier le talent de cet écrivain.

On ne peut nier non plus le talent de M. Adrien Peladan,
mais il convient cependant de faire des réserves. Non pas
que M. Peladan soit un écrivain médiocre, mais tout ce qui,
chez les autres, ne lui convient pas dans leurs œuvres comme
idée, est impitoyablement mis de côté. Il a même été si loin

dans cette voie, qu'il a traité, dans ses *Brises et Aquilons*,
M. de Lamartine d'imprudent. Qu'est-ce que *Jocelyn*, *La
Chute d'un Ange* et ton *Voyage en Orient*? lui crie-t-il. « Un
paradoxe brillant sur un brillant paradoxe. » Quant à nous,
qui sommes loin de dire que Lamartine n'a pas de fautes,
puisqu'aucun poète n'en est exempt, nous demanderons à
M. Peladan, en parlant de *Jocelyn*: Qu'est-ce qu'un chef-
d'œuvre? Que M. Peladan tonne contre ces paroles de Michelet : « La science est la maîtresse du monde, elle règne
sans avoir même besoin de commander ; l'Eglise et la Loi
doivent s'informer de ses arrêts et se reformer d'après elle, »
nous applaudirons, mais nier la valeur de *Jocelyn*, est une
action qui n'a pas de sens. M. Adrien Peladan a encore publié : *Décentralisation intellectuelle, La France à Jérusalem,
Les Voix de la Tombe*. Il a aussi vaillamment et fort bien dirigé la *France littéraire*, de 1855 à 1866, une des meilleures
revues de la province. Presque toute la France provinciale y
a collaboré à côté d'auteurs parisiens ; le roman, la critique,
la philosophie, l'archéologie, la géologie, la morale, la poésie
et l'histoire y ont trouvé place ensemble. Malgré tout cela,
cette revue est tombée, et ce qui l'a fait tomber, nous écrivait un jour le marquis de Laincel, l'un de ses anciens collaborateurs, c'est que l'on se permettait de corriger ce qu'il
aurait fallu imprimer sans changement ; car ce qui dénature
souvent une œuvre, c'est quand un autre écrivain que
l'auteur lui-même l'arrange à sa fantaisie, sans autorisation
et sans conseils.

M. Adrien PELADAN, fils, orientaliste de valeur, a aussi activement collaboré à la *France littéraire*. — Nommons un excellent poète, Aimé VINGTRINIER, directeur de la *Revue du
Lyonnais*, et passons à un autre. — En 1844, M. André PEZ-

ZANI publiait un gros volume intitulé : *Poèmes lyriques et dramatiques,* qui depuis ne nous fait point l'effet d'avoir conduit son auteur à la gloire. Nous avons cependant lu de belles pages dans ce livre : *Le dernier chant d'Antigone, La Néophyte et le jeune Romain,* scène d'un amour pur et passionné de la part du jeune homme, scène religieuse de la part de la jeune fille, qui, pour être aimée, ne veut pas sacrifier aux faux dieux et préfère la mort. Quant aux pièces dramatiques, tant en vers qu'en prose, nous n'y avons rien vu de bien saillant ni de bien caractérisé. Le théâtre ne peut point s'accomoder de ces pièces déclamatoires et froides ; deux scènes seulement nous ont paru plus intéressantes, *Perdita,* prologue bien conduit, et *Le Poète par amour,* qui finit par ce vers :

Faites des vers, d'accord, mais gardez-les pour vous.

Le poème en prose : *Le Rêve d'Antonio,* qui termine le volume, est préférable. — Depuis les publications de ses *Poèmes lyriques,* M. Pezzani, membre de la Société littéraire de Lyon, a mis au jour deux ouvrages ayant trait à la philosophie : 1° *La pluralité des existences de l'âme,* conforme à la Doctrine de la pluralité des mondes, d'après les opinions des philosophes anciens et modernes (plusieurs éditions); 2° *Les Bardes druidiques,* synthèse philosophique du XIXᵉ siècle.

Nous préférons les vers de M. Louis SATRE, de Saint-Chamons, aux vers de M. Pezzani. Dans le recueil des *Jeux Floraux,* de 1868, on lit un beau sonnet de M. Sâtre, qui a obtenu un lys d'argent, et une belle ode de 348 vers, sous ce titre : *Judas-Lopez* ou la *mort de Maximilien,* dédiée à l'empereur d'Autriche. Les strophes de cette ode sont

écrites, en majeure partie, dans ce style énergique, profond et gracieux qui convient à la grande poésie lyrique,
et l'auteur aurait vu son talent récompensé par le premier
prix du concours s'il eût voulu faire des coupures et retrancher une cinquantaine de vers, mais il a préféré qu'on lui
retirât sa couronne plutôt que d'ôter des strophes qui,
selon lui, auraient dénaturé son œuvre. Nous l'approuvons
dans sa résolution, car, en agissant ainsi, M. Sâtre nous a
montré que le vrai poète doit avant tout être sincère et vrai
et au-dessus de toute gloire acquise pour s'être mis à
genoux devant un aréopage littéraire qui, après tout, n'est
pas infaillible.

DAUPHINÉ

Nous l'avons déjà dit, le Dauphiné, comme toutes les
provinces du midi, a sa pléiade de poètes et de littérateurs.
Malheureusement, notre cadre, forcément restreint, ne
nous permet pas de faire de longues citations. Donc, nous
parlerons brièvement. — Mme A. GENTON a publié, en 1864,
un excellent volume de vers : *Piccoline,* dans lequel on rencontre toujours et partout l'inspiration et l'allure franche
d'une femme d'esprit et d'un poète. Il suffit, pour s'en convaincre, de lire : *Chenavari,* charmante légende, écrite d'un
bout à l'autre par une plume fine et énergique ; c'est bien
là, ce nous semble, l'antique ballade gauloise avec tout son
attirail de croyances superstitieuses et héroïques. Nous y
avons notamment remarqué ce beau vers qui pourrait passer
pour une maxime :

Le fer ne défend pas contre les trahisons !

Mme Genton, morte ces dernières années, a encore publié :

Violettes, poésies ; *Cantique à la Pologne, et Cantique à l'Italie,* deux brochures. Elle définit ainsi le pays des Césars :

Terre des Scipion et des Cincinnatus !

Ajoutons que le sentiment idéaliste ne domine pas chez Mme GENTON, mais que le caractère historique, par elle vénéré, se retrouve presque toujours jusques dans ses plus petites poésies. — Nommons ici, en passant, trois autres poètes : 1° M. Gabriel MONAVON, de Grenoble, qui, en 1847, a mis au jour un volume portant le nom de *Jeunes fleurs ;* 2° Charles CHANCEL, de Valence, qui a produit, en 1838 : *Juvénilia,* poésies, dont une, la meilleure, est dédiée à son père. La *Revue du Dauphiné,* sous la signature de Mme Adélaïde de Boismont, a publié un excellent et intéressant article critique sur les poésies de M. Chancel ; 3° et Mlle Adèle SOUCHIER, qui a publié, en 1870, *Les Roses du Dauphiné.* C'est en composant ce livre que Mlle Souchier a doté son pays d'un écrivain de plus. La grâce et l'élégance se rencontrent presque partout, et l'on dirait vraiment — ce qui prouve que le titre est bien choisi — d'un bouquet de roses fraîchement écloses au souffle doucereux d'un riant matin. L'amour filial et patriotique paraît être le caractère dominant de Mlle Souchier. Depuis, elle a donné : *Le prince Zizim et Hélène de Sassenage,* poème tiré de l'histoire du Dauphiné : *La Fontaine du diable, près Valence.* Mlle Souchier est la nièce de feu M. l'abbé SOUCHIER, qui a publié, sans nom d'auteur, en 1852 ; *Le Portefeuille d'un jeune poète Dauphinois.* A côté de l'abbé Souchier, l'abbé VEYRENC a sa place ; il a écrit, entr'autres ouvrages, *Quelques Fables,* en 1861. M. de Laincel parle de ce poète dans ses *Essais de critique en province,* et M. Cyprien PERROSSIER, curé d'Eygluy (Drôme), a mis au jour, en 1869,

— 354 —

une excellente *Notice Biographique* sur le même poète.
Nous verrons plus loin que M. Grangeneuve a aussi publié
un article sur l'abbé Veyrenc.

Puisque nous avons la bonne fortune de pouvoir citer
plusieurs ecclésiastiques parmi les poètes, nommons-en encore un ; et si nous le plaçons ici le dernier, c'est afin de
lui faire la part la plus large, attendu que sa réputation n'est
pas aussi grande qu'elle devrait l'être. M. Ange VIGNE, vi-
caire-général de l'évêché de Valence, nous a donné trois intéressantes nouvelles : *L'Emeraude de Berthe. La Rose des
Alpes*, et *Jacques le porteur d'eau*. Ce n'est point dans ces
petits romans que nous trouverons des scènes d'amours faciles ou la peinture des mœurs d'un grand monde de
convention, mais l'auteur jugeant que dans les coutumes
des pauvres gens, dans leurs habitu des, dans leur vie, il y a
une mine féconde à exploiter, a choisi ses héros chez eux,
chez ces gens honnêtes et malheureux qui ne vivent dans
le travail et l'honneur que pour élever leur famille, et cette
peinture de choses communes n'est pas sans conduire à
de poignantes émotions. Sans doute, de pareilles œuvres ne
sont point appelées à conduire leur auteur à la postérité,
mais elles sont utiles au point de vue moral et religieux,
source et rempart indestructibles de toute civilisation.
Comme poète, M. Ange Vigne s'est servi des mêmes matériaux que pour ses nouvelles, et nous avons pu lire dans
l'*Ami des familles,* revue autrefois fondée à Valence par
une société de lettrés, un grand nombre de gracieuses
poésies, parmi lesquelles nous indiquerons : *Aux Poètes*, et
La Feuille, qui nous rappellent le regretté de Sigoyer.
Citons d'abord la première, elle en vaut la peine.

Si vous devez chanter le monde et sa folie,
L'orgueil, la volupté,

Les festins somptueux où la pudeur s'oublie,
La profane beauté ;
L'or qui sème le crime en sa route fangeuse,
Le glaive destructeur
Ou la rébellion à la marche orageuse,
Au vol dévastateur ;
Si votre luth s'inspire aux accents de l'orgie,
Aux clameurs des combats,
Si sa corde est de sang ou de crime rougie,
Oh ! non, ne chantez pas !

Car Dieu vous maudirait.... et vos hymnes infâmes,
Comme un germe fatal,
Comme un poison mortel verseraient dans les âmes
Les semences du mal !...
Et l'on dirait : « Fuyez l'empoisonneur perfide
Qui se dit fils du ciel,
Et cache le venin que sa coupe nous vide
Sous un rayon de miel !
Fuyez l'impur serpent, la vipère cruelle,
Aux mouvantes couleurs,
Qui se glisse en rampant sous la robe nouvelle
De la prairie en fleurs ! »

Au poète insensé qui vomit le blasphème,
A ses chants sans pudeur,
Les âges à venir jetteraient l'anathème
Du mépris, de l'horreur.
« Honte à lui, diraient-ils, qui des dons du génie,
Fit à l'esprit du mal,
Bercé de ses chansons et de son harmonie,
Hommage de vassal !
Honte à lui qui souffla les discordes civiles,
Qui honnit la vertu,
Qui menaça le ciel et porta ses mains viles
Sur l'autel abattu !

Qu'un injuste laurier ne ceigne point sa tête !
Que son nom soit maudit !
Brisons sa lyre impie et que nul ne répète
L'hymne impur qu'elle a dit !
Car il fut parmi nous comme un sombre nuage,
Comme un morne ouragan,
Comme aux champs désolés que sa fureur ravage
La lave du volcan ! »

De ces justes et précieux conseils, passons à *La Feuille*,
dialogue excellent quoique court, mais qui serait meilleur
encore si le sens du *dernier vers* n'était difficile à saisir, et
si ce vers était d'une construction plus grammaticale.

— Où vas-tu, pauvre feuille, errante dans la plaine ?
Nous sommes au printemps ; tu devais vivre encor ;
Les vents d'été n'ont pas, de leur brûlante haleine,
Pâli ton vert émail sous une teinte d'or....

— Un phalène en passant me brisa d'un coup d'aile...
Laisse-moi fuir... Je vais où m'emportent les vents.
Mais prends garde ; ici-bas toute existence est frêle !...
Et la mort pour frapper, hélas! regarde-t-elle
Si la feuille est jaunie ou l'homme a cheveux blancs !...

Jusqu'à présent, M. Ange Vigne a laissé toutes ses poésies éparses sans vouloir en réunir seulement quelques-unes en volume. A ce sujet, nous dirons à M. Ange Vigne ce que les amis de Sigoyer — qui fut aussi le sien — lui dirent un jour avant qu'il ne publiât ses *Consolations poétiques* : « Jetez un coup d'œil en arrière sur vos poésies éparses dans les journaux, prenez-en quelques-unes et donnez-nous un petit recueil, n'eût-il que cinquante pages ! »

Voici maintenant un autre poète qui ne fait de la poésie que rarement, et simplement pour charmer des heures de loisir ou pour répondre à des amis. Antonin GRANGENEUVE est le nom sous lequel cet écrivain valentinois publie ses trop rares inspirations. Il a mis au jour quelques petites brochures, dont le tirage n'a jamais été que de vingt à vingt-cinq exemplaires réservés à quelques amis. Parmi ces brochures, nous indiquerons : *Croquis de voyage,* récit d'une visite faite à Nîmes, et d'une journée passée avec Reboul ; *Nécrologie* d'un littérateur dont nous avons parlé, M. l'abbé Veyrenc ; et quelques tirages à part de poésies insérées dans divers recueils. M. A. Grangeneuve, qui a encore écrit une notice avec ode sur le *Château de Crussol,* était le confident et l'ami de M. de Sigoyer. Cette amitié nous a valu de belles strophes. M. de Sigoyer demandait un jour des conseils à M. Grangeneuve, et ce dernier lui répondait :

Cherche les souvenirs de la ville éternelle
Où ta muse un beau jour vint abattre son aile,
Où ton œil mesura de glorieux remparts.

Quelle immense moisson surgira des ruines
Que cache dans son sein la ville aux sept collines,
La capitale des Césars.

Dis-nous les souvenirs de ses grandes annales !
Pourquoi ces Panthéons, ces arches triomphales
Dont la pierre a lassé le temps ?..
Pourquoi ces dieux tombés, ces temples en poussière,
Où l'aride buisson, où la ronce et le lierre
Poussent au souffle des autans ?...

. . . .

Courage ! aux vents du ciel étend tes larges voiles ;
Lance au loin ton esquif aux clartés des étoiles ;
A toi, nouveau Colomb, des mondes vont s'ouvrir.
Un jour tu jouiras de tes lointains voyages,
Car le monde des arts aura toujours des plages
Et des îles à découvrir.

Nous insérons ses vers avec d'autant plus de plaisir que nous les devons à l'indiscrétion d'un ami.

Pour en finir avec le Dauphiné, parlons d'un prosateur distingué, Mme Louise DREVET, auteur de deux volumes : *La Vallée de Chamonix et du Mont-Blanc*, et *Nouvelles et Légendes Dauphinoises*. Ce dernier recueil, le plus intéressant, se compose de quatre parties distinctes : *Le Malanot* (mauvaise nuit), *Le Gant rose*, *Gérôme le Têtu* et *Pascal Dupré*. Description brillante et imagée, faits historiques et légendaires, archéologie, rien ne manque à ces pages piquantes ; mais la plus précieuse de ces nouvelles est la dernière. Personne n'a probablement oublié ce fameux Pascal Dupré, qui en est le héros, ou plutôt peu de personnes se rappellent sans doute le nom de ce génie détruit à son aurore, alors deux mots suffiront pour le remettre à la mémoire. Après avoir longtemps étudié et cherché, Dupré, simple joaillier, découvrit un jour, en fondant des cristaux, un liquide inflammable et inextinguible dont les effets rappelaient le célèbre feu grégeois de Callinicus. Louis XV était alors en guerre avec l'Angleterre, et Dupré espérait, avec sa découverte, pouvoir détruire la flotte anglaise. Des expériences faites par les ordres du roi dépassèrent toutes les espérances et Dupré croyait sa fortune faite quand il fut promptement désabusé. Le roi le fit appeler, et, dit Adolphe Rochas, « Louis XV, par un généreux sentiment qui l'honore, lui demanda ses mémoires et ses plans, et les jeta au feu sans les lire. » Comme Dupré était devenu pauvre après s'être ruiné pour sa précieuse découverte, le roi lui accorda une pension de 2.000 livres et le Cordon de Saint-Michel, et lui défendit de ne jamais révéler son secret. Mais cela ne pouvait suffire au génie de l'inventeur qui mourut de chagrin. Depuis, Louise Drevet a encore publié deux autres volumes de *Nouvelles et Légendes Dauphinoises*, et un compte-rendu du premier recueil a autrefois été fait dans le *Conteur Breton*, par Victor Colomb.

SAVOIE

Cette province, récemment française, nous a donné un poète dans la personne de Jean-Pierre DE VEYRAT, né à Grésy-sur-Isère, en 1810. Il fut élevé au séminaire où on le distingua par la grande facilité avec laquelle il faisait déjà des vers. Exilé de Chambéry, en 1832, pour avoir fait une satire contre un missionnaire, il vint habiter à Lyon où il fit connaissance avec le poète BERTHAUD et publia avec lui une très-faible imitation de la *Némésis* de Barthélemy, *L'homme-Rouge*. Il vint ensuite à Paris, se lia avec Hégésippe Moreau et essaya, sans y réussir, à gagner sa vie en collaborant à diverses pièces. Alors, découragé, il

quitta Paris pour aller se fixer dans un petit village des
Alpes, où il laissa un peu de côté ses idées démocratiques,
et c'est là qu'il mourut à trente-quatre ans, en 1844. Veyrat
a publié, en 1832, sous le pseudonyme de Camille Sant-
Héléna, des poésies politiques portant ce nom : *Italiennes,*
et un *Journal* où il raconte sa vie agitée. Parmi ses plus
belles poésies, il ne faut pas oublier les vers adressés à
Châteaubriand et qui commencent ainsi :

> Je le lisais souvent au bord de ma fontaine,
> Quand la brise du soir vient fraîchir votre haleine,
> Quand le soleil se couche au loin dans un ciel bleu,
> Et qu'un dernier rayon de vie et de lumière,
> A cette heure d'amour, glisse, sur la paupière,
> Comme un dernier adieu.

BOURGOGNE

Avant de parler des écrivains bourguignons, nous croyons
remplir un devoir en mentionnant ici un homme qui appartient à Dijon par sa vie, quoi qu'il soit né à Céva, en Piémont,
en 1807. Cet homme, c'est M. Aloisius BERTRAND. Il n'a,
dans sa courte vie, terminée à trente-quatre ans par une
maladie de poitrine, publié qu'un volume : *Gaspard de la
nuit*. Poète et littérateur, A. Bertrand n'a pu sortir de la
gêne à laquelle le destin avait semblé le condamner, et
quand on le prit à l'hôpital Necker, où il alla mourir, pour le
conduire à sa dernière demeure, son cercueil ne fut suivi —
chose triste à dire ! — que par un seul homme, David d'Angers.
Etait-il donc seul en ce monde, sans parents, sans autre ami
que le grand sculpteur, pour être ainsi rendu à la terre sans
avoir été l'objet d'une larme ou seulement d'un regret?...
Ces quelques lignes consacrées en passant à la mémoire
d'un homme un peu oublié aujourd'hui, nous revenons aux
écrivains véritablement français. Le département de Saône-

et-Loire fournit tous les noms qui font l'objet du présent chapitre. D'abord, nous avons Adolphe CHEVASSUS, de Mâcon, qui n'a, croyons-nous, encore mis au jour qu'un volume de vers : *Les Jurassiennes* (1863), dans lequel nous voyons quelques tableaux champêtres assez réussis ; quant aux autres pièces qui composent le recueil, elles sont en majeure partie écrites sur des sujets entièrement dépourvus d'intérêt et de poésie. L'auteur aurait pu mieux faire s'il eût été plus sévère. Nous lui préférons donc son compatriote, monsieur J. M. DEMOULE et M. Jacques FOULC. Le premier a dirigé pendant plusieurs années, une assez bonne revue destinée à produire au jour les écrivains provinciaux : *La Tribune lyrique.* Il est en outre l'auteur d'un volume de chansons : *Mes Copeaux,* et de quelques sonnets, dont un assez beau, dédié à M. Félix Thessalus. Nous ne citerons de lui que l'*Epitaphe d'une médiocrité poétique :*

> Ci-gît un tout petit grand homme ;
> Point n'est besoin que je le nomme :
> Par ses vers il a mérité
> Que jamais la postérité
> Ne vînt le troubler dans son somme !

Le second, professeur de langues au lycée de Mâcon, et membre de l'Académie des Poètes, de Paris, a publié deux curieux et intéressants ouvrages : *Les Chants nationaux des deux mondes,* et, en 1868, *Chants nationaux de tous les peuples,* avec texte et traduction en regard et des notes sur chaque chant, précédés d'une introduction historique.

En 1868, une jeune personne de seize ans, Mademoiselle Anna ROBERJOT, de Vitry, nous adressait deux brochures qu'elle venait de faire imprimer : *Premiers Rêves,* et *Premiers Chants de l'aurore.* Nous avons lu avec plaisir les différentes pièces de vers qui les formaient ; il y avait de bien beaux hémistiches pour avoir été composés par une personne aussi jeune, et qui faisaient bien augurer de l'avenir. Nous ignorons si depuis Mademoiselle Roberjot a fait son chemin. — Pour ce qui regarde Mademoiselle Nathalie BLANCHET, de Saint-Gengoux-le-Royal, nous pouvons affirmer qu'elle n'a rien publié sans succès. Elle a présenté, à l'Académie des *Jeux floraux*, quatre *Elégies*, notamment le *Rêve de la vie*, (1862) ; l'*Epître à une inconnue*, et les *Adieux aux beaux jours*, toutes ont été couronnées, et elles le méritaient, car elles prouvent un véritable talent poétique. Elle a aussi eu un poème lyrique sur la Pologne : *La Nation en deuil*, qui a été couronné par l'Académie de la Rochelle, en 1867. Mademoiselle Blanchet, qui réussit aussi parfaitement l'Idylle, comme nous avons pu en juger par le manuscrit qu'elle nous a offert, n'a rien ou presque rien publié qui n'ait été couronné. Et quand un poète débute ainsi, on peut assurer qu'il mérite d'être lu. Dans le *Rêve de la vie*, nous avons surtout remarqué ces vers, soupirés par une jeune fille qui meurt et qui voudrait vivre :

> Pour m'élancer au ciel il me faudrait des ailes,
> Et je tiens à ces lieux comme un oiseau blessé,
> Sans mesurer son vol au vol des hirondelles,
> La colombe demeure où son nid est placé.

FRANCHE-COMTÉ

Un homme qui fut à la fois poète, théologien et littérateur, s'offre seul à nos regards. Son nom est Olympe-Philippe GERBET, né à Poligny, en 1798, et mort en 1864, évêque de Perpignan. Il a publié plusieurs ouvrages d'un style élevé et plein de sensibilité : *Esquisse de Rome chrétienne*, 1844-1850 ; *Du Dogme générateur de la piété catholique*, 1829. M. l'abbé Gerbet n'a point cherché à faire école ni à se créer pour lui-même une doctrine spéciale ; cependant les hommes de goût aiment à le lire, et tous ceux qui veulent s'occuper de théologie ou de philosophie religieuse ne le consultent pas sans fruit.

ALSACE

· Bien que cette belle province ait été retirée à la France, nous la considérons quand même comme française, et donnons place ici à deux écrivains d'un mérite incontestable. L'un, M. CHÉRUEL, ancien maître de conférences à l'école normale supérieure, recteur de l'Académie de Strasbourg, a mis au jour une *Histoire de l'administration monarchique en France, depuis Philippe-Auguste jusqu'à Louis XIV* (1180 à 1715), excellent ouvrage que l'Académie des sciences morales et politiques a couronné et honoré d'un prix Gobert. —L'autre, M. P. RISTELHUBER, également habitant de Strasbourg, a mis au jour : *Marie Stuart,* de Schiller, traduction en vers (1859) ; *Faust,* tragédie de Goëthe adaptée pour la première fois à la scène française (1861) ; *Liber vagatorum,* précédé d'une introduction littéraire et bibliographique sur l'argot des bords du Rhin (1862) ; *Rythmes et Refrains,* poésies ; *Galiani ; Album sur l'Alsace ; Intermezzo ;* et enfin, en 1863, un ouvrage plus important à divers titres : *Faust dans l'Histoire et dans la Légende. Essai sur l'humanisme superstitieux du XVIᵉ siècle et les récits du pacte diabolique.* Pour arriver à écrire ce livre, l'auteur a dû pousser ses recherches et ses études bien avant, car pour assurer que nos meilleurs écrivains se sont trompés dans leurs appréciations de Faust, il fallait donner des preuves, et c'est ce que l'auteur a fait. M. Ristelhuber a encore publié, dans la *Revue contemporaine,* un judicieux et curieux article sur *Jeanne la folle.*

M. P. Ristelhuber est-il le même que M. Paul Ristelhuber qui a été nommé vers le mois de janvier 1869, vice-chancelier à l'ambassade de Paris à Pékin? Si cela est, il nous semble que c'est là un fait glorieux pour la province littéraire de voir un des siens choisi pour remplir à l'étranger une fonction assez importante.

CHAMPAGNE

Nous avons déjà démontré que la province possède, outre Joséphin Soulary, plusieurs sonnettistes d'une valeur réelle. M. Louis GOUJON, de Châlons-sur-Saône, où il est né, le 21 juin 1829, serait un de ces derniers, s'il eût, dans ses sonnets, fait une part moins large à l'amour, et fût resté dans le domaine de la poésie qui célèbre indistinctement tous les sujets, quelle que soit leur nature. Sans doute, on ne doit point exclure des vers l'amour et l'histoire, mais ce n'est pas une raison pour imiter sans cesse les poètes du XVIe et du XVIIe siècles, ni pour chanter sur tous les tons Garibaldi, Cavour et autres politiques. Nous avons déjà dit que la politique tue la littérature. M. Goujon a la verve facile et la rime ordinairement riche; le talent ne lui fait pas défaut. Usant de ces qualités, il nous a donné : *Gerbes déliées,* en 1865, et *Sonnets : Inspirations de voyage,* en 1866. Nous avons surtout remarqué dans ces recueils le beau sonnet qui commence ainsi :

> L'aube effleurait des monts les courbes indécises ;

et cet autre, *La Glaneuse,* dont nous ne citons que les deux tercets, ayant des réserves à faire pour le second vers du deuxième quatrain :

> Elle est infirme et vieille, — à l'aumône asservie ;
> Sa main, faite au travail, cherche âprement sa vie,
> Car — au déclin des jours — Ruth n'a plus d'autre bien.

Le soleil, sur son dos, frappe et flamboie à l'aise :
Le chaume rude et court est comme une fournaise...
Oh ! que la terre est dure à tous ceux qui n'ont rien !

Ce dernier vers vaut à lui seul tous les autres de la pièce.

Cependant, beaucoup de personnes préfèrent, — et nous sommes de ce nombre, — les poésies de Mademoiselle Céline RENARD, aux vers de M. Louis Goujon. Née à Bourbonne-les-Bains, en 1834, Mademoiselle Renard a fait sa réputation sous le pseudonyme — longtemps cru son nom véritable — de Marie Jenna. Elle a publié : *Elévations poétiques,* et *Nouvelles Elévations poétiques,* dans lesquelles on voit plusieurs pièces écrites avec tant de pureté dans la forme, comme dans l'expression et dans le fond, qu'elles peuvent être classées parmi les meilleures productions provinciales. Mademoiselle C. Renard a inspiré de beaux vers aux *deux frères* (Léon d'Aurevilly et Trébutien), qui pendant plusieurs années, et pour le jour de sa fête, lui adressèrent de remarquables sonnets, fruits de leur collaboration.

Quant à M. Arsène THÉVENOT, de Troyes, il mérite une mention à part pour la réserve prudente qu'il a tenue jusqu'à ce jour. Loin de s'adonner à la vie littéraire après la publication de ses *Torts et Travers,'* fantaisies poétiques, qui commencèrent avantageusement sa réputation en 1839, M. Thévenot a préféré, comme Alphonse Baudouin, « bâtir son nid pour lui et pour les siens, » selon l'expression de M. J. Lesguillon, plutôt que de se repaître de chimères et d'illusions. Il n'a donc fait de la poésie qu'un passe-temps agréable. Tout cela est parfaitement expliqué dans la préface des *Villageoises* (1868), écrite par M. Lesguillon, auteur dramatique bien connu, et adorateur fervent des écrivains provinciaux qu'il a souvent aidés de ses conseils et de sa

16

plume. Comme poète, M. Thévenot n'a pas été moins prévoyant que comme chef de famille, il ne s'est point occupé si ce qu'il disait était dans le goût contemporain, mais comme l'auteur de *Fleurs des Ruines,* il a chanté la campagne en prêchant la vertu, en flétrissant le vice, et il nous a donné de belles et bonnes pièces, malgré le peu de froideur qu'elles marquent généralement.

Nous devons encore revendiquer ici comme un des nôtres, comme une des illustrations provinciales, M. Jacques BOUCHER DE CRÈVECŒUR DE PERTHES, né à Réthel, en 1788, et mort en 1868. Il a collaboré activement et brillamment à la *France littéraire,* de Lyon, tout en composant des *poésies,* des *tragédies,* des *romans.* Comme savant, son nom est peut-être plus célèbre que comme littérateur ; nous citerons donc seulement, sans commentaires, ses deux livres : *Essai sur la Création* (1839), et *Antiquités celtiques et antédiluviennes* (1847).

ILE-DE-FRANCE

M. Léon MAGNIER, rédacteur du *Courrier de Saint-Quentin,* a publié : *Fleurs des champs,* 1840, et *Fleurs du bien,* 1858. Pour le peu que l'on veuille parler de ce charmant poète, il faudrait transcrire plusieurs compositions, ce que notre cadre restreint ne nous permet pas de faire. M. Magnier est encore auteur de : *Cloches et Grelots, Bruits du siècle.* Le recueil des *Fleurs du bien* se compose de pièces inédites et d'autres extraites des recueils ci-dessus, mais retouchés depuis leur première publication. Sous ce dernier titre, l'auteur a voulu réunir ses meilleures inspirations « celles qui ont pour sujets le foyer, la famille et Dieu. »

Nous avons notamment remarqué ces vers :

Toi qui gémis, regarde autour de toi, la vie
Est bien pénible, et l'homme à qui l'on porte envie
A sa croix, ses douleurs avant de voir le ciel.
Ah ! tout malheureux voit une infortune pire ;
Tout front est déchiré, tout cœur saigne et soupire ;
Toule coupe contient du fiel !

Le département de l'Aisne nous offre encore un bon poète qui a écrit en vers un *Voyage à travers les mondes poétiques,* recueil curieux de fables et de petites pièces traduites des poètes étrangers, tels que : Lokman, Vartan, Saadi, etc. Ce poète s'appelle M. Gaston DARGY. Il a aussi écrit : *Les Femmes, ce qu'on en dit et ce qu'on en pense.* Auparavant, M. Dargy, dont le vrai nom est *Charles Dècle,* était déjà connu par les *Miettes du festin de la jeunesse.* — A côté d'un poète et d'un traducteur, on peut placer un philosophe panthéïste, M. Charles LEMAIRE, né à Saint-Quentin, en 1798. Après la révolution de 1848, il fut nommé préfet du département de la Meuse. A cette époque, il s'était déjà fait une réputation par un ouvrage panthéïstique, *L'initiation à la philosophie de la liberté* (1842), dans lequel l'originalité fait souvent défaut, mais dont le style est vraiment remarquable. — A Ch. Lemaire, le département de l'Aisne doit préférer Charles LABITTE, né à Château-Thierry, en 1816. Doué d'une vaste érudition, Labitte publia successivement : *La divine Comédie avant Dante,* une édition de la *Satire ménippée,* et les *Prédicateurs de la Ligue,* ouvrage excellent et justement estimé. On croit que c'est l'excès de travail qui tua, en 1845, ce jeune et vaillant écrivain. — La place de M. Alexis DURAND, né en 1795, est-elle bien ici, parce qu'il a publié, en 1836, un bon poème en quatre chants : *La Forêt de Fontainebleau,* et, en 1845, une comédie, *Le Poète artisan ?* Nous ignorons où naquit Durand, qui fut menuisier ; de là, sans doute, sa comédie dans laquelle il a voulu se peindre lui-même.

En prenant pour épigraphe ces paroles de M. Guizot : « Peu de communes en France ont eu des destinées aussi agitées, aussi variées que celle de Beauvais. » Madame Fanny Denois des Vergnes, a donné, en 1868, une deuxième édition de l'histoire de sa ville natale, ou plutôt sous la forme historique et narrative, elle a raconté une suite de faits, partie personnels, partie traditionnels, ayant trait à *Beauvais*. Les autres ouvrages de Madame Des Vergnes sont : *Jeanne Hachette et le siége de Beauvais ; Heures de solitude ; Mystères de Paris*, en vers ; *Compiègne ; Pierrefonds ; Cœur et patrie ; Montataire ; Poésies diverses ; Ça et là*, et *Laissez passer la justice d'une femme*. Ces deux derniers recueils surtout sont très-intéressants. C'est une série continuelle d'anecdotes instructives, de faits mémorables, de souvenirs, d'impressions, qui donnent un véritable intérêt à chacun des morceaux détachés dont ces livres sont composés, et auxquels le style ferme et soutenu de l'auteur a donné un vernis qui en rehausse encore la valeur. Madame Des Vergnes est moins intéressante dans ses poésies, si nous en pouvons juger par les quelques fragments qui sont tombés entre nos mains, mais si nous nous sommes trompés en portant ce jugement, on ne nous contestera sans doute pas cette assertion, que la haine anti-religieuse, ou, si l'on veut, la libre-pensée, ne devrait avoir sa place dans aucun écrit, et moins encore dans la poésie que dans tout autre chose. Du moins avons-nous lu quelques morceaux qui ont ainsi dicté notre appréciation.

Finissons avec un poète et un orientaliste. — M. Louis Godet, de Mantes, a publié dans presque tous les recueils collectifs édités en province, un grand nombre de poésies lyriques, des sonnets et des fables. L'aisance et la simplicité s'y font partout sentir dans des sujets sans prétention.

Plusieurs des poésies de M. Godet rappellent Jules Prior et Magu. M. Godet n'a rien réuni en volume, ce qui nous empêche de juger complétement son talent, n'ayant plus tous ses vers présents à la mémoire.

M. le chevalier DE PARAVEY, l'un des fondateurs de la *Revue asiatique,* et ex-collaborateur de la *France littéraire,* est un orientaliste dont les nombreux ouvrages sur les livres écrits en hiéroglyphes sont utiles à consulter. Nous nommerons les principaux, en abrégeant toutefois leurs titres : *Considérations au sujet du portrait de Roboam, retrouvé en Egypte, par Champollion ; L'Amérique sous le nom de pays de Fou-Sang,* est-elle citée dès le cinquième siècle de notre ère dans les grandes annales de la Chine, et dès lors les Samanéens de l'Asie centrale et du Caboul lui ont-ils porté le boudhisme? Dissertation où l'affirmative est prouvée; *nouvelles preuves* que le pays du *Fou-Sang,* mentionné dans les livres chinois, est l'Amérique ; *Essai sur l'origine unique et hiéroglyphique des chiffres et des lettres de tous les peuples ; Mémoires* sur l'origine japonaise, arabe et basque, de la civilisation des peuples du plateau de Bogata ; *Dissertation* abrégée, sur le nom antique et hiéroglyphique de la Judée, ou tradition conservée en Chine, sur l'ancien pays du Tsin ; *Documents hiéroglyphiques* emportés d'Assyrie, et conservés *en Chine et en Amerique,* sur le déluge de Noé, etc. ; *De la Sphère et des Constellations* de l'antique astronomie hiéroglyphique, etc. ; enfin, *Réfutation de l'opinion émise par M. Jomard, que les peuples de l'Amérique n'ont jamais eu aucun rapport avec l'Asie.* Nous avons déjà vu ci-devant, que dans le *Mythe de Votan,* M. de Charencey a prouvé les origines asiatiques de l'Amérique, et que sans citer M. de Paravey, il le rencontre sur le même terrain, et arrive aux mêmes conclusions qui détruisent nettement l'erreur commise par M. Jomard.

APPENDICE

Au moment de finir, nous remarquons différents oublis qu'il importe de réparer, et nous tenons à faire disparaître quelques erreurs que nous avons commises. Plus tard, s'il nous est donné de faire une seconde édition de notre œuvre provinciale, nous assignerons aux noms suivants la place qu'ils méritent dans le texte. Quant à présent, nous citons sans classement.

Madame ACKERMANN, née Louise-Victoire CHOQUET, a fait imprimer à Nice, qu'elle habite, un recueil de charmantes *Poésies*, qui rappellent la gracieuse école élégiaque qui se fit jour en 1830. Cette dame a encore publié, en 1861, des *Contes et Poésies*, et Sainte-Beuve a jugé « cette Solitaire » comme on juge une nature d'élite.

BARILLOT, simple ouvrier lithographe, né à Lyon, en 1818, a publié des élégies et des satires. Il s'est formé seul par la lecture, et a mérité par ses travaux une couronne à l'Académie française. Nous avons lu de lui des vers admirables. Ses œuvres comprennent : *La Folle du logis*, 1855 ; *Les Vierges du foyer*, 1859, poésies ; *La Mascarade humaine*, 1863 ; *La Mort du diable*, drame féérique, 1864 ; *Le Myosotis*, drame en vers, 1861, et *Un Portrait de maître*, comédie en vers, 1859.

Xavier THIRIAT (1835), charmant poète, né dans les Vosges, a publié des travaux remarquables, dans lesquels il nous décrit son pays de main de maître, et nous donne des traductions de lieds patois de toute beauté.

Mademoiselle Justine HOUBERDON, sa compatriote, a écrit en patois de charmants *lieds* lorrains, parmi lesquels nous distinguons *Le Retour du printemps*.

Francisque TRONEL, né dans le département du Rhône, a publié de forts beaux vers dans la *France littéraire*.

Léon VALÉRY, né dans le Languedoc, en 1835, plusieurs fois couronné aux *Jeux floraux*, a publié : *Heures intimes*, Toulouse 1860, et un drame en vers représenté au théâtre de cette ville en 1862, *Rose de Montal*.

M. THOREL, professeur de langues et de littérature à Bordeaux, nous a donné, en 1851, des *satires et poésies* remarquables.

Eugène BAZIN. Dans le portrait de ce doux poète, né en 1817, à la

Grésillère de Sainte-Honorine (Orne), nous avons omis de citer sa brochure en prose publiée à Versailles en 1869, *Du Spectacle de l'univers*, où il démontre partout la présence de Dieu, et sa belle *Lecture sur le Jocelyn de Lamartine*, donnée en 1870.

Mademoiselle Mélanie Bourotte, bien qu'elle habite Guéret, est née à Vigneulles (Meuse), en 1832. Poète d'un génie éclatant, elle a donné, outre ses *Échos des Bois,* en 1860, un ouvrage didactique : *La Maison forestière*, dans lequel son talent ne fait que s'affermir.

Jean-Baptiste-Joseph Burgade, né en 1802, archiviste et bibliothécaire à Libourne, a publié de forts beaux vers parmi lesquels il convient de nommer la gracieuse élégie : *Le Chant des cloches.*

Hyacinthe du Pontavice de Heussey, né à Fougères, en 1820. Il a donné : *Les Nuits rêveuses,* des traductions de *Lara* et de *Manfred*, des *Etudes et Aspirations*, des *Sillons et Débris*, puis, en 1862, des *Poèmes virils*. Bien que panthéiste, il a des vers d'un rare mérite.

Antoine Fayet, né en 1815. Complétons ici les noms des principaux volumes de ce charmant écrivain, aujourd'hui curé de Hyds (Allier). *Beauté de la poésie hébraïque,* 1861 ; *Beautés de la poésie allemande,* 1862 ; *L'Espérance,* 1865 ; *La Charité,* 1866 ; *De l'Esprit national* ; *Lettres à un rationaliste sur la philosophie et la religion,* 1864 ; *De la paix perpétuelle,* 1869.

Louis-Georges-Alfred de Martonne, né au Havre, en 1820, est actuellement archiviste de Loir-et-Cher. Il y a d'excellents vers dans *Les Etoiles,* 1844, *Les Offrandes,* 1851 et *Ysopet,* fables, 1858.

Nommons M. Hippolyte de Lorgeril, poète breton très-distingué. *Une Étincelle,* 1836 : *Mes Prisons,* 1844 ; *Récits et Ballades,* 1849 ; *La Chaumière incendiée,* 1869. Puis ajoutons que M. François-Marie Luzel, autre poète breton dont nous avons déjà parlé, a publié, ce que nous avions omis de dire, un beau recueil de vers, *Bepred Breizad*, et des *Chants populaires* de la Bretagne.

Réparons maintenant plusieurs autres oublis.

Charles Poncy, le maçon de Toulon, né en 1821, a publié un premier recueil en 1842, *Marines,* puis *Le Chantier,* en 1844, enfin la *Chanson de chaque métier* et *Le Bouquet de Marguerite.*

Philippe-Constant-Ernest Prarond, né à Abbeville, en 1821. *Impressions et Poésies d'Albert,* 1854; *Paroles sans musique,* 1855 ; *De Montréal à Jérusalem* ; *La Ligue d'Abbeville* ; des *Contes,* en vers, et des traductions du *Roi Jean*, et les *Joyeuses Commères de Windsor.*

M. Travers nous a encore donné en plus de ses *Gerbes,* *Les Algériennes,* 1827 ; *Les Distiques de Muret,* 1834 ; *La Piété sous la terreur,* drame en vers, Caen, 1869, et divers articles de journaux.

Guillaume-Stanislas Trébutien (1800-1870), né à Fresnay (Calvados), est encore auteur de *Contes inédits des mille et une nuits,* 1828.

Nous avons dit que Madame Quillet était née en 1835, et qu'elle était meunière, c'est une erreur ; elle est née en 1794, et les recueils qu'elle a publiés de 1844 à 1865 sont : *Poésies,* 1844 ; *Eglantine Solitaire,* 1863 ; *Une Heure de poésie,* 1865, et un traité de la *Broderie en or, et en soie.*

Jules Louvet, poète né à Vire, en 1829, et mort à Paris, en 1864, dans la misère, a publié un bon petit volume de vers, et a laissé en manuscrit plus de cent trente pièces de vers qui ont été trouvées dans sa mansarde.

Sébastien-Albin, dont nous avons parlé au sujet des chants populaires, est le pseudonyme de Madame Hortense Lacroix-Cornu, née en 1812. Elle mérite une place à côté de Madame de Staël.

Bancel, né à Valence (Drôme), en 1823, d'abord membre de la Constituante, fut exilé après le coup d'état, et ne rentra en France qu'en 1870, après la chute de l'empire. Tout en professant la littérature en Belgique, il a écrit dans un style pur et démocratique : *Harangues de l'exil*, et *Révolution de la parole*.

Francisque-Xavier Michel (1809), né à Lyon, est aujourd'hui professeur à la faculté de Bordeaux. Entr'autres publications, il nous a donné plus de vingt volumes importants pour l'histoire du moyen-âge. Nous omettons les noms à dessein, la liste en serait trop longue. Nous dirons seulement que c'est en 1837 que la première édition du poème : *Chanson de Roland*, fut donnée par lui.

Le Men, archiviste du département des Côtes-du-Nord, a donné des pages très-utiles à consulter, pour savoir à quoi s'en tenir sur les publications bretonnes de M. de la Villemarqué. Il faut encore consulter M. Luzel, au sujet du Barzaz-Bréiz qui laisse des doutes sérieux sur l'authenticité de quelques chants populaires, puis M. Marie-Henri d'Arbois de Jubainville, né à Nancy, en 1827, archiviste du département de l'Aube, qui s'est aussi prononcé dans un sens analogue. Son bel ouvrage : *Histoire des ducs et des comtes de Champagne* (1859-1863), a été couronné à l'Académie française du prix Gobert.

Jean Lapaume, né à Langres, en 1813, ancien professeur de littérature étrangère à la faculté de Grenoble. Avec sa traduction d'Olympiodore, il a publié et continue encore de publier, à Grenoble, *La Bibliothèque elzévirienne de la Romane provençale*, recueil de chants populaires des bords de l'Isère, de Noëls du Dauphiné, etc. Cet ouvrage, comme tous les recueils populaires, a une très-grande valeur au point de vue de la rénovation poétique.

Antoine-Pierre-Laurent Mace, aujourd'hui professeur d'histoire à la faculté de Grenoble, est né à Plouër, en 1812. Il a donné, en 1840, son *Cours d'histoire des temps modernes ;* mais ce qui vaut encore mieux, c'est sa *Description du Dauphiné au XVII° siècle*, traduite du danois Abraham Gœlnitz.

Désiré-Pierre-Louis Baucher, né près de Bayeux, a publié de très-belles poésies dans le bulletin de l'Académie des poètes ; quant à affirmer qu'elles ont été réunies, nous n'oserions le dire.

Quand nous avons parlé de M. Grimaud, nous avons oublié de citer son collaborateur à la rédaction des *Poètes lauréats de l'Académie française*, M. Edmond Birée, né à Luçon, en 1829. Il habite aujourd'hui Nantes.

Allons de Nantes à l'orient, et nommons M. Alcide-Hyacinthe du Bois de Beauchêne, né en 1804. Poète et littérateur souvent intéressant, il s'est fait connaître par des *Souvenirs poétiques*, en 1830, une *Vie de Louis XVII*, en 1852, et par un nouveau recueil de poésies, *Le Livre des jeunes mères*, 1858.

Un poète qui tout en cultivant en poésie l'épopée, a pris pour guide Casimir Delavigne, c'est M. Charles GRANSARD, professeur de réthorique à Reims, né à Epinal, en 1817. Il a publié, outre des nouvelles et des poésies dans la *Revue contemporaine*, *La Nuit des morts*, en 1860, poème dans lequel il peint en huit récits, les mœurs de l'Inde, de la Grèce, de Rome, de la Judée, de l'Egypte, du moyen-âge et des temps modernes, et, en 1872, *L'Année maudite* (1870-1871), poésies patriotiques très-pures et d'une grande élévation.

Frédéric VAULTIER, doyen de la faculté des lettres de Caen, né à Barbery, en Normandie, en 1772, et mort en 1843, a donné une très-intéressante *Histoire de la poésie lyrique en France, au XIVᵉ et XVᵉ siècles*, Caen, 1840.

Henry MAYSTRE, de Nîmes, a débuté, en 1872, par *Vengeance*, un beau poème qui traite des malheurs de la France, dans un style le plus souvent très-pur.

Jean-Marie MILIN, né à Saint-Pol-de-Léon, en 1812. Il a publié, en 1865, des *Fables* en breton.

François-Étienne ADAM, né à Combrée (Maine-et-Loire), en 1836, de pauvres cultivateurs, s'est formé à peu près seul, et est devenu professeur dans plusieurs lycées, notamment à Brest. Comme poète, il appartient à la nouvelle école des « naturistes », et s'est fait connaître par de belles pièces données dans plusieurs journaux et revues.

Louis MAS, de Cette, littérateur et poète. Nous ne croyons pas qu'il ait rien réuni en volume, cependant nous avons lu de lui des vers qui ne manquent pas d'énergie.

Le docteur André CHANET, de Valence-d'Agen, plus connu sous le pseudonyme d'ANDRÉ CHATEN (1815), a publié *Les Haltes*, poésies, 1868, où le naturisme domine aussi. Pour s'en convaincre, il suffit de lire : *La Maison déserte* et *L'Idéal*.

Jean LOISELEUR, bibliothécaire à Orléans, où il est né en 1816, a beaucoup écrit dans la *Revue contemporaine*, et possède en portefeuille de fort belles poésies. Son fils, Jules LOISELEUR, mort en 1865, à l'âge de dix-neuf ans, avait aussi écrit d'excellents vers qui lui promettaient un brillant avenir, si la mort ne fût venue l'enlever à son aurore.

SAVATIER-LAROCHE (1804), né à Auxerre, a donné : *Affirmations et Doutes*, 1855 ; *Fables et Contes*, 1859, *Une Semaine*, 1865 ; *De la ponctuation*, 1867 ; *Profils parlementaires* ; *Assemblée nationale législative de 1849* (1870). Ces livres ont été publiés à Auxerre.

Auguste DESPLACES, né à Poitiers, est un poète amoureux de la solitude, et qui ne voit rien au-dessus des beautés de son pays. Poète exquis et élégant, en même temps que prosateur bienveillant, il a mis au jour : *Médaillons et Camées* ; *La Couronne d'Orphélie*, poésies, 1845 ; *Galerie des Poètes vivants*, 1847, et *Impressions et Symboles rustiques*, 1854.

Napoléon PEYRAT, né en 1809, au Mas-d'Azil (Ariége), est aujourd'hui pasteur à Saint-Germain-en-Laye. Ami de Lamenais et de Béranger, il a publié, en 1862, de curieux jugements sur ces deux grands écrivains. On a encore de lui des poésies charmantes, une *Histoire des pasteurs du désert* (1685-1789), deux volumes, et plusieurs brochures.

Parmi ses poésies, nommons l'ode à *Roland*, dont voici la dernière strophe :

Ah ! si vers l'Ebre un jour passaient par Roncevaux,
Nos soldats, nos canons, nos tambours, nos chevaux,
Et nos chants tonnant dans l'espace,
Lève-toi pour les voir, lève-toi, vieux lion :
Plus grande que ton oncle et que Napoléon,
Viens voir la liberté qui passe !

J. M. DE PENGUERN, mort vers 1865 ou 1866, érudit breton, célèbre pour avoir formé une riche collection de *Poésies populaires*. Dans ses *Chants de la Bretagne*, M. Luzel affirme que dans la collection Penguern, figurent beaucoup de chants populaires de pure invention et dus à un habile imitateur.

Henri RENARD, né en 1841, à Illiers, près de Chartres, nous a donné un charmant recueil de poésies : *Péchés de jeunesse*. Ce sont de doux péchés que nous pardonnons d'autant plus à leur auteur, que nous souhaitons à tous les poètes d'en commettre de pareils.

Emile COQUATRIX, de Rouen, bon poète dont les débuts remontent à 1830 environ. Depuis, il s'est entouré de solitude, comme s il eût voulu se faire oublier. Il a pourtant fait représenter quatre comédies en vers · *La Jeunesse de Corneille ; Il ne faut pas jouer avec le feu ; Un Hidalgo du temps de don Quichotte*, et *Le diamant de Dury-Lane*.

Nommons M. Félix DORTÉE, né vers 1819, à Vire (Calvados), qui a donné, en 1851, des *Poésies*, avec une lettre de Béranger, puis passons à :

Mademoiselle Louisa SIÉFERT, jeune poète née à Lyon, en 1847. Elle a donné deux excellents volumes pleins de poésie et d'énergie : *Rayons perdus*, 1869, et *Les Stoïques*, 1870.

L'abbé Louis BAUNARD, né à Bellegarde (Loiret), a publié une intéressante étude : *Le doute et ses victimes dans le siècle présent*, 1865.

Le *Paris-Journal* du 10 mars 1873, parle ainsi d'un écrivain qui nous était totalement inconnu : « On annonce la mort de M. FOISSET, conseiller honoraire à la cour de Dijon, M. Foisset était un magistrat intègre et un savant écrivain ; c'était surtout un fervent catholique à la foi robuste et hautement affirmée. Ami de Ozanam, du Père Lacordaire, de M. de Montalembert, M. Foisset s'était donné à tâche de raconter leurs vies. Il a achevé celle du P. Lacordaire, et allait mettre la dernière main au portrait qu'il traçait de M. de Montalembert Il est l'auteur d'une vie du président Charles Debrosses, du parlement de Dijon, œuvre fort remarquable et fort estimée. »

Victor-Adolphe FAUVEL, né en 1810. Elevé à Caen, il habita cette ville jusqu'au jour où il fut nommé juge de paix à Troarn. Il a traduit *Don Juan* et écrit des *Fables*, des *Contes* et des *Chansons*.

Faisons encore ici une rectification à l'endroit de M. Ev. CARRANCE, le poète bordelais distingué dont nous avons parlé. Depuis les ouvrages par nous cités, indiquons : *André Chénier* ; *La France républicaine* (avec illustrations) ; *M. Thiers* (avec portrait) ; un volume de curieuses recherches : *Le Mariage chez nos pères* ; *Maison à louer*, comédie en un acte représentée à Bordeaux, Marseille et Rouen ; *L'Emeraude*, comédie en un acte, en prose ; *Les Tyrans en jupons*, autre comedie en un acte, en prose ; *Une Brioche*, comédie en un acte, en vers ; *Le Camélia*, en prose ; *Les Surprises de l'amour*, comédie en trois actes, et un beau volume : *L'Histoire d'un mort* (pour paraître en mai 1873).

Louis Gras, poète né à Dieulfit (Drôme), en 1821, a donné *Les Insomnies*, 1856. Il fut longtemps mécanicien.

Albert Maurin, de Marseille, a donné, en 1837, des *Élégies et Chants lyriques*, où apparaissent souvent la fraîcheur et l'élégance.

M. Léon Maitre, né à Troyes, en 1819, est aujourd'hui archiviste du département de la Mayenne. On a de lui un bon ouvrage : *Les Ecoles épiscopales et monastiques de l'Occident, depuis Charlemagne jusqu'à Philippe-Auguste*.

Amédée Duquesnel, né à Lorient, en 1802, actuellement bibliothécaire à Saint-Malo. Il a publié : *Chants français*, 1823 ; *Histoire des lettres avant le Christianisme et aux cinq premiers siècles du Christianisme*, 1836-1844 ; *Du Travail intellectuel en France*, 1839. C'est à lui que l'on doit l'édition de la *Thébaïde des Grèves*, de la Morvonnais.

Finissons en nommant M. Jean-Baptiste Monfalcon, né à Lyon, en 1792. *Histoire de Lyon*, 1845-1847 ; *Recherches des antiquités et curiosités de la ville de Lyon*. Il a, en outre, publié des éditions des *Poésies* de Louise-Labé, 1853, et des *Rymes* de Pernette du Guillet, 1856.

— Nous recevons au dernier moment le livre de poésies de M. Auguste Godin, *Folioles*. Il est trop tard maintenant pour en parler ; mais nous pouvons toujours dire qu'il renferme des morceaux d'une véritable valeur, et bien supérieurs à ce que nous avions lu de ce poète dans les recueils collectifs. C'est Achille Millien qui a bien voulu présenter le jeune poète aux jugements du public.

Comme on le voit, nous touchons à la fin de notre œuvre, sans cependant qu'il nous soit possible d'affirmer que nous n'ayons rien omis. Au contraire, nous avons laissé de côté les poètes patois comme Mistral, Roumanille, Aubanelle, etc., et des hommes du plus grand mérite, comme V. de Laprade, monseigneur Dupanloup, etc. Leurs noms sont trop connus pour que nos faibles commentaires soient nécessaires. D'ailleurs il serait bien rare que sans avoir quitté notre village, nous n'eussions rien oublié, bien que nous ayons consacré trois années à nos recherches avant d'achever les pages qu'on vient de lire. Puis comment, à moins d'avoir un correspondant zélé et lettré dans chaque arrondissement français, un *seul écrivain* pourrait-il connaître les œuvres de tous les membres qui composent les 160 et quelques sociétés littéraires dont s'honore notre pays?

Enfin, pour donner une idée plus complète du mouvement littéraire en province, disons que M. Kermeleuc, à Rennes, M. Boué (de Villiers), à Evreux, M. Demoule, à Mâcon, M. F. Thessalus, à Paris, ont publié des recueils collectifs de poésies, et que M. Ev. Carrance, à Bordeaux, continue chaque année ce genre de publications sous le patronage de MM. Hugo, L. Blanc, E. Quinet, Michelet, A. Dumas, Janin, O. Feuillet, Favre, Augier, et autres. Mais si ces œuvres ont du bon en ce sens qu'elles mettent en rapport beaucoup d'écrivains, elles ont aussi cela de mauvais, que les directeurs accueillent indistinctement toutes les productions dont l'insertion leur est payé, et qu'avec des poètes de valeur, on voit dans le même volume des rimailleurs à peu près sans talent.

Un dernier mot. — Nous avons quelques fois classé des écrivains dans un département, bien qu'ils soient nés dans un autre, et cela parce qu'ils appartiennent plutôt au premier, non-seulement par leur vie, mais encore par leurs œuvres.

ERRATA

(CORRECTIONS IMPORTANTES A FAIRE AVANT LA LECTURE.)

Page 16, vers 11, lisez : *tel*, au lieu de : *el*.

— 37, ligne 6, — : *pays d'adoption*, au lieu de : *pays natal*.

— 60, — 30, — : *Astarté*, au lieu de : *Astasté*.

— 67, — 20, — : Pour voir l'*astre*, au lieu de : *Pour voir l'ombre*.

— 71, — 15, — : *Développement*, au lieu de : *Développé*.

— 86, — 13, — : *chacune*, au lieu de : *chacun*.

— 106, — 8, ajoutez : *de*, après : *légende*.

— 145, — 31, après : *d'expression et*, ajoutez : *de*.

— 193, — 25, lisez : *recueillie*, au lieu de : *recueilli*.

— 208, — 2, — : *finir*, au lieu de : *ffnir*.

— 246, — 26, avant : *Tristes amours*, remplacer le mot *un* par un *tiret* (—).

— 290, — 22, lisez : *Harel*, au lieu de : *Hahel*.

— 320, — 2, — : *Argentat*, au lieu de : *Argental*.

Table Alphabétique

E

F

G

M

V

Domfront. — Imp. F. Renault.

Imprimé en France
FROC031628010720
24396FR00008B/46